Best Time

白马时光

暖暖风轻——著

遇见你/好幸运

YUJIAN NI HAO XINGYUN

百花洲文艺出版社
BAIHUAZHOU LITERATURE AND ART PRESS

图书在版编目（CIP）数据

遇见你好幸运 / 暖暖风轻著. — 南昌：百花洲文艺出版社，2017.6
ISBN 978-7-5500-2264-5

Ⅰ. ①遇… Ⅱ. ①暖… Ⅲ. ①言情小说 - 中国 - 当代 Ⅳ. ①I247.5

中国版本图书馆CIP数据核字(2017)第117562号

出 版 者　百花洲文艺出版社
社　　址　江西省南昌市红谷滩世贸路898号博能中心一期A座20楼　　邮编：330038
电　　话　0791-86895108（发行热线）0791-86894790（编辑热线）
网　　址　http://www.bhzwy.com
E-mail　bhzwy0791@163.com

书　　名　遇见你好幸运
作　　者　暖暖风轻
出 版 人　姚雪雪
出 品 人　李国靖
特约监制　何亚娟　燕　兮
责任编辑　袁　蓉　叶　姗
特约策划　何亚娟
特约编辑　静静张
封面设计　小茜设计
封面绘图　AIN 银
版式设计　曾　珠
经　　销　全国新华书店
印　　刷　三河市金元印装有限公司
开　　本　620mm × 960mm　1/16
印　　张　20.75
字　　数　380千字
版　　次　2017年7月第1版
印　　次　2017年7月第1次印刷
书　　号　ISBN 978-7-5500-2264-5
定　　价　32.00元

赣版权登字：05-2017-187

目录 C O N T E N T S

|第一卷|我爱你，永远为期

当她走进别人的生命里，那些命定的轨迹，便开始发生无法言说的变化与逆转。她不知道这世上还有没有第二个像他这样特别的人，但此时此刻，面对那些让人战栗的画面，唯有他，才能给她安慰，成为她最好的避难所。

目录 C O N T E N T S

| 第二卷 | 找个人替我爱你

爱是看到一个人时的心动，是和她在一起的舒心，是有她在身边比一个人生活更好，是她陪你时，再普通的一天都会变成独一无二的良辰美景。

目录 C O N T E N T S

| 第三卷 | 做你的公主

我爱你，如果能做栖落在你肩头的飞鸟，只要你同意，我愿意一辈子停留，把你的肩膀当成我的家。

目录 C O N T E N T S

|第四卷|将就女不再将就

曾经，她以为这世上最好的爱莫过于你爱的人也爱着你，现在却觉得，最好的爱，不是你情我愿，而是错过后还能在一起。

| 第一卷 | 我爱你，永远为期 >>> >

当她走进别人的生命里，那些命定的轨迹，便开始发生无法言说的变化与逆转。她不知道这世上还有没有第二个像他这样特别的人，但此时此刻，面对那些让人战栗的画面，唯有他，才能给她安慰，成为她最好的避难所。

第一章 × 预知症女孩

当她走进别人的生命里，那些命定的轨迹，便
开始发生无法言说的变化与逆转。

五月的阿拉善，天气要比楚萱想象的恶劣些。她去的那天，风沙漫天，卷起的尘土直往人口鼻里钻。

路途中偶见远处悬挂的经幡随风乱舞，五彩缤纷，隔着尘土，竟有种恍若隔世的美，仿佛她前世便到过此处，一切熟悉又陌生。

虽然天气不佳，但因为有叶敬安的陪伴，让楚萱满心欢喜。

此时，他们正驶往月亮湖。开车的是叶敬安的好友齐大壮，人如其名，长得魁梧彪悍。

楚萱的旁边坐着叶敬安。她侧头看向他那边的窗外，故作看风景状，实则余光一直锁在他身上。

以前，她听到有人说“那个人长得惊为天人”时，还没多大的感触，直到遇到叶敬安，她才深知这句话放在他身上再合适不过。

第一次见他，他穿着白大褂，戴着口罩，刚从手术间出来，一起做手术的同事显得很紧张，问他：“这次手术会成功吗？”

他淡然地摘下口罩，很镇定地说：“放心，一切顺利。”

身为外科医生的楚萱猜测，他们刚做了一台重要手术，而且让一位病人死里逃生，从他的沉稳可见他的心理素质极佳。

楚萱忍不住多看了他几眼，因为他长着一张让她移不开视线的脸——轮廓分明如刀削，眼睛深邃如潭，鼻梁挺拔、嘴唇性感，正是她喜欢的类型。

少女时代的她，一直幻想着有一天能有如此高颜值的男神从天而降到她身边，但她知道不可能，因为她一直是个“倒霉女孩”，小学时的同桌位于调皮捣蛋榜榜首，她受尽欺凌；上初中因成绩好，被嫉妒她的好朋友造谣，说她早恋，清白不在，害得

她名声尽毁；上高中本想报文科班，却被家里生生逼得上了理科班；高考那年，因一分之差与理想的大学失之交臂……

遇见叶敬安，大概花光了她所有的运气。

这次二人可以一起旅行，对她来说，是上天对她的格外眷顾。

此事要追溯到一周前，她参加一场同事聚会，在高亢的“套马的汉子威武雄壮……”的歌声中，她看到了藏在心底的那个人——叶敬安。

他跟其他男同事玩着掷骰子的游戏，玩到第三回合输了，赢的人起哄：“叶大教授，要兑现之前说的啊，输的人要跟坐在他右手边的第五个人一起去旅游。”

坐在叶敬安右手边的第五个人不是别人，正是楚萱。

得知此事的她，一颗心瞬间怦怦怦乱跳起来，脸发红，耳根发烫，像个刚品尝到青苹果之恋的小小少女。

之前的那些“倒霉”，大抵都是好运来临的前奏。

此次的行程，是楚萱安排的。

她曾问叶敬安：“要不，我们‘五一’去旅游？你打算去哪儿？”

叶敬安说：“你定。”

由此，他们开始了内蒙古之旅。

第一天，体验了大草原的辽阔与奔放，骑着马驰骋在满是绿意的草原上；第二天，叶敬安提议去阿拉善：“我有位朋友在阿拉善，好久没见他，明天要不要去？”

这并不在楚萱的安排之中，但既然叶敬安提出来了，她也不好推辞，满口应下。

只要跟他在一起，去哪里都可以。

楚萱之前只从电视上或者别人口中知道西北人的豪放和热情，见到齐大壮后才亲自体会到。

他们一早赶到阿拉善，齐大壮带他们去吃地道的血肠、羊肉泡馍。

早餐后，齐大壮开着越野车带他们去月亮湖。开了差不多一个小时，在漫漫黄土中，前方渐渐显现一个个蒙古包。

齐大壮看了看后视镜里的叶敬安，“敬安，前面是我朋友开的饭庄，咱们中午就在这儿撮一顿？”

“好。”叶敬安收回看向窗外的视线。

眼看快到饭庄，齐大壮转过头，笑着看了眼叶敬安，“敬安，这楚姑娘是你女朋友吧？”

“跟你介绍过，是同事。”叶敬安加重了“同事”两个字。

“楚姑娘，是吗？”齐大壮兴致颇高地问。

楚萱微微红了脸。心想如果是男女朋友倒好，正想回“是”的时候，车身忽然剧烈颠簸，她不受控制地向右倒去，以为会重重地撞上后座椅背，却跌入了她想念的人怀里，一股清清淡淡的香气立刻在她周身萦绕，像雨过天晴后空气中散发出的青草气息，让她情不自禁地沉醉。

她希望车子颠簸得久一点，这样就可以在他的怀里待得久一些。

不过，车很快平稳下来。齐大壮刹住车，看向后座上的两个人，“你们都没事吧？刚才应该是撞到石块了。”他恰好看到楚萱正一副小鸟依人状地倚在叶敬安的怀里，立马笑得见牙不见眼，“看来这次我要做你们的电灯泡了。”

楚萱害羞地从叶敬安怀里起身，羞涩地跟齐大壮说：“大壮，不是你想的那样。”

齐大壮提高嗓门：“哎呀，我怎么想不重要，重要的是，你们在一起的话，也是一大喜事。”

楚萱看似淡淡地朝叶敬安看了一眼，见他正襟危坐、面色如常，仿佛刚才的一幕并未发生。她与他相识的这一年里，早已知晓他喜怒不形于色，倒没多少失落。

“我没事。”叶敬安回道，随后侧头去看楚萱，“你呢？”

楚萱抬眸间撞上他幽深的眼睛，绽放一抹甜甜的笑，“我没事。”

齐大壮的好友热情地款待了他们。

淋在羊腿上的油吱吱作响，烤得差不多时，泛起金黄的油光，煞是诱人。

齐大壮正想拿刀为他们割下羊腿上的肉，转念想起什么，别有深意地将刀递给叶敬安，“敬安，给你表现的机会。”

叶敬安显然知道他存的什么心思，当着他和他朋友们的面，觉得驳了他并不好，于是接过刀，刀法娴熟地割下一块块烤得鲜嫩的羊肉，依次分给楚萱、齐大壮的朋友们、齐大壮，最后才放了一块在自己盘中。

楚萱吃着羊肉，喝着羊奶，明明有股浓重的奶腥味，却莫名觉得这是世间美味。

吃到最后，一向对食物克制的楚萱发觉自己竟然不知不觉吃到撑，手上沾了些许油渍，擦不干净，便起身去卫生间洗手。

待她回来，不复方才的谈笑风生，整个人恹恹的，却强打起精神跟在座的其他人言笑晏晏，这一切被叶敬安看在眼里。

饭局散后，他们走出餐厅，外面的阳光耀眼，直直地照射在他们身上，叶敬安和楚萱站在离其他人几米的地方，问楚萱：“刚才发生什么了？”

楚萱像沉浸在某件事里，有些怔，过了几秒才回神，笑得不自然，“没什么。”她想了想，觉得说出来也没什么，抬头看着叶敬安，眼里闪过迷茫，“遇到一个怪女孩。”

叶敬安面无表情的脸上终于浮现一丝好奇的神情，双手环胸看向楚萱。

楚萱继续说：“她让我下午别开越野车，我自己都不知道要不要开，她怎么知道？说什么，‘别因为新鲜，就去开车，尤其在沙地上’，你说怪不怪？”

更怪的是，怪女孩竟然知道她今晚要跟叶敬安表白！难道她会读心术？可是，她遇见怪女孩的时候，并没有想告白一事，她是怎么知道的？

楚萱一直渴望遇见一个人，可以给她想要的呵护和安慰，懂她的脆弱和悲伤，喜欢她的优点，包容她的缺点。如果遇不到，那就找一个她很爱很爱的人过一生。

如今，遇到了，她不想错过。

昨晚，楚萱临睡前想着要不要跟叶敬安表白，心中百转千回，最终决定，不如趁此旅游之际，在一个星光璀璨的夜晚，站在他身边，勇敢地告诉他，她喜欢他。

这样的想法她没有跟任何人提起过，为什么那个陌生的怪女孩知晓？她百思不得其解。

叶敬安听了只觉可笑，微微弯起一边的嘴角，“疯言疯语，不用放在心上。”

“但……”楚萱想了想刚才那怪女孩的模样，“看起来像正常人。”

“也许脑子有问题。”

楚萱看向左前方，齐大壮正搭在好友的肩头，高谈阔论着。忽然，她的视线里闪出一抹熟悉的身影，穿着白色 T 恤，卡其色休闲裤，戴着鸭舌帽，不用细看，她都不会忘记这身影，正是刚才跟她说过话的怪女孩。

楚萱指向怪女孩的方向，压低声音：“喏，就是她。”

叶敬安循着她指的方向看过去愣怔了几秒，目光深深地锁在怪女孩的身上，像在想些什么。

“怎么样，看起来正常吧？”楚萱朝叶敬安的右侧移了几步，“你来这边看，可以看到她的侧脸。”

“不用。”叶敬安对怪女孩似乎并不感兴趣，一副淡然的模样。

午后，正是太阳炽热之时，楚萱戴上宽边遮阳帽、大墨镜、口罩，把自己捂得严严实实，坐在齐大壮开的越野车上，踏上了去往月亮湖的路，他们后面还跟了三辆越野车，颇为壮观。

齐大壮和他的朋友们都是当地人，挑了一条平日里少有人开的路行驶，需经过一座又一座高低起伏的沙丘，沙路时而平稳，时而曲折，十分考验驾驶员的车技。

据齐大壮说，之前有开着越野车自驾游的外地人，因喜欢冒险，也挑了此路，有的会在没有任何标志的沙丘中迷路，有的会在爬沙丘时翻车。

而齐大壮却像个老手，轻松自如地在沙丘中行进。大约是个喜欢刺激之人，他还常常喜欢挑高些的坡去爬，快速爬上沙丘，再踩刹车，让车缓缓下坡，动作行如流水。

幸好楚萱不晕车，反而觉得格外刺激，然后生出了想开车的冲动。等齐大壮刚爬完一个高些的坡时，楚萱跟齐大壮说："我可以试开看看吗？"话刚说完，脑中忽然迸出怪女孩跟她说过的话，果然被她说中，真是奇怪！她向来是唯物主义者，并不把他人的疯言疯语放在心上，看向齐大壮的眼睛里充满期待。

美女开了口，豪放的齐大壮又岂有不让她开的理由，停下车，让了位。

坐在后座上的叶敬安不发一言，直到齐大壮赶他下车，"你就放心她开车？还不快坐到副驾上！"

楚萱坐上了驾驶座，朝后看了叶敬安一眼，鼓起勇气说："坐副驾吧。"

叶敬安开了车门，坐上了副驾。

在楚萱启动车子前，叶敬安终于开口："挑平稳的路开。"

"没问题。"楚萱应得爽快，起初都挑平稳的沙路开，但看到一个个沙丘，心里痒痒，先小心翼翼地爬过一个小沙丘，过程极其顺利，她得意地对车上的两个人说，"看，我还是有爬沙丘的潜力吧？"

齐大壮十分捧场，附和道："女中豪杰，潜力无限。"

楚萱侧过头看了看叶敬安，他依然是一副冷然的神色，并未对她的问话发表意见，这反而刺激了楚萱，让她想再多多表现一番。

于是，楚萱继续挑战自我，从爬小丘，到爬再大点的沙丘，一点点给自己加大难度，当她朝一座有六七米高的沙丘开去时，齐大壮的声音在身后响起："妹子，别爬前面那个坡，对你来说有些陡。"

"没事，我会小心的。"楚萱胸有成竹，用余光偷偷地看了叶敬安一眼，发现他正直视着前方，随后听到他缓缓开口："没有把握的事不要轻易去做。"

听到他这样说，更是激发了楚萱要试一试给他看的冲动。她一打方向盘，毅然决然地爬上了沙丘，细小的沙粒像微雨一般洒下来，她加快油门，能听到车胎摩擦沙粒时发出的沙沙声，沙粒敲打窗户的节奏也越来越强。

楚萱明显感觉到比前几次爬坡时艰难些，却没有退路，眼看终于要爬到坡顶了，紧绷的一颗心才松了下来，扶着方向盘的手一松，同时油门也松下来，车开始急速地往下溜，她还没反应过来，听到齐大壮语气急促地说：“快，踩油门。”

楚萱的脑袋忽然间发蒙了，手脚都不知道如何摆放，慌张地看着车窗外扬起的沙粒。

车速越来越快，车子开始向一边倾斜，眼见着就要倾倒过去，楚萱吓得心都快跳出来，下意识地闭上眼睛。

突然，她感觉面前迎上一个身体，扑面而来的是那熟悉又好闻的清淡香气，但她已完全没了好好沉浸在这股味道中的心情，一颗心高高悬着，想着还没好好享受就要了结此生，觉得很可惜，想着还没好好孝敬父母就离去，真是不孝。

楚萱还没来得及继续往下想时，察觉到叶敬安一边猛打方向盘，一边踢开她的脚猛踩刹车……

等楚萱睁开眼时，车已停下，正停在平稳的沙地上，她这才长长地嘘了口气，垂着头，不敢去看叶敬安，脑袋里一下子闪出怪女孩说过的话：“别因为新鲜，就去开车，尤其在沙地上。”

她对怪女孩的话不以为意，却成了真。

怪女孩为什么会知道此事？难道她有什么法术？但不对啊，现在是科学社会，哪来的什么法术！她想了一阵，终究没想明白。

楚萱想起怪女孩还跟她说：“有了男朋友，就别想着跟别人示爱了，脚踏两只船，早晚会翻船。”

是的，她有男朋友。那个对她来说可以弃如敝屣的男朋友，她从未跟身边的人提及过，所以也没人知道。

她处处倒霉，以为遇到男朋友白付庆是她好运的开始。起初，他对她百依百顺、温柔以待，简直如父母般呵护着她，她以为这就是要陪伴自己终身的恋人了。

然而，白付庆的缺点在他们交往一个月后开始暴露：他不允许她晚上十点以后还没回家，如果回来晚了，必然会接到他的夺命连环 call；他不允许她穿吊带衫、深 V 裙出门，要穿也只能穿给他看；他不允许她跟异性朋友联系，还会偷偷查她的手机，一旦发现她跟异性朋友的聊天记录，他心中的怒火会瞬间点燃，起初还只是看似平静地去问她，后来发展成质问、责备，再到制止……

白付庆对她有太多的不允许，但楚萱是谁？她像飞翔在空中的鸟儿，她要自由，足够多的自由，但他只想让她做只笼中雀。飞翔受阻，她只得逃离。

来旅游前，楚萱跟白付庆说过分手，但他似乎没听见，仍旧以男朋友的身份自居。

从私心出发，楚萱希望这次表白成功，不仅可以与喜欢的人在一起，还能彻底甩掉前任，一举两得。

怪女孩怎么知道她藏在心底的事，她无从得知，但谁也不能阻挡她跟叶敬安表白。既然白付庆不适合自己，就另寻一段感情。

尤其是楚萱刚从一场惊险刺激的开车过沙丘中清醒过来，更加明白有些事要及时做，有些人要及时爱，万一自己都不存在于世了，一切都成枉然。

楚萱方才大胆开车的表现让齐大壮心惊胆战，要是自己出了什么事，家里的老小可怎么办？为缓解紧张的氛围，提议大家先下车透透气，待会儿换他开。

他们的车停下后，一起来的几辆车也纷纷停了下来。

在他们的右前方停着一辆白色路虎，从车上下来几个游客打扮的人，穿白色T恤、卡其色休闲裤的女孩也出现在其中。其他几个人走了几步便停下来闲聊，唯独怪女孩继续朝前方走去，直到走到一个小斜坡的最上面才停下来，迎着炽热的太阳站立着，整个人都沐浴在一片金灿灿的光芒中。

叶敬安伫立在原地，目光直直地朝怪女孩所在的方向看去。远远望去，站在斜坡上的怪女孩呈现一抹小小的剪影，罩在脸上的丝巾随风飞扬。

休闲打扮的她，没有穿长裙女子的优雅，没有穿套装裙女子的女王范儿，却独独散发出一种属于她自己的魅力，不矫情，不做作，给人一种自然而亲和的感觉，像邻家妹妹一样。

怪女孩微微侧过身，叶敬安才看清她正举着相机拍照，随后转过身来，似乎对上了他的视线，脚下忽然一顿，朝他所在的方向多看了几秒。

跟怪女孩一起的一名中年妇女忽然开始呕吐，大抵是爬坡后出现了晕车症状。怪女孩原本举起相机想继续拍照，但看到这一幕，连忙停止动作，朝中年妇女跑过去，跟她说了些什么，随后从车里拿来一瓶风油精帮她涂抹在太阳穴处。

这时，叶敬安听到楚萱说："你看，她不就是那个怪女孩吗？你说，她说的话为什么会成真？难道她有什么不可告人的法术吗？"

叶敬安起初并未将楚萱的话放在心上，但结合之前发生的状况，确实让人奇怪，看来怪女孩说的话并非疯言疯语。但对于一个信奉科学的人来说，叶敬安想不到合理的理由来解释怪女孩的“预言论”，摇摇头说：“真相只有她才知道。”

叶敬安走到中年妇女身旁，见怪女孩正拿着一瓶矿泉水，关切地说：“好点了吗？漱漱口吧。”

中年妇女弯下腰漱口，面色有些苍白，强颜欢笑地跟怪女孩说：“谢谢，好点了。”

“您好，下次晕车时，如果没有携带缓解晕车的药物，可以用大拇指掐在内关穴处。”叶敬安看着中年妇女说，说完补充道，“内关穴就是在腕关节掌侧，腕横纹上约二横指、二筋之间。”

中年妇女抬头看向叶敬安，说：“谢谢。”末了，自言自语道，“还是好心人多啊。”

说完，她转而看向怪女孩，“我先去车里休息会儿。”

“这个，你拿上吧。”怪女孩将风油精递给她。

“哎呀，这多不好意思。”中年妇女嘴上这么说着，但手已经伸过去，开心地接过。

中年妇女走后，叶敬安自我介绍：“我，叶敬安。”同时，礼貌地伸出手。

怪女孩把罩在脸上的丝巾往下挪了挪。近距离看她，叶敬安才看清她的皮肤好得出奇，白白润润，透出一层薄薄的水光，眼睛又大又黑，焕发出熠熠的神采。

她朝他俏皮一笑，眉眼弯起，跟他握手，“顾念，顾盼生辉的顾，念想的念。”她的声音脆脆的、甜甜的，让人听了十分舒心。

她的手有点凉，掌心里微微泛潮，手指白而修长，他握住的那一刻，体会到什么叫“手如柔荑，肤若凝脂”。

他看到她脸上的笑意在跟他握手时突然消失，瞳孔渐渐变大，嘴巴微张，一副十分惊讶的模样，足足愣怔了几秒。

直到叶敬安问：“怎么了？”

顾念这才回神，松开他的手，拖长声音，“哦……你看起来像我认识的一个人。”

叶敬安的脸上闪现难得的笑容，声音柔了些，“你记起我了？”

顾念又是一愣，“我们认识？”

“不。”叶敬安盯着顾念看，“认错人了。”

顾念并不在意，笑了笑，“我也经常认错人。”

顾念临走时，见楚萱走过来，便跟她郑重其事地说：“我说过的话，你没忘记吧？不该做的事还是别去做。”说完，她拿起相机继续拍照。

楚萱听完，脸瞬间变色，但她没有把顾念的话放在心上，下定决心要跟叶敬安表白。

一行人到了月亮湖畔，在一棵郁郁葱葱的大树下停了下来，铺开带来的垫子，摆上各类吃食，围坐在垫子上，边吃边聊天，好不惬意。

其他车上的游客做好了在这里过夜的准备，一直玩到天黑才各自回到搭建好的帐篷里。

楚萱在这之前反反复复地看了几遍搭帐篷的各类教程，但当她搭的时候才知道理论和实践是两回事。她搭建的帐篷看起来歪向一边，摇摇欲坠的，正犯愁时，忽然灵机一动，喊来叶敬安帮忙，他三五下便搞定了。

叶敬安正想离开，楚萱忽然叫住他："要不要一起走走？"

"好。"

两人踏着月色，沿着月亮湖畔漫步。月色洒满一地，衬得草地发出淡黄色的光。微风拂过，从花草间飘来一阵阵让人微醺的香气，此情此景，楚萱觉得正是表白的好时机。

楚萱并没有直奔主题，而是看似随意地聊天，说了些旅途中的琐事，而身边的人，是个很好的倾听者，一直默默地听她诉说，偶尔应答，也不过以"嗯""哦"回应，简直惜字如金。

不过楚萱不在意，经历了白付庆那样占有欲强的男人，她开始觉得高冷的男人很不错，肯定不会黏人，更不会唠唠叨叨、疑神疑鬼。

沿着月亮湖走了快半个小时，楚萱开始试探性地问叶敬安："听说你一直单身。"

"嗯。"

"为什么不找一个？"

"没有遇到合适的。"

"什么样的才算合适？"

"看到她，就觉得是她了，命中注定一样。"

"这不是一见钟情吗？"楚萱不禁笑了。她真没看出来，叶敬安这个看起来有些古板的男人，竟然相信一见钟情。

"这样的人，出现了吗？"

叶敬安忽然放慢脚步，看向远处被月光照得波光粼粼的湖面，沉思了几秒才说："有过。"

"后来……"楚萱小心翼翼地问，"怎么分开了？"

“从没开始过。”

楚萱听了舒了口气，原来不过是他的单相思。她心中暗喜，“你觉得我怎么样？”说完低下头，微微红了脸，隐在黑夜中，让他并不能看清她脸上微妙的变化。

“挺好。”

“那……”楚萱鼓起勇气，抬头看向叶敬安，心紧张得乱跳，“做你的女朋友怎么样？”看着他在月光笼罩下棱角分明的脸，她继续说，“我喜欢你。”

叶敬安依然是平日里镇定的模样，仿佛在听她说“今天要吃什么”，他正要开口回答，却听到楚萱突然“啊”了一声，倾身朝他身边倒了过去，他顺势将她揽住，两人呈现一种极其亲密的姿势。

楚萱很想在他怀里多待会儿，但他还不是她的男朋友，只好抽身，讪讪地说：“谢谢。”说完，她把差点绊倒她的石头朝远处踢去。

“不客气。”

楚萱缓了缓神，继续刚才的话题，“你愿意给我，也给你自己一次机会吗？”

叶敬安稍稍一愣，随后干脆利落地说：“这样的机会，你留给别人会更好。”

这一夜，楚萱在帐篷里辗转难眠。大概到了半夜，她忽然听到渐渐走来的脚步声，想来是有人起夜，并没在意。直到有人拉开了她的帐篷，她才警觉地坐起身，看到眼前的人时，惊得目瞪口呆。

白付庆竟然来了，而且以一副凶神恶煞的样子出现在她面前，眼睛、脸颊发红，身上散发出浓重的酒味。

还没等楚萱反应过来，就被他拽着头发往外拖。她挣扎，他手上更加使劲，她不得不跟着他的步子踉踉跄跄地走。一直走到远离帐篷根据地好几百米处，白付庆才松了手。

“你发什么神经？”楚萱忍无可忍地朝他吼道，揉了揉被拽痛的头皮。

“啪啪”两声在寂静的夜里响起，楚萱的左右脸分别挨了一巴掌。她被打得有些头昏眼花，耳朵嗡嗡作响。接着，听到这个对她一直都很温柔的男人恶狠狠地说：“我发神经，是你发神经，脑子进水了吧？有我这么好的男朋友，竟然还去勾搭别的男人！我说楚萱，我以前怎么就没发现，原来你这么贱！”他面带怒色，抬脚踹向她的肚子，直接把她踹倒在地。

楚萱捂住肚子，忍着痛气愤地看他，“我们已经分手了，我做什么是我的自由，你管得着吗？”

“分手？”白付庆不由得大笑起来，“我同意了吗？”

楚萱无语地看向这个不讲理的男人，她想，现在最好的办法就是离他远远的。打算站起来逃走，刚转身，却被白付庆一下子拽着头发往后拖，然后一顿乱拳伺候，她想反抗，却不是一个醉酒后疯男人的对手。

楚萱见他红了眼不停地打自己，于是捂着头，嘴里不停说着：“白付庆，你以为你打我，就能让我继续做你的女朋友吗？别做梦了，这辈子不行，下辈子，下下辈子都不行……像你这样的变态狂，别想找到对象。”

“我变态狂？”白付庆收回拳脚，近乎狰狞地狂笑起来，随即用阴冷的眼神看着楚萱，“就你值得找好男人，就你值得拥有幸福，是吗？我找不到对象？我这不还有你吗，不能和你一起生，最起码还能跟你一起死。”说着，白付庆从裤兜里抽出一把水果刀，亮出锋利的刀刃，弯下腰，作势就要朝楚萱的胸口刺下去。

楚萱这才意识到白付庆比她想象中要恐怖得多，她眼中装满了恐惧，声音开始颤抖：“白付庆，有话好好说，你说什么，我都答应你。”

“臭婊子，还想骗我，你能答应我什么？答应我继续跟别的男人鬼混？别把我当傻子，就算我这辈子得不到你，也要毁了你。”白付庆挥起水果刀，楚萱吓得直往后挪，哀求道：“真的，我什么都答应你。”

不过，她的话并没有唤回白付庆的理智。眼看白付庆的水果刀就要落在楚萱的胸口上，这时，从他身后闪出来一个人影，一脚把他踹向一旁，水果刀应声落到草地上，在月光下闪着明晃晃的光。

“哪来的臭娘们。”白付庆骂骂咧咧，爬起身想正面进攻顾念，却被她分别踢中两个膝盖下方，让他以一种跪地的姿势面对她。白付庆愤怒地站起来反抗，右手握拳朝顾念挥过去，却被她扳住手腕往后扭，疼得他龇牙咧嘴。

顾念继续往后扳，“手还想不想要了？”

“要要，姑奶奶饶命啊！”白付庆不得不求饶。

等顾念松开他的手后，他乖乖地站到一旁，揉着手腕。

顾念蹲下来看楚萱，就着月色，看到眼前人被打得鼻青脸肿，嘴角还流着血，她拿出纸巾，一边轻轻地帮她擦嘴角的血一边说：“别人说的话怎么就不听，非要撞了南墙才回头吗？”

楚萱苦笑道：“大仙，是不是我听了你的，事情就不会变成这样？”

“嗯。”

“你是哪路神仙？”

顾念并未回答，而是打算拉起楚萱，忽然听到身后传来急促的声音："小心。"话音刚落，她便感到肩膀处传来尖锐的疼痛，回头一看，水果刀正插在她的肩膀上，白色 T 恤渐渐被红色浸染。

如果不是叶敬安及时将白付庆制住，顾念不知道自己还能不能活着回去。

此刻，她正待在帐篷里，旁边还坐着一个人——叶敬安。

两人挤在狭小的空间里，让顾念有些局促不安，连呼吸都变得急促起来。

而身边的人，一副淡然的模样，面色沉静，声音像浸了冷水，凉凉的，"脱衣服。"

顾念一听，心头突突地敲起了小鼓，她的清白身就这样要被一个陌生男人看去，到底不情愿，但她别无选择。

顾念一转头，看向叶敬安沉着的面容，轻蹙眉头，微嘟嘴唇，做出一副她自认为严肃的表情，"不许偷看。"

在叶敬安看来，此时的她，颇有几分萌态。

顾念背对着叶敬安，小心地脱下 T 恤，脱的时候碰到伤口，疼得她龇牙咧嘴，却不忘双手护胸。

她又疼又羞，不再转头看叶敬安，而是低低地垂着头，咬紧牙关，身体却忍不住微微颤抖，她在心里直骂自己没出息，又不是会死人的伤，忍一忍，熬一熬就过去了，为什么身体就不听使唤呢？说实话，伤口真疼，比当时叶敬安把刀从她肩头拔出来时还疼。

当粗粝的纱布擦过顾念肩膀时，她不由得倒吸一口冷气，侧过头看叶敬安，微微不满，"麻烦你在下手时提前说一声，好让我有心理准备。"

叶敬安淡淡地扫她一眼，"你这样的，要不要提前说一声都一样。"

"……"我这样的？我看上去就那么胆小如鼠、弱不禁风、畏首畏尾？也太低估人了！顾念不服气地说："我脸上写了'我很怕疼'了吗？"

"嗯。"叶敬安手法娴熟地帮她缠纱布，手指碰触到她细腻光滑的肌肤，不禁觉得有点燥热。

顾念问："你是医生吧？"

"怎么看出来的？"

"你跟晕车阿姨说的那些话多专业，还有，你帮我处理伤口很熟练。"

"好了。"叶敬安快速帮她缠完纱布，"我没带止血药，缠上纱布，只能暂时止血，你的伤口虽然不大，但比较深，现在需要去医院。"

顾念想赶紧穿上衣服，却忘记自己是个伤员，猛然抬起右胳膊，传来钻心的疼。

疼得咧嘴时，身后的人轻轻地帮她拉下 T 恤。

“穿上外套。”

“干吗？”

“去医院。”

“可是，这么晚在沙地里开车，会迷路吧？”

“难道只有这一个选择？”叶敬安起身，由于身高比帐篷要高，只得弯着腰看顾念。

顾念想了下，顿时觉得自己蠢到家了，不一定要原路返回啊。

夜晚的阿拉善充满凉意，风透过敞开一点的车窗钻进来，顾念深深地吸了几口冷风，觉得不那么闷热了，才把窗户关上。

坐在她身边的叶敬安正专心开着车，并没有要跟她聊天的迹象，她不得不独自忍着痛，闭上眼睛想让自己进入睡眠状态，于是一遍遍数着绵羊，当数到第四十五只羊时，耳边传来低沉的声音，在静谧的夜里显得格外好听，“你有常人所没有的能力？”

顾念心里咯噔了一下，立刻睁开眼，想了想说：“你是说跟人打斗的能力吗？”

“楚萱都告诉我了。”

“楚萱？”顾念问，“跟你一起的那个女孩？”

“嗯。”

顾念看着被车前灯照亮的路，仿佛自言自语：“你相信命吗？”

“不。”

“为什么？”顾念看向叶敬安。

“命，从来都掌握在自己手里。”

“有时却会逆转。”

“什么时候？”

“当我走进别人的生命里。”

叶敬安转过头看顾念，脸上露出惊疑来，“你能预知别人的未来？”

“算是吧。”顾念说完便一直盯着他，觉得下一秒他的脸上就会出现嘲讽的笑，或者不相信的表情。

然而，顾念看到的是一张依旧淡定自若的面庞，听到的是他那仿佛可以穿透黑夜的迷人嗓音：“我的未来是什么？”

第二章 × 世界这么大，还是遇见了他

暗恋是压抑，是难受，更是期待，期待着有一天把喜欢一个人的心情说出口，能得到对方的回应。

夏日午后的阳光煞是炽烈，透过窗户洒进来，映在顾念脸上。她微微眯起眼，侧身将蛋糕糊倒入三角形的模具里，倒到一半时，打了个响嗝。她从旁边拿了瓶蓝莓酱，拧开瓶盖把蓝莓酱均匀地涂抹在蛋糕糊上，再把剩余的蛋糕糊倒在蓝莓酱上，用刮刀抹平。

她正想倒水果凝胶时，又情不自禁地打了个响嗝。

站在她右手边正在做面包的梁师傅终于忍不住说她："小念，你从早上到现在都打了不止五十个嗝了吧？"

顾念倒入水果凝胶，再在上面摆放了三颗蓝莓，她那张有点婴儿肥的脸这才耷拉下来，"梁师傅，你有药吗？"

梁师傅无奈摆手，"药没有，但有治疗打嗝的秘方。"

顾念眨巴着圆溜溜的大眼睛，用"久旱逢甘霖"般的眼神看着梁师傅。

梁师傅边说边给她示范，"深呼吸，憋住，弯腰，慢慢呼气，重复十几次。"

顾念照做，深呼吸，憋住，可是，有哪里不对……她的胃好像更疼了。她愁眉苦脸地看着梁师傅，"梁师傅，再做下去，恐怕下午你就见不到我了。"

梁师傅万分疑惑，"怎么了，憋一次就不行了？"

"胃更不舒服了。"顾念把蓝莓芝士蛋糕放进冰箱，"早知道中午就不吃麻辣香锅了。"

来取面包的茉莉恰巧听见了顾念的这番话，她凑上前说："小念，你很可能得了胃病，快去医院检查检查。"

顾念扭头看茉莉，"你怎么知道？"

"我以前跟你的情况差不多。"茉莉看了看腕表，随后抬头看顾念，眼中似乎要

迸射出一百瓦的光，兴奋地说，“今天周二，正好是叶敬安叶医生坐诊，我之前挂过他的号，他的医术很高明，而且……本人还很帅哦！”

顾念愣了下，叶敬安？这名字好像在哪儿听过。

她在脑中细细搜寻片刻，想起三个月前在阿拉善旅游时，遇到一个叫叶敬安的，也是医生，难道是同一个人？会不会这么巧？

顾念请了半天假，来到市第一医院，挂了消化内科的专家号。

她走到二诊室，发现门前已排了长长的队。

顾念走到队尾问一个看似二十岁，烫着梨花烫的女孩：“请问是在这儿排队等叶医生问诊吗？”

梨花烫女孩停下跟身边短发女孩的聊天，转过去回答顾念：“是的。”随后又转过头去进入聊天模式，她们的对话清晰地传到顾念的耳中。

短发女孩说：“上次你不刚来医院看胃病，这次怎么又犯了？”

“其实……”梨花烫女孩放低声音，“胃好好的。”

短发女孩顿时蒙了，隔了一会儿戳着梨花烫女孩的脑袋说：“我看你是这儿进水了吧？没病还让我陪你来，简直就是浪费我的时间。”

“看高富帅医生怎么会浪费时间。”梨花烫女孩娇羞地一低头。

短发女孩像想起什么，恍然大悟，“我想起来了，就是你跟我说过的那个叶教授吧，说是帅得惊为天人。”

“我拉你过来，是想让你大饱眼福。”

短发女孩瞪了梨花烫女孩一眼，“这次饶了你，下次再装病让我陪你来医院，看我怎么治你。”

“好啦好啦。”梨花烫女孩撒娇般地拉了拉短发女孩的手臂，“我跟你说哦，叶教授不仅长得好看，医术也高明。我有胃病好些年了，看过不少医生，也吃过很多药，都不见好，后来无意间挂了个叶教授的号，吃了他开的药，胃病才痊愈的。”

顾念边听边朝诊室的方向看去，门关着，只有病人出入时，才能看到里面穿着白大褂的医生。她踮着脚使劲往里看，到了第三次才终于看清这位穿白大褂的医生的样子：身材瘦削高挑，长脸，小眼睛，脸上有些坑坑洼洼，像被陨石砸下的月球表面。

这……就是她们口中帅得惊为天人的叶教授？

顾念不禁扑哧笑出声来，这些女孩的审美有待提高啊。

这个叶教授的样貌很普通，甚至那个小眼睛，还给他添了点猥琐。

看来是她多想了，世界这么大，怎么会再遇见他。

排在顾念前面的人越来越少，顾念正拿着手机看甜品做法，忽然听到有人喊："下一个。"她一抬头，才发现已经排到她了，喊她的正是长脸小眼睛的"叶敬安"。

顾念走进去，朝着"叶敬安"说："叶医生……"想继续说时，不由得"嗝"了一声，还想开口却被面前的人打断："我不是叶医生，是实习生，这位才是。"说着，长脸小眼睛的男人朝左边指了一下。

顾念顺着他指的方向看去，叶敬安背对着她，正弯腰在水池边洗手。

是他吗？

在他转过头时，像电影中的慢镜头一样，时间被放缓拉长。他那轮廓清晰的俊朗脸庞、浓黑的眉、深邃似海的眼睛、高挺的鼻梁，都仿佛被定格一般出现在她面前。

顾念怔在原地，她怎会想到居然能再次遇见他！

叶敬安见到顾念时，愣了一秒，"是你？"

顾念面带笑容，"你记得我？"

"嗯。"

顾念看到他的白大褂上挂着一个名牌：消化内科副主任医师叶敬安。

穿着白大褂的他，比上次她见到时更为沉稳，气质卓然，身上散发出岁月沉淀下来的成熟和冷静。

叶敬安微微往前探了探身，凑近顾念，小声问："怎么，你不能预知你的未来？"

"这不属于医生要问的范畴。"

叶敬安扬唇冷笑，径自往桌子的方向走，却看到顾念朝病床走去，然后躺了下来。

叶敬安顿时冷下脸来，对顾念说："谁让你躺那儿了？"

顾念一惊，朝叶敬安投去疑问的眼神。

顾念之前去医院看胃病时，医生总会让她躺在病床上，摁她的肚子来确定病情，难道这次不一样吗？

旁边的实习生适时提醒顾念："叶教授的意思是你不用躺着，坐着诊治就行。"

顾念面露窘意，快速跳下床。

顾念在叶敬安的对面坐下，看到他那张冷冰冰的脸，如同在看一座活冰山。

总归是见过面的，怎么见她跟见了陌生人一样？或者，他本来就不苟言笑？

叶敬安面无表情道："病历本给我。"

顾念把病历本递给他，垂眸间看清他那骨节分明的手指，在灯下泛着白色的光。

叶敬安一边翻开病历本，一边公式化地问顾念："这几天吃了什么？什么时候出现这种情况的？"

顾念回答："吃了几天的麻辣香锅。从前天开始打嗝，但一天就打几个，今天打嗝的次数很多，还胃疼、呕吐。"

叶敬安在病历本上写上了日期，字迹工整。

在顾念的记忆里，接触过的医生写的字都龙飞凤舞的，就算仔仔细细地看上几遍都不知道写的是什么。更不可思议的是，叶敬安用的竟是钢笔，笔身主体颜色是黑色，搭配 18K 金，上面雕刻着精致的图案，金色笔尖的上方刻有品牌 logo 和独一无二的编号。

顾念认识这个 logo，她的竹马秦烨曾有过这个品牌的钢笔，可惜被她弄丢了。至今她还记得秦烨非常正经又非常严肃地告诉她："你知不知道，这支钢笔能买你好几年穿的衣服？"

那时，顾念为了还债，节衣缩食了一年才攒下钱，买了一支一模一样的还给秦烨。

叶敬安放下钢笔，把白色手枕推到顾念的面前，"伸左手。"他的声音低沉，极富磁性，带有一丝勾人心魄的魅力。

顾念依言伸出左手。

下一秒，他修长的手指按在她的手腕处，力道恰到好处。他命令道："放松。"

在叶敬安没给顾念号脉前，她一点都不紧张，却不料当他那双带有消毒水味道的手伸向自己时，她骤然紧张，心控制不住地扑腾扑腾跳了起来，还不合时宜地打起了嗝。

这让她想起上次他为她缠纱布的一幕，脸不禁微微泛红。

顾念深深地吸了口气，稳了稳心神，偏过头去不再看叶敬安，在心里自我安慰："就当被我家的毛毛摸了。"毛毛是顾念家里养的一只棕色的泰迪犬。

顾念从没觉得时间过得如此慢，慢得像缓缓拉开的幕布。他号脉大概才号了一分钟，她却觉得过了好久。

终于，叶敬安的手从她的手腕上移开。可是，顾念还没来得及换口气，便听见他说："伸右手。"

顾念伸出右手后，看向他的桌子，才赫然发现他桌上的东西很少——一个文件夹，一个笔筒，摆放得很整齐。继而，她稍稍抬眸，入眼的便是这位面色冷峻的叶教授，他微微侧着头，视线似乎落在她的手腕处。

他侧脸轮廓更凸显出精致的五官，窗外射进一缕阳光，照耀在他脸上，衬得他光彩夺目。顾念想起了站在舞台中央的明星，四周黑暗一片，唯有舞台上光芒万丈，照得明星耀眼璀璨。叶教授就是那种站在舞台上，即使不说话，也会让人觉得闪着光的人。

叶敬安的身体往前倾了些，朝顾念说："伸舌头。"

顾念依言照做，却看见对方露出不满的表情，说："伸长些。"

为了避免他再有什么不满，原本坐得靠后的顾念干脆朝他的方向移了一大截。他们的距离已是很近，从她现在的视线看他，能清晰地看到他纤长的睫毛，投下的阴影有部分映入他幽黑的瞳仁里。

他专注地看她的舌苔，看完后，语气微冷地说："过来。"

顾念有些不明白他的意思，旁边的实习生对她说："叶医生让你站到他面前。"

顾念穿着一件白色的棉质 T 恤，上面印着一只大大的 Kitty 猫的头像。

她不知道叶敬安下一个举动是什么，直到他把手摁在她胃部。刚开始，隔着一层薄薄的衣料，他轻轻地摁，"疼吗？"

"不疼。"顾念低头看，Kitty 猫的脸朝下斜了一点。

叶敬安的手往下移了点，"疼吗？"

"有点。"Kitty 猫的脸又朝下斜了一点，原本圆嘟嘟的脸颊终于露出些尖下巴。Kitty 猫啊，你瘦身后萌得不太明显呀。

叶敬安的手再往下移了点，"疼吗？"

"疼。"顾念的声音瞬间拔高，看到 Kitty 猫的下巴变得更加尖时，脑中迸出这样的念头：Kitty 猫啊，虽然现在都流行瓜子脸，但你要是瓜子脸，卖 Kitty 猫周边产品的都要关门大吉了。

想到这儿，顾念一时忘记了疼，兀自笑起来。

顾念的笑还没完全绽放就被叶敬安扼制在摇篮里，他加重力道去摁，"疼不疼？"

顾念的胃立刻翻江倒海，疼得她快叫出来，但她生生忍了回去，瞪着一双又圆又黑的眼睛，说："很疼。叶医生，请手下留情。"

这时，她才深刻地体会到，做一个瘦子太悲催了，被人随意"蹂躏"都没有保护层。

叶医生沉着脸，严厉道："疼？疼还笑？"

"……"顾念感受到了叶医生深深的恶意。

叶敬安一边在病历本上写着工整又帅气的行楷，一边说：“过度吃辛辣食物，刺激了胃黏膜，导致脾胃湿热、慢性胃病急性发作。”

有一个声音在顾念的心中哀号：“以后不能吃麻辣香锅了吗？”

叶敬安像是猜到她的心思一般，告诉她注意事项：“饮食要以清淡为主，禁吃油炸、腌制、生冷、刺激性食物。不宜暴饮暴食，需规律饮食、定时定量、细嚼慢咽，补充维生素 C。”

顾念腹诽：这是要跟她心爱的麻辣香锅 say goodbye 了。

叶敬安开了药方，推到顾念面前，“你拿着这个单子去收费窗口缴费，然后明天下午五点前过来取药。”他淡淡地看了她一眼，“每天午饭、晚饭前两个小时，放在微波炉加热或者用温水泡后再喝。”

喝？顾念脑中第一个闪现的画面就是熬出来的中药，味道浓烈，入口苦涩，难以下咽。一想到这儿，她就不由得皱起了眉头，继续问：“喝完胃病就能好吗？”

“这要看你了。”

“看我什么？”顾念不解，是他开的药方，疗效如何，他最清楚，但为什么要这样说？

“乖不乖。”

“乖不乖？”顾念微微睁大眼，她跟他只有过一面之缘，何谈乖不乖？说得好像她是他亲密的人一样。她想了下，做出一副小学生面对老师的乖乖模样，“我当然会乖乖吃药。”

“我说的不是这个。”

“那是什么？”

叶敬安往前探身，压低声音：“上次我问你的问题，现在告诉我答案。”

“问题？”顾念先是一脸迷惑，想了会儿才恍然大悟，“你说那个啊，如果我不说呢？”

原来他是想知道他的未来是什么，上次她给的答案是：秘密。

“你的病什么时候痊愈就不好说了。”

“你……”顾念一时气结，没想到他竟然是这样的医生，不过心里随即冒出一个声音：也许他只是故意吓唬她，怎会以此相要挟？

顾念瞪着他，没好气地说：“没想到你是这样的人。”

“说吧。”

顾念一仰头，“早晚都会知道。”

叶敬安态度有些强硬，眼睛直直地看着顾念，“不行，就现在。”

“你真的想知道？”

“嗯。”

“当你知道你的生命什么时候终结，你不会害怕吗？”

“不。”叶敬安非但不害怕，反倒颇感兴趣地看她。

“好，我告诉你。”

顾念回到住处，看到餐桌上摆了一道她爱吃的糖醋排骨，热气腾腾，色香俱全。她弯下腰闻到溢出来的香气，这时大学同学兼好友赵一莫从厨房走了出来，摆上一道鸡汁煮干丝。

顾念搂住她的脖颈，夸道：“一莫同学，你真是田螺姑娘，我要是个男人，一定会娶你。”

“你要是个男人，我还不嫁给你呢。”赵一莫一脸嫌弃地看着面前这个身高一米六五、体重不足九十斤的姑娘，“一点安全感都没有。”

“安全感不是别人给的，而是自己给自己的。”顾念把赵一莫曾经跟她说过的话还给她。

“是是。”赵一莫无心说此话题，目光转向桌上的菜，颇有些担心地说，“不知道这一次做的会不会成为牺牲品。”

“揭秘真假田螺姑娘的时刻到咯。”顾念正想拿筷子去夹排骨，赵一莫想到了什么，急忙制止她，“下午去医院看病的人，只能喝白粥。”说着，她起身去厨房给顾念盛来一碗粥。

顾念看着桌上诱人的饭菜，心仿佛在滴血。

世界上最悲催的事，莫过于有一盘糖醋排骨放在你的面前，你格外珍惜，恨不得全部消灭，可你只能眼巴巴地看着。

赵一莫是顾念见过的家里最有钱、最贤惠、最体贴的姑娘。她家经商，开的“江南苑”餐厅遍布全国，经营得风生水起。她是千金小姐，却没有千金小姐的娇气，反而很好相处。

不到半个月，顾念就要上大四，课程少，她便找了一份实习的工作。顾念本想继续住在学校的寝室，但赵一莫考虑到寝室离顾念所在的西饼店远，就让她搬到自己住的别墅里。

顾念吃完饭跟赵一莫讲起下午在医院遇到高冷医生的事。

赵一莫听完一点也不吃惊，说：“现在的医生是不是都这样？我表哥工作时比你说的这位医生更高冷。对了，你下次胃病发作的话告诉我，我推荐你去我表哥那儿。”

顾念立马拒绝，“不去。”

赵一莫循循善诱，“虽然他老是一副拒人于千里之外的样子，但他的医术很高明。”

顾念坚守阵地，“我可不想对着一张冰山脸。”

赵一莫动之以情，“反正都是对着冰山脸，还不如对着我表哥的。”

顾念不为所动，“有区别吗？”

赵一莫晓之以理，“我表哥虽然高冷，但很养眼。”

顾念嗤之以鼻，“养眼的高冷帅哥，说不定是腹黑医生。”她想到叶敬安按压她胃部时的画面就有点心有余悸。

赵一莫无力“抗敌”，放弃游说，“当然，我不希望你再去医院。”她从茶几上拿过手机，猛然对顾念说：“对了，你的手机又成摆设了？”

“有人给我打电话了？”顾念掏出手机，发现有三通未接来电，都是秦烨的。

“嗯，秦烨没找到你，就打家里座机，我接到了。”

“他找我有什么事？”

“约你周六吃饭，地点在你们第一次约会的饭馆。”赵一莫放下筷子，拿纸巾擦嘴，看向顾念，“他想跟你旧情复燃？”

顾念放下手机，“想复燃早就复燃了，还要等到今天？”

“别急，一个真心爱你的人，如果想要和你在一起，早晚都会告白。”赵一莫停顿了下，继续说，“如果他不告白，说明两点，他不敢，或者，他不爱。”

顾念有点想不通，这个经常口出金句的姑娘，爱情世界为何却一片空白？

第二天，顾念请了半天假去医院取药，走进医院，发现来往的人比昨天要少，正好奇间，看了眼旁边两位走得匆忙的护士，便尾随其后。

一个短发护士问：“发生什么事了？”

扎着丸子头的护士说：“不知道，我看见围了好多人。”

顾念想着要不要也去看一看，转而一想，她来医院是取药的，又不是看热闹的，继而朝药房的方向走去。

还没走到药房，耳边传来一阵阵嘈杂的议论声，她朝着声源地看过去，不远处乌压压的一片。在好奇心的驱使下，她不由得走过去，走到人群那儿，看到拉起的警戒线，救护人员正在紧急地放救护垫。

顾念一抬头，看见最顶楼的边缘处站着一个长发女人，她的旁边站着一个男人，由于离得远，她只能看见被阳光笼罩着的两个小小的剪影。

顾念又抬了抬头，目测这栋楼有二十几层，如果从上面坠落，铁定没命。

顾念以最快的速度上了顶楼，跑到露台时，已是气喘吁吁，汗水顺着她的脸颊滑落，她顾不上擦掉，想走上前，却被旁边的救护人员拦住。她不慌不忙地跟救护人员说："这个女人要跳楼吧？"

救护人员盘问道："你是她什么人？"

"我不认识她，但我想试试看能不能帮到她。"

救护人员一听就乐了，似乎在听笑话，连忙挥手赶人，"赶紧走，别影响救人。"

"你确定那个男人可以救她吗？"顾念振振有词地问他。

"这……应该可以。"见他说话模棱两可、吞吞吐吐的样子，顾念紧接着说："如果你不确定，就先让我待在这儿，以备不时之需。"

"你是做什么的？律师，还是心理医生？"

顾念不想再跟他磨叽，撒谎道："心理医生。"

结果对方要看她的相关证件，顾念只好接着撒谎道："忘带了。"

救护人员好像想通了，没赶她走，也没让她留下，大抵算是默认她留下。

顾念往前走了几步，看向站在露台边上的两个人，几米的距离，她终于看清站在露台边的两个人，要跳楼的女人她不认识，但站在她旁边的男人正是昨天帮她看病的叶敬安。

叶敬安面对顾念的方向站着，说的话清晰地传到顾念的耳朵里。

他依然是昨天那副毫无表情的模样，但跟跳楼女人说话的语气要比昨天跟顾念说时软了些许，"郭静怡，你现在是肝硬化中期，可以采用中医辨证施治，针对性地降解清除已经形成或者正在形成的纤维组织，使肝纤维化、肝硬化逆转，坏死组织恢复。"

郭静怡的长发随风飞舞，说话时声音颤颤的，但音量却高过叶敬安的，"这种方法一定能治好吗？"

叶敬安比给顾念看病时，多了十分的耐心，继续跟女人说："平时要注意饮食，调整饮食结构，以保证饮食合理及营养充足，以利于肝细胞功能的恢复，病情好转。"

郭静怡一脸哀愁，“有用吗？我治疗了这么长时间为什么还没好？”

“合理饮食，再结合治疗，你的病能治好。同时，还要保持心情舒畅，避免过劳过累，或情志伤肝，加重肝脏损伤。”

郭静怡干笑了两声，摇头说：“别骗我了，我知道没用。”说完，她往前走了一步，站在了露台的最边缘。

“静怡，叶教授都说了，你的病可以治，快过来，好不好？”

顾念朝说话的人看过去，他往前走了两步，长得瘦瘦高高，皮肤呈古铜色，像是长期被太阳晒后的颜色，清朗的面容上带着憔悴，看郭静怡时的神情既担忧又充满温柔。

郭静怡看向这个男的，乞求道：“高远，你放过我吧。我说了，我已经不再爱你了。”

“你爱不爱我没关系。”高远哀伤地说，“我只要你活着，好好地活着。”

顾念之前看过新闻，有女人因为情人出轨而跳楼的，可眼前呢，高远明明爱着郭静怡，她的病也有治愈的可能，她却要寻死，这让她很不解。

顾念朝叶敬安所在的方向迈出几步，看着郭静怡，“静怡，你先冷静冷静。”

郭静怡见来者是陌生人，更添不安，双腿情不自禁地微微颤抖，却强自镇定，对顾念说：“你是谁，我的事不要你管。”

叶敬安注意到了顾念，一转头，神色冷冽，语带斥责：“你来干什么？赶紧走。”

“我有办法让她不跳楼。”顾念看着他那双动人的黑眸，加快语速。

叶敬安那波澜不惊的眼眸中闪过一丝光，“什么办法？”

顾念迟疑了几秒，咬咬牙，似乎下了很大的决心，“你能不能带我到她身边？”

“你能阻止她吗？”

“不试试怎么知道？”顾念心中没底，不过她想试一试，哪怕有一线的机会，她也不想放弃。

“她就在你的眼前，自己过去。”

顾念做完内心挣扎，终是示弱，面上露出怯意，“我恐高。”

叶敬安立时了然，随即牵起她的左手，发现她的手心已沁满了汗。

顾念每往前走一步，心就跳得更厉害些。目光定定地看着郭静怡，她的双手越攥越紧，左手捏痛了叶敬安，右手的指尖掐到肉，她似乎浑然不觉。

而被捏痛的叶敬安忍着疼，没有责怪她一句，握紧她的手，迈着小步，一步一步地带着她走向郭静怡。

顾念感觉自己的腿好像失去了知觉，每一步都走得轻飘飘，如同踩在棉花上。她的心猛烈跳动着，几乎提到嗓子眼。

这时，她听见左手边的人坚定地说：“有我在，不要怕。”

顾念不知道是他的声音有魔力，还是他说的话具有鼓舞人心的力量，总之，让她的心头一暖。她抬头仰视着这个比自己足足高一头的男人，迎上了他投过来的视线，依然是那双深邃似海的眼眸，看不透眼中的意味，却让她有一种前所未有的安全感。

顾念深深地吸了口气，在离郭静怡一米多的地方停住。她感觉到他轻轻地拍了拍她的手背，而后松开，松开的瞬间，她觉得自己像落水后失去了唯一可以抓住的浮木，在水中渐渐下沉，无助感将她包围。但她比谁都要清楚，此刻她不能怯懦，不能退缩。

人活着不就是这样，总会遇到让自己害怕的事，你以为前方会是深渊，可你跨出一步，会发现根本死不了人。所谓勇敢，就是做自己害怕的事。

顾念往前走了一小步，步子有些趔趄，她不敢看远处，只看向郭静怡。

郭静怡见她要走过来，情绪激动地抬起手，“走开。”

顾念说话的语气格外温和：“冷静一下，好吗？我非常能体会你现在的感受。”

“你能体会？”郭静怡质疑她，“你又不是我，怎么能体会？”

顾念不与她争辩，心平气和地跟她说：“十五岁前，我过着跟别的孩子一样的生活。可是，从十五岁之后，我的人生发生了一些变化。我不再是同学眼中的乖乖女，而是奇怪的女孩，他们给我起了很多外号，‘怪胎’‘神经病’‘妖怪’‘疯子’，这些是他们叫我叫得最多的。

“你想想，十五岁的小女孩都希望身边有一群陪她玩陪她乐的小伙伴，我也不例外，但没有人愿意跟我做朋友，甚至还有人经常搞一些恶作剧——把胶水倒在我的凳子上，在我的语文书上写满了各种难听的话，他们玩扔沙包的时候故意扔到我身上……还有很多很多这样的事……”

郭静怡打断她：“跟我说这些有用吗？”

顾念从回忆中抽离出来，朝她莞尔一笑，语气温和：“听我说完，好不好？”

郭静怡没有应答，顾念便继续说：“我本来是很乐观、很开朗的女孩，很快我变了，变得沉闷，变得不敢说话，变得不合群。那时候对我来说，上学就像押着我进刑场一样，每去一次学校，都是经历一场漫长的酷刑。

“我觉得活着好痛苦，然后我想到了死，也许死可以结束一切，那样我就不用再面对那些让我困扰的人和事。我买了一瓶农药，藏了整整一周，到最后我都没喝。为什么？因为比起死，那些嘲笑我、欺负我的同学所做的一切都显得那么微不足道。拿着农药瓶时，我才发现自己眷恋着这个世界。人总要等到最后一刻，才明白什么对自己最重要。

“现在的你，应该和那时候的我一样，非常痛苦，非常难过，也以为死是最好的解决办法，一了百了，永无烦恼。不过，你比我更舍不得离开这个世界，对吗？”

郭静怡愣了愣，随后才轻轻地摇头。她再不想承认，但她的心骗不了自己，面前这个女孩说的话戳中了她的心。

“你有没有想过，好好地活着，才不会辜负爱你的人。”

郭静怡不停地摇头，“你明白什么！”

顾念趁她不注意，悄悄地往前迈了一步，“刚才叶教授跟你说了，你的病能治好，你要相信自己，相信叶教授，配合治疗，一定能治好。这不是什么信念，是你可以对抗疾病最好的方式。在有办法治疗的时候，我们为什么要向疾病妥协？”

郭静怡指着她，呵斥道：“你走开，我不想听你说话。”

叶敬安见郭静怡如此不配合，过来想拉顾念离开，“还是我来，我比你了解她。”

顾念小声对他说：“给我两分钟。”

顾念转身示意高远过来，先看着高远的眼睛一会儿，再看向面黄肌瘦的郭静怡，“静怡，你看看你面前的这个男人，除了照顾你，他还做着送快递的活，晚上还要去餐厅打工，为了你，他愿意吃苦，他希望你好好活着。”她看了眼郭静怡的右手中指，那上面戴着一枚素雅的银色戒指，跟高远手上的是同一款，“你心中还有爱着的人，无法放心的人，你就真的忍心离开这个世界吗？等你的病治好了，你就能幸福地跟你爱的人在一起，你不想过那样的生活吗？”

郭静怡的情绪似乎平静了些，眼睛里含着泪，一直看着高远。

高远慢慢地往前走了一步，伸出双手，极其柔情地对郭静怡说：“静怡，不管你变成什么样子，不管生活多么艰难，我都愿意跟你一起走下去，你千万别放弃，好吗？”

高远再继续往前走了一小步，见郭静怡并没有要跳下去的意思，连忙走上前，将她一把搂在怀里，退后几步，到达安全区域，抬手拨开郭静怡被汗水浸湿贴在额上的头发，“傻瓜，下次别做傻事了，知不知道我有多担心你？”

郭静怡靠在高远的肩头，旁若无人地哭起来，泪水打湿了他的衣服。她抽噎着，“你才是傻瓜，天底下最大的傻瓜。没有我，你才会过得幸福。”

“不。”高远紧紧地拥着她，“没了你，我活着又有什么意义。”

顾念看着眼前的一幕，不禁有些感动，浮躁世界，太多虚假情意，如今看了一场真感情，倒对爱情多了几分期许。

她想往前迈步，却觉得双腿虚软，似乎所有的力气都在方才用尽。视线没了重点，余光看到远处低矮的房子，再添惧怕，她移不开半步。

后来发生了什么，她每每回忆起来，只依稀记得在一个阳光温热的清晨，浑身无力的她差点瘫软在地，是叶敬安扶起她，一手搀着她的左臂，一手揽在她腰上，拥着她离开。

那种感觉，温暖得像四月天里的暖阳，暖融融地照进她的心间。

顾念去取药，正好跟叶敬安同行一段路。

她感觉腿还有点软，连话都不想说，身边的男人亦是沉默不语。

一切都如没有起任何涟漪的水面，但在这之后，刮来一阵风，吹得水面起了波澜。

叶敬安正专心地想着明天的一台手术，就在此时，在他猝不及防间，一个娇小的身体突然扑进他的怀里，扑进来的瞬间，让他不由得往后退了一小步，但又迅速地稳住身体，低头看着埋在他胸口的顾念。

一向淡定的叶敬安一时间有些慌了神，他愣在原地，不知所措，感觉到怀里的她微微瑟缩着，像在暴风骤雨中胆怯的飞鸟，急切地想飞回归处。

她穿着棉质 T 恤，隔着薄薄的布料，他感受到她的体温。

而她一时受了惊吓，没有察觉到他稍微加快的心跳。

过了一会儿，叶敬安抬手，轻轻地将她推开。

他垂眸看她，迎上她惶恐的眼神。

虽然她的身体不再与他的身体贴合，但他发现她的手仍紧紧地拽着他的衬衫。

叶敬安蹙眉问："怎么了？"

顾念声音颤颤地回："刚才我看到一个穿黑色短袖的大叔。"她稍稍转身，指着刚才从她身边走过的中年男人，说，"就是他，两天后会被车撞死……死得很惨。"

最初，顾念对于自己能看见别人的命运所带来的种种便利而兴奋，可没过两天，她发觉这事没她想的那么美好，除了能看见美好的事，她还能看见各种恐怖血腥的事。

叶敬安看着顾念失魂落魄的样子，提议道："要不要去我诊室坐会儿？"

"好。"顾念松开手，心仍旧跳得厉害。

到了诊室，叶敬安倒了杯温水放到顾念的面前，双手环胸，居高临下地看她，“你擅长多管闲事？”

“你可以这么理解，但也可以理解为助人为乐。”她不求郭静怡给她送一面“助人为乐”的锦旗，只求别骂她“神经病”。

“你可以去参加年度好人的评选了。”世界上不尽如人意的事不计其数，难道她每一件都要管吗？

“如果可以，还真想试试。”顾念做出跃跃欲试的样子，心里却想：谁想试，分内之事，不足挂齿。

“我走了，拜拜。”等了一会儿，顾念起身朝他挥手。

叶敬安忽然叫住她：“等等。”

顾念脚步一顿，“怎么了？”

“你说未来的我会子孙绕膝，幸福度过晚年，最终因得肝病离去，那……”叶敬安停顿了下，“我的妻子是谁？”

“这……”顾念支支吾吾，低下头去，像在想着什么。

叶敬安加重语气：“你在骗我？”

“其实……”顾念摸了摸头，面露歉意，“我只能看到别人未来三天的命运。”

叶敬安开始用质疑的目光看她，“我晚上会去哪儿吃饭？”

“嗯……”顾念突然不知该如何回答。

接着，叶敬安问出一连串的问题：“我住哪儿？明天我会穿什么衣服，会去哪儿吃早餐？”

顾念顿时哑口无言，不知所措地看着他。

叶敬安眼底含了些怒意，冷冷看她，“你到底哪句话才是真的？”

“我……”顾念难为情地绞着双手，“之前跟你开了个玩笑，还请你不要放在心上。其实……”她抬头看了叶敬安许久，才说：“除了我的父母和弟弟，你是唯一一个我看不见命运的人。”

从顾念十五岁那年起，她的世界变得和别人的世界不一样，她的异次元世界乱哄哄的，是由无数快乐的、甜蜜的、幸福的、失落的、难过的、悲伤的画面交织而成的庞大又喧嚣的世界。

那些属于别人的甜蜜温存、情深意长、声色犬马、兵荒马乱……她都看得见。

二十一岁的她，看过太多，从爱到不爱，从希望到绝望，从生到死。她看过有的人被生活折磨得百孔千疮，却还在努力寻找生命中一点点的精彩；有的人看似跟朋友私交甚笃，却在背后说尽朋友的坏话；有的人明明穷得只能租十平方米的房子，却透支信用卡假装过得很好……每个人都有自己不一样的活法。

但奇怪的是，她看不见父母、弟弟，还有自己未来的命运。

顾念想不明白，她看不见亲人的命运，可为什么叶敬安未来的世界也对自己完全关上了门，让她无法走进去？

难道，他对她来说，是特别的存在？

从诊室出来，快到医院下班时间，楼道间只剩下稀稀拉拉的几个人，顾念正往直梯间走去，忽然闪出一个人，挡在她的面前，吓得她连忙收住脚步。

来人比她高，从她的视角，只能看到他灰色 T 恤的衣领。顾念抬头，看到了一脸憔悴的高远。

“医生，请问现在有时间吗？”高远的眼睛里充满期许。

“嗯？”顾念一时没反应过来，医生？他为什么叫自己医生？她想了一番后才恍然，原来自己曾在救护人员面前谎称自己是心理医生，想来也被高远听见了，他也信以为真了。顾念轻咳两声，微微扬起下巴，面色如常，“有什么事？”

“关于静怡的。”

高远把顾念带到医院附近的一家茶餐厅，没到吃饭高峰期，里面的人并不多，他们找了个僻静的地方。

“静怡现在的情况怎么样？”顾念并不打算告诉高远自己的真实身份，有模有样地问。

“稳定了些。”

“有什么需要我帮忙的吗？”

“我想，她不会就此罢休。”高远灌了几大口柠檬水，“她想做的事一定会坚持。”

“你怕她再做傻事？”

“嗯。”高远露出愁容。

“你对她来说，重要吗？”

“我是她在这个世上最亲近的人。”高远的脸上终于现出一丝微笑，“医生，你有时间的话，我可以现在给你讲讲我和她的故事。”

顾念想想现在回去也没什么事，回应道：“好。”

其实，她还挺好奇他们之间发生过怎样的故事。

高远第一次见到郭静怡，是在一个飘着初雪的冬天，地面上积着薄薄的一层雪，光秃秃的树枝上也挂着雪，天地间，白茫茫一片。

他最喜欢雪天，因为可以堆雪人，而雪人会成为他唯一的朋友。但那天，他看着自己堆的雪人，却提不起一点兴致，因为昨天院长跟他说，今天会有一对有钱的夫妇领养他。

他从小在孤儿院长大，不知道自己的父母是谁，他身边的小伙伴都期待着自己能被有钱的人家领养，他却不想。他已经习惯了孤儿院的生活，院长对他也很照顾。

每当有汽车从孤儿院门前经过时，高远心里都不禁有些害怕，他怕接他的那对夫妇到来。直到午后，终于驶来一辆车，他认得出，那是一辆警车，也许是送孩子进孤儿院的。

从警车上走下来一个穿着制服的女人，她从车上抱下来一个看起来大约五岁的女孩。

女孩穿着红色单皮鞋，鞋面脏兮兮的，但大红色在雪地里格外耀眼好看。她的衣着很单薄，皱巴巴的，一下车，冷得瑟瑟发抖，一双大眼睛看到陌生的环境有些害怕，但在看到高远的那一刻，却朝他露出了笑容。

说来也怪，飘落的雪花渐渐变小、消失，很快太阳刺破云层，照耀大地。

雪霁天晴，女孩的笑容仿佛世间最美的花，一点点盛开在他孤独的世界里。

高远记得，那年自己八岁，郭静怡六岁。

高远担心的事并没有发生，那对有钱的夫妇最终没有收养他。之后，每当有人来孤儿院时，他都会一改平时沉闷乖巧的模样，变得凶巴巴，故意给收养人留下坏印象，好让自己成不了他们收养的对象，他还把这个方法告诉了郭静怡，才得以让她也一直留在孤儿院里。

那时候，郭静怡成了他继雪人后最亲密的人。

高远讲这段时，语气轻快。

顾念看着高远，“你们一定度过了一个很快乐的童年！”

“是的。”

高远告诉顾念，他们同病相怜，生来都不知道父母是谁，都是被父母抛弃的孩子，他们成了彼此最好的朋友。

郭静怡七岁那年学自行车，她不敢骑，他就鼓励她：“别怕，我会在后面扶着。”

她战战兢兢地踏上脚踏板，他握紧后座，心里比她还害怕，生怕她会一不小心跌倒。她勇敢地迈出第一步，扶好车把手，跨上车，骑得东倒西歪，他紧跟她的节奏，牢牢扶好。

即使他扶得再牢，她还是摔了下来，手被蹭破了皮，疼得直想哭，却生生把泪水憋了回去。他瞧出了她的难受，拿起她的手，变魔术般地从口袋里拿出一张创可贴，小心地帮她贴上，心疼地说："你要紧紧地握着扶手，看着前方，骑的时候不要害怕，你越是害怕，越容易摔倒。"

"好的，我再试试。"郭静怡看着面前这个像小大人似的高远，心中的害怕逐渐减退，鼓起勇气再次跨上车。她不记得那天一共摔了几次，但记得高远一次次的鼓励和贴心照顾。

小学和初中都一起结伴上学、放学，高远学习成绩欠佳，而郭静怡是班里的佼佼者，她说："要不要我帮你补习语文？"

高远拉着脸，"不要。"他才不想被她小瞧了去，哪有低年级的学生帮高年级的学生补习的道理。他拿着那本高年级的语文课本，质疑地问："你会吗？"

郭静怡一把拿过，"试试不就知道了。"

他没想到，她竟然对自己的语文课本很了解，课后作业也都会做。虽然她是他生活中的妹妹，但在学习上，却成了他的老师。

郭静怡上高一那年，告诉高远有人给她写情书时，他的心里涌现出了之前从未出现过的感情，酸酸的、涩涩的，像吃了一颗青梅，那时候，他还不知道，这就是喜欢一个人的滋味。

郭静怡拿着情书，一脸不知道怎么办的样子，求助他："小远哥，你说怎么办？"

高远扯过情书，看都不看，撕成两半，"现在要好好学习，感情的事，等高考后再说。"

郭静怡有些担忧，"以后遇到这种情况怎么办？"

高远把手中撕掉的情书举高给她看，"像这样处理就好了。"

高远记得，给郭静怡写情书是在高三下学期，还有两个月就要参加高考，他自知可能考不上什么好的院校，以后也不能跟郭静怡在同一所大学，在拼了命熬夜看书的同时，他花了七天时间，才写完一封情书。这封情书，他写了好几个版本，写了扔，扔掉继续写，最终的情书并没有洋洋洒洒的几页纸，只有一页纸，饱含了他对她所有的感情：你陪了我十年，愿意换一下身份吗？从女性朋友到女朋友，好不好？

他知道，这是一封投递出去注定石沉大海的情书，也正是如此，他才敢投递。

在他的日夜努力下，终于考上了一所二本院校，她去送他上火车的那天，他看到她一直都像往常一样跟他说笑，送到月台，他让她先回去，她说："再等等。"似乎有说不完的话，但其实，她只是很专注地望着他，直到距离火车开车还剩几分钟时，她才说："到学校了要照顾好自己，衣服要跟袜子分开洗，洗白球鞋后要在上面放一层纸巾，以免晒黄，要按时吃饭……"他觉得那一刻的她好啰唆，可是，他喜欢，再多的啰唆，都像抹了蜜，甜到心里。他坐上车后，一直朝她站着的方向看着，直到她消失不见。

高远在学校里看着成双成对的情侣们，对郭静怡的感情被渐渐放大，蠢蠢欲动，终于在她考上大学后进行表白。

顾念听到这里，兴致颇高，她无法想象身旁这个看似特老实的男孩会以什么样的方式表白。

顾念问高远："暗恋她几年，却一直不说出口是什么感受？"她经历过那种滋味，对她来说，暗恋是喷薄欲出的火山，在见到心上人的那一刻，会瞬间活跃，却要生生压回去，变成一座静寂的火山。

高远思索了会儿，望向远处渐渐下沉的太阳，"暗恋是压抑，是难受，更是期待，期待着有一天把喜欢一个人的心情说出口，能得到对方的回应。"

顾念心中存疑："你是在她刚考上大学时表白的，还是过了一段时间再表白的？"

高远回答："我送她去大学的第一天。"

顾念一惊，还真看不出来他的行动如此快，不禁问："这么着急，怕她被别人抢走？"

"当然，她那么优秀，又那么好看，有眼光的人见到她，都会忍不住喜欢吧。"高远的脸上露出引以为荣的表情。

那天，高远帮郭静怡拎着大包小包，送她去学校宿舍，帮她铺了床。到了晚上，用自己勤工俭学的钱，带她去了一家她喜欢的川菜馆，点了她爱吃的水煮鱼，为她细心地将鱼刺剃掉。

吃完饭，他们走在人群拥挤的街头，他生怕有人碰到她，牵起她的手，将她挡在身后。

高远送她到宿舍楼下，几番欲言又止，想到下次见她还不知道会是什么时候，才鼓足勇气说："静怡，你没发现缺一个人吗？"

郭静怡困惑，"什么人？"

“可以帮你遮风挡雨的人。”

郭静怡吃了一惊，“你要帮我介绍男朋友？”

“嗯。”

“是谁？”

“远在天边，近在眼前。”高远的眼眸里含着灼灼的光。他看到眼前的她惊奇地睁大眼，沉默许久。

高远尴尬地摸了摸后脑勺，正想开口说“我开玩笑的”，结果，听到她说：“做多久？”

起初高远没反应过来，听到她的回答，愣了一下，随即一脸兴奋地望着郭静怡，情不自禁地将她的双手捧在手心，“一辈子，好吗？”

他看到她羞红了脸，轻轻地回：“好。”

沉浸在回忆里的高远脸上布满幸福的笑意，跟顾念说：“从那以后，我跟静怡开始了异地恋，那时候我们还没钱买手机，有空了会去网吧视频聊天，每一次都会聊得忘了时间。她比以前更关心我，经常叮嘱我要按时吃饭，好好照顾自己。原本，我觉得我可以跟她一直那样幸福下去，怎么也没想到她竟然会生病，还是肝硬化中期，去检查后，医生说是由乙肝导致的，她一直都没跟我说她生过病，她瞒了我好久，直到她住院了才告诉我。”

顾念看到他脸上的笑容消失了，面露苦涩，“她是担心你，才不告诉你的吧？”

“是。”高远忧伤地说，“她从来都是这样。”

高远一得知郭静怡生病的消息，连夜赶到她的城市，看到病床上变得瘦弱的她，满脸心疼，将她的手握在手心，轻声责怪，“你怎么不早点告诉我？连个照顾你的人都没有。”

郭静怡见到高远，开心地笑道：“这不是告诉你了吗。”她伸伸胳膊，“看，我这不是好好的。”

她的主治医生叶敬远跟她说，她的病能医治，而且她从别的病人口中知道叶教授医术高明，便对自己的病抱有很大的希望，她觉得只要认真治疗就可以痊愈。

起初，不管病痛如何折磨她，她都不会喊一句疼，不会怨天尤人，见到高远，总是乐呵呵的模样，哪里看得出她是个病人。

但高远知道，到了晚上她会被疼痛弄醒，吃了止痛药才能继续入睡。

有一次，高远看着强作欢颜的她，看着她忍着痛小口小口地吃饭，心里很难受，帮她擦了擦嘴角的油渍，她笑着说：“今天的茄子真好吃。”

那天，病房里的另一个病人正好出去打饭，剩下他们俩。

虽然她生着病，但眼睛还是那么明亮好看；虽然她渐渐变瘦，但小小的脸庞惹人生怜……

高远帮她盖被子，凑近了，闻到她发间的香味。他望着她小巧的脸，心为之一动，低下头一吻芳泽。

然而，他的唇刚触到她的唇，她连忙一把将他推开，生气地说：“你在做什么？”

“我……”高远显然没料到她会有如此大的反应，以为是自己鲁莽了，满是歉意地说，“对不起，是我不好，没有先征求你的意见。”

郭静怡垂着头，沉默了好一会儿，抬起头时，脸上流露出复杂的表情，“等我病好了，我会补偿你。”

“你是……”高远想了下忽然明白了什么，“你怕会把病传染给我？”因为她的病，他翻阅了大量资料，得知乙肝会通过口液传染给别人。

郭静怡没有说话，神色忧伤。

高远握起她的手，言之凿凿，“我不怕。”

郭静怡撇过脸去，不让他看到即将夺眶的泪水，“你别这样，我希望你好好的。”

高远不再强求她，触碰到她嘴角的甜蜜，化为酸涩。

高远说这一段时，有害羞，有苦涩，“她之所以告诉我生病，我猜测，大概是她缺钱了，我没有问她原因。不过从那以后，我就不敢多花一分钱，跟学校请了假，白天照顾她，空了就去送快递，晚上去餐厅打工。”他忽然停顿，疑惑地问顾念，“你怎么知道我送快递和去餐厅打工的事？”

当时顾念是从他的眼睛里看到他明天要做的一些事，他这么一问，她开始胡诌：“我看到你手上拿了一个盒子、两个快递袋，你现在应该全身心都想着怎么照顾静怡，你拿的那些东西说明你在做快递员的工作。你的手指粗糙，应该是干活造成的，我猜你应该在餐厅打工。”

“顾医生，既然你这么能观察一个人，你说，郭静怡还会继续做傻事吗？”

“这个……”顾念犹豫着要不要介入此事，想了想，救人就救到底吧，去见下郭静怡，就能知道三天内会发生什么事了，“需要跟她聊一下才知道。”

第三章 × 记得当时正年少，风在树梢鸟在叫

一场突如其来的幸事，远胜过定时后取出的美食、计划去了某座城市后看到的美景、每天某个时段在某条街上遇到的某个人。

顾念在上大一时就在“甜又甜”西饼店做兼职，现在选择在这家西饼店上班，有一个重要的缘由，便是上一天班休一天。店里的管理制度比较人性化，如果她要去学校上课，可以自行调休。

这天她忙得天昏地暗，除了要做店里日常售卖的普通蛋糕，还要做别人定制的生日蛋糕。快到下班时间，她还在做着一块粉色蔷薇蛋糕。拿着裱花嘴在蛋糕上拧出最后一朵蔷薇，她把裱花嘴放在一边，甩甩有些酸疼的手臂。

这时，茉莉用胳膊碰了她一下，神神秘秘地说：“看谁来了。”然后，她侧过身，从她的身后走过来一个穿着刑警制服的高大男人。

“不是约好七点在‘这里没有麻辣烫’见吗，怎么来这儿了？”顾念一边说一边脱一次性手套。

“刚办完事，路过这里看看你有没有忙完，要是忙完了，正好可以一起去。”秦烨本生得清俊，因穿了制服，更多了些许英气。

“我看啊……”茉莉分别看了他们一眼，“秦大帅哥是特意来接我们顾念的吧？”

“别胡说。”顾念瞪了茉莉一眼。

茉莉并没有打住的意思，反而变本加厉，看向秦烨，眉开眼笑，“秦大帅哥，晚上可要好好对待我们顾念哦！”

秦烨体贴地从顾念手中拿过包，对茉莉说：“当然。”

“这里没有麻辣烫”，店主虽然取了这样的名字，其实里面都是麻辣烫，可是，顾念吃不了麻辣味的，只能选择清汤的。

顾念已许久没来这儿了，记得最近的一次是和赵一莫来的，这个吃惯了山珍海味的大小姐直夸这里的麻辣烫鲜香味美，不过这已是一年前的事了。

现在她看到的店面已变了模样，之前旁边的米粉店没了，成为这家店的一部分。店面重新装修过，原本店铺极其简陋，青墙黛瓦，像蒙了一层灰，透出六七十年代的味道，倒也颇有几分韵味。如今呢，古朴的木窗换成了雕刻着精致花纹的红棕色松木窗，木门也极其古色古香，与木窗同色，设计简约，门把手是做工精良的铜质狮子头。

顾念才走到门前，穿着青花瓷旗袍的服务员礼貌地为他们开门。顾念一边往里走，一边对秦烨说："变化真大啊，我记得之前这里的服务员穿得很现代化，现在都改民国风了。"

秦烨带她走到第一排第二桌靠窗的地方，温和地问："你有多久没来这儿了？"

"一年多。"顾念发现他选的地方正是当年他们第一次约会坐的地方，她没想到他竟然还记得，打趣道，"为什么选这个位置，想走怀旧路线？"

没等他回答，顾念就听到小李粗犷的声音："秦哥，怪不得你每次都选这儿，原来是在等心上人啊。"

首先进入顾念视线的是一双有些灰尘的黑色大头皮鞋，继而是一个藏在宽松的藏青色长衫下，像西瓜般圆滚滚的肚子，再往上看，是一张肥嘟嘟的脸，眼睛小小的，眯缝着。

顾念仰头看小李，"小胖啊，一年多不见，你的身材还是保持得这么好啊。"

"我只是瘦得不明显。"小李给他们倒上一杯菊花茶，眼睛笑得眯成一条缝，"小念姐，秦哥太闷骚了，明明很喜欢你，就是不说。"

顾念说："他对我什么心思，我最清楚了。友情之上，爱情之下，我啊，只是他最好的女哥们。"

秦烨淡然一笑。

顾念忆起他们第一次在这儿吃饭的时候，彼时，她上高三，他已工作好几年。他觉得这是他们第一次约会的地方，她倒觉得是让两人关系有所变化的地方。

在还没有来"这里没有麻辣烫"前，他们不过是别人眼中的青梅竹马，两家是世交，来往甚多，直到顾念上初一后，那个每次从叶市给她带来新鲜玩意儿、一回家必去她家的秦烨，离开了曾经居住的枝江镇，举家搬去了叶市。顾念永远都记得秦烨离开时跟她说的话，他说："我不知道什么时候会回来看你，但那一天早晚都会到来。"

顾念默默地想：不管你在哪里，去多远，我都不会忘记你。但她说出口的却是："你来不来都没关系，我不稀罕。"秦烨只当她是小女孩在赌气，不与她争辩。

秦烨搬家的具体缘由要说到他的父亲秦双。秦双凭着自己的聪慧和努力，从原来的建筑工程师到建筑承包商再到后来叶市数一数二的房地产商，赚得盆满钵满。

他们搬家的那天，顾念看着他们把行李一件件放在豪车的后备厢里，心中苦涩难当。谁也不知道，她的心里装着一个秘密，她仰慕秦烨已久。

要用什么样的词来形容秦烨呢？顾念认为最贴切的莫过于“别人家的孩子”。秦烨从幼儿园开始就展现出过人的智力，每次考试都稳居班里第一，一直持续到警校毕业。除了成绩好，他的运动神经也比顾念发达很多，在学校里、镇里乃至市里的短跑比赛、长跑比赛、篮球赛、足球赛中，他都是佼佼者。同时，他还是生活上的能手，比如家里电器坏了、线路烧了、下水道堵了等，他都能充当修理工的角色。

顾念是从小学三年级的时候开始崇拜秦烨的，究其原因，那时候的她是个学渣，面对一个离自己这么近的学霸，她仰望他的同时，还很幸运地成了他辅导的对象。

随着时光流逝，顾念一天天长大，从以前那个在秦烨辅导她时调皮捣蛋的丫头变成有些害羞的姑娘。是从什么时候开始对他有异样情愫的？顾念说不清，却记得清那种感觉。

她希冀着能在回家的路上遇见他或者在到家的那一刻看见他也站在家门前，期待着周末能跟他一起去镇上那家烤鱼店吃麻辣烤鱼，盼望着他每一次耐心的辅导。不过，自从她对秦烨有了异样的情愫后，辅导课基本形同虚设，她的眼睛总会盯着他看，看那个已经风度翩翩、身材拔高的少年，看他的白色衬衫被风吹得鼓鼓的样子，看他拿着笔指着数学课本说：“我脸上没写答案，看这里。”

为了这个她默默仰慕了好多年的少年，作为学渣的顾念渐渐有了要好好学习的念头，考上叶市的一本大学。

赵一莫对顾念感情的事悉数知晓，提及高三那年，赵一莫说：“你跟秦烨通了那么多暧昧的信，虽然没确定关系，但已经胜过恋人。”

顾念曾有过这样的念头，他们算是恋人吗？如果算的话，可彼此都没有说出“喜欢”或“爱”。于是，她就权当他们是好闺密。她把仰慕的情愫埋在心底，不知道哪一天能见光。

高三下学期，顾念学业紧张，内心背负很重的压力，对于能否考上叶市的一本大学，她没有十足的把握。为了散心，她终于踏上了去叶市的旅程，不为欣赏叶市的风景，只为看一看那个她思念已久的人。

其实，在他们俩吃饭前和吃饭时，一切都和往常一样，唯一不同的是，顾念见到秦烨时旁若无人、大大咧咧地扑向了他的怀里，在做这个举动时，她没有想太多，而是出于下意识的反应。那时她没有看到秦烨脸上闪现的愕然和不知所措，无论如何，他没想到这丫头会这样做，像极小时候的她。

正是顾念这个没有多想的动作，轻轻地推开了秦烨心中那扇暗恋的门，整顿饭他吃得心不在焉，一直在听对面的顾念讲她繁重的课业、严厉的数学老师、某某同学又骂她“怪胎”了。

直到两人吃完饭，秦烨忽然说了一句：“我在叶市等你。”

顾念在听到这句话时，心跳骤然漏了一拍，耳根微微发烫，这个她仰慕许久、浑身都闪着光的男人，第一次说了“等你”。

很多期许的事，我们觉得遥遥无期，等了又等，以为等不来，却会在我们不经意间悄悄到来。一场突如其来的幸事，远胜过定时后取出的美食、计划去了某座城市后看到的美景、每天某个时段在某条街上遇到的某个特定的人。

对顾念而言，这句“等你”，几乎等同于“我喜欢你”，等同于世界上最甜蜜的情话。

于是，顾念说出了藏在心底很久很久的话：“我会来找你的。其实，我喜欢你很久了。”

秦烨没有言语，只是伸出手握住了她的，那么轻那么轻地握着，像握着一个不真实的梦。

两人十指相扣，过了很久，秦烨说：“现在最要紧的是你要好好学习，等考上了大学，我们再在一起。”

顾念在等菜的间隙，才认真地看着眼前这位坐姿格外端正的男人，他穿着短袖制服，摘下警帽后头发有些趴，却丝毫不影响他俊朗的形象。

她盯着他看了一会儿后说：“最近是不是被一桩连环凶杀案弄得焦头烂额？”

秦烨知道很多事都逃不过她的眼睛，“嗯，这名凶手作案手段凶残，死者都是男的，尸体都被分解了，但每具尸体都没有找到手。”

“好恐怖。”顾念听得有些心惊胆战，暗自庆幸自己不是男人。

秦烨看着顾念，“你从我这里看到什么了吗？三天内破案了吗，或者有没有什么线索？”

顾念摇摇头，“凶手作案手法高，没有留下线索，所以你们才迟迟没有什么头绪，而且……”她长长叹口气。

“而且什么？”秦烨心知不妙，不禁皱眉。

“我所看到的是，你们知道凶手还会作案，却束手无策。”顾念看着桌上摆好了的菜，连忙对秦烨说，“好了好了，先不聊工作，而且还这么恐怖，影响食欲。”

“好。”秦烨夹了一块鱼豆腐，却吃得不是滋味。

顾念吃着饭，脑中蹦出了之前看过的一句话：分手后不能做朋友，因为彼此伤害过。

可是，她却不这么认为，她觉得分手后的恋人，可能自分手那天不会再见，也可能还继续做朋友，就像她跟秦烨这样。

避不开的误会，解不开的心结，躲不掉的伤害，都不过是岁月长河里的一粒沙砾，终会被风浪吹散。

她很庆幸，千帆过尽后，他依然是她的男闺密。

顾念吃完一个甜不辣，问秦烨：“听我妈说，你妈最近几个月急着安排你去相亲，是吗？”

“嗯。”

顾念一边夹鱼丸，一边问：“去看了吗，有喜欢的吗？”

秦烨抬起头，眸子在灯光的照耀下格外明亮。他中气十足地说：“我说有，你会相信吗？”

顾念吃着鱼丸，有些口齿不清地说：“你说什么，我都信。”是的，因为他从没跟她说过谎。

“真是个傻姑娘。”秦烨伸出长胳膊，揉了揉她的头发，“没有喜欢的。”

顾念开始像个大人一样地跟他说：“要求放低点，有看得顺眼的，可以先处着看看。”

然后，换来了他的一句“说话跟我妈似的”。

顾念得意地一笑，“那你以后是不是要尊敬我？”

秦烨故意沉下脸，“别没大没小。”他想了想，问：“你呢，有喜欢的人吗？”

“你又不是不了解我，我有什么事还能不告诉你。”顾念一直觉得秦烨是个可以供自己倾诉各种事的收容站，不管她每次说什么事、说多久，他都默默地倾听，最后还能给她建设性的意见。当她看到一些人未来三天即将发生一些恐怖的事时，她会害怕，会整夜整夜地失眠。每当这时，她会第一个想到秦烨，跟他通很久很久的电话。

在顾念跟秦烨分开后的一段时日里，她从不谈及感情，直到她内心的伤痕得到自我修复，跟他恢复到朋友的位置时，她才告诉他“某某暗恋她、某某在追她”诸如此类的事。

秦烨搁下筷子，双手交握在一起，直视着顾念，要说的话在心中辗转了几回才说出口："现在你喜欢什么样的男人？"

顾念刚想回答，手机响了，她朝他示意自己先接下电话。

手机那头传来奶声奶气的声音："姐姐。"说得虽慢，口齿也不太清，但顾念听出来了是在叫她，她对这小家伙的声音毫无免疫力，一听心就软了，声音也变得极其柔和："嘟嘟，在干吗呢？"

嘟嘟是顾佳玮的小名，是顾念给他取的。嘟嘟刚出生时是个大胖小子，足足八斤，后来更是在胖的路上一路狂奔，手臂和腿胖得跟莲藕似的，一截一截的，小脸蛋儿肉嘟嘟，还有双下巴，顾念便赐予他"嘟嘟"的小名。

嘟嘟是谁？是顾念那个比她小了十八岁的亲弟弟。

嘟嘟慢悠悠地说："看《光头强》。"后面的两个字声音小了，应该是离电话远了。

顾念又问："现在还尿床吗？"

顾念没听到嘟嘟说话，倒听到她那位母上大人开了口："嘟嘟，姐姐问你还尿不尿床，先别看动画片，回答下姐姐。"

嘟嘟在那头一边哼哼唧唧，一边朝话筒大声说："棒棒糖，棒棒糖。"

这只小馋猫就想着吃糖，顾念想好了，等哪次回去的时候，给他买一箱棒棒糖，让他吃个够，牙齿掉光光。

当然了，她也就这么想想。

秦烨听见嘟嘟软萌的声音，示意顾念把手机给他。他接过手机，温和地说："嘟嘟，想小烨哥哥了吗？"

电话那端传来惊喜的声音，不是嘟嘟的，而是顾母的："小烨吗？"

秦烨礼貌地回："是我，徐阿姨。"

顾念知道，只要母上大人跟秦烨聊天，能巴拉巴拉地把各种家长里短、生活琐碎都聊个遍。他们俩聊得投机也就算了，每次母上大人都要提到自己。这不，她听见母亲故意提高嗓门说："小烨，小念这孩子没心眼，又刚去店里实习，平时你对她多照应点。"秦烨应完，顾母接着说，"小烨啊，最近听你妈说，相亲不太顺利啊。今年你二十八岁，也不小了，可以娶媳妇了。要是没有合适的，你可以考虑下我们家的小念。我也跟你妈提过这事，你妈非常希望你们能再在一起。"顾母的声音里带着笑意，"你们要是能在一起，也算是了了你妈和你徐阿姨的一桩大心事。"

顾念终于听不下去了，没等秦烨回答，从他手中夺过手机，朝顾母说："妈，跟你说多少次了，我跟小烨现在只是朋友。”

顾母倒是不急不慢地说：“以后的事谁说得准，是不是？”

顾念不想在秦烨面前跟母亲争辩，敷衍道：“顺其自然吧。”

这通电话最终在嘟嘟哇哇的哭声中结束，原来嘟嘟在玩玩具汽车时不小心摔倒在地，疼得直哭，顾母这才匆匆挂了电话，去哄她的宝贝儿子。

在母亲说完刚才那通希望她和秦烨能再在一起这么直白的话后，顾念再面对秦烨时不免有些尴尬，讪讪地说：“我妈的话，你别放在心上。她啊，整天就知道瞎想。”

秦烨并不介怀，笑了起来，“你妈也是为我们好。不管我们最终跟谁在一起，幸福最重要，你说是不是？”

顾念点点头，抿抿嘴唇，“谁说不是呢。我啊，希望能找到一个对的人，我爱他，他也爱我，如果在一起没有很多很多的话，那也要即使不说话，也能明白对方的心意。”

秦烨心想她真是个没有长大的姑娘，就算再亲密的两个人在一起，又怎么能懂得对方的欲言又止或者沉默？每个人的心房就像一扇关闭的窗，即使你一探再探，也无法窥见其内里。

秦烨继续问了方才的那个问题：“现在你喜欢什么样的男人？”

顾念笑了起来，“只要不是你这样的就行。”

秦烨的黑眸直直地锁住她的双眼，故意沉下脸，“我怎么不好了？”

谁想听到有人说自己的坏话？即使他是她的男闺密，也要顾虑下他的感受。顾念的脸上带着些许的歉意，“你看我，没表达清楚。你啊，你颜正、人好、富二代。我刚才想说的是，不找比我大三岁以上的。”

顾念略一沉吟，很认真地看着秦烨继续说：“我想找的人，他不一定很帅，也不一定很有钱，但只要有他在，我就会觉得很安心。不管他在别人眼中是什么样子，在我心中，他始终无法代替。嗯，我就是想找这样的一个人。”

秦烨本是要送顾念回家的，送到半路，却临时有事要去局里一趟，不得不让她独自回家。

顾念本着“饭后散散步，锻炼锻炼身体”的想法，选择了走路回家，幸好今晚的月亮很亮，路灯也没有一盏坏的，也没有看见可怕的事，就这么相安无事地走了一路。

她低着头，想着要尽量走在一条直线上，抬脚跨两步，每一步还都要落在完整的石块上。

她心中还暗暗数着数：“一、二、三……”当数到“九十九”时，撞进了一个人的怀里。

顾念立刻顿住脚步，抬头一看，一张熟悉的面孔落入视线。

脱下白大褂的他，穿着暗灰色条纹衬衫，袖口整齐地挽上去一小截，身上散发出淡淡的茶香味，想来应该是刚喝完茶。

顾念抱歉地说："叶教授，对不起。"

叶敬安刚从好友贺承家出来，去取车时，远远就看到一个小小的身影，隐没在树影里，他觉得有些眼熟，走近了看，正是顾念。他走到了她的面前，以为她会停下来，不承想她依然沉浸在自己的世界里，丝毫没注意到他。

顾念出于礼貌，问他："你也住在这里？"

"不。"

"哦。"顾念想起郭静怡的事，"叶教授，郭静怡的病是不是要花不少钱？"

"不算多。"

"大概多少？"

"从住院到现在，花了一万多。"

顾念目瞪口呆。

叶敬安见她这样，投去不解的眼神，"多吗？"

"嗯。"顾念点头，"对一个学生来说，确实很多。"

叶敬安讶然，"学生？"

"你不知道吗？郭静怡还是学生，而且无父无母，最亲的人，是高远。"

"我不知道她是学生。"叶敬安如实说，他知道郭静怡最亲的人是高远。记得郭静怡第一次做化疗手术，要亲属写同意书，来的人是高远，那时他还特意跟郭静怡说："必须要直系亲属签字。"他听到的回答是："我没有亲人，最亲的人就是高远。"

思及此，叶敬安不由得锁紧眉头，"难道她是没钱治病，才选择跳楼？"

"是的。"

"原来如此。"叶敬安从没想到这一点。在他印象中，郭静怡的医药费每一次都缴得很及时。

顾念道出她从郭静怡那儿看到的三天内发生的事："郭静怡知道自己的病会恶化，还要继续花不少钱，她之前打工的钱早就用完了，这之前所花的都是高远想办法筹来的。她并不相信坚持吃药就能把病治好，即使这次治好了，她担心还会有复发的可能。与其花别人的钱来治病，她宁愿选择离开这个世界，而不去拖累高远。"

大抵许多存活于世的人，都想给予爱的人最好的一切，可当你无能为力，甚至觉得成为他们的负担时，也许会选择转身离开。

郭静怡以为自己的离去才是最好的选择，但在高远看来，是最坏的决定。

“郭静怡的拍片结果出来了。”叶敬安在今天拿到了她的片子。

顾念紧张地问：“怎么样？”

叶敬安略带忧虑，“肝部病变严重。”

“还能治好吗？”

“不好说。”叶敬安用惯有的冷静口吻说，“药物治疗能缓解病情，但不能保证一定能治好。”

“所以……”顾念垂头叹了口气，过了会儿才抬头说，“她才会选择再次自杀。”

叶敬安并没有因顾念的话而吓到，但神色有点凝重，“你都看到了？”

“是的。”

“她的结局是什么？”

“后天晚上，十一点二十分，吞药自杀。”

“你想怎么做？”

“我能做的，就是告诉你我看到的，希望你不要让她接触到药。”

“好。”叶敬安微蹙眉头，“谢谢。”他沉思几秒，“你的手机号是多少？”

“干吗？”

“方便联系。”

顾念报出手机号，“一个人搞不定的话，我不介意你联系我。”

“好。”

窗外的阳光正烈，靠在窗边坐着的顾念拉上窗帘，心不在焉地听着老师讲课，在心里算了算，今天恰好是郭静怡“吞药自尽”的第二天，她现在是不是安然无恙了？

顾念看了看手机，还有两分钟下课，她却觉得过得很慢。下课铃一响，同时响起的还有她的手机，振动声吓了她一跳，她看向手机屏幕，上面跳动着“冷面医生”，这是她对叶敬安的称呼。

顾念接起电话，还没等她开口，便听到另一头传来格外低沉的声音：“郭静怡在今天凌晨三点五十分跳楼自杀了。”

“怎么可能？！”顾念握着手机的手瞬间收紧了，心里的某个地方猛然倒塌，像压着一块巨石，让她有些喘不过气来。

她刚得到预知未来的能力时，常常连小事都提前告诉她的同学，但她的同学并不听，反而对她各种谩骂，次数多了，她也就学乖了，只有遇到一些她看不惯的事，或者影响别人生死的事时才去干预。

在这之前，她救过不少人的命，也想过上天给她这样的能力，是不是为了要让她拯救寻死之人。

但是，在拯救郭静怡这事上，她第一次失败了。

叶敬安说："我跟护士交代过，等到了她吃药的时间，给她送药，不给她多余的药。但没想到，她还是选择了那条路。"

顾念自责，"都是我的错，如果不是我提醒你让郭静怡不要接触到药，她也不会跳楼自杀。"

如果不是她干预，即使郭静怡吞药自杀，被护士发现后及时洗胃的话，应该能脱离生命危险。可就是她提醒叶敬安，才让郭静怡无法拿到药，导致她最终跳楼自杀。

郭静怡的命运走向，跟顾念设想的完全不一样，偏移原先轨迹，已无任何转圜余地。

"你做了你该做的，不用自责。"叶敬安劝慰道，"人各有命。"

"也许吧。"顾念垂着头，无精打采地说。

顾念第一次意识到，有些人的命，不是她想救就能救的，她的参与，甚至会让事情变得更糟。

懊恼、内疚、悔恨开始一一侵蚀着顾念，在她心里扭成几股绳，死死地拉扯着，让她有些气闷。

也许，从一开始，她就不应该参与。

这一晚顾念睡得很不踏实，脑中浮现出前几日从郭静怡那儿看到的画面——

高远坐在郭静怡的病床边，握着她的手，"静怡，答应我，以后别再做傻事了，好不好？"

"可是……"郭静怡抽出了手，表情为难，"我不想让你那么辛苦。"

"不，一点都不辛苦，你看，我现在还多么年轻，干点体力活算不了什么。"

郭静怡抚上他的脸，"你瘦了。"

高远把手放在她的手背上，笑着说："是不是更帅了？"

他这么说，逗乐了郭静怡，她撒娇般地轻轻捶了下他的胸膛，"自恋吧你。"

高远抓住她的手，"好好地配合医生治疗，等你病好了，我带你去丽江，你不是一直说要去看泸沽湖吗？”

“好。”郭静怡的眼中充满向往。

郭静怡以为自己只要乐观面对疾病，配合医生治疗，病情就会有好转，但她想错了。

她待在病房觉得闷，想出去走走，走到过道尽头时，忽然看到高远和叶敬安，看到叶敬安手中拿着片子，他们正说着什么。

郭静怡连忙躲在墙角，他们的话传到了她的耳中，得知自己的病情变得严重。

当高远再见到她时，丝毫没有提她病情加重的事，她问他拍片结果怎样，他说：“好一些了，只要按时吃药，会逐渐好起来的。”

她的身体她最清楚，即使吃了药，疼痛感却比之前更甚。

也许，她是觉得治病无望，花再多钱都是白费，所以才会选择结束生命。

顾念屡次被噩梦惊醒，醒来时满头大汗。她犯愁地直揉头发，拿起枕头往赵一莫的卧室走去。

赵一莫见顾念头发乱糟糟、神色恹恹的模样，立刻没了睡意，“大晚上的，你是遇见鬼了。”

“是啊。”

“在哪儿？”赵一莫吓得靠向床头，缩成一团。

“梦里。”顾念重重地将自己砸向床上。

赵一莫忍不住拿枕头轻轻砸了她一下，“你知道我怕鬼，还吓唬我。”看着顾念萎靡不振的样子，她继续道：“你这是怎么了？如果我没记错的话，今晚你跟秦烨见面吃饭了，应该高兴才对啊。”

“做噩梦了。”顾念无力地侧头看赵一莫，“做了好几个噩梦，梦见被人追杀，逃都逃不掉。”

“我说小念啊，你该找个男朋友了，在你做噩梦时，也有个说话的对象，不像现在，还要寻找我这个外援。”赵一莫像个大姐姐一样，将她揽在怀里，“要不要我给你介绍一个？”

顾念想都不想就说：“不要，相亲什么的，最没有爱了。”

“你又没相过，怎么会知道？”赵一莫挽住她的胳膊，“还记得我跟你提过我的表哥吗？”

“不是吧？你想把你的表哥介绍给我？”顾念连连摆手，“不要不要。”

赵一莫耐心地解释：“虽然他看起来冷冰冰的，但是他人很好，感情专一，就是年龄有些大。”

顾念有些好奇地问：“多大？”

赵一莫故意吊她胃口，“你不是不感兴趣？”

“随口问问。”顾念摆出一副毫不在意的样子。

“三十岁。”

“啊！”顾念惊得睁大眼睛，“不是吧，你是知道的，我找男人不会找大我三岁以上的，三岁一代沟，我跟他都有三个代沟了。”

“两个人能走到一起，跟身份、地位、年龄无关，最重要的是彼此相爱，不仅仅爱着彼此的闪光点，也能接受对方的缺点。即使两人之间有代沟，也是可以通过一些方式来进行填补的，就像决堤的洪水，重新建造一道坚固的堤坝就可以让它平静下来。”

“万一不合适呢？”

“试试的话，有一半的胜算，但不试的话，一点胜算都没有。”

“好啦，先别说我了，说说你吧。”顾念掐指算了算，“貌似你暗恋你的警察哥哥已经有八年了吧。”

赵一莫微不可闻地叹口气，“有的人，强求不来。”

顾念建议道：“去追他啊。”

“我从没怕过什么，但是很害怕一件事……”

“什么事？”

“害怕告诉了他，我们连朋友都做不了，这样的话，还不如不说。”

顾念想起自己曾经的那段感情，“你也知道，我跟你一样，也暗恋过一个人，后来主动表白了，才发现他也是喜欢我的。如果两个人彼此相爱，没人捅破那层窗户纸，也许会遗憾终身。你仔细想想吧。”

这一晚，睡不着的还有高远，他捧着泛黄的日记本，一页一页地翻看着。

日记本是医生收拾郭静怡床铺时发现的，交给高远后，他并没来得及看，那时候，他看着血肉模糊、身体僵硬的郭静怡，满心悲痛，从不在人前哭的他，第一次放声大哭，紧紧抓着她冰冷的手，嘴里悲伤地喊着：“静怡，你不是答应我，要好好活下去的吗，为什么还要做傻事？你不在了，我该怎么办？”

可是，他再也听不见她甜美的声音了，再也得不到她的任何回应了。

她就这样，狠心地离开了他。

日记本里写着：

2004年12月25日

这是我来孤儿院的第一天，下了第一场雪，一下车，看到了一个男孩，瘦瘦的，穿着好肥大的棉衣，虽然看起来很不适合他，但不知道为什么，看着他，我就觉得很亲切，是不是我朝他笑了，他也朝我笑了的缘故呢？

2005年7月16日

今天，我终于学会骑自行车了，是小远哥哥教我的。其实，他教了两次我就会了，可我好不想学会啊。

如果我不会骑自行车，我就能理直气壮地一直坐在他自行车的后座上，躲在他的身后，烈日炎炎时，他就是我的遮阳伞；刮风时，他就是我的避风港。

可是，既然他那么希望我能学会骑自行车，我怎么忍心辜负他，好纠结。

为了让小远哥哥开心，我还是没能坚持住。

2013年3月9日

之前，看到别的女孩收到情书，会有点嫉妒，可为什么自己收到情书却没想象中高兴？

不知是谁把情书放在了我的语文课本里，一开始我以为是信纸，一打开，才发现是情书，吓了我一大跳，没想到我那么低调还能收到情书，真是奇迹啊。

我想啊，如果是小远哥哥写的就好了。

2014年5月20日

小远哥哥跟我说，只要我收到情书就都撕掉，后来陆陆续续收到的几封都被撕掉了。今天，我又收到了一封，正想撕掉的时候，小然正好路过，知道是情书后，连忙夺了过去，还读了起来：你陪了我十年，愿意换一下身份吗？从女性朋友到女朋友，好不好？

我非常生气，她怎么能这样做呢？

但后来想想，如果不是她，我大概永远都不知道小远哥哥曾经给我写过情书。

那是我第二次看情书，没有落款，但上面的字迹我不会认错，是小远哥哥的。

原来，他喜欢我呢。

我要接受他吗？

2015 年 9 月 1 日

开学第一天，小远哥哥来学校送我，他竟然跟我表白了，好意外，也好开心啊。

其实，我几年前就喜欢他了。

终于，等来了这一天。

2016 年 7 月 3 日

这几天老是觉得肚子疼，昨天晚上实在疼得厉害，今天一早我就去医院检查。

知道是肝硬化中期后，我真正体会到了什么是“晴天霹雳”。

之前肚子疼会吃止痛药，我并没有放在心上，没想到拖着不去医院会造成这样的后果。

我还这么年轻，还有很多事情没有做，怎么得了这种病？

医生说需要住院治疗，可我哪里有钱住院。要告诉小远吗？告诉他了，他会很担心，但不告诉他，我又能向谁求助呢？

2016 年 7 月 10 日

我还是住院了，再不住院治疗只怕病情会加重。

我不得不打电话告诉了小远，他连夜赶了过来。

看到他的那一刻，所有的疼痛和担心都消失了。

只要他在身边，我就觉得很安心。

疼痛是打不败我的，我还要跟小远谈一场普普通通的恋爱，等着他跟我求婚，然后给他生两个孩子，最好是一个男孩、一个女孩。

2016 年 7 月 20 日

知道住院费已经用了一万多，我感到灰心。

我知道，这些钱都是小远辛辛苦苦赚来的，看着他渐渐粗糙的手掌和瘦下去的脸，我很不忍心。

我很想好好活着，可是，我的病真的能治好吗？治好了就不会复发了吗？以后的治疗费用怎么办？

我不想再拖累小远，只有离开他，才是最好的选择。

2016 年 7 月 21 日

我昨天的跳楼计划失败了，当我站在医院最顶层往下看时，腿忍不住发抖。

当真正面临死亡时，我才知道有多害怕。

史铁生写过：对待生死我选择一种乐观的态度。我想他是在说，这是困境，谁也逃不过，人生的一切事都是在与困境周旋。这需要靠爱去延缓死亡。

只有小远，才能让我有对抗死亡的力量。

为了小远，我一定要好好配合叶医生，真希望能早点好起来。

2016 年 7 月 26 日

如果不是我偷偷听到了小远和叶医生的谈话，估计会一直被蒙在鼓里。

我的病加重了，不知道能活多久。

之前花了那么多小远赚来的辛苦钱，以后呢？应该会花更多吧。花了钱，就能治好我的病吗？

我一直都告诉自己：为了以后美好的生活，一定要好好活着。可现在呢？我却感到很绝望，是不是没有出路了？

我活着，也只会增加小远的负担，让他更辛苦、更难受吧？

2016 年 7 月 29 日

小远，当你看到这本日记的时候，也许我已经不在这个世界了。

请你不要难过，你要知道，我的离开，才是解脱。

我不想连累你，你还这么年轻，可以找个比我好的女孩结婚生子。

祝你永远幸福。

原谅我的不辞而别。

原谅我不能再爱你了。

如果有来生，我还愿意做你的女朋友，你愿意做我的男朋友吗？

高远翻到最后一页，看到纸上有干涸的泪痕。他抚上去，满心伤痛，泪水滴落，落在泪痕上，声音哽咽：“不管是今生还是来世，你都是我唯一的女朋友。”

第四章 × 唯有他，才是她最好的避难所

她不知道这世上还有没有第二个像他这样特别的人，但此时此刻，面对那些让人战栗的画面，唯有他，才能给她安慰，成为她最好的避难所。

翌日清晨，顾念被窗外洒进来的阳光叫醒。正好这天没课，她寻思着去哪儿转转，蓦地想起貌似已经有两个多月没去敬老院看望李奶奶了，于是决定去那边看看。

李奶奶一见到顾念，像看到自己的亲孙女一样，拄着拐杖，迈着小步去迎她。李奶奶见她又拎着东西来，轻轻斥责道："小念啊，你这个孩子怎么不听话，让你来看我的时候别破费了，你怎么就不听？"

顾念闻言一笑，"知道啦，李奶奶。"她从旁边搬来一把椅子，让李奶奶坐下，自己靠在她身边，"最近身体还好吧？"

李奶奶伸伸胳膊，笑起来皱纹一道一道的，"硬朗着呢。"

"李奶奶会长命百岁的。"顾念挽着李奶奶的胳膊走进敬老院，发现今日的敬老院里格外热闹，露天摆放了几张桌椅，坐了一圈人。

李奶奶拍了拍顾念搭在她胳膊上的手，指向她的右前方，说："看到那小伙子了吗？人真好，定期会组织他们医院的医生和护士来给我们义诊。"

顾念循着李奶奶指着的方向看过去，看见了穿着一身洁净白大褂的叶敬安。他戴着听诊器，样子专注，阳光落在他的侧脸，衬得他那张英俊的脸庞光芒万丈。

待叶敬安给张大爷把完脉、问完诊，顾念坐到张大爷的位置，伸出左手。叶敬安没有抬眸，一边给她号脉，一边问："您好，最近有没有感觉到哪里不舒服？"而后，他一抬头间，看见了忍着笑意的顾念，面色顿时一沉，"你来凑什么热闹？"

"别忘了，我也是你的病人。"顾念盈盈一笑。

她的笑里似乎藏着一抹暖光，就这么直直地照进了他的心里，让他微微一怔。叶敬安见后面还有排队的老人，不与她多言，温热的指腹轻轻地触摸着她微凉的手腕，触手之处，肌肤细腻如瓷，莹润如玉。他感受着她手腕间均匀的韵律，一下一下的跳动如鼓点般敲在了他的心上。他几乎忘记时间的流逝，已过了把脉时间，却浑然不知，仿佛全世界，唯有他和她而已。

直到她说："怎么样？没事了吧？"

他才回过神来，面色依然淡定，说："胃病好多了，但脾胃还有些湿热，每天早晨要空腹喝一杯蜂蜜水，平时要注意饮食，不能饱一顿饥一顿。另外，每天可以喝山药薏米芡实粥，利水祛湿，健脾补肺。"

顾念把手抽回去，振振有词道："遵命，叶教授。"她见叶敬安抬起手，不解地问，"还要再伸右手？"听到的回答却是："门诊费。"

顾念哪能如他所愿，站起来逃之夭夭，溜远了还朝他得意地笑着摆手。

顾念搀着李奶奶去院子里散步，放慢步调，尽量跟李奶奶的一致。顾念边走边说："李奶奶，您刚才做过检查了吗？血压还高吗？"

"跟以前差不多，没事的，你不要担心。"李奶奶沉默了片刻，语调低了几分，"小念，你说大熊那小子什么时候会来看我？"

李奶奶口中的大熊是她的亲儿子，已经几个月没来看李奶奶了。顾念知道，以后大熊也不会再来了，因为他是秦烨调查的连环凶杀案的受害者之一。

此事顾念一直没敢告诉李奶奶，她就一个儿子，如今还遭遇不测，内心怎么能够承受白发人送黑发人的痛苦。

此时，金灿灿的阳光洒了李奶奶一身，花白的头发被染上了一层金光，顾念瞧着却有几许凄凉的味道，她把手臂轻轻地搭在李奶奶的肩头，"大熊叔会来看你的。"

李奶奶一直注视着左边，许久都没说话，回过头来时，长长地叹了口气，用手背擦了擦眼角。

两人走了一圈，回到敬老院的大院里，顾念抬头间便又看到叶敬安，他正站起身，朝顾念这边走过来，与她隔空相望，眼神平静无波。

顾念以友好的目光注视着他，听到李奶奶说："这叶大夫长得一表人才，就是没想到怎么到现在也没个对象。"

看叶敬安的同时，顾念的余光看到李奶奶的护工张姨来了，下意识地转过头看她——长相胖乎乎，个头矮小，慈眉善目的。

顾念之前见过她，为人忠厚老实，干活手脚麻利，对李奶奶照顾周到。

只是……

顾念看了张姨好一会儿，明明是盛夏，她却感到背脊发凉，心中袭来恐怖。她目光怯怯的，瞥过脸去，不由自主地拽住了叶敬安的手。

叶敬安被她这突如其来的举动惊了一下，低头看她，见她一脸胆怯的表情，不由得想起上次两人在医院时，她也这般，像个迷了路的孩子，那么无助，那么彷徨，让人心生怜惜。

顾念抬起头，发现可怖的画面通通消失了，这才舒了口气，但脸上仍有害怕的神色，弱弱地跟叶敬安说："能带我离开这里吗？去哪里都好。"

他不在她身边的日子，她是怎么度过这些让她害怕的时刻的？不知为何，叶敬安竟生出这样的一丝念头。

叶敬安什么都没问，牵着她的手往接待室走去。

他们不知道，赶来敬老院办案的秦烨将他们方才的举动尽收眼底。

从他的角度看过去，方才顾念拽住叶敬安时，两人近在咫尺，她好像依偎在他的怀里，任由谁来看，两人都如同恋人。

那时他想，如果这只是一场误会呢。可是他的希望落空，如果是误会，他又怎会牵着她的手离开？

之前他不是没看过她和别的男人亲密的画面，但不知为什么，现在看来，竟觉得如此刺眼。

前些日子，她说没有男朋友，难道在这么短的时间里交了男朋友？不过，他很快否定了这样的想法，她每次谈恋爱，都要找他当情感专家。

他转念一想，也许……她不再需要他这个情感专家了？

顾念没有去想牵着她手的男人为什么要解救她于水深火热之中。她最直接的感受是，眼前再也没有咯出血来的老人、动手骂骂咧咧打架的老人、生活不能自理的老人，所有不好的画面通通消失不见，看到的是坐在大院里下象棋的老人、一边喝着茶一边聊家常的老人，画面其乐融融。

这一刻，她起了一丝贪恋：如果，她的世界只存有美好，那该有多好！

然而，她知道这不可能。除非，他成为她的独家占有，时时刻刻携带身侧，一秒不离地与他的身体接触。

一想到这里，顾念的脸颊红了起来，微微发烫。

垂眸间，她看到他那修长的手指，骨节分明，大抵是长期在医院工作的缘故，皮肤白净，甚是好看。握着的力道恰到好处，让她全然忘了他已带她离开了可怕之地，她已经可以松开他的手了。

是的，她明明可以松开了，却还握着，感受着他指间传过来的些许温度，一直蔓延到她的心底。

接待室里的大爷正在外面检查身体，里面没人。

叶敬安这才松开她的手，这一刻，她发现手心的温度慢慢流失。

他双手环胸，若有所思地看她，问："刚才看到恐怖的画面了？"

顾念默默地搓了搓手心，点了点头。她怎么也没有想到张姨竟然是那样的人。后天晚上，她拔掉了一个病人的输液管，用被子将他闷死，将尸体运到敬老院后面一片了无人烟的树林里，将尸体进行分解，但留下了老人的手，回去后用锅煮烂，将手指收集起来，放在一个透明罐子里，罐子里已快被大大小小的手指装满。

顾念忽然想到了之前跟秦烨吃饭时他说过的话："这名凶手作案手段凶残，死者都是男的，尸体都被分解了，但每具尸体都没有找到手。"

难不成，张姨是杀人犯？

但顾念怎么也没法将张姨跟杀人犯画上等号，张姨平时待人宽厚，深得老人们的喜欢，怎么能做出那些丧心病狂的事？

还是说，她看错了？

但顾念知道，她从没看错过。

要不要告诉秦烨？如果告诉他了，那个被被子闷死的老人就能幸免于难吗？还是，会出现另一个结局？

郭静怡的事，让她开始变得小心翼翼，她不再像从前那样，急于第一时间去干预那些未来看似不确定的事件。

叶敬安看着发愣的顾念，继续问："这跟你抓住我有关吗？"上次叶敬安便心中生疑，为什么她看到恐怖的画面会握住他的手？

顾念直言："在我认识的人中，只有抓住你的时候，那些不好的画面才会消失。"

叶敬安眉眼一挑，"那么，我对你来说，是特别的人？"

顾念倚靠着桌子，侧身看他，"算是吧。"

上次在医院的露台上，叶敬安牵着她手的时候，她猛然间发现，跟他的身体接触时，从郭静怡那儿看到的不好的画面通通消失了，唯独留下美好的生活日常。

之前她所接触的人中，从来没有这样的一个人，他是第一个。她无法解释这是为什么，但终归不是一件坏事，如果她害怕了，如果他恰巧就在身边，她唯一能抓住的浮木，只有他。

她不知道这世上还有没有第二个像他这样的人，但此时此刻，唯有他，才是她最好的避难所。

从敬老院回去，已是下午。顾念先去菜场买了些晚上要做的菜，继而回到家埋头翻阅书籍，准备做作业。

这时，手机响了起来。她拿过来一看，是赵一莫发来的微信语音："小念，周六有空吗？"

顾念含笑道："你要跟我约会？"

"别肉麻了，谁要跟你约会。朋友举办了一个宴会，陪我一起去？"

顾念翻了一页书，一边大致浏览一边问："哪位朋友，我认识吗？"

"你不认识。"

"不去。"顾念果断拒绝，既然不认识，去了只会徒增无趣，倒不如在家里做作业。

"好吧。"赵一莫顿了下，说，"我告诉你吧，他是我的警察哥哥。"

顾念一直只从赵一莫的口中知道这位神秘的警察哥哥，却从未见过他，这次既然有机会见他，她怎么能错过？

不过，宴会这种场合，赵一莫要跟心仪的人见面，带上她这个电灯泡，真的好吗？

在知道宴会地点时，顾念着实惊讶了一番，竟在赵一莫别墅的斜对面，走路过去只要几分钟。赵一莫向来什么事都会跟她说，却偏偏没把这事告诉她，难道有什么隐情？

宴会当天，顾念自告奋勇当起了陪衬的绿叶，找了条款式简约的白色欧根纱连衣裙，见赵一莫挑了件蓬蓬裙，顿时觉得她这绿叶的陪衬值弱到爆，无怨无悔地想要把赵一莫改造成一朵花。于是，她千挑万选地为赵一莫挑了一条海水蓝的曳地长裙，把她成功改造成了人鱼公主。

但是，裙子曳地，顾念需要承受的代价是：当她的"提裙小妹"，像个小跟班似的，一路紧跟着赵一莫来到了斜对面的这座豪华别墅。

夜幕降临，远远地便看到别墅的前面灯火通明，璀璨如星光。她们走到门前，按了门铃，一位五十多岁的男人开了门，见到赵一莫，古板的脸上露出笑意，"赵小姐，你今天很美。"

赵一莫微微颔首道："谢谢李叔。"

李叔连忙招呼她进去："快进来，贺先生等你多时了。"

顾念走了几步，想问赵一莫贺先生是不是她的警察哥哥，忽然发现身边的人脸颊上泛出一抹红晕，像是抹了层浅浅的胭脂，自然又好看。

她不由得一笑，轻轻推了推赵一莫的胳膊，说："难得我们的赵大小姐也有害羞的时候。"

赵一莫摸了摸有些发烫的脸颊，"待会儿你可别乱说话。"而后，在顾念的耳边低语了几句。

顾念顿时恍然大悟，这才知道为什么赵一莫要带上自己这个电灯泡。原来，她可不是什么电灯泡，而是要做赵一莫的探测仪。

李叔把他们带到花园，花园中央摆了一张长桌，桌上摆着几盏灯，灯光照亮了满桌的佳肴，旁边放着几张小圆桌，分别放了红酒、水果和甜品。

来这之前，顾念问过赵一莫是什么宴会，得知她的警察哥哥破了一宗十年前的旧案，为了庆祝，邀请了同队的成员来他家，顺便还邀请了赵一莫。顾念那时打趣她："什么顺便请了你，明明是你的警察哥哥想见你了。"

如顾念所料想的那般，赵一莫的出现瞬间引来了众人的目光，方才还在各自交谈的人齐刷刷地抬头看向她。

赵一莫的海水蓝曳地长裙乃知名设计师量身定做，长裙上攀附着无数的树枝，以规则形状分布，分别从腰侧一直伸展到胸前，留下一段恰到好处的空白，树枝上缀着耀眼的水晶，闪耀迷人。顾念当初挑了此裙，不仅仅是因为这条裙子足够美艳，还因为裙子在胸口处开了一道深深的 V 口，旁边伸展出来的是一片片做工精美的叶子，撩人万分，性感十足，又不算暴露，只能隐隐约约地看到她胸前诱人的部分。人鱼长裙裹身，突出她的凹凸身材，尽显女神范儿。

顾念暗想：她的警察哥哥看到她这么迷人，想不为之倾心都难吧？

这时，顾念见一位穿着深蓝色衬衫的男人朝她们走来，想着这人应该是赵一莫的警察哥哥吧？她仔细打量了他一番，目测一米八以上，长得剑眉星目，一副浊世翩翩佳公子的模样。

男人走到赵一莫身前，牵起她的手，朝前方走去。

落在他们身后的顾念虽然早先便从赵一莫那儿看到过这一幕，但真真切切地发生在她眼前时，着实令她愣了一秒。

赵一莫是什么样的女人？她向来洁身自好，鲜有人能与她如此亲密，想来她跟她警察哥哥不仅仅是暗恋的关系。

换作平时，赵一莫会像大姐姐般时刻关心下身边的顾念，可此时，她留给顾念的只是曼妙的背影。顾念并不在意，反倒替她觉得开心，看着他们俩的背影，一个风度翩翩，一个窈窕倩影，简直是天造地设的一对。

男人摆出主人的姿态，给在座的那些人介绍赵一莫，顾念急忙走上前，清楚地听到他说："我来介绍下，这是我的好朋友赵一莫。"

有人开始起哄："好朋友？是女朋友吧？"

"是啊，贺队，你居然金屋藏娇。"

贺承绅士地帮赵一莫拉出椅子，脸一沉，朝队友们说："瞎起什么哄，一个个的都给我消停点。"

还有人想起哄，听到贺队下了令，乖乖噤声。

贺承看了看身旁的顾念，跟赵一莫说："你给大家伙儿介绍下这位。"

赵一莫还是第一次在贺承队友们面前穿这么"暴露"的衣服，本就有些羞涩，再加上适才贺承忽然牵手的举动，使得她讶异、害羞，一时间忘了"提裙小妹"顾念。她站起来，招手示意顾念来到她身边，跟大家介绍道："我的好闺密，顾念。"

顾念朝在座的各位摆摆手，露出俏皮笑容，说："嘿。"

待顾念坐下来后，一个奶油小生样的男人坐到她身边，笑着搭讪："顾念，还记得我吗？"

顾念觉得眼前的人颇为眼熟，细想一下，回道："怎么会不记得，你不是秦烨的跟班小张吗？"

"嘿，就知道你会记得！我帅成这样，你不记得我也难。"小张边说边撩了下额前的头发，以示他的潇洒风姿，一副嘚瑟样。

顾念突然意识到一个问题，小张既然在这儿，那秦烨可能也会来。虽然她之前从赵一莫那儿看到了这一天的宴会情形，可来了些什么人，发生了什么事她并没有细看。

于是顾念问小张："秦烨今天来吗？"

小张喝了口饮料，说："贺队请我们队的人都来的，而且要求除非生娃，不然不准请假。"

顾念扫了下在座的，只有两个女人，侧头问小张："你们队几个女的？"

小张指了指面前的两位，说："就她们俩，而且都未婚。"

顾念："……"

遇到贺承这样的领导，也是醉醉的。

顾念刚坐下时还疑惑为什么贺承要把宴会安排在花园里，当月亮升起来，月光洒在桌上的佳肴和餐具上时，她才明白贺承的用心。她面前摆放的佳肴都像被涂抹上了一层淡淡的银光，煞是好看。夏日的夜晚已少了白天的燥热，风吹过来，倒也惬意。桌前围着一圈人，谈天侃地，发出一阵阵欢声笑语，氛围要比在室内好。

顾念正跟小张闲聊时，听见有人说："秦副队，约的是六点半到这儿，你看看都几点了？待会儿喝酒看着办。"

顾念转过身去，看到秦烨时有些惊讶。虽然她之前见过他忙于工作疲倦的模样，但这次却与以往有点不同。

他不仅看上去有些倦意，而且一向见人注意仪表的他，下巴上冒出的胡楂都没刮，显得憔悴。

难道这是他破了十年前旧案的结果？外加匆匆出门，忘记刮胡楂？顾念觉得应该是这样。

为了好好庆祝他为此付出的辛劳，她让小张挪过去一个座位，站起身抬手招呼秦烨："坐这儿。"她看到了他眼中一闪而过的光亮。

待秦烨坐下来，顾念笑眯眯地跟他说："没想到我会来吧？"

秦烨的脸上浮现出一丝笑容，遮掩住他的些许倦意，"你怎么会来？"

顾念推了下身边的赵一莫，跟秦烨说："她把我拉过来的。"

赵一莫朝秦烨微微一笑，"今晚，小念就交给你了。"

秦烨信心满满道："放一百个心。"

可到了开席互相敬酒庆祝时，顾念看向秦烨，知道把她交给他是靠不住的。因为在他被连罚三杯一口闷后，不吃饭菜，却一直大口喝酒。

顾念一把拿过他手中的酒杯，瞪他一眼，"再喝下去会醉的。"

秦烨把酒杯从她手中夺过来，看上去很清醒地说："我们都认识这么久了，你还不知道我的酒量？"

顾念知道他酒量大，但再这样继续喝下去，不醉才怪。

"一个人喝闷酒，还不如跟我说说看有什么烦恼事？"

秦烨放下杯子，直视着顾念，脸上有一抹苦笑，"小念，你还用问我吗？我在你面前就是个透明人，就算想隐藏心事，也总会被你看穿。"

顾念轻轻叹了口气，很贴心地给他夹了一块松鼠桂鱼，小声说："吃点东西吧。

你怎么忘了，我能看到的是画面，但是你在想什么我不知道。”

是的，她看到宴会散后的他烂醉如泥，无法开车回去，是她把他送回家。为了避免他喝醉，她才想阻止他继续大口喝酒，但情况并不乐观。

秦烨继续喝了一大口酒，恢复往日里的温和模样，“工作上的事。”

顾念拍了拍他的肩膀，“既然今天是庆功宴，就摆出好好庆祝的样子，别把自己搞得像个失败者一样。该玩的时候就好好玩，别去想工作上的事了。”

他是在为连环凶杀案的事发愁吗？要告诉他张姨的事吗？

秦烨看了看她搭在自己肩膀上的手，有一瞬间的愣神，回神后说：“好，我听你的。”

顾念终于放下心来，“这就对了，这才是我认识的你。”

秦烨心中装着事，看顾念时脑中总会不期然地闪现出上次她跟叶敬安的亲昵举动，一想到这儿，心中就如蚂蚁咬过，掠过细微的疼。但他现在不想当着这么多人的面问顾念是否交了男朋友的事，只好把疑惑藏在心里。

他不知道自己怎么会这样，这几天过得浑浑噩噩，做什么都没劲。他反问过自己：难道一直以来他从没有放弃喜欢顾念？他无法给自己答案。这几年，他陆续跟一些女孩相亲过，却从没跟其中一个谈过，他不知道是自己的要求高，还是对方根本就不是他喜欢的类型。

饭后，他们到别墅三楼的一个类似KTV包厢的房间，但看上去比KTV更加豪华，地上铺着厚厚的地毯，墙上挂着凡·高的作品《星空》《向日葵》《鸢尾花》，头顶悬着高级水晶吊灯，屋子里摆放的是具有格调的银色雕花桌子和高档布艺沙发，沙发旁边还放了木质矮桌，桌上摆着台灯，充满居家的味道。

顾念唱歌不错，但要她在这些不太熟悉的人面前一展歌喉，到底有些害羞，于是乖乖地坐在赵一莫身边，听着几个闹腾的男人一边唱着“你是我的小呀小苹果儿，怎么爱你都不嫌多”，一边跳着欢脱的“小苹果”舞。也许是这首歌的律动感太强，顾念差点没忍住要加入“群魔乱舞”的队伍中。

还有一个人也跟她一样沉默，便是坐着默默喝酒的秦烨。

这一帮唱疯了玩疯了的人中，终于有人想起秦副队还没唱。小张拿起话筒，看向秦烨说：“秦副队，别光喝酒吃东西，来，唱一首。”

接着有人开始起哄，纷纷说着：“来一首，来一首……”

再冷的心也敌不过大伙儿的热情，秦烨放下杯子，走到小张身边，拿过他手中的话筒，面向大家说："你们想听什么，尽管点。"

"《新贵妃醉酒》。"

"《爱情买卖》。"

"《最炫民族风》。"

……

瞬间响起不同的声音。

"停，停！"小张做了个停的手势，"秦副队唱歌我们都听过了，我们这次听个不一样的。"他将视线转到顾念身上，大家顿时明白，其中一个女队员把还没反应过来的顾念拉到秦烨身边。

顾念刚才没注意到这边的情况，不明所以地抬头看秦烨，"让我来干吗？"

秦烨说："跟我一起对唱。"

既然大家主动点名要她唱，她也不忸怩，深呼吸一下说："没问题。"她正想着要唱哪首歌时，听见秦烨提议道："唱陈奕迅的《其实我记得》？"

"好。"顾念之前跟他对唱时，次次都少不了《明年今日》，也许他唱腻了这首歌，才会选择《其实我记得》吧。

此时的房间里已没了方才欢脱闹腾的旋律，换了略带伤感的歌曲，站在前面看着屏幕的两个人投入演绎，其他人安静地坐着。

其实我记得曾被爱的感觉
相拥亲吻路上唱和你我亦那么傻
而其实我记得
曾承诺过这么多（当初的许多经过）
当天都也认真过
没有谁能像我们清楚
曾这么珍惜过
……

顾念完全沉浸在这首歌的旋律里，唱得到位而好听，却不知面前的秦烨另怀心思。

秦烨唱着唱着，不由得想起顾念上大一那年，他们一起去看了一场陈奕迅的演唱会。

其实，在他没跟顾念恋爱前，对他而言，陈奕迅不过是一个明星，与其他明星别无二致。直到他跟顾念恋爱后，经常听到她说自己有多么多么喜欢陈奕迅，他最近出了什么新歌，会举行什么活动之类，渐渐地，秦烨发现自己对陈奕迅有了一种说不清的感情。他看到陈奕迅出席某广告的代言活动，会想起顾念告诉她时间和地点；他去CD店找自己心爱歌曲的唱片，无意间看到陈奕迅的最新唱片，也会想起顾念，然后毫不犹豫地买下这张唱片送给她；顾念大一那年，他看到陈奕迅要来叶市举办演唱会，没有提前告诉她，悄悄地买了两张演唱会的门票。

那会儿，顾念还不知道他买了门票，愁着一张脸跟他说："我的 Eason 要来开演唱会了，好想去，可是门票好贵，够我好几个月的生活费了。"

直到演唱会那天，秦烨打电话让顾念晚上在哪儿见面，她一听地点就知道是陈奕迅开演唱会的地方，欢呼雀跃地说："还是你对我最好。"

演唱会现场，陈奕迅出场时，欢呼声一片，秦烨的耳边满是喊着"Eason"的声音。他扭头看身边的顾念，她与其他的粉丝一样，摇着荧光棒站了起来，声嘶力竭地喊，还不忘拉他站起来。看着她脸上贴着印有陈奕迅肖像的贴纸，他不禁觉得俏皮又好笑。

他偶尔会想起那时候的她，青春洋溢，无忧无愁，满脸幸福的模样，如万千烟火在眼前腾空绽放。

不知不觉已到深夜，包厢里的人已陆续离开，顾念正唱着《稳稳的幸福》，身边的赵一莫推了她一下，"你打算唱到什么时候才回家？"她指了指秦烨的位置，"他刚才跟同事们玩得太 high，喝了不少酒，应该已经醉了。"

顾念心中暗呼不好，连忙放下话筒，快步走到秦烨身边推了推他，见他一动不动，她再推一下，他仍旧没有动静，唤他的名字他也没有反应，只是低声喃喃自语，因歌曲没有调成静音，她听不清他在说什么。

她原本以为只要叮嘱秦烨不要多喝酒，就能避免他酩酊大醉。但是，她没想到他会趁她不注意的时候，灌了自己不少杯酒。有些她提前预知的事，想努力去改变，有时却力不从心。

难道他还在为工作的事烦心，所以想一醉解千愁？

她无暇顾及他为什么要把自己灌醉，叫来两个年轻体壮的汉子，搀扶着他上车，然后自告奋勇地当了他的司机。

到了他公寓楼下，他还没醒，顾念试图叫醒他，推了他几下，他还是一副迷迷糊糊的模样。随后，她听见有东西掉在车里的声音。她弯腰一看，是他的咖啡色短钱包，钱包呈敞开状，静静地躺在她脚边。

就着窗外透过来的月光，顾念隐约看到钱包里有一张照片。她捡起钱包，仔细一看，那是一张他们曾经在她的学校里拍的合照，她依偎在他的怀里，他把手搭在她的肩头，两人姿势亲密，他笑得温煦如春风，她却笑得不太自然。

她记得这是他们的第一张合照。彼时，赵一莫见两人之间有空隙，示意他们靠近些。她没料到一向温文儒雅的秦烨一把揽住了她，让她以舒服的姿势靠在他的胸前，她紧张到不行，心怦怦直跳。赵一莫让他们笑，结果一个笑得自然，一个笑得勉强。

后来他们还拍过不少的合照，只是顾念不曾想过，他竟然保留着这张她不太好看的照片。她想把照片抽出来，却听到他口齿不清地说着什么，手下一顿，她倾身过去，这才听见他在低声说着："小念，我们重新开始，好不好？"

第二天早上，茉莉看到来上班的顾念时，着实吓了一跳，跳到她面前，不可思议地问："小念，我没记错的话，你今天好像要去相亲吧？看看你这一脸菜色，还怎么见人？"

顾念揉揉熊猫般的黑眼圈，斜睨了她一眼，说："你不是人吗？"

茉莉"哼"了一声，从包里拿出遮瑕膏给她，"抹点吧，别用你这张脸去吓人。"

顾念没有接遮瑕膏，而是眯眼笑了起来，"我的脸算吓人的话，某人脸上那用遮瑕膏也遮不住的雀斑，是不是更吓人？"

"……"茉莉的脸登时绿了，遇到这样的毒舌女同事，她真是气得想掀桌！

这时，顾念的手机响了，她查看信息：晚上临时加了一台手术，会晚点到，七点半见。

发件人：冷面医生。

顾念今晚要去相亲，而且相亲对象是她曾经最不想与之谈恋爱的一类男人。

究其缘由，要回到一天前。

赵一莫又跟她提到她表哥，好像她表哥是滞销品一样，再不推销出去，就要留在仓库里一辈子似的，"小念，你可要相信我，我们是多好的朋友，要是我表哥不好，我会介绍给你吗？"

"不去。"顾念低头翻看着美食书。

"虽然他家世不错，但是他工作后从没有靠家里的关系，而是靠自己的努力，二十九岁就当上了副教授。"赵一莫继续推销。

“这跟我有关系吗？”顾念依旧在看书。

赵一莫灵光一现道：“对了对了，你不是胃不好吗？以后你要是再犯胃病了，他可以做你的私人医生，还是免费的，多实惠。”

顾念的目光终于从美食书上移开，瞪一眼赵一莫，“乌鸦嘴，谁要再犯胃病。”

“好好，我说错了，我们家的小念会健健康康的。”赵一莫歪着脑袋看她，“要不，你看下他的照片？颜值高哦。”

“不想看。”顾念不感兴趣地回。

赵一莫的嘴角露出意味深长的笑容，“你知道吗？你之前见过他。”

“什么？”一直淡定自若的顾念再也不淡定了，美食书从手中滑落，吧嗒一声掉到地上，她从沙发上弹起来，惊讶地看着赵一莫，“你不会是在逗我玩吧？”

“逗你玩有好处吗？”赵一莫见她如此，正中她下怀，这下她倒变得处事不惊，一副“你想知道事实就来问我”的得逞模样。

“他是谁啊？你怎么知道我见过他？”顾念在脑中竭力搜索是否有此号人，却是一头雾水，认识的人中没有做医生的。等等！她忽然想到了叶敬安，对，他也是治疗胃病的，也是副教授。不会这么巧吧？难道是他？她紧张得等着赵一莫开口。

赵一莫见她一脸着急的样子，笑了笑说：“还没想起来吗？既然没想起来，我就告诉你吧。你上次胃疼去看的医生就是我表哥，叫叶敬安，对不对？”

轰隆！顾念脑中闪过一道惊雷，果真是他！她疑惑地问：“你怎么知道我见的是他？”

“你昨天敷面膜时，不是让我帮你去拿记账本吗，我去拿的时候，无意间看到你桌上翻开的病历本，那一页上有‘叶敬安’这个名字，而且他就在市第一医院工作，我想啊，肯定是我表哥。然后，我就去问他记不记得叫‘顾念’的姑娘，你知道他怎么说吗？”赵一莫故意吊住她的胃口，停了下来。

“怎么说？”顾念有些紧张地看她。

“他说，当然记得，那个姑娘长得可爱。”赵一莫夸大其词道，不过她的演技不够逼真，一下被顾念识破，“说真话。”

赵一莫这才一本正经地说：“好，那我说了，你听好了。他说，想忘都忘不掉。”

“不是吧？”顾念更加心生疑惑，比起这话，她更愿意相信赵一莫刚才告诉她的那句。

“我听的时候，也觉得不可思议。他已经有了几年的感情空窗期，突然间对一个只见过一次面的病人说这话，太奇怪了。但是，我知道他不是对感情随便的人，他是那种要不然不喜欢，一旦喜欢上了，会付出全部的人。”赵一莫双手托腮，做不明所以状。

顾念不明白，为什么叶敬安要说那样的话？难道他对自己有意思？她又断然否定，怎么会呢，他看上去那般冷漠，应该不是能轻易对别人动情的人。她只能认为他是随口说说罢了，只是……如果相亲对象是叶敬安的话，她倒是想见一见。

于是，顾念便答应了赵一莫，见面地点和时间都是赵一莫安排的。

只是，此刻她打开手机里的相机，看着即使抹了遮瑕霜也依然遮掩不了的黑眼圈，就一阵内伤。

不过，已经这样，顾念觉得想太多也没用，便打起精神投身到工作中。

第五章 × 把全世界都给你，只要你愿意

原来，情话不一定是如蜜糖般的甜言蜜语，也不一定是“我爱你”或者“我要我们在一起”，有时，一种试探性的征询和对方给你肯定的回应，也会给你带来莫大的幸福感。

相亲地点约在“江南苑”，虽然位于市中心繁华地带，但走进去却能让人一下子静下心来。

一进门，映入眼帘的是一个拱桥，桥下面是清澈见底的潺潺流水，水面上铺着翠绿的荷叶，还有怒放的荷花，荷叶间不时漾起层层涟漪，细细一看，是几尾游弋的锦鲤，整幅画面很有江南的韵味。

赵一莫之前带顾念来过这里几次，于是顾念对这里熟门熟路。左右两边都可入内，不管走哪一边，里面都别有洞天，每一张桌子都被竹帘隔开，形成一个个独立的空间，环境幽雅，隐蔽性好。

顾念在笔记本订好的座位落座后，闲着没事做，便拿着手机刷朋友圈，看到了母亲发的一条：儿子真闹腾。附的是嘟嘟抬头眯眼吐舌的照片，脸颊的肉都堆在了一起。顾念看了有种好想捏一捏的冲动，可惜嘟嘟不在她面前，只好点了个赞，发了条评论：熊孩子，乖乖听妈妈的话。她发完，噘起嘴对着屏幕上的嘟嘟隔空亲了下，丝毫没有察觉到有人已经站在她的身旁。

等她意识到头顶的灯光被来人遮住，在她面前留下深深浅浅的阴影时，第一反应是服务员来了，优哉游哉地一边抬头一边对来人说：“你把菜单放这儿，等会儿点菜。”

然而，看到来人的瞬间，顾念怔住了！出现在她面前的不是服务员，而是叶敬安。她想起刚才自己那旁若无人亲嘟嘟的样子，觉得有些害羞，不知道他有没有看到，她在内心祈祷，但愿他没看到。

可他下一句话，让她想找个地缝钻进去。他看起来很正经，但眉眼间透出一丝隐忍的笑意，说：“你可以直接亲屏幕的，我不介意。”

叶敬安方才在她旁边站了大概一分钟，见她对着萌娃噘嘴隔空亲的样子，不禁觉得好笑，却生生忍了回去。自他工作后，身边不乏一些爱慕他的人，可他却喜欢不起来。

有的人过于严肃，两人聊天了无生趣；有的人表现得过于热情，让他招架不住；有的人对他别有用心，他更是不喜欢。当他看到她噘嘴时，好笑之余，又觉得她天真烂漫。

他隐去笑意，打量着她，她的穿衣风格还和他之前见过的一样，纯棉圆领 T 恤，搭一条简约的牛仔短裤，配一双白色球鞋，扎一条马尾辫，一副清清爽爽的学生模样，清秀可人。

虽然这是他第一次相亲，但他以前看过去相亲的女同事们，都会把自己打扮得很靓丽，没有一个人像顾念穿得如此普通的，就像邻家小妹妹。他不明白为什么在这样的场合下她会这般打扮。

顾念见他打量自己，从他略略蹙起的眉头猜出了他的疑惑。其实，今天下班后，她还特意回家洗了澡，换了干净的衣服才出门的。出门前，身为她介绍人的赵一莫看了她这身打扮连连摇头，“你是去上学，还是去相亲的？要相亲的话，就要穿得漂亮些。”她去顾念的衣橱拿来一条白色雪纺长裙，在她身上比了下，“看，穿这件多像落入凡间的仙女。”

顾念想过要穿什么样的衣服去相亲，她觉得穿裙子女人味足，也许更能虏获男人的心，但她更希望以平时生活中最真实的样子去见叶敬安，做舒舒服服的自己，何必为了要迎合别人的喜好而改变自己原本的样子。人活着，最重要的就是做自己。

点菜的时候，顾念发现他很贴心，让她先点，并不像有的男人只顾着点自己喜欢吃的，不顾对方的喜好。

顾念之前还挺排斥相亲的方式，也许因为坐在对面的人已经有些熟悉，所以从点菜到开始吃饭都表现得很自然，全然没有别人所说的“拘束”“不知道说什么”，更没有“相亲男人好奇葩”的戏码，反而是坐在对面的男人不仅是长腿欧巴，还是非常养眼的熟男。

在这次相亲前，顾念原本排斥比自己大三岁甚至三岁以上的男人。这要说到秦烨，当时他们分手是因为在一些事情上志不同道不合，次数多了，两人都有些厌倦，尤其是顾念，本来年纪就小，又是第一次谈恋爱，有自己的固执和坚持。

她曾以为，爱上一个人，就会爱一辈子，直到离开世界的那一天。后来她才知道，有的爱注定要离散，就像蝴蝶飞不过沧海。

初恋以失败告终，她总结出主要原因：年龄相差大，有代沟。从那之后，她在找男朋友时都坚决不找比自己大三岁甚至大更多的男人。

然而，叶敬安是个例外。

是的，虽然顾念不想找像叶敬安这样比自己大八岁的男人，但是，他跟别的男人都不一样。对她而言，他是独一无二的存在，是可以成为她避难所的男人。

就算他比她大几岁，就算他们可能成不了恋人，她也不想错过这次与他相亲的机会，万一他看上自己呢？就算看不上的话，以后成为好朋友也不赖。

顾念喝了口柠檬水，笑笑说："叶教授，这世界说大也大，说小也小，没想到你是一莫的表哥。"

"嗯。"叶敬安一副慵懒的表情，丝毫没表现出"这事怎么这么巧"的样子。

"你当时知道相亲对象是你病人的时候不吃惊吗？"顾念好奇地问。

"只要相亲对象不是男人就行。"叶敬安慢条斯理地说。

"……"顾念瞬间哑口无言，只在心中感叹：没想到这么优质的男人择偶标准竟然如此低！那么……意味着她有很大的可能？不知为什么，一想到这儿，她竟有些小开心，就好像心中有花儿一朵一朵地争相绽放一样。

"叶教授，一莫在你面前提过我吧？"顾念充满期待地看着叶敬安，暗自窃喜地想：一莫同学基本逢人就要提起她的好闺密，各种夸赞她可是亲耳听到过，想来她也在表哥面前夸过吧？

叶敬安慢悠悠地喝了口水，说："不知道是不是提的你，我记得她经常跟我说，跟她一起住的姑娘神经大条，洗头发时把牙膏当洗发水用；做的菜不毒死人就算好的，西红柿蛋汤能做成又咸又甜的乱炖；卧室脏乱差，衣服能放着两三天不洗。"

顾念一脸黑线，他说的明明就是她好吗！还装作"是不是你，我一点都不知道"的样子。好闺密就是这样在背后说她坏话的吗？不带这样的好吗！她可从没在旁人面前说过一莫同学的坏话。赵一莫啊赵一莫，看我回去不说你个三天三夜。

什么洗头发时把牙膏当洗发水用，那明明就是她睡眼惺忪地起床，困得睁不开眼又着急上班，所以就拿错了。什么西红柿蛋汤能做成又咸又甜的乱炖，那明明就是她第一次烧汤，什么都不懂，所以就悲催了。衣服能放着两三天不洗，那明明就是一莫同学是个洁癖狂，看到她冬天的衣服两三天不洗就要叨叨半天，如果她不洗了放置两三天的衣服，她就坚决不进她的卧室，她就不懂了，冬天的毛衣穿一两次又不脏，用得着天天洗吗？一莫同学明明就是拿着她的标准来要求她嘛，她才不干！

顾念方才面对叶敬安时还落落大方，这下子倒想做回鸵鸟，把头埋进沙子里躲躲。

叶敬安说的可都是她的糗事，还都是如此丢人的糗事，这个亲还怎么相下去？

顾念又气又羞，不再说话，拿起筷子不停地夹面前的茶香鸡块，直到耳边传来他悠悠然的声音："如果你想再来我们医院的话，可以把这一盘鸡块都吃掉。"

顾念猛然一抬头，筷子上的鸡块掉到面前的白色盘子里，好吧，她一时忘了虽然胃不疼了，但是吃太多荤菜对胃不好。她朝他哂然一笑，"鸡块……太好吃了。"其实，她才没有去好好品尝鸡块的美味，只暗暗祈祷面前的男人不要讨厌自己，给她一个做他朋友的机会，普通朋友也好。

叶敬安淡淡地说："那就给你再来一盘。"

要不要这样？她不过是随便说说而已！

如果再这样下去，看来是没有办法继续愉快地相亲了。

不过，顾念转念一想，他是腹黑了些，但没犯错或者触碰她的原则，于是，她主动厚着脸皮说："叶教授，你看你，人又帅，工作又好，听说你爸开了一家上市的房地产公司，是我们叶市的首富，你条件这么好，怎么到现在都没有女朋友，还要来相亲？"

"平时工作忙，接触到的女性，除了同事就是病人。"

"一定有喜欢你的同事或病人吧？"顾念想起了楚萱，"对了，上次在阿拉善见的那个姑娘，现在还在追你吗？"

"没有。"

"是因为你知道她一脚踏两船，拒绝她了？"

"她跟我说，她没有一脚踏两船，去找她的是她的前男友，但不管是不是，我对她不感兴趣。"

顾念放下筷子，好奇地看他，"你对什么样的女人感兴趣？"

叶敬安一挑眉，"你这样的。"

顾念不由得想起赵一莫跟她说的叶敬安对她的印象——可爱，想忘都忘不掉。

难道他对自己有意思？

顾念正猜测着，听到他很认真地问她："你觉得我怎么样？"

顾念脱口而出："你很好啊。"嗯，除了冷面些，好像还没发现其他缺点。

"你想不想成为我重要的人？"

"什么？"顾念顿时睁大了双眼，怀疑自己是不是听错了。

"我会给你想要的一切，只要你愿意。"

这是真的吗？不是在做梦吧？顾念整个人都呆愣住。如果这是梦，她希望自己永远不会醒，就这样到世界终结。

顾念怎么也没想到，面前的男人竟会说出那般话来，而且说得格外认真、诚恳，丝毫没有戏谑之意。

在之前的恋爱中，她听过无数的情话，可觉得这一次的最动听。

原来，情话不一定是如蜜糖般的甜言蜜语，也不一定是“我爱你”或者“我要我们在一起”，有时，一种试探性的征询和对方给你肯定的回应，也会给你带来莫大的幸福感。

顾念觉得周身都被粉红色的泡泡包围着，嘴角不由得弯起，一脸小女人般的幸福模样。

待她从幸福中回神后，面颊绯红，有些害羞地问：“你想做我的男朋友？”

“嗯。”叶敬安目光真挚地看她，“你愿意吗？”

顾念望着他眼中小小的倒影，想起昨晚辗转反侧的自己，全要拜秦烨和内心的自己所赐。

上次，她送醉酒的秦烨回去，她本以为他说的那句“小念，我们重新开始”是糊涂话，毕竟他一直都没有透露出“我还喜欢你”或者“我想和你再在一起”的迹象，于是，她便没把这句话放在心上。她充分发挥自己女汉子的潜力，搀扶着秦烨到了他单身公寓的门外，在从他身上找钥匙时，满是酒气的他倒在她身上，还喃喃地说着“小念，小念……”

顾念好不容易找着钥匙，正想开门时，声控灯忽然灭了。当她跺脚让声控灯再次亮起时，她看到他已睁开了眼。他看起来一副醉意醺然的样子，却不知哪儿来的力气，伸出两只手撑到墙上，把小小的她圈在他的双臂间。

顾念一下子不知所措了，手中的钥匙猛然滑落，掉在地上发出清脆的响声。

他在她面前向来温文尔雅，一直是“中国好闺密”的形象，可是这次，怎么有种“霸道总裁硬上弓”的既视感？

他看着她，眼中露出别样的柔情和宠溺，似乎望着一个挚爱的恋人。

如果他是她的男朋友，顾念会很享受他这样的注视，但他已经是她的过去式，还是她最好的男闺密，她无法承受他这样的眼神，心剧烈地跳起来，一种不安感油然而生。

秦烨渐渐弯腰靠近她，距离越来越近。

顾念觉得心都快要跳出来了，声音里透出一丝紧张和颤抖：“秦烨，你想做什么？”

他没有回应，四周安静得可怕。

顾念虽然会跆拳道，也斗得过小偷，打得过流氓，却从来没想过要用在他身上。她能看到他接下来的一些举动，她很想迅速逃离此地，但他的举动却让她慌了神、乱了心。她害怕得要命，不是怕他会做出什么出格的举动，而是怕他们以后再也回不到好朋友的位置。

他陪伴了她所有的青春，为她编织了一场关于初恋的美梦，就算美梦最终如泡影般消失，他依然是她生命中重要的人。

她从不敢有太多的奢求，唯愿他不从她的世界消失，哪怕他不会说出安慰她的话，哪怕他不会在她难过时第一时间出现，哪怕他以后娶妻生子跟她联络渐少，她也不在意。

秦烨如往常一样，动作很温柔地伸手摸了摸她的头发，说："小念，我们重新开始吧。"

"你喝醉了。"顾念试图推开他，却失败了。

秦烨突然从她身前撤开，从地上捡起钥匙开了门，一把把她拽回屋里，大力关上门，把她用力摁倒在沙发上，双手紧紧地握住她的手腕，说："还要跟以前那样吗？"

顾念拼命摇头，只觉浑身虚软，心痛得像有人在她的心口狠狠地剜了一刀。

"你以前不是最喜欢我这样的吗？"秦烨的眼中露出哀伤。

是的，曾经的顾念觉得秦烨对自己太过温柔，就好像春日里拂过的最温和的风，吹到湖面上，都漾不起多大的涟漪。她曾跟他说："你好温柔，敢不敢对我霸道一回？"后来，他果真霸道了一回，就在这张沙发上，他狠狠地一亲芳泽，四肢交缠，无比缠绵，差一点两人都把持不住，要突破彼此最后的防线，幸好他及时停下，亲着她小巧的耳郭说："我们把最美好的留到我娶你的那一天。"

然而，时过境迁，物是人非，他们都已不是当初的自己，又怎么能回到当初？

十七岁，他是她的"小烨哥哥"，每一次等待都为与他见面；十八岁，他是她的闹钟，每一天醒来都精力充沛地去教室，只为考到他所在的城市；十九岁，他是她的恋人，她有了光明正大约他出来，牵他的手逛小吃店的理由；二十岁，他让她又爱又恨，他的一句"你怎么就这么不懂我"会让她难过一整夜，一句"我从来就没想过我们要分开，我想和你过一辈子的"会让她舍不得放手；二十一岁，他是她最好的男闺密，她难过时，他心甘情愿做她的情感收容站，陪她在公园的长椅上坐一整夜。

那些年，他是她所有的心跳和执念，他们爱过、分开过，又回到最初青梅竹马的样子，难道这不是最好的结局吗？

为什么会变成今天这般模样？

如果他真的就此霸占了她，她不知道以后的岁月该怎么度过，她仿佛听到了心碎的声音。

那时，秦烨跨坐在她的身体上方，以一种极其霸道又具有侵略性的姿势。

她直直地看着他，像看着陌生人，眼中泛着点点水光。

再见了，我的小烨哥哥。她看着他渐渐逼近的身体，暗暗地告诉自己。

顾念紧紧地闭上双眼，心痛如绞，蓄满眼中的水光化为温热的液体，从她的脸颊滑落。

如果她睁开眼，就能看到下一秒他的所作所为，也就不会经历对她来说那么漫长的几秒钟。

待她睁开眼时，他已从她身前离开，颓然地倚靠着沙发，瘫坐在地毯上，右手使劲地捶着脑袋。

顾念见他如此自责又痛苦不堪的模样，连忙从沙发上坐起来，拉过他的手，提高分贝说："你在做什么！"

她迎来他哀伤又绝望的目光，听到他有些暗哑地说："对不起，你回去吧。"

顾念没有立刻走，而是情不自禁地流着泪，双手搭到他的肩膀上，看着他的眼睛，说："我要你做我一辈子的小烨哥哥。"

她觉得，一样的人，如果找不回当初的感觉，还是放弃的好。谁都想要完美，但不要委曲求全。

如果注定和他做不了恋人，也做不了朋友，她只能认命。

顾念想到他那晚的表情就很难过，她已经很久很久没看到那样的他了，默默祈祷着他能早日找到合适的另一半。而她呢？内心的自己告诉她，是该忘掉前尘往事，开始新的旅程。

所以，当顾念看着眼前神色认真的叶敬安时，莞尔一笑，"我愿意试试看。"

她不知道他们会不会有以后，但试试又不会死人，说不定他能成为她一辈子的避难所呢。

饭后，叶敬安送她回家。

顾念想着他是赵一莫的表哥，难得来一次，琢磨着要不要邀请他到屋里坐一坐，可是，她主动邀请的话，显得她过于热情，最终还是作罢。跟他告别后，顾念刚拿出钥匙想开门，门便从里面被打开了，映入眼帘的是笑得灿烂的赵一莫。

“相亲怎么样？”赵一莫一脸兴奋地望着顾念。

顾念把黑色双肩包放到玄关柜子上，瞥了她一眼，说：“你怎么不问问你表哥在哪儿？”

“这还用问吗？我最了解他了，看上去一副万年冰山相，但对女孩子却是很体贴的，一定是他送你回来的，对不对？”

顾念坐到茶几旁，不解地问：“你知道他会送我回来，怎么不给他发信息让他来坐会儿？”

“我跟他有的是机会见面，又不差这一回。”赵一莫感兴趣地坐到顾念身旁，“我倒是很想问问你，你们聊得怎么样？你对他有感觉吗？”

顾念拿过一边的抱枕，下巴抵在抱枕上，面带笑容地说：“还不错。”继而把相亲的过程跟她大致说了一遍。

“太好了。”赵一莫揽住顾念的肩膀，满脸期待，“如果以后你嫁给我表哥了，我们就是一家人了。”

“那你岂不是要叫我表嫂？”顾念转头看她，其实，她要比赵一莫小几个月。

“别想占我便宜。”赵一莫才不会叫她表嫂，“对了，我跟你说啊，你们这次一定有戏。”

“你就这么肯定？”

赵一莫点点头，“自从他跟前女友分手后，这还是他第一次对女孩一见钟情。”

“一见钟情？”顾念微微蹙起眉。

“是啊，你忘了吗？上次他可是亲口告诉我的，他对你是‘想忘也忘不了’，这不就是说他对你一见钟情了。”

“哦——”顾念拖长了尾音回她，心里想的却是：他当然忘不了我了，因为我跟他其他的病人都不一样。当然，这个“忘不了”跟爱情无关，所以，也谈不上什么一见钟情。

不过，在他送她回来的路上，她一直在想一个问题：他为什么会说出“如果你愿意，我会给你想要的一切”这样的话。难道他爱上了她？不可能啊，他那么高冷的一个人，怎么会轻易地对他人动心？她想不明白，几次想开口问他，想好的语言一次次删掉重组，最终还是没拼凑出一句她满意的，索性作罢。

顾念左右想不明白，只好问赵一莫：“一莫，你说你表哥为什么会对我说出那么深情的话？”

赵一莫笑言：“很简单啊，遇到对的人，会变成浪漫的诗人。”她看着没有反应过来的顾念，松开了她的肩膀，“这还不明白吗？你应该就是他生命中对的那个人。只有当我们遇见对的人时，才会表现出自己最温柔的一面。”

如果真的是这样，这幸福也来得太快了！顾念有点羞红了脸，她正想把抱枕放回沙发上，这才发现沙发上放了一张精美的请帖，她顺手拿起来，打开一看，是商业晚宴的请帖。她问赵一莫：“这是谁给你的？”

赵一莫顿时脸一红。

顾念看她这样猜出了七分，“老实交代，是不是你的警察哥哥给的？”

赵一莫点点头。

顾念的脸立刻由晴转阴，“我都跟你说了，不要跟那样的花花公子有太多接触，更何况是那样的商业场合，人家带了你这样的白富美能给脸上贴金，你呢？你能得到什么？”她怒其不争道。

原本，她从赵一莫的口中知道的贺承是这样的：像星星一样闪着光的颜值超高的高富帅。见到他后，她不得不承认，他确实是颜值高的高富帅，但“像星星一样闪着光”，她可没看出来。那晚，赵一莫拉着她去参加贺承办的庆功宴，她看到了他未来三天里跟两个白富美在一起，而且白富美身材都超赞，穿着低V领，露出诱人乳沟，还往他身上贴，他却没拒绝。

贺承那光辉伟岸的形象瞬间在顾念心中坍塌，什么颜值高，什么高富帅，披上了花心的外衣，不过就是伪君子一枚，这样的男人，顾念真希望赵一莫从没有暗恋过。

可是，不管顾念怎么说出自己看到的事实，赵一莫这个傻姑娘偏偏不信，坚信自己喜欢着的贺承洁白如玉、光华耀眼。

都说恋爱中的人是傻子，顾念觉得暗恋成痴比恋爱更可怕，一旦沉沦，便无路可退。

这不，赵一莫丝毫没有一点觉悟，毫不在意地说：“就算最终我什么都得不到，但我至少收获了喜欢一个人的心情，这就够了。”

“你真是傻得无可救药。”其实，她何尝不是当初的自己，因为喜欢，所以才有了一直坚持等待下去的勇气。

赵一莫单手托腮，侧过头来问顾念：“你说，为什么我们喜欢的人都是警察？”

顾念看着精美的请帖，觉得有些刺眼，放回原处，说：“那还用说，因为我们是好闺密，所以啊，品位也一样。”

顾念说完起身走向卧室，“明天还要早起去学校上课，先去洗澡了。”

她收拾完一切，躺在床上，拿着手机，没有收到一条“冷面医生”发来的信息。她非但没有失落，反而觉得这就是他应有的风格，被动少言，这才能充分体现他的高冷形象啊！

翌日，顾念这个试用期的男朋友还是没有给她发来只言片语，她就想着，人家是大忙人，她这个小闲人趁着下课时间给他发信息：在忙什么？

等到了下节课快结束时，顾念才等到他的信息：刚写完一份演讲稿。

顾念好奇，敲出一行字：要开讲座吗？

他：嗯。

顾念惊了下，原来他这么忙！她还以为像他那样的副教授，除了就诊就是写写研究报告，没想到他不仅去义诊，还要开讲座，看不出来，还是个蛮高调的人。

她：会来我们学校吗？

这次他几乎以闪电般的速度回过来：不。

好吧，他们学校就这么被他赤裸裸地嫌弃了。

顾念托腮看着手机屏幕，琢磨着继续给他发什么，今天是周一，她记得之前护士说过他是周一下午就诊，那就问他晚上要不要一起吃饭？不太好吧，她才不要做主动的那个人，要矜持！再说了，昨天刚见面，今天约他再见的话，岂不是显得她对他很有意思。她一边愁着给他发什么，一边想着他真是缺乏主动性，问一下她都不会吗？不过，也许他是很久没谈恋爱的缘故才会如此吧，她想及此便不计较了。

没想到他接着主动发来一条：晚上一起吃饭，六点我去接你。

好吧，被动型的高冷医生终于主动出击，而且不给她任何拒绝的机会。可关键是，他都没问她在哪儿，怎么来接她？

其实，她多虑了，在她跟叶敬安相亲前，赵一莫为了让他能全方位无死角地了解顾念，从顾念的年龄、生日、家庭，一直到她的上班时间、上课时间表、作息时间都一一告诉他了。

不过，顾念可不知道，她很乖很乖地把自己学校的地址给他发了过去，有点小期待地等着他来接自己。

顾念以为爱情的到来能让她忘记张姨的事，但就在她放下手机后，脑中却蹦出张姨那张慈善的脸。

如果张姨就是秦烨要找的连环杀手，顾念不告诉他的话，明天晚上岂不是又会弄出一条人命，可是，她的参与，可以改变受害者的命运走向吗？

她的内心响起一个声音：你之前成功地救了不少寻死之人，难道就因为一次失败事件，就选择对别人的生死视而不见吗？

不，她不想做袖手旁观的人，这一次，她想赌一把，如果告诉秦烨，也许受害者不会有事，但如果不告诉他的话，受害者必然活不下来。

自从上次秦烨醉酒后，两人再没联系过。

顾念鼓起勇气给他发了一条短信：今天晚上十二点三十分，敬老院的张美会再次作案，她就是你要抓的连环杀人案的凶手。

不一会儿，她便收到秦烨的回复：谢谢。

这两个字，在顾念看来，毫无温度，破坏了她约会的好心情。

下课后，赵一莫拉着顾念去食堂吃饭，看到她心不在焉的样子，不解地问："怎么了，昨晚刚见我表哥，现在又在想他了？"

"哪有。"顾念还在想着张姨的事，随便点了两个菜，吃得食不知味。

两人吃完饭，正把餐盘放回处理台时，听到身边走来几个同学正在议论电视里播放的爆炸案。

顾念和赵一莫都不由自主地抬头看向墙壁上挂着的电视机，当顾念看到屏幕的那一刻，瞬间睁大了眼睛，呆愣住。

爆炸现场满眼都是滚滚浓烟，从烟雾里急急地走出消防员、警察、被救出来的人，救护人员把两个人抬上担架，接着消防员又搀扶着几个人走出来。这类新闻播得挺多，赵一莫并不觉得有多稀奇，却发现身边的顾念不对劲，用手肘推了推她，"怎么了？"

顾念的视线仍停留在屏幕上，语气沉重，"受伤的人中，有一个是我舅舅。"

顾母就一个亲弟弟，由于顾念的外婆去世得早，顾母更是对弟弟照顾有加，即使两个人不在同一座城市，但常有往来。顾念是极爱舅舅的，她记得小时候每每去舅舅家，舅舅和舅妈不仅对她热情款待，还会带她去市里玩，自是少不了买这买那，那些父母舍不得给她买的东西，只要她想要，舅舅没有一次不买来送给她。高考那年，她成功地考上了理想的大学，舅舅还送给她一台笔记本电脑。如今，舅舅出事了，电视里的舅舅被烧得浑身焦黑，隐约能看见脸上、身上流淌着的血，即使被救护人员搀扶着，走起路来也是一瘸一拐。

顾念满脸焦急地问：“是今天的新闻吗？”

“你看，右上角写的是重播。”赵一莫拍拍她的手背，安慰道，“你先别着急，给你舅舅打电话问问看病情。”

顾念赶紧拨通了舅舅的手机号，手机响了好几下后才被接通。

顾念急切地问：“舅舅吗？我是小念，你伤得怎么样？”

电话那头的声音有些无力：“你怎么知道我受伤了？”

“新闻里都播了。”

徐志听到这话，方才那点睡意全数退去，声音也变得中气十足：“那帮兔崽子，都说了把我的脸打马赛克，怎么还来这么一出！”转而又恢复正常的语气，“小念，我没事。这事千万别告诉你舅妈和囡囡，也别告诉你爸妈，知道吗？”

顾念知道舅舅是不想让家人知道后担心他，看到电视里的舅舅被烧成那样，应该伤得不轻，需要在医院住一段时间，没有人照顾怎么行?

“舅舅，我知道囡囡需要舅妈的照顾，但是你现在更需要舅妈的照顾，我……”

还没等顾念说完，徐志立刻打断她：“小念，你舅舅我没事，要是真伤得重，就算你舅妈再忙，我都要让她过来。”

虽然徐志这么说，顾念还是不放心，问他要所住的医院地址和病房号，立马赶往市第一医院。

顾念从病房的透明窗口往里探去，看见舅舅正跟同病房的一个病人聊天。

此时的舅舅，左小腿部位打了石膏，缠着白纱布，脸和手的颜色已不是她在电视里看到的焦黑色，而是跟往常一样的小麦色，想来并未烧伤，而是被烟雾熏成了焦黑色。

顾念长长地舒了口气，那颗忐忑不安的心终于落地。

她小心翼翼地推开门，走到徐志的床边，把早餐放在床边的桌子上。

徐志见到顾念，连忙放下手机，一张四四方方的国字脸有些严肃，“小念，都说没什么事了，你来做什么？”

“舅舅，你都伤成这样了，还没事？”顾念看着他打着石膏的腿，“至少也得在医院住一周吧？”

“差不多。”

顾念蹲下身来，近距离地看徐志，这才发现他的脸上和手背上有轻微的烧伤，说：“舅舅，你为什么会骨折？”

徐志挥挥手说：“别提了，那时爆炸发生得突然，我只顾着往外跑，快跑到外面时撞到了一个高出来的石块，还好骨折不太严重。”

顾念又问：“舅舅，你去烂尾楼做什么？”

徐志正想开口回答，看见有人推开病房门，他看向门口，不耐烦地说：“警官，前两天你已经来过了，今天又来做什么？如果要问什么，最好把问题都准备好了再问。”

顾念转过身来，看到穿着便服的两名警察，其中穿着黑色棉质短袖的正是秦烨。

秦烨看见顾念时，着实吃了一惊，“小念，你怎么在这儿？”

顾念站了起来，发现秦烨清瘦了些，下巴上冒出了青色的胡楂，指向徐志，“这是我舅舅。”随后跟徐志说：“舅舅，这是我的好朋友秦烨。”

徐志的语气这才缓和了些许，笑笑说：“原来秦副队是小念的好朋友，今天又要来问什么？”

秦烨看了眼顾念说：“我来调查这次爆炸案，现在方便吗？”

“可以。”顾念并不介意。

秦烨看向徐志，公事公办道：“你去烂尾楼做什么？”说完看向一边的队员小张，示意他拿笔一一记录下谈话内容。

“之前这位……”徐志指向小张，想了又想，说，“好像是张警官吧，已经问过我了，我也已经回答过了。”

顾念见舅舅不太愿意配合秦烨，想劝劝舅舅。秦烨朝她看了一眼，抬起手，拦住了欲言又止的她，又继续看向徐志，神色明显冷了下来，声音也冷了几分：“希望你能积极地配合我们警察的工作。”

徐志清了清嗓门才说：“上面的头儿给我的领导吴敬安排了一个活，看看这烂尾楼能不能改为仓库，他就带我们几个人去现场进行实地调查。”

秦烨紧接着问：“吴敬当时有没有跟你们中的人发生争执？”

“怎么可能，我们都是尊敬领导的好员工。”

“他在公司有没有得罪过谁？”

徐志脱口而出：“我们吴总很关心体贴下属的，没得罪过人。”

“好的，谢谢配合。”

秦烨走出病房，仍在想爆炸案一事，觉得此事甚为蹊跷。爆炸来自废弃楼旁边垃圾堆里的自爆物体，可为何偏偏只炸死了吴敬？根据在场其他四个人的口供，当时吴敬正好在离垃圾堆最近的位置，而他们四个距离稍远。通过对其他四个人的深度调查，他排除了他们故意制造爆炸的动机。那这次爆炸案，到底是自然事故还是人为事故？

秦烨正思索间，听到身边传来顾念的声音：“晚上，你要小心点。”

秦烨转身，看着面露担忧的顾念，微微一笑，“放心，不会有事的。”

这笑容依然没法掩盖他的憔悴，不知他是为工作犯愁，还是为感情所扰。

顾念想多看秦烨一会儿，他却说事务繁忙，得赶去局里。

顾念暗忖：也许他是故意不想让自己看到他捉拿凶手可能出现的可怕画面，才找了个借口匆忙离开吧。她认识的小烨哥哥，从来都是这样，总是替她着想。

|第二卷| 找个人替我爱你 >>> >

爱是看到一个人时的心动，是和她在一起的舒心，是有她在身边比一个人生活更好，是她陪你时，再普通的一天都会变成独一无二的良辰美景。

第一章 × 兜兜转转，一见钟情

我们都会经历一段感情，以为对方会是我们的一辈子，最终发现那不过是我们的停歇站，停留的时间各不相同，却都殊途同归。

顾念给叶敬安发了条短信，告诉他自己在他所在的医院，两人将见面地点约在医院门口。

见到顾念，叶敬安见她一副心事重重的模样，问道："刚才忙着给病人就诊，还没来得及问你，怎么来医院了，胃病又犯了？"

顾念摇头，"我谨遵叶教授的医嘱，怎么会再犯？是我舅舅受伤住院了。"

"严重吗？"

"不太严重，就是腿骨折了。"

"你刚才叫我什么？"

"叶教授。"

叶敬安走到车前，替她打开车门，"是不是要改口了？"

他离顾念很近，几乎把她整个人都圈在胸前，一股淡淡的消毒水味飘到顾念鼻端。这种她曾经觉得有些刺鼻的味道，此刻闻着却十分舒心。顾念抬头，看到他似笑非笑的神情，做沉思状，"叫什么好呢？"他们已是情侣，叫他叶教授着实生疏，

叶敬安扬起一边的嘴角，笑得意味深长，"还用我教吗？"

"那……"顾念先在心里想了一遍，忍不住笑起来，"就叫你叶先生吧。"

叶敬安看似一脸淡定地说："这么早就叫我先生，是想成为叶太太？"

顾念羞得耳根发红，"才没有。"她以为叫他"叶先生"是种尊称，没想到他却理解为婚后相敬如宾的称呼了。

上车后，叶敬安探身靠近顾念，近得要贴近她的胸前。

顾念的心跳忽然加快，羞涩地问："你在做什么？"

叶敬安并没回答，而是径自抽出安全带，绕到她的身前，帮她系上。

甜蜜顿时涌上顾念的心头，她甜甜一笑，“你对谁都这么照顾周到吗？”

叶敬安坐直身子，朝她递过去一个冷冷的目光，把他当什么人了，不是谁都有这等优待的。不过，既然她把他当成爱心泛滥的人，他顺水推舟道：“嗯。”

“还以为你只对我这样呢。”顾念小声嘀咕。

叶敬安假装没听到，转过头去，没让她发现他嘴角的那一抹笑意。

等红绿灯时，顾念本在随意地看着窗外流动的风景，忽然听到身边的人问：“这些路人三天内的命运你都能看到？”

“不能。”顾念看着从车旁走过，往车窗上塞了一张广告的中年妇女，“需要走近了盯着对方的眼睛才能看到。”

叶敬安像是想起了什么似的，问顾念：“你是怎么能看见别人命运的？一生下来就是这样吗？”

“不。我十五岁那年，发了一场高烧，高烧持续不退，差点死了。等我醒来就有了这个别人没有的能力。是不是很奇特？”

顾念想起自己第一次看到异世界各种画面时的情景，那是她在医院醒来不久，护士来帮她输液，她从护士的眼睛里看到了一帧帧闪过的画面，如放映电影般。顾念以为眼花了，使劲地揉眼睛，但那些画面并没有消失，她再去看临床的病人，也能看到各种各样的画面，她吓得不知所措，着急地问：“医生，高烧后会出现神经错乱的情况吗？”

“一般情况不会。”

“我呢，身体一切正常吗？”

护士很肯定地告诉她：“医生帮你检查过了，一切正常。”

“那……”顾念犹豫着要不要把自己看到的事告诉护士，最后在好奇心的驱使下还是说了，“为什么我能看到你明天会做什么？”

“瞎说什么。”护士冷冷地看她一眼。

顾念不放弃，继续说：“你去食堂打饭，有一个医生从你身边走过，不小心打翻了你手中的饭盒，饭菜撒了你一身。”

“我看你是烧糊涂了吧。”护士一点都不相信她说的话，帮她调好输液的速度，气呼呼地走了，嘴里还在自言自语，“有毛病。”

起初，如果顾念看到同学、路人在未来三天里遇到不好的事，都会提前告知，结果换来的都是各式各样骂她的话：“这人脑子有问题”“神经病”“还真被她说中了，这个灾星”……

次数多了，顾念不得不学乖了，不再利用自己独特的能力去提醒别人，除非遇到寻死之人或她看不惯的事，她才干预。

叶敬安说：“从医学角度来说，这不是奇特，而是不可能发生。要是被有的医生知道了，估计你要被拿去做实验了。”

“我也担心过。不过，不可能发生啦。”顾念得意一笑，“我这种能力，只告诉我信任的人。”

“你第一次跟我见面，就告诉了我，难道，那时候你就对我很信任？”绿灯亮起，叶敬安踩下油门，等开平稳了继续说，“还是说，你对很多个见一次面的人都很信任，而且都告诉了他们，你有这种能力？”

“才不是你想的这样。”顾念反驳，“你是第一个，我见了一次面，就告诉的人。不知道为什么，第一次见到你，有一种很独特的感觉，那种让我觉得告诉你我可以很放心的感觉。”

叶敬安想起第一次见顾念，是在三年前。

叶敬安清楚记得，那年入冬早，比以往的初冬都冷了些许。那天，他心情低落，被同一个科室的王医生察觉到了，说了类似甜品能治愈伤口的话，还推荐了“甜又甜”西饼店。于是，叶敬安下班后来到了这家店。彼时，夜幕降临，隔着擦得雪亮的玻璃窗，他看到了被温暖的灯光笼罩着的顾念。

她正拿着裱花嘴在雪白的蛋糕上拧黄色的奶油，似乎想要做一个花形，做出来的效果却不尽如人意，她又在空余的地方继续重复方才的动作，几次下来，最终叶敬安才看得出她想做一朵向日葵。她在蛋糕最下面的边缘拧出一圈黄色，在上面均匀地点了白色的圆点，又在一侧拧出一朵看上去不错的向日葵。远远看去，他猜想，她做的应该是一顶帽子一样的蛋糕，而且还是她的试验品。

操作间就剩她一个人，做完这一块，她从烤箱里拿出一块和方才造型一样的蛋糕，那块蛋糕有些让人不忍直视，完全看不出蛋糕上绽放的是向日葵，叶子东倒西歪，甚是不美观。

叶敬安从她身上仿佛看到了自己的影子——一个失败者。是的，对于那天的他来说，是个彻头彻尾的失败者，因为跟他谈了七年恋爱的女人移情别恋了。

程如嫣——这个曾经非他不嫁的女人，就在前几天中午在饭店门口跟另一个男人接吻了，他们从室外的亲吻到车里的缠绵，都被叶敬安尽收眼底。

如果别人告诉他，程如嫣跟某某接吻了，他一定不会信。不是他有多相信程如嫣，而是他相信自己，认定程如嫣非他不可。

我们都会经历一段感情，以为对方会是我们的一辈子，最终发现那不过是我们的停歇站，停留的时间各不相同，却都殊途同归。

一向淡定的叶敬安从看到程如嫣跟男人接吻的那一秒开始就乱了心神，烦躁、不安、愤怒等各种情绪交织在一起。

他所以为的坚不可摧的爱情，就那样如泡沫般破灭了。

可是，叶敬安知道，眼前做着蛋糕的姑娘跟他不一样，失败了的她，并没有露出不耐或无奈，更没有放弃。他不知道她已经做了多少块向日葵蛋糕，但她不认输的态度，像黑暗海面上一盏温暖的灯塔，照进他颓然失落的心底。

他第一次深切地感受到失败，也第一次体会到，其实，失恋跟失败一样，都会给人狠狠一击，只有顶得住迎头风浪的人，才能赢得了爱情，或者人生。

叶敬安前几天压抑在心中的痛苦，像是找到了一个光明的出口，指引着他应该往哪里走。

对于甜品，叶敬安本兴致缺缺，却觉得那一日买来的抹茶芝士蛋糕异常美味。

后来，叶敬安还正面遇见过顾念。

那些天，他正苦恼地想着一台疑难手术，经多次开会讨论仍旧无果，他一方面替病危的病人着急，另一方面又想尽快找到解决方案，为这事他愁得几天都没睡安稳。

那天下班后，他在去“甜又甜”西饼店的路上，就着路灯隐隐看到一个熟悉的身影。彼时已是寒冬，还下着大雪，路面结了一层薄薄的冰，前面的女孩一头短发，穿着白色短款羽绒服，深蓝色牛仔裤，围着大红色围巾，脚上蹬着一双雪地靴，虽然她把自己裹得像粽子，看起来很暖和的样子，但在等红绿灯的时候却在不停地跺着脚。

叶敬安走到红绿灯旁，终于看清她的模样，正是顾念。

围着红色围巾的她，面色更加白皙，如同天空中飘落的雪花。

雪越下越大，落在她的头发上、脸上、身上，叶敬安看见她抬起头，伸出双手，做出一副接住雪花的模样，脸上似乎弥漫着孩童般的笑容，那种神情像极了看到最心爱的宝贝，想来她是喜欢这如杏花般纷纷飘落的雪花的。

绿灯亮起，她还沉浸在自己小小的世界里，没有移步，近乎忘记了滚滚红尘里发生的一切。

在一旁观望的叶敬安也没有移步，隔着几步的距离看她。他的双手插在黑色羊绒大衣的口袋里，迎着北风吹来的方向伫立，寒风过境，冷意侵袭，他却浑然不觉，满眼都是她。

隔了片刻，叶敬安见她想抬步过马路，没料到她会跑过去，正好跟他擦肩而过，由于冲力有些大，她撞掉了他手中提的公文包，连连说了两声“对不起”，又匆忙离开。

叶敬安很好奇，为什么她会忽然走得如此匆忙，难道想到了什么非办不可又很紧急的事吗？

然而，他看到的是这样一幅画面：路灯映照下的街道，一片昏黄，雪花片片飘落，落在结了冰的地面上，也落在了顾念的身上。不远处的顾念搀扶着一位衣衫单薄的年迈老奶奶过马路，到了马路那头，她脱下羽绒服披在了老奶奶身上，拿下围巾围在了老奶奶脖子上。老奶奶说着些什么，兴许是不愿接受或感谢之类的话语，但最终还是收下。

本来裹得像粽子一样的顾念，里面只穿着薄薄的白色低领毛衣，跟奶奶说话时好似一点都感觉不到凛冽的寒意，直到看着老奶奶离去，她才跺了跺脚，搓了搓手，朝手心哈了哈气。

顾念抬头朝方才叶敬安站的地方看了看，发现他不在原地，又左右张望了下，看到他站在不远处，急忙跑了过去。

“对不起，刚才走得太急了。”顾念低头看了下他的公文包，面露歉意地说：“你的包是不是被弄脏了？”她一抬头看他，瞬间愣怔住，一动不动地看着他的眼睛。

“没关系。”那时候的他不明白为什么她会露出那么震惊的神情，只是以为她又忽然想起了什么要做的事情。

瘦瘦小小的她，在寒风中冷得瑟瑟发抖，让他有一种想拥住她给她温暖的冲动。他不知道自己怎么会生出这样的念头，向来对身边女生都绝缘，为什么遇见她，偏偏会这样？

既然给不了她拥抱，那就给她温暖，叶敬安脱下身上的黑色羊绒大衣，递给她，“天这么冷，穿上吧。”

顾念一口回绝：“谢谢，不用了。”

叶敬安见她如此，只好把大衣塞到她的手中，转身大步离开，却听见她在身后说：“怎么把衣服还给你？”

“不用还了。”

人人都知道，叶敬安洁癖得要命，不要说陌生人用了他的东西，就是熟人用了他的东西，他也不会再要。

即使她已记不起曾见过他，又有什么关系？

烟火尘世，兜兜转转，三年后的他再次遇见她，他相信一定是命运的安排。

如果说从第一次见到她的那一刻开始，他就将她烙印在心底；如果说她像影子一般地陪伴他走过了这三年，他对她算是一见钟情吧。

他之前从不相信一见钟情，直到遇见她，他才彻底明了。

两人吃完饭，叶敬安送顾念回家。

顾念本想邀请他进屋坐坐，但他说要回去准备讲座的事，只好作罢。

她回到屋里，发现灯没开，看来赵一莫还没回来。

顾念做完功课，还不到十一点。因挂念张姨的事，不知道秦烨会不会及时阻止她杀人，想着要不要给秦烨发微信或者打电话，但又一想，他应该潜伏在张美作案现场附近吧，联系他只怕会影响他。

顾念躺在床上，刷着各种甜品菜谱，渐渐有了困意。

不知过了多久，顾念忽然听到开门声，迷迷糊糊地起床，看到正在换鞋的赵一莫。

顾念揉着惺忪的眼睛，“你怎么到现在才回来？”

“你知道秦烨出事了吗？”

顾念的睡意顿时全无，睁大眼睛，“出什么事了？”

“我听贺承说，他在执勤过程中受伤了。”

顾念面露担忧之色，“现在怎么样了？”

“已经被送去医院了。”

“哪家医院？”

“市第一医院。”

顾念从衣帽架上抄起外套、穿上鞋就要出门，被赵一莫叫住：“这么晚了，你就别去了，明早去不是一样的吗？”

“如果是你的贺承受伤了，你会等到第二天再去吗？”

赵一莫立刻哑口无言。

顾念见到秦烨时，他正躺在病床上，头上缠着纱布，床边坐着小张。

在来的路上，顾念就在心里进行了自我讨伐，如果她那天在医院见到秦烨时，能看看他未来三天发生的事，兴许还能提醒他，避免他受伤，可现在再怎么自责都为时已晚。

顾念走近病床，看见他闭着眼，不知已睡去还是在闭目养神。

小张先发现有人过来，一侧头看到顾念，“秦副队他……”

顾念把食指放在嘴上，示意他不要说话，小张识趣地先出去了。

顾念轻手轻脚地走到床边，不想吵醒秦烨，却发现他已经睁开了眼。

秦烨的伤口还疼着，却丝毫没表现出来，笑着看向顾念，“你怎么来了，谁告诉你的？”

“一莫听贺承说的。”顾念关切地问，“伤哪儿了，严重吗？”

“头部被打了一下，不碍事。”秦烨说得轻松，“张美从后面袭击，用木头打的。”

“都是我不好。”顾念自责，“我上次见你的时候，应该多看你一会儿，就能提前告诉你，你去抓张美时会发生什么。”

“小念，你别这么想，是我不小心才遭张美袭击的。”秦烨让她先坐下，才继续说，“受这点伤没什么，最重要的是，我们在张美想再次作案前将她捉拿归案了。”

“如果不是我告诉你张美会再次作案，你就不会受伤。”

“小念，你是不是糊涂了，我这点伤跟一条生命相比，哪个更重要？”

顾念一时之间不知道如何应答，老人的生命固然重要，但好朋友的健康也重要。她有些茫然，虽然老人得救了，秦烨却负伤了。以后再做这种事时，是不是要考虑得更加周全，看得更多才能减少伤害？抑或是，当一件事得以逆转，她或者她身边亲密的人都要付出代价？

“好了，你别多想，回去休息吧。”秦烨并不想因为自己而影响了她的休息。

“没事，我陪你吧。”顾念坚持。

秦烨知道她的脾气，坚持的事不会放弃，只好任由她去。虽然他希望她能得到好的休息，但如果她能陪在身边不是更好吗？

顾念一开始无法理解为什么张美会那么残忍，后来从秦烨那儿得知，原来张美之前遭到丈夫一次次的背叛，因此格外憎恶出轨的男人，所以她杀的男人都有一个共性：出轨。至于收集手指，纯粹是张美的个人癖好。

第二天一早，顾念跟甜品店请了半天假，走到医院外面的早餐店，想买些早点给秦烨，正排着队等点菜，忽然感觉到有人戳她的肩膀。

顾念一回头，看到了穿着白色衬衫的叶敬安。

“嘿，你也在啊。”顾念笑着跟他打招呼，他比排在前面的男人高，又生得俊朗，给人鹤立鸡群的感觉。

“要不要站我前面？”

“好。”顾念知道他不想插队，于是就走到他的身前，抬头看他，“还真巧，在这儿也能遇见你。”

“给你舅舅买早餐？”

“不，一个朋友，他受伤了，现在在你工作的医院。”

“什么朋友？”叶敬安平静的眼神里多了份好奇。

“男性朋友。”

顾念见他的表情忽然变得冷冷的，歪头一笑，“你不会吃醋了吧？”

叶敬安斜睨她一眼，并未回答。

顾念哪里知道，昨晚她趴在秦烨床边睡觉的一幕竟然被帮别人值夜班的叶敬安看见了。当他看到时，心里涌上复杂的情绪，生气、嫉妒、难受轮番袭来。

男性朋友？难道她这人不仅喜欢多管闲事，还爱心泛滥？

顾念见他不再看自己，一副冷漠的样子，忙解释道：“我跟他是青梅竹马，从小一起长大，不知从什么时候，我开始暗恋他，到了大一，我们谈恋爱了，谈了两年分手了。有段时间，我们谁也不理谁，后来，我们又回到原来的位置，他成了我的男闺密。”

“跟我有关系吗？”叶敬安依旧没看她，语气生硬。

顾念试探性地伸出手抓住他的胳膊，见他没甩开，像个小女孩似的摇着他的胳膊，声音变得软软的，“好啦好啦，叶教授心胸宽广，一定不会跟我一般见识，对不对？”说完还不忘朝他露出一个灿烂的笑容。

叶敬安很受不了女孩子这样，尤其是自己喜欢的人，再坚硬的心也瞬间被融化了。他的表情稍稍和缓些，“我有什么好跟你一般见识的。”

“这样吧，为了表达我的诚意，你的早餐，我承包了。”顾念拍着胸脯，一副豪气万丈的样子。

“你的诚意就这么点？”叶敬安嗤之以鼻。

“要不然呢？”顾念托腮想了想，“要不，你一天的饭，我都承包了。”这样做就够了吧。

“嗯。”叶敬安露出似笑非笑的表情。

顾念扭过头去，心里哀号：为表诚意，只能委屈我的钱包了。

顾念本想尊重叶敬安的想法，问他晚上去哪里吃饭，结果他说：“你定。”

于是，等他下班后，顾念把他带到了一家路边烧烤摊。

叶敬安质疑地看她，“在这儿吃？”

顾念拉着他坐下，拍了下他的肩膀，“有没有觉得这儿的氛围很好？”

叶敬安环顾四周，每桌之间挨得很近，餐桌都是塑料制的，人声嘈杂，空气中满是烧烤味，哪里是能就餐的地方。

他起身要走，“你故意的？换一家。”

顾念连忙拉住他，“别走啊，我就知道像你这样的人，一定过惯了锦衣玉食的日子，这不，我让你来体验体验另一种不同的生活。”嘴上这么说，她心里却想着：穷学生一个，没钱任性啊。

但她的小心思被叶敬安看穿了，“资金不足的话，我可以赞助。”

“不用不用。”顾念虽然是个穷学生，但自尊心还是有的，“饭店不在有多好，心诚则灵，对不对？”

叶敬安低头看着被她拽着的胳膊，再投给她一个示意她松手的眼神，迈腿要走。

“虽然环境吧……”顾念抬手做出一个少的动作，“有一点点的不好，不过我保证，这儿的烧烤，你吃了一次，还会再来。”

在顾念的坚持下，这位叶大少才有所妥协，好在这家的烧烤还真不错，吃到最后，他竟觉得在嘈杂的环境里吃着烧烤并不吵闹，反而多了几分烟火气息。

虽然顾念放血请客，不过，晚上不用挤公交车回家，而是由叶敬安开车护送她回去，还是蛮不错的。

她的护花使者上车后跟她说：“像这种路边摊，以后少吃。”

顾念喜滋滋地说：“被人关心的感觉还不错。”

“谁关心你了。”叶敬安口是心非，“如果你胃病复发，不是要给我添乱？”

“就算我胃病复发了，给女朋友看病，照顾女朋友，不是作为男朋友的你应该做的吗？”顾念噘起嘴，“再说了，如果我胃病复发还能给你带来福利。”

“嗯？”叶敬安疑惑地看她一眼。

“见到我，不就是福利。”顾念笑着说。

叶敬安不禁被她逗笑。

这时，顾念的手机响了，屏幕上跳动着“舅妈”两个字。

舅妈怎么会打来电话，难道是知道舅舅出事了？

顾念接起电话，叫了声“舅妈”。

叶敬安听到她刚接电话时，语气如常，但没过一会儿，就听见她无比震惊地说：“什么，找不到？怎么可能……没在我这儿……打电话了吗……该找的地方都找了吗？好的，舅妈。”过了会儿，看到她表情愕然，发出更加震惊的声音，“不是吧，怎么会发生这种事。舅妈，你先别急，我现在就去找你。”

待顾念挂掉电话，叶敬安看着还在发怔的她，担心地问：“发生什么事了？”

顾念像丢了魂似的，“我现在要去舅妈家一趟。”说完想打开车门离开，不料被叶敬安一把抓住了手腕，“给我地址。”

“什么？”顾念一时没反应过来，此时她只有一个念头，赶紧去舅妈家。她脑中充斥着舅妈刚才在电话里惊慌失措的声音，还有囡囡凄凉的哭声，她的心疼得揪了起来。在她心中，舅妈一直是个乐观坚强的女人，从没有如此失态过，囡囡向来很乖，常常以笑示人，这样的哭声像一把把利刃戳着顾念的心扉。

叶敬安加快语速说：“这儿打车不容易。既然你这么着急，告诉我地址，我送你过去。”

顾念瞬间了然，来不及想太多，急匆匆地把地址报给他。

车开得极快，飞一般地驰骋在车流渐少的夜晚街道上，顾念只觉闷热无比，明明车里很宽敞，她却感到狭小逼仄，如被关在小小的密室里，难以喘息。她开了点车窗，夹杂着缕缕热气的风瞬间猛烈地扑上她的脸颊，吹乱了她额前的发。

她不知道为什么舅舅会消失不见，家里还遭了小偷，她越想越担心。

对了，她再打电话给舅舅看看，说不定能联系上。顾念心中燃起一丝希望，给徐志拨电话过去，果然如舅妈说的那样，舅舅手机关机，她拿着手机的手无力地落下。

正在顾念被巨大的失落和不安笼罩时，忽然之间，她感到自己的手背被人倾覆住，带着刚刚好的暖意，足够温暖她冰冷的手。她低头一看，他宽厚的手掌慢慢地把她纤瘦的手握在掌心，不知为什么，她觉得有一股暖流从指间一直流窜到心间。

顾念抬头看他，正好迎来他的眼神，似乎带着鼓励和肯定，给她无穷的力量。

谁都会经历失落和难过，如果正好有人能陪伴在身边，大抵那时的自己再无欲无求了。

顾念敲响舅妈家的门时，过了好一会儿才听见匆忙的脚步声，门被打开，顾念看到一脸失魂落魄的舅妈，眼中好像透出些许的水雾。

顾念还没开口说话，舅妈一边拉起她疾步往客厅走，一边焦急地说：“小念，囡囡的癫痫又发作了。”

顾念以前都是从舅妈口中得知囡囡癫痫发作时的情形，没怎么体会癫痫发作时的可怕，直到现在，她才亲眼看见浑身抽搐、口吐白沫的囡囡，惊得往后退了一步。

曾经那么可爱活泼的囡囡，现在躺在地上，神志不受控制，四肢不停地抽搐，面目有些狰狞，这跟她认识的囡囡判若两人。

顾念很想努力地克制自己慌乱的情绪，可是声音中仍然透出一点颤抖：“舅妈，怎么办？”

“我想想，囡囡已经好久没出现这么严重的情况了。”张佳格外紧张。

她看着舅妈，眼前出现了一幕幕即将发生的场景——叶敬安过来帮忙了。她不知道为什么他会来，难道命中注定他会过来吗？刚才她与他告别后，就匆匆地过来了，想必他早就离开了，那么他怎么会及时赶到？

还有，让他过来的人，是她吗？

顾念兀自摇了摇头，心想，不对，她第一个想到的人从来都是秦烨，又怎么会是叶敬安呢？

她来不及想这么多了，现在也只有叶敬安能帮上忙了，她认识的人中只有他是医生，她一边拨他的电话，一边期待着他没有走远。

电话一接通，顾念就说：“你能过来一下吗？七楼，703。”

“好。”叶敬安什么都没有问，在一分钟之后赶了过来。

对顾念来说，他来的速度快得惊人，她没时间问太多，只是很快速地给舅妈介绍了一下他：“舅妈，他是我的朋友，是医生，也许能帮上忙。”

其实，叶敬安方才看着顾念急匆匆地离去后，他并没有开车回去，而是待在车里。他担心这里会发生什么状况，如果发生的话，他也好第一时间赶到。现在看来，他的决定是明智的。

叶敬安看到顾念的舅妈张佳正用力地按住不停抽搐的囡囡时，急忙走到她身边，说：“你先松开她。”然后，他动作迅速地解开了囡囡衬衫的第一颗纽扣，使其头转向一侧，白色泡沫沿着她的嘴角流下。他抬头看向张佳，说：“给我拿两块干净的纱布和一双筷子。”

张佳赶紧拿来东西递给叶敬安，只见他快速擦掉囡囡嘴角的白沫，然后又快速地折断筷子，用另一块纱布缠裹住折短的筷子放在她的口中。

过了两分钟，囡囡恢复意识，身体停止了抽搐，面色苍白地看着张佳，声音微弱地叫了声“妈妈”，随后昏睡过去。

张佳把囡囡抱回了房间，回来后对叶敬安说：“谢谢，要不是你我都不知道该怎么办。”

“不客气。”叶敬安礼貌地回，“如果下次再出现这种情况的话，不要用力地按压她的四肢，过分用力会造成骨折和肌肉拉伤，增加患者的痛苦；不要往她嘴里灌任何东西，包括药，以免造成窒息；要移开周围硬物、锐器，减少发作时对她身体的伤害，如果连续发作的话，要及时送往医院。刚才我在筷子上缠着纱布放在她的嘴巴一侧的上、下牙之间，以防止她咬伤舌头。如果她已经咬紧牙关，不能用暴力和坚硬物品强行去撬她的嘴，以免其牙齿脱落，阻塞呼吸道。”

“好的。”张佳看着他说，“怎么称呼你？”

“叶敬安。”

“叶先生，要喝点什么？”张佳边问边收拾地上的杂物。

“不用了，我还有事，先走了。”叶敬安转身离去，跟顾念擦肩而过，没有一句告别。

“哎，等等。”顾念喊了他一声，却没见他停下脚步，她朝张佳说：“舅妈，我先送送他，待会儿再过来。”

“去吧。”张佳说。

顾念匆忙尾随而去，在电梯快关上的那一刻，她赶紧伸出手，抬眸看他，“等等。”

“有事吗？”叶敬安按住电梯按键，漫不经心地扫了她一眼。

“谢谢。”顾念由衷地说，她不知道这一次如果不是他及时赶来，囡囡会有什么样的后果。

“如果你只是跟我说这句话，那没必要。”叶敬安面色冰冷地说。

“我送你下去。”顾念见他要关上电梯门，急忙说。

“承受不起。”叶敬安说完立刻关上了电梯门，留下一头雾水的顾念。她不明白自己哪里让他不开心了，今天一天的相处都好好的，为什么现在他会变成这样？到底哪个环节出错了？难道他是个喜怒无常的人？

顾念有些无力地靠在墙上。

第二章 × 那些都很好，可我偏不喜欢

原来，当你为一人倾心时，你会不由自主地变成
对方喜欢的样子。

深夜的酒吧，挤满了形形色色的人，有人在舞池中央疯狂地舞动身姿，有人寻觅着满意的“猎物”，光怪陆离中，也有人在喝酒消遣。

“你这小子，今天有些不一样啊。”贺承从叶敬安手中夺过酒瓶，“说说，发生什么事了，竟能惹得我们的叶少不开心。”

叶敬安从他手中抢过酒瓶，一口气全部喝完，说：“能有什么，被工作烦的，出来放松放松。”

贺承摆出一副明显不相信的样子，“我还不知道你？什么时候被工作上的事难倒过啊！老实交代，是不是为情所困？对了，”他一拍桌子，忽然想起了什么，“你是知道程如嫣回来了吧？”

“她回来跟我有关系吗？”叶敬安丝毫不震惊，很淡然地说。

“不可能。”贺承笃定地说，“你爱了她那么多年，这些年也没再找，是不是一直没有忘记她？”

“我是那种傻到会一直等一个背叛我的女人吗？”叶敬安嗤笑道，“你要真是我的好哥们，这一点还不懂？”

叶敬安和贺承家里是世交，两人同龄，从小玩到大，感情无比深厚，对各自的事都了如指掌，只差穿同一条裤子了。

“算你有种。”贺承赞许道，“不是我说，就程如嫣那种女人，送给我，我都不要。”

“你选的女人中有几个比得上程如嫣的？”叶敬安笑言。

“你那叫情人眼里出西施。”贺承不屑地说，“虽然程如嫣够漂亮，头脑也聪明，但就她红杏出墙这一点，她就输给了我遇到的所有女人。”他一脸得意地说，“只要是我的女人，没有一个敢这样做的，要是做了，看我不一枪崩了她。”

叶敬安听多了他这样的话，便不足为奇。他知道贺承这人是刀子嘴，但心肠不坏，

爱好之一是贪女色，换女人的速度比他换衣服的速度还快，只要是他想要的女人，没有得不到的，绝对算得上情场高手。

“别说她了，都过去了。”叶敬安又拿过一瓶酒，大口灌下去，脑中响起顾念跟张佳介绍他时说的那句话，“舅妈，他是我的朋友，是医生，也许能帮上忙。”

原来，他在她的心中，不过只是朋友。

明明两个人是在试着交往，明明叶敬安是她名义上的男朋友，为什么她会那样跟她的舅妈介绍自己？难道是怕两人没有以后，所以才会给自己留一点后退的余地？

三年前，他初遇她，他不过是她不认识的路人。之后的日子里，他只要有空，便会去“甜又甜”西饼店买抹茶芝士蛋糕，买的次数多了，便能分辨是不是她做的——她做的蛋糕稍微有点甜，像加了蜜一般。

之前，听说甜品有疗伤的效果，他不以为然，可是后来，他渐渐发现，确实如此。他吃完她做的甜品总觉得有一种温暖心房的力量，能驱散所有的烦恼。

那么多他为工作烦恼、因生活苦闷的日子里，都有她甜甜的蛋糕相伴，对他来说，这已经成为一种不可或缺的存在。

他以为，以后的岁月，他们只是即便相见也不相识的路人，却不曾想过，有一天她成了他的病人，而且在这之后有了不少的交集。

叶敬安一直认为，如果两人有缘，即使走上不同的岔路口，也终究会有相遇的一天；如果两人没缘，即使走在同一条路上，也永远不会有交集。

而他们，算是有缘人吧。既然有缘，何不珍惜这样的缘分？更何况，与她相处的次数多了，叶敬安发现顾念不仅会做美味的蛋糕，还是个心地善良、乐于帮助别人，有时却又很呆萌的可爱女孩。

叶敬安知道他和顾念只是试试交往的阶段，然而，当她跟张佳那样介绍自己时，他觉得很不舒服，甚至有些生气，气她为什么不能正大光明地把他介绍给她的亲戚。

他放下酒瓶，侧头看贺承，“你会把什么样的女人带回去见你的父母或者亲戚？”

贺承顿了一下，面色一沉，“你太不够哥们了吧，有了女人都不告诉我。”

贺承太了解他，几乎将他看透。叶敬安只好如实坦言：“还在试着交往的阶段。”

“千万别告诉我是程如嫣。”贺承从来没听到有人说他跟哪个女人走得近，突然间他怎么就有了交往对象？如果不是程如嫣，还会是谁？

“怎么会。”叶敬安轻笑道，随即笑容散去，郑重地说，“赵一莫介绍的，是她的室友。”

“……”贺承无比讶异地看他，无法相信他会去相亲，要知道他在叶敬安面前说了多少次要给他介绍对象，他都拒绝了。

“惊天大新闻啊！你去相亲，还成功了？”

“嗯。”叶敬安说，“刚才我的问题你还没回答。”

贺承想都没想，直接给他答案：“很简单，目前我还没有把谁带回去过。”

“一个都没有？”

“嗯。”

“为什么？”叶敬安倒觉得这事甚是奇怪。

“那些女人不过是玩玩而已。”贺承嗤笑一声，“要带就要带跟自己过一辈子的。”

叶敬安若有所思地望着投射在桌面上斑驳的彩光，思绪飘远。

为了安抚张佳的情绪，顾念留宿一夜，翌日早早地起床给张佳和囡囡熬了白米粥、煮了鸡蛋。

张佳走进厨房，看到顾念正在擦洗料理台，一下子就明白过来。她从顾念手中拿过抹布，说：“小念，我来我来。”她这个外甥女在家很少做饭，亲戚们都知晓她虽然做得一手好吃的甜品，但在做饭上面却没有一点天赋，能把干净的厨房弄成垃圾场，眼下她不过就是熬了一锅白米粥，料理台上却到处是溢出来的粥。

“舅妈，不知道粥还能不能吃。”顾念惭愧地微微低下头，小声说。

“没事的，只要没煳就能吃。”张佳毫不介意地说。

“可是……”顾念有些吞吞吐吐地说，“好像煳了。”

“……”张佳擦着灶台的手一顿，刚想说“没事”，听见客厅传来囡囡的声音：“妈妈，你今天熬的粥好难吃。”她和顾念一起走到客厅，看到囡囡把刚吃下去的粥吐掉了。

囧了个囧！

囡囡，能不能给你表姐留一点点的面子啊？

顾念满脸瀑布汗，讪讪地跟张佳说：“舅妈，要不我去买点早餐？”

“不用了，你今天还要上班，我给你泡点牛奶。”张佳看了看桌上摆的鸡蛋，“鸡蛋应该还能吃。”

吃饭时，囡囡问张佳：“妈妈，爸爸什么时候回来？我都好久没看到爸爸了。”

张佳不想把实情告诉女儿，因为徐志什么时候能回来，她也不知道。前些天徐志跟她说公司安排出差，要一段时间，在这期间，她打他电话也有人接，直到前天她打电话，他的手机一直是关机状态，她以为是他手机没电了，可是昨天打过去依然关机，再加上家里遭遇小偷，家里的现金和贵重物品都被偷了，她很担忧，却还要在囡囡面前装作什么事都没发生一样，笑着对囡囡说："爸爸还在出差，等忙完工作就会回来了。"

囡囡今年十岁，向来懂事听话，不再追问，继续安静地吃饭。

顾念临走时，张佳说："你有舅舅的消息，要及时告诉我。"

"好的。"顾念点点头，如果舅舅还在医院的话，她应该能找到他。

于是，下班后，顾念急匆匆去了市第一医院，到了徐志之前住的病房，发现人已不在，问了工作人员才知道早已出院。

她低头漫不经心地走着，想着徐志会去哪儿，走到走廊拐角处，忽然撞上了迎面走来的人。

顾念一抬头，眼中映入叶敬安憔悴的脸。

她想起前天晚上叶敬安从舅妈家离去的场景，小心翼翼地问："敬安，以后我要是哪里做得不好，你要跟我说，好不好？"

"为什么突然说这个？"叶敬安不解地问。

"我不明白，为什么前天你从我舅妈家离开时会那么生气？"顾念觉得，恋人之间出了问题，应该开诚布公地说出来，一起商量解决的对策。如果谁都不在意出现过的问题，也不想办法去解决，只怕以后还会重蹈覆辙。放任不管的矛盾，只会加剧两人之间的隔阂，与其如此，不如先将矛盾遏制在摇篮里。

叶敬安哪里能说出实情，要不然显得他多在意她似的，反而会被她看了笑话。他抱歉地说："那天是我不好，因为私事有些烦躁，所以才会迁怒于你。"

既然是他的私事，顾念也不好多问。她心生担忧地问他："你以后心情不好的时候，都会迁怒于我吗？"她只要想想都觉得可怕，她可不想面对他那一张冰山脸。

"嗯。"叶敬安一本正经地回。

"不是吧？"顾念瞬间一脸菜色地看他。

"怎么，这就受不了了？"叶敬安侧头看了她一眼。

"你不知道男朋友的义务和职责吗？"

"说说看。"

顾念扳着手指说："要疼女朋友、保护女朋友、爱女朋友。"

叶敬安认真地问她："这些我没有做到吗？"

"……"好像做到了。

叶敬安又继续认真地问她：“你不知道男朋友的权利？”

顾念瞪大眼看他，“什么权利？”

“跟女朋友同甘共苦的权利。”

好一个同甘共苦！难道以后她的身心都要备受他喜怒无常的摧残了吗？不，这可不行！顾念微微扬起下巴，一字一句地跟他说：“两个人在一起，当然要同甘共苦，你不开心了，我希望你告诉我，我们一起分担，而不是你迁怒于我，这样只会影响两个人的感情。我想，你跟我在一起，并不是想玩玩吧？所以我希望你以后可以改掉这个坏毛病。”

“不需要改。”叶敬安嘴角浮现出一丝笑意。

“你是金牛座吧？”这么倔强，一定是金牛座。

叶敬安不答反说：“因为我没那个坏毛病，刚才只是跟你开了个玩笑，没想到你当了真。”他哪里会迁怒她，即使世界颠沛流离，他也要护她一世周全。

“你……”顾念彻底汗颜，有开这种玩笑的吗？害她白费口舌。

叶敬安牵起她的手，与她十指相扣，连同他的声音听起来都格外轻柔，如同外面的夜色，“不要想这些了，想想待会儿吃点什么。”

叶敬安带顾念来的地方，是一家豪华的私人会所——康宸会所。之前顾念只在杂志上看过，如今亲眼所见，看得目瞪口呆。眼前的高楼金碧辉煌，外形美轮美奂，外墙铺满了月光，如披了一层银纱。

“好美。”顾念感叹道，转而一想，“这种地方很贵吧，还是走吧。”

“怕我请不起？”叶敬安低头看她，眼眸清亮，在夜色中显得分外蛊惑人心。

顾念知道他的家世显赫，这种地方他怎么会请不起，只是太浪费了。她实话实说：“不是，就是太浪费了。”

“懂得勤俭，以后持家会不错。”叶敬安淡淡地说，仿佛在说一件再平常不过的事。

“……”这么快就想到持家了？顾念羞得低下头。

虽然她觉得来这种地方吃饭着实浪费，但叶敬安还是不由分说地带她去了一间偌大的包厢，地上铺着一层厚厚的地毯，头顶悬着圆形的水晶吊灯，座椅是很舒服的金丝绒座椅。而且更让顾念惊喜的是，窗外有一条河，河面落满夜晚的霓虹，倒映着两旁高大的建筑，水光粼粼，美不胜收。

顾念正站在窗边欣赏着外面的夜色，听到身后有人叫“叶总”，停顿了会儿才问要点什么。

待服务员走后，顾念坐到叶敬安的身边，问："刚才服务员是不是叫你叶总？"

叶敬安难得地轻笑起来，"你听错了。"

"好吧。"可能是她听错了吧，顾念也不再多问，环视了下包厢，说："来就来了，在外面吃饭不就好了，为什么还要来包厢？"

"安静。"叶敬安语气很平淡地说。

"……"为了安静，就要如此破费吗？这样真的好吗？

顾念觉得眼前的男人真的好奢侈，这就是传说中的"有钱任性"吗？如果是这样，她想求他砸点钱给她。快，来下一场黄金雨吧，这样她就能早点实现开西饼店的梦想了。

这世上的珍馐美味都要慢慢品，才能品出其中的味道。

餐桌上那一道道如艺术品一般精美的菜肴，她都不忍下手。这一顿晚餐顾念吃得比以往要慢，每吃一道菜都要细细品尝一番，道道色香味美。

在吃蒜蓉粉丝蒸虾时，顾念没想到叶敬安这么高冷的人，竟然会把虾一个个剥好了放在她的盘子里，他这般贴心细致，倒让她觉得讶然，随即她笑起来，眼睛弯弯的，甚是可爱。

她问他："你对谁都这么细心吗？"

叶敬安擦了擦手，反问道："你觉得呢？"

"应该不会吧。"顾念甜蜜一笑，看他平日里冷淡的模样就知道了，怎么可能对谁都这样，除非是……对他的前女友？她不想问他过去的情事，从前的事留在回忆里就好了，翻出来只会增添各自的烦忧。

"嗯。"叶敬安应了声。

他没有告诉她，这是他第一次帮别人剥虾。在家时，叶母会剥好了给他；出去吃饭时，他从来不点虾，因为觉得太麻烦。不过，这次顾念点了，他史无前例地没有拒绝，而且主动帮她剥虾。

原来，当你为一人倾心时，你会不由自主地变成对方喜欢的样子。

原本，顾念以为这一顿晚餐会以完美结尾，不想却发生了小插曲。

临走前，顾念吃得太饱，打算去窗前站会儿，可是，当她站起来的时候碰到了给叶敬安上茶的服务员。然后她的白色 T 恤便遭殃了，胸前一片茶水，还在往下渗透，渐渐映出里面的内衣。

服务员一张脸顿时吓得惨白，连连低头弯腰说"对不起"。

叶敬安沉着脸，厉声让他出去，继而很紧张地握住她的双手，看了看，担忧地问：“烫到了吗？”

“没事的。”顾念面色尴尬地说，低头看着胸前隐隐现出的内衣，羞得想从他面前立马消失。

叶敬安松了口气，拿起一旁的西装外套，披到她身上。

来的路上，顾念还想他穿外套会不会热，会不会多余，没想到现在就用上了。

顾念穿上他的衣服，闻到了一股很熟悉的清雅的茶香味，扑入她的鼻端，煞是沁人心脾。

他的衣服穿在她身上，又长又大，更显得她纤瘦娇小，让叶敬安有一种想拥她入怀的冲动，可是，他知道在这里不可以。

叶敬安细心地帮她理了理外套，疼惜地看她，“下次做事不要再这么鲁莽。”

“……”人家真的鲁莽了吗？人家只是想站起来，她没吱一声，服务员也没吱一声，所以才酿成悲剧的！

顾念觉得今天真的是要被他冤枉死了。

走出会所的途中，顾念尴尬得要命，总觉得周围有无数双眼睛盯着自己。要知道来这里的人非富即贵，个个都是上层名流，哪里有人像她这样，穿着十分不合适的男士外套，里面穿着沾了茶渍的T恤，与这里的环境格格不入。

顾念听到身后有人在低声说：“你要自信，看，就她那样的女人都能傍上这样的高富帅，你也可以的。”

“也是，看她那一副穷酸样，真是丢死人了。”另一道言语中满是鄙夷。

顾念身旁并没有别人，她们定是在说她。她好想扭过头跟她们说：“没有傍上高富帅的人，有什么资格说已经傍上高富帅的？你要是有魅力，至于到现在还没有傍上高富帅？说明什么？不是高富帅没眼光，而是你们忘记了这世上还有镜子，先回去照照镜子再说。”可是，这样的话，她说不出口，不是不敢，而是不屑于跟这样的人说，跟没素质的人交谈，只会拉低自己的水准。

所以，顾念只是安静地走在叶敬安的身边，但她发现叶敬安停下了脚步，伸手揽过她，转过身来，面色如冰地看着那两个女人。

那两个女人看到叶敬安一下子傻掉了，呆呆地愣在原地，想说出口的话哽在喉咙里，回神后，吓得连连道歉：“对不起，叶总，是我们不知好歹，说错了话，还望叶总大人不记小人过。”

“是的，叶总，您就饶了我们这回。”

叶敬安朝她们挥了挥手，冷然道：“赶紧从我的面前消失。”

顾念不可思议地抬头看身边这个高大俊朗的男人，穿着量身定做的白色衬衫和黑色长裤，衬得他身材修长笔挺，如同挺拔的白杨。他白衬衫的第一颗纽扣被解开了，衬衫的袖口上有一枚圆形的银色袖扣，顾念仔细一看，才发现袖扣的中间镶嵌着一圈耀眼的钻石，应该价格不菲。

为什么她们会叫他“叶总”？她这次可是听得清清楚楚。

待那两个女孩灰溜溜地离开后，顾念有些不悦地问叶敬安：“你是不是隐瞒了我什么？”

就在这时，叶敬安的电话响了起来，他朝她说：“你先坐在大厅等我，我接个电话。”

过了好久，叶敬安才沉着脸回来。

夜晚的叶市，灯火通明，如覆满了漫天星光，可顾念却无心欣赏窗外的美景，跟叶敬安说：“你是不是应该跟我解释一下。”

叶敬安知道瞒也瞒不住，坦言道：“那家会所是我开的。刚才那两个女人，是会所里的工作人员。”

天哪！没听错吧？顾念简直不敢相信自己的耳朵，她怎么也没想到他竟然还开了一家高档的私人会所，而且在叶市首屈一指。为什么赵一莫从来没跟她提过？顾念想了想，赵一莫在说叶敬安有多好时，更多时候是强调他人品有多好以及对待感情的态度，对其他的附加值提得并不多。

而她呢？不过是一个还没有毕业的在西饼店做兼职的无名小卒。

顾念之前从来没想过自己配不上他。她曾想，他家世显赫，那是他家里的事，她跟他在一起，并不图他的家产。然而，现在她却忽然觉得自己跟他简直有着云泥之别。

她是穿着水晶鞋的灰姑娘，坐着南瓜马车，以为会去往幸福之地，但到了半途，却发现幸福有了有效期，过了午夜十二点，她便要过回原来的生活。

难道她以前跟他在一起的一切，都将化为一场水月镜花？而她，不过是做了一场美梦，以为他可能会成为她一辈子的避难所，却不知这也许只是她一个人的痴心妄想。

顾念没有接话，沉默地看着窗外一闪而过的景色，一种前所未有的自卑感如潮水般将她覆没。

“你介意我没有提前告诉你？”

顾念朝他微微扬起嘴角，看似不在意地摇摇头。

她按下车窗，任由夜风吹着脸颊。

她没有发觉今天叶敬安特意放慢了车速，好像只有这样，才能多跟她待一会儿，即使是互相不言语也好。

车子开出去十几分钟，顾念发现外面的街道、店铺都非常陌生，并不是回家的路，难道他今天换了一条路吗？也许是怕堵，所以才换的吧，顾念便没有多问。

第三章 × 不是没你不行，但有你更好

有时，爱了就是爱了，在不知不觉间，在细水长流中，
你不去刻意发觉，等知晓时已泥足深陷。

直到车开进了一处叶市最高档的小区里时，顾念才恍然醒悟，立马扭头看他，“你这是要把我带去哪里？”

叶敬安仍旧如往常一样专注地开着车。

顾念刚才完全沉浸在自己的情绪里，没有注意到叶敬安的样子，这时才赫然发现他沉着一张脸。自从他跟她在一起后，虽然也有板着脸的时候，却从来没有一次像现在这样，让顾念感到从他身上传来一阵阵的低冷气压，似乎能驱散窗外扑来的热气。

顾念开始觉得不对劲，又问他：“你要把我带到哪里？”

他依然没有回应，双手紧紧地握住方向盘，修长的手指骨节分明。

车子驶到一栋楼前，他骤然刹车，顾念在惯性作用下往前倾去，还没坐直身子，就迎来了他突如其来的吻，像烙铁般滚烫，尽数落在她的唇上。

他吻得激烈，像是要一口把她吞掉。

顾念显然没料到他会这样做，下意识地抬手抵住他宽阔的胸膛，想推开他，却不想他把她拥得更紧，右手托着她的后脑勺，舌尖忘乎所以地探入。

那一阵阵熟悉的茶香扑了过来，这曾经让顾念觉得想多闻几下的味道，此刻却让她有些避之不及，因为她觉得自己快要喘不过气了。

这不是顾念所期待的吻。她想要的吻，应该如三月春花，轻轻柔柔地飘落在她的心上，让人幸福得像活在云端，充满欢愉，不愿醒来。

难道这是他吻一个人的方式？

在顾念觉得快要被吻得窒息的时候，叶敬安终于放开她，眼中透出一种她读不懂的情绪，是隐隐的难过，还是压抑的欲望？

叶敬安俯身过来，将她整个人圈在身下。

顾念惊住，连忙问："你要做什么？"

下一秒，叶敬安帮她解开了安全带，然后下车帮她打开车门，动作看起来绅士极了。

他要把她带到哪里？这里是他的家吗？顾念满腹疑惑。

也许他只是想带她到他家里坐一坐呢？等等，如果是见他家人呢？顾念还没想完，便被叶敬安一个打横抱起。

"敬安，你在做什么？"顾念怎么也没想到他竟然会有这样的举动，惊慌地看着他。

可是，她得来的回应仍是沉默。

"放开我，我能走。"顾念挣扎了两下。

叶敬安停住了脚步，终于开口："你是我女朋友吗？"

"是啊。"顾念奇怪他为什么要问这个。

叶敬安郑重其事地说："我在行使男朋友的权利。"

"……"有这么霸道强势的男朋友吗？顾念的内心几乎是崩溃的。

如果只是霸道强势也就算了，可是顾念总觉得从会所回来后的叶敬安像变了个人似的。

他一路抱着她，丝毫没有要放下来的意思。

幸好路人很少，要不然顾念会觉得很尴尬，都这么大的人了，被人在大庭广众之下这么抱着，着实有伤大雅。

虽然顾念之前被秦烨抱过，不过是他们久未见面，秦烨兴奋地抱起她转了一圈而已。

可叶敬安跟秦烨不一样，他这么一直抱着她，让她觉得害羞。她把头埋在他的怀里，低低地说："放我下来吧，我有手有脚，可以自己走。"

叶敬安却置若罔闻。

顾念听赵一莫说，喜欢一个人，跟他在一起时，心跳会加速。

她贴着他的胸口，听到了他加速的心跳声。可是，她的内心却没有一丝喜悦，她不知道等待自己的会是什么，是面对他的家人，还是别的？

这种未知，让她如陷黑暗之境，看不到一点光，进不得，退不得，唯有站在原地，苦苦等待，期待援兵。

顾念不知道他哪里有那么大的力气，一直把她抱到了他家里。

待他重重地关上门后，顾念还没来得及扫视下屋子，便被他压在了玄关处的地毯上，然后迎来了他如雨点般落下来的密集的吻。

顾念始料未及，睁大眼看他，却见他闭着眼，吻得狂热而深沉，像是此刻放开她，她就会倏忽不见。

这是他在行使男朋友的权利？可是，这一切来得太快，让她心生忐忑和不安。

“敬安，放开我。”顾念轻声说。

叶敬安却没有停下动作，从她的唇，到脸颊，到耳垂，再到她的脖颈，每一个细微之处都留下他的痕迹，吻得她浑身酥麻。

这种感觉跟秦烨带来的截然不同，秦烨的吻格外温和，像下了一场淅淅沥沥的细雨。而叶敬安的吻来势猛烈，像是盛夏午后骤然降临的暴风雨，噼里啪啦地落在她身上，让她忍不住颤抖起来，如电流穿过。

他的吻撩拨得她痒痒的，脸颊发红，红到耳根。

叶敬安一边深深地吻她，一边伸手探入她的衣服里。顾念想抓住他的手制止，却没料到他手快到已然摸到了她胸前的柔软，用力地揉捏。

“敬安，不要这样。”顾念艰难地张开已经被他吻得通红而饱满的嘴唇。

她不知自己的话，更是点起了他心中的火源，蔓延成燎原大火。

他们的身体紧紧贴合，他一手插入她的发间，一手忘情又激烈地揉着手心下的柔软，舌尖撬开她的唇瓣，长驱直入。他的身体如火焰般，一点点将她点燃。

如此亲密的动作，让顾念有些招架不住，她伸手抓住地毯，想抽身而退，却只移动了一点点，他就跟着移过来了一点，她终究是没法逃出他的世界。

叶敬安忽然终止了动作，顾念还在暗自庆幸他终于停下来了，却不想他一把抱起她，扔到了沙发上，又迎来了新的一波攻势，让她一次次沉入缱绻的城池。

不，不可以，我们是没有未来的。顾念心中仍保留着一丝清醒。既然没有未来，又何必如此缠绵？

叶敬安想脱掉她的上衣，被她及时制止住，说：“不要这样，现在还不是时候。”

“早晚都要做，不是吗？”叶敬安毫不退让，按住了她的手，让她动弹不得。

顾念使劲地想抽回手，却不是他的对手，拔高声音说：“放开我！”

叶敬安全然不听，又俯下身，作势要脱掉她的上衣。

顾念见他毫不收手，几乎使出了全身的力气，双手摆脱了他的束缚，用力推开他，抬手重重地甩了他一巴掌，气愤地说：“叶敬安，你疯了吗？”

叶敬安看着面前被他蹂躏得头发已经凌乱的顾念，无力地倒在沙发上，兀自笑起来，自言自语道：“我倒希望疯了。”

顾念理好衣服，胡乱地把散乱开的头发拢到耳后，轻声问他：“你到底怎么了？”

叶敬安垂着头，看起来那么颓然。他深呼吸了下，看着顾念，“是我操之过急。你走吧，我怕控制不住自己。”

可是，在顾念看来，他眼中已没有一点欲望，有的只是让人无法猜透的悲凉。她看着他脸上隐隐的红印子，心生愧疚之意。

顾念担心地问：“告诉我，发生了什么事？”

“还要再来一次吗？”叶敬安忽然倾身过去，握紧她的手，弄得她生疼。

既然他不想说，顾念只好不再问，准备离开，却听到他说：“外套拿走。”

“不用。”顾念没想到他这般令人无法捉摸，感到身心有些疲惫。她看得出他心中藏着事，可他却缄口不言，难道在他心里，她只是他供以玩乐的交往对象？但她相信之前赵一莫跟她说过的那句话：“我知道他不是对感情随便的人，他是那种，要不然不喜欢，一旦喜欢上了，会付出全部的人。”

然而，为什么叶敬安会这样对她？

她想不明白，终究还是带着疑问和难过离开。

顾念一走，叶敬安所有压抑的情绪全部爆发，他大力地挥掉了茶几上一套昂贵的茶具，双手捧着头，脑中浮现叶母晚上跟他的对话。

在会所时，叶敬安接了一通叶母的电话，叶母得知他正好也在会所，便跟他见了一面。

平时，叶敬安跟父母分开住，他有自己的公寓。他本以为母亲是想自己了，所以才要见面。

但现实跟他所想大相径庭。

叶母见了叶敬安先是跟他略略寒暄了一番，继而转到正题：“敬安啊，你知道程如嫣回来了吗？”

“提她做什么？”叶敬安并不想听到有关程如嫣的事。

“这几年，你一直都拒绝我和你爸帮你介绍对象，是不是还没有忘记她？”

“妈，没有的事。”叶敬安坚定地说，“我跟她不可能了。”

叶母试探地问：“有喜欢的人了？”

“嗯。”叶敬安跟叶母关系极好，并不想欺瞒她。

“就是刚才穿着你外套的女人？”

叶敬安面露惊讶之色，“您刚才看到我跟她在一起了？”

叶母点了点头，不满道：“你找谁不好，偏偏找上一个跟我们家门不当户不对的。”

叶敬安有些生气，却隐忍着没表现出来，“妈，您是不是派人调查她的背景了？”

“妈总要知道你在跟什么样的女孩交往吧。”叶母丝毫不觉得自己的行为有何不妥。

叶敬安一直觉得母亲思想开明，没料到她和其他豪门夫人一样，也落入世俗之中，而且还背着他偷偷调查顾念，有些不悦，“妈，希望您以后别再做这样的事。”

叶母语重心长地说：“敬安，我是希望你能幸福，但你也要考虑下叶家的声望，要是传出去，只会被别人看笑话，你妈这张老脸还往哪儿放？还有你爸和你爷爷，他们更是在意。”她叹了口气，“放手吧，你们不会有结果的。与其最终落得两败俱伤的后果，倒不如现在就放手。”

叶敬安知道母亲是为叶家着想，可是，要让他放弃自己心爱的人谈何容易。他觉得心间如有万千根针扎了过来，让他的心一阵阵地绞痛。

难道爱一个人，真的要败给现实吗？

他听到母亲继续开口说：“你好好想想吧。程如嫣回来后，我跟她见了一面，她说，她想见一见你。我觉得，她是还想跟你在一起。”

顾念不知道是怎么回到家的，走在别墅区时，整个人还恍恍惚惚，方才所发生的一切，像是做了一场噩梦。

身旁的树影婆娑，月光透过树的缝隙，将丝丝柔和的光洒落在她身上，光影斑驳交错，明明是一幅美景，却添了几许凄凉。

顾念走得缓慢，想起他在她害怕时，适时地牵住她手的温暖；想起他霸道地为她点菜，只为考虑到她的胃病；想起他在她舅妈家兵荒马乱时，第一时间赶到，帮助了囡囡；想起他体贴地帮她剥虾；想起他为了她，而与在背后说她坏话的那两个女人对峙。

他好像不只是高冷的医生，也可以是细心体贴的男朋友。

可她也想起了他从舅妈家冷然离去，还有这次他突如其来的举动。

如果一开始跟他试试看在一起只是为了他能成为她的避难所，而现在他的喜怒无常成为她的负担，她是不是该放手？而且，他们身份悬殊，终究也不能走到一起吧。

她沉浸在自己的小小世界里，没有发觉在暗处藏着的一抹身影，正悄然地看着她。

同一时间，叶敬安站在落地窗前，望着窗外的夜色，内心备受煎熬。

他从来都是意志坚定之人，但听了叶母那些话后，他的内心有一瞬间的松动。是的，他可以不用在意母亲的看法，但是如果身边的亲人都反对他们在一起，他是不是该做出退步？

可是，这几年里，在他对她念念不忘后，她几乎占据了他对恋人的所有想象。

而其他出现过的任何一个女人，都只不过是过眼云烟。

没有爱情的生活，他可以一个人过下去。但如果有她参与，他会过得更好，不是吗？

他这几年没有对爱情将就，也许就是为了等她的出现。

她重新来到他的世界，成为他的女朋友，如果他轻易放弃了，又怎么对得起这几年的等待？

他不想就此放手，但脑中却不停被母亲的那番话填满，搅得他心神俱乱。

既然决定要在一起，那就给他一个逃不开的理由吧。

所以，他发了疯似的想要将她占有，不过是不想给自己留有一点退路。如果无路可退，他便再也无法逃离。

他想起方才被他蹂躏的顾念，看到她眼中流露的些许痛苦，他于心不忍。他也不想那样，但无形中有一种力量驱使着他继续进行。

在她转身离去时，他多想走上前拥住她，在她耳边说一句“对不起”。但他的脚就像生了根，移不动半步。

以后的路要怎么走下去？他觉得自己好像走入了一片茫茫迷雾之中。

顾念回到家时，赵一莫正在看管理方面的书籍，见顾念垂头丧气，连忙放下书，关心地问：“晚上不是跟我表哥去吃饭了吗？现在怎么这副浑身散了架的样子，衣服还弄得这么脏，怎么回事？”

是的，她被人欺负了，但她不能跟任何人说。

顾念无精打采地走到赵一莫身前，抱住她，像抱住了一根浮木，有些无力地说：“一莫，我好累。”

赵一莫温柔地拍了拍她的后背，继而推开她，一只手搭在她的肩膀上，一只手理了下她有点乱的头发，像贴心大姐姐一样地跟她说：“不管遇到什么，你还有我。”

顾念好想大哭一场，释放所有的委屈和难过。可是，她不能这么做，因为她不想让自己最好的闺密担心，只好强颜欢笑道：“本来跟敬安吃饭吃得很愉快，都快要走了，我要站起来时，碰到了刚好来递茶的服务员，然后我的衣服就成这样了。唉，你看看，”她指了指胸前的茶渍，撇撇嘴，“我想在他面前保留自己最好的一面，结果就成这样了，弄得我好尴尬啊，你说丢不丢人？”

“就为这事？”赵一莫先是一惊，随后笑了起来，“你竟然为了这事，把自己搞得像天都塌下来一样，这才丢死人了。”她知道表哥才不会因为这点小事而对喜欢的女生留下坏印象。

顾念没心情跟她说笑，不过还是尽量打起精神，说：“你也知道，我跟他刚在一起，被他看到糗样不太好。”其实，她不怕被他看到糗样，却怕他从此消失在她的世界。

有时，爱了就是爱了，在不知不觉间，在细水长流中，你不去刻意发觉，等知晓时已泥足深陷。

“顾念啊顾念，我看你中毒不浅。”

顾念一脸茫然，“中什么毒？”

“还有什么毒，当然是爱情的毒。”

也许是吧，她在始料未及间中了一场爱情的毒，以为能轻易地解毒，抽身而退，却发现在抽离的时候，连着筋骨一起疼。

等顾念躺到床上时，拿起手机，只有几条茉莉发来的信息，并没有叶敬安的。

是的，她明明知道两个人可能没有未来，但还在期许着能有他的消息。她讨厌这样的自己，让她想起了上一段感情，明明知道两个人的感情已经到了崩溃的边缘，却还是期待着能回到最初。她知道这样的自己简直就是痴心妄想，这世上哪里会有那么多事如她所愿，她在意的、不在意的，都会按照它们的轨迹行进，跟她没有半点关系。

可是，于她而言，怀抱着期待活着，总好过枕着失望入眠。

算了，等不来他的信息的。

顾念重重地叹口气，把自己蜷缩成婴儿睡觉时的姿势，内心疼痛翻涌。

曾经他不主动给她发信息，她觉得那是他高冷，她主动一点就好。然而，现在她才深刻地体会到，原来，那是她之前还不太在乎他，才会以“他高冷，所以不会主动发”来进行自我安慰，并不会影响到她的心情。现如今，她看着冷冰冰的屏幕，只觉得心像是被人挖空了般，空落落的。

在她与痛苦相伴时，脑中冒出了“秦烨”的名字，想起了他那张如沐春风般的脸。

她的秦烨哥哥一直都是她的情感收容站，可是，她最依赖的秦烨哥哥已经好多天不跟她联系了，像是彻底从她的世界消失了一般。

秦烨哥哥，你快来到我的身边，好不好？最好就现在。

我有好多好多的话想跟你说。

我真的不想失去你。

你还做我的秦烨哥哥，好不好？

她知道她这样很贪心，可是，曾经如空气一般的存在，一下子失去了，让她觉得呼吸都困难。

顾念这三天过得浑浑噩噩，这天下课后已是黄昏，树枝上落满夕阳的余晖。

顾念站在公交车站牌下，来回望着去往家附近的那一路和去往第一医院的那一路，蹙着眉头，犹豫不决。

最终，她还是乘上了去往第一医院的公交车。

此时已入九月，阳光依旧炽烈，顾念坐在靠窗的位置，阳光透过玻璃窗倾洒进来，她不禁眯起了眼。

她取下肩头的双肩包，这时，手机响了起来。她心下一惊，会不会是叶敬安？如果是他，她要说些什么？

顾念紧张地拿起手机，看到屏幕上闪烁着“舅舅”两个字，她的心倏忽间落下来，脸上浮起一丝失落。

顾念接起电话，说：“舅舅，你现在在哪里？打你手机打不通，找你也找不到，舅妈都急死了。”

徐志的语调仍和平常一样，温温和和地说：“小念，你别担心我，前几天我手机丢了，又去外省出差，应酬多，没来得及跟你们联系。这是我的新号码，之前的号不用了。”

顾念不得不佩服自己的舅舅，她一直都知道他在工作上是拼命三郎，但不知道他还带病工作，“你的腿伤还没好吧？”

“没什么事了。”徐志语气轻松地说。

顾念担心道：“你什么时候回来？知道家里被人抢劫了吗？”

“你舅妈跟我说了。我过几天就回去。”徐志加快语速，“小念，客户过来了，我要挂了。还有啊，我不在的时候，多去我家陪陪囡囡。”

“好的，舅舅。”顾念听到那边忽然传来粗暴的呵斥声，但还没听清对方说什么，电话已经被徐志挂了。

她觉得有些奇怪，舅舅明明说是要去见客户，怎么跟见了黑社会的人一样？

人在被难过包围时，对待的方式各不一样。顾念没有什么好的对抗方式，任由难过侵袭。这几天她食欲不振，随之而来的是隐隐的胃疼。

也许，疼痛时，才能时时刻刻地提醒着她要清醒。

清醒地知道，没有他的世界，如陷进辽阔荒漠。她是个跋涉者，却不知归路。

不过，再难受也要去吃饭，顾念去了医院旁边的一家麻辣烫，要了一份清汤的，正食不知味地吃着甜不辣，身后传来熟悉的声音：“小张，那起爆炸案有新的进展吗？”

“其他几个人没有，不过徐志那儿有。”

“说来听听。”

“之前监听到他的所有通话，他去了杨市，要见一个外号叫‘黑仔’的。我查了档案，这个黑仔是杨市人，经营一家足浴店，之前有过酒后打人、吸毒贩毒的案底，被关了几年，放出来后开了店自己当老板，生意红火，周围的商家都对他称道。”小张话锋一转，“不过，有新发现。”

“什么发现？”

“我今天又去了案发现场，仔仔细细里里外外都找了一遍，发现了这个。”他拿出一枚小小的银色圆形徽章递给对面的人。

“看来嫌疑犯也有如此不小心的时候。沿着这条线查下去，锁定当天不在‘耀荣天下’的人，而且看现场的脚印，应该是男性，但也不排除女性。”

顾念忍不住扭头看向身后，说话的人正是秦烨和小张。

她还在想要不要上前打招呼，小张正好对着她，先看到了她，连忙朝她招手，“顾念，你也在啊。”

随之，她看到身体明显一僵的秦烨。

秦烨缓缓转过身来，迎上了顾念看上去很淡然的眼睛。

顾念发现他憔悴了很多，比上次见到他的时候还憔悴，不禁觉得心里被针刺了一下。

可是，他笑着看她，那么温和，那么如沐春风，似乎他还是她以前的秦烨哥哥，把他最温和的一面留给她。

顾念想问一句“伤好了吗”，却听到秦烨先开口说：“你怎么在这里？去医院了？”

顾念嘴角露出一丝笑容，心想：他和以前一样，还是这么关心她。

她把碗端到他们那桌，坐到秦烨身旁，侧脸看他，用跟往常一样的轻松口吻跟他说：“怎么可能，我身体这么好。我倒要问你，你怎么会在这儿？来复查的吗？”

“我的伤好了，是我的队友受伤了，我跟小张过来看他，顺便就近解决晚饭。”

秦烨表情自然地说，仿佛他们之间从没有发生过那晚的事。

顾念边吃边问：“伤得严重吗？”

秦烨回：“住两天院。”

小张看向顾念，说：“顾念，你这几天怎么不给我们秦副队打电话了？你不知道他这几天跟丢了魂似的，做什么都没劲。”

顾念忽然间不知道该说什么，拿着筷子的手一顿，尽量佯装什么事都没发生，平静地说：“你也知道的，你们秦副队可是大忙人，我怎么敢经常骚扰他。”

小张挥挥手说：“别了，你还是尽情骚扰吧，没个女人在我们秦副队身边，人都郁郁寡欢了。”

秦烨终于听不下去，对小张说：“什么时候话这么多了？”

小张看着秦烨冷冰冰的眼神，觍着脸笑，“秦副队，我吃饭，吃饭啊。”说完，他埋头吃饭。

顾念本就没什么食欲，现在秦烨就坐在她身边，弄得她的心有一点点乱，更无心吃饭，快速地吃了两口，想离开时，听到秦烨说：“你舅舅那儿有什么消息，可以告诉我。”他往她旁边靠近了些，放低声音问，“未来三天里爆炸案的嫌疑犯找到了吗？是谁？”

顾念看着他的眼睛，摇摇头，“如果你想早点侦破这起案件的话，过几天可以来找我。还有，你们为什么要监听我舅舅的电话？”

秦烨说：“以后你会知道。”

“你以为你不说，我就不会知道吗？”顾念起身跟他们告别，不知道秦烨正默默地看着她的背影，眼睛里带着深深的眷恋。

中秋节如期而至，各大西饼店、大小超市、食品专卖店都已纷纷在店铺最醒目的位置张贴了最新上市月饼的海报，大街小巷传来浓浓的过节气氛。

顾念一早便给父母打了中秋节祝福的电话，顾母思女心切，希望她能回去，可过节期间正是他们最忙碌的时候，无法脱身。其实，她还是很想回家的，尤其想看看萌萌的嘟嘟，只要一想起她在家时，他张开肉嘟嘟的胳膊，瘪着嘴，口齿不清地叫“姐姐，抱抱”，她就希冀着现在就能回去。可是不能啊，理想很丰满，现实却很骨感，还有一堆月饼订单等着她去完成。

她正专心做着月饼，身后传来了茉莉的声音：“小念，你的快递。”

顾念手头正忙，边做月饼边跟她说了声“谢谢”。

茉莉走到她身边，在她眼前晃了晃快递盒子，好奇地说："你买什么了？这么一大盒。"

顾念觉得甚是奇怪，这几日她根本无心购物，哪儿来的快递？不过现在她没空拆，便让茉莉放在一边，直到中午时才拆开，发现里面有一盒月饼，而且是她亲手设计出来的"花开锦绣"的月饼，还有另外两个很精美的盒子，一个里面放了一件米白色欧根纱长裙，上面缀着一朵朵立体的花，美得不可方物，另一个里面装着一双镶着一个银色亮片的高跟鞋。她满腹疑惑：谁寄给她的？

顾念看了下快递单，上面只有收件人的信息，却没有寄件人的信息。

她打开铁盒，发现里面有一张精美的卡片，翻到背面，看到熟悉的字迹，写着：

中秋快乐！

落款是叶敬安。

顾念拿着卡片的手微微颤抖着，她怎么也没想到会是他。自从上次在医院分开后，他们没有再联络过。顾念本想着要忘掉他，开始过新的生活，可他怎么又出现在她的世界？一下子搅乱了她的心池。

原来，有些事不是说忘就能忘的，只要看到有关他的东西，往事便纷至沓来。

顾念正想把这些东西收起来时，身后传来茉莉无比惊叹的声音："哇，这衣服、这鞋，简直美爆了，快闪瞎我的眼了。啧啧，没想到那么高冷的叶医生谈恋爱的时候竟然会化身为浪漫使者。来，顾小姐，采访一下，"茉莉握起右手做话筒状，伸到顾念的嘴边，"你现在有没有觉得自己是全天下最幸福的女人？"

最幸福的女人？顾念倒希望如此，但事实是，她现在中了某人的糖衣炮弹，却不知道某人为何要发射。但她还不想把他们之间出了问题的事告诉茉莉，所以佯装幸福小女人的样子，双手放在脸颊上，头一歪，笑道："当然了，有男人爱，想不幸福都难。"顾念放下手，恢复一本正经的样子，学着茉莉采访道，"中秋月圆人团圆，李小姐要跟谁团圆？"

"……"身为单身狗的茉莉落荒而逃。

下班后，顾念还在埋头专心地做着月饼，直到茉莉过来拍了拍她的肩膀，她被吓了一跳，身体一抖，回头轻斥道："吓我一跳，以后还能不能愉快地玩耍了？"

茉莉不屑地"喊"了一声说："吓你一跳的不是我，而是他吧？"她指了指窗外，"叶医生已经在外面站了好久，一直在看你。"

顾念这才抬头往外一看，果然，风度翩翩的叶敬安正站在窗外，好整以暇地望着她。

他那般衣冠得体、英俊潇洒，来来往往的人从他的身旁走过，似乎都成了衬托他的背景。

顾念看着他淡定自若的眼神，很快收回了视线，转过身去，跟茉莉说：“他应该只是在看我做月饼。”

“……”日理万机的男朋友过来，只是看你做月饼？能不能提高下说谎技能？茉莉轻轻地戳了一下顾念的脑门，“果然谈恋爱的女人都是傻子，尤其是你这样的，傻得无可救药了。还不快去换衣服，跟你的叶医生……”茉莉做出一副眯眼噘嘴状。

“知道了。”顾念挤出一抹笑。待茉莉走后，顾念不再看窗外的人，打算加班，但手机响了起来，她擦擦手，拿起手机一看，是叶敬安打过来的。她扭头看向窗外，窗外的人正把手机贴在耳边，面色好似沉了一分。

顾念犹豫了下还是接起来，“你的礼物我收到了，谢谢。不过，你送我这个算什么？”说真的，这是她迄今为止收到的最好的礼物，尤其是月饼，对她来说很有意义，说不感动那是假的。

“这是我作为你男朋友应尽的义务。”叶敬安的声音听起来还是那么低沉好听，充满磁性。

顾念终于忍不住了，这几天心里积压的委屈和难过都涌了上来。她不满地看着窗外的他，说：“叶敬安，你为什么翻脸比翻书还快？如果你真的想跟我在一起，能不能别一天几个变化？如果你只是把我作为你的备胎，想呼之即来，挥之即去，那很抱歉，你找错人了。”

叶敬安沉默了几秒，声音变得更低沉：“上次是我不好。”

好吧，顾念得承认她对男人说类似这样的话毫无抵抗力，尤其这个男人还是她心有所慕的。她问：“你来做什么？”

“换上我送你的衣服和鞋，一起去吃饭。”

中秋之夜，他理应要跟家人共进晚餐，怎么会找她一起去吃饭？顾念管不了这个，就算他这样做，她也不能那么没出息，被他的几句话俘虏，于是她说：“不好意思，我今天要去赵一莫家吃饭。”

“看来你不适合撒谎。”叶敬安说，“她今天来我家。”

顾念想起来了，昨晚她从赵一莫那儿看到的异次元世界里，她今晚去了一处豪宅，跟一群人狂欢，原来是去了叶敬安家。

在这个团圆夜，她要一个人度过，想想就觉得如秋日被吹落的叶子般凄凉，与其这样，倒不如跟男朋友一起过。顾念问：“你想带我去哪儿吃饭？”

叶敬安淡定地说："我家。"

啊？！她没听错吧？交往没多久，居然被邀请去男方家，这样真的没问题吗？

顾念一脸惊诧，弱弱地说："太早了吧。"

叶敬安一字一字地说："早晚都要见的。"他加重了"早晚"两个字。

"……"好吧，这是已经把她列入结婚对象了吗？所以，连见家长这事都被提上了日程？看来，她并不是他的玩物。要不要给自己一次机会？一次放纵爱他的机会，不问结果，只好好地爱一回。

"五分钟出来。"叶敬安说完不给她拒绝的余地，直接挂了电话。

去，还是不去？顾念转过身去，看着面前两个精致的盒子，内心左右摇摆。忽然，她的脑中闪现出在异次元世界里看到过的画面，他家的晚宴摆满了美食，十分诱人。如果能跟男朋友、好闺密一起过中秋节，又能吃到很多美食，何乐而不为？于是，她决定奔赴叶家。

车开了四五十分钟才到坐落在郊区的叶家。放眼望去这一片有好几栋别墅，风格偏中式，古色古香，去往别墅的小径旁有绿色草坪，草坪上低矮的灯已经亮起，发出莹白的光。

顾念看到眼前的这一切时，完全被震惊到，仰头看向身侧的叶敬安，发出感叹："土豪啊！"

叶敬安并不打算纠正她的说辞，而是目光淡然，语气慵懒地说："以后，你想要什么都有。"

以后？是嫁给你以后吗？顾念想到这儿，脸颊微微红了起来。

顾念以为这次的晚宴不过是叶敬安一家人聚在一起，没想到进了宴客厅，里面已经坐了好些人。叶敬安似乎猜到了她的疑惑，俯身在她耳边说："赵一莫一家，还有我表姐一家也过来了，这是老爷子的规定，每年的中秋节和除夕夜都要来我家。"

一下子要见这么多人，倒让顾念心生一丝紧张，步伐放慢，扫视了下四周，看到了赵一莫，眼前一亮，可是她正在跟一个短发女士聊天，根本就没有看到顾念。接下来要怎么来面对这么一大家子的人？

正在顾念苦恼地想找个树洞躲起来时，叶敬安牵起她的手，掌心温热，仿佛有抚慰人心的力量。她仰头一看，撞见了他坚定的眼神，像是在无声地鼓励着她，继而他小声地跟她说："不要有太大的心理负担，我会在你身边。"

他的话像一股暖流般流进了她的心间，让她稍稍放松下来。

叶敬安走到一群人面前，不疾不徐地说："我来给大家介绍下，这是我的女朋友顾念。"

"也是我的好闺密，现在跟我住在一起。"赵一莫站了起来，走到顾念身旁，轻轻揽住她的肩膀，笑着跟大家说，"表哥找到她这样的，绝对是捡了个宝，看，长得很清纯吧。"是啊，顾念穿着叶敬安送给她的裙子和高跟鞋，清雅脱俗，好似落入凡间的花仙子。

赵一莫的母亲之前见过顾念，看着她说："小念啊，你比以前更漂亮了。"

顾念面露笑容，礼貌地回："谢谢赵阿姨。"她用余光看到赵阿姨旁边坐着的短发女士，虽然微笑着看她，但面色憔悴，笑容有些僵硬。

随后，叶敬安一一将在场的客人介绍给顾念，顾念才知道这个短发女士是他的表姐——胡倩。之前顾念听赵一莫提过她，胡倩今年三十三岁，父母在她还没出生时就离婚了，胡倩也有过一次失败的婚姻，如今单身。

胡倩看上去很有气质，留着清爽帅气的短发，穿一身黑色 V 领的紧身长裙，脖颈上戴着一条镶钻的红宝石项链，装扮既简约又大气，透出低调的奢华，一看便知是豪门闺秀。

顾念的视线还落在胡倩的身上，直到叶敬安牵起她的手朝前走了两步，朝走出来的四个人说："爸，妈，哥，嫂子，我来介绍下，这是我的女朋友顾念。"

叶父面色沉下来，轻轻斥责道："敬安，你有了女朋友怎么都不跟我和你妈说一声，害我们之前白白替你操心。"

叶母站在叶父身边，看起来倒是一脸和气样，什么都没说，只是微笑着看他们。

叶敬铭说："待会儿看老爷子不说你。"

说曹操曹操到，老爷子走了出来，中气十足地说："敬安，你这孩子太不像话，这么大的事也不跟我们说一声。"

叶敬安走上前，扶着老爷子坐下，"爷爷，这不给您带回来了吗。"

老爷子拍了拍叶敬安的手背，慈眉目善地看向顾念，说："好好，我终于盼来这一天了。"说完朝顾念招招手，示意她坐到他的身边。

往年的聚会，大家都互相聊彼此的近况，这一次把焦点都落在了第一次过来的顾念身上。

叶父和善地问："小念，你父母是做什么的？"

顾念想夹蓝莓山药的手一顿，“在老家开了一家西饼店。”

叶母问：“哦，不是叶市人啊，老家哪儿的？”

顾念把伸出去的筷子收了回来，“一个小镇，枝江镇。”

叶母又问：“小念，今年多大了，还在上学吧？”

顾念一脸无辜地盯着面前的蓝莓山药，好想吃，可是，要先可怜肚子了。此时，她多想有一个超能力，心里想吃什么菜，什么菜就能到自己碗里来，嗯，光想想都觉得棒棒哒。

顾念回答叶母：“阿姨，我今年二十一岁，上大四了。”

叶父蹙了蹙眉，惊讶地看着顾念，“还是学生啊。”

顾念点点头，看向老爷子，他兀自吃着饭，神情严肃。

接下来，他们聊起别的话题。顾念舒了口气，呼，终于可以安静地吃会儿菜了。可当她正兴致高昂地吃着蓝莓山药，听到叶敬安的大姨胡怀玉问：“打算毕业后待在叶市，还是回老家，想做什么？”

这倒把顾念问住了，她犹豫了几秒，吞吞吐吐地答：“这，这个还没想好。”她不知道跟叶敬安有没有未来，如果有，那就会留在叶市，如果没有，她就会回去帮父母经营西饼店。

这时，顾念放在腿上的手被人轻轻握住，她听到身边的人用非常平缓又淡定的语气说：“她会留在叶市。做什么？当然是做叶太太。”

顾念的心忽然漏跳了一拍。

叶太太？这是他要娶她的节奏？顾念怔住了，在场的人也都沉默了。顾念看向叶敬安，他神色依然如平常一样淡定自若，仿佛在说一件再寻常不过的事，可，这明明是件大事好不好？

顾念反握住他的手，感受到一种前所未有的温暖，一种就算天崩地陷，他也会在她身边的温暖感觉。她第一次深深地觉得，并不是每个阔气公子哥都存有二心，像叶敬安这样的，成熟稳重，即使有人主动倒贴，也会直接拒绝，让她觉得很踏实。

人这一辈子，走过山重水远，无非就是要找个踏实的人度过余生。就像南飞的大雁去找居所，漂泊的船只去找码头，四下流离的人去找可以免自己无枝可依的收藏者。

自从叶敬安说了那句话后，在场的人不再对顾念进行各种盘问，顾念也终于可以实现“美食快快到我碗里来”的美好愿望了。

吃完饭，大家都到客厅看中秋晚会，电视屏幕上是一对穿着华服唱着有关月亮的歌曲的明星，顾念却看得心不在焉。她方才喝了些红酒，此时觉得头有些晕晕的，脸颊发烫，便趁他们看得投机的时候，猫着腰小心翼翼地、偷偷地走了出去，夜风吹拂着她的脸颊，吹去了些许燥热。

顾念走到洒满月光的小径上，拿出手机，突然想起要给家里打电话，电话那头传来母亲关切的声音："小念啊，吃晚饭了吗？"

"吃啦。"

"一个人在家吃的吗？"

这个，要坦白吗？现在坦白会不会有些早？算了，还是过段时间再告诉他们吧。顾念撒谎道："是啊。"

"哎呀，你这个傻孩子，怎么不跟小烨一起过？你可以去小烨家里啊。"

"妈，秦叔叔和徐阿姨又没让我过去，我直接去多不好。"

顾母继续她的怀柔政策，"好好，那你可以去找小烨吃晚饭啊，一个人过中秋节多无聊。"

"好了，妈，你能不能别三句话不离小烨？好像他是你的亲儿子一样。"

顾母倒是说得肯定："早晚都会是的。"

"……"那你倒要问问人家愿不愿意啊。

忽然，有人从身后伸出双手环住她纤细的腰，把头埋在她的颈窝里，细细地亲吻她的脖子，引来她一阵酥麻，她不用看都知道是谁，因为她闻到了一股清新茶香，混合着些微的酒香。

顾念微微侧头看叶敬安，朝他做出一个"别闹"的表情，奈何他只沉浸在他的世界里，丝毫没有要放过她的意思。

"妈，我听见嘟嘟在喊你了，你还不去抱抱他。"

电话那头传来嘟嘟软糯的声音，听得顾母心都被融化了，跟顾念匆匆说了两句就挂断了电话。

顾念转过身来，整个人都被叶敬安圈在怀里，柔软的身体贴着他坚实的胸膛，让她不禁心跳加速。

她尽量掩饰害羞和慌乱的情绪，瞪着他，微微噘起嘴，"叶教授，偷袭别人是不对的。"

叶敬安放在她腰间的手紧了紧，低头望着怀里清秀得好似不染人世间一点尘埃的顾念，俯身凑向她，说："那这样呢？"语毕，他一手揽在她的腰间，一手扶住她的后脑，吻向她的唇。

顾念惊得睁大眼睛，心怦怦直跳，鼻端满是他的气息，一下子将她覆没。

周围似乎一下子安静下来，不再有屋里传过来的热闹的说话声，也不再有虫鸣声，静得全世界仿佛就只剩他们两个人。

他这次吻得温柔又缠绵，似乎要给她所有的温柔。

她温柔回应，他便贪婪索取，点燃她心中的火焰，让她觉得越发燥热。

顾念觉得似乎过了很久很久，他才慢慢松开她，看着她的眼睛，眸子漆黑而明亮，如黑曜石般。须臾，他低头在她的额头上落下轻轻的一吻，虽然那么轻、那么柔，却让她心神一颤。

顾念羞得满脸红扑扑的，像是抹上了一层胭脂，透出迷人的色彩。

这在叶敬安看来，越发觉得她是小女生，没有其他女人的魅惑或是做作，而是情由心生，自然流露。

叶敬安带她来到了二楼的露台上，露台上放了一组深灰色布艺沙发，一个木质茶几。露台边上种了一些花草，郁郁葱葱，美不胜收，空气里还有丝丝淡淡的香气。

顾念站在露台上，遥遥望去，能看到不远处的游泳池，在月光下泛着潋滟的水光，煞是迷人。

顾念一直想拥有一个类似这样的露台，可以躺在沙发上，抬头便能看到旖旎星光，感受着夜晚的风和空气中流动的花草香，惬意怡人。

她听见有人说话的声音，带着些不耐烦："我已经说过很多遍了，我不认识你，请你别再骚扰我。"顾念循着声音找了下，看到楼下站着的是胡倩，她站了几秒后转身进了屋里。

顾念问叶敬安："你表姐好像遇到了什么烦心事。"

"每个人都会遇到烦心事。"叶敬安倒显得淡然，"我相信，不管遇到什么她都会处理好的。"

"应该吧。"顾念不再问胡倩的事，躺到长沙发上，望着天边如银盘般的满月，心中升腾起一种无比满足的幸福感。

虽然父母不在身边，但有他陪着，她也知足了。

叶敬安坐到沙发上，把她的头搁到他的腿上，轻轻地抚摩她的头发，低声问："你刚才说的小烨是秦烨？你妈好像对他很中意？"

顾念握住他的手，认真地回："我们两家是世交，我妈跟他妈的感情亲如姐妹，非常希望……”她看到他的面色好像冷了几分，不由得把要说的话咽了回去。

“希望什么？”叶敬安看似很随意很慵懒地问，但他的神情却让人不寒而栗。

“以后能多一点走动。”其实，顾念想说“以后能成为一家人”，这话要是被他听到了，定然要面对他那张能冻死人不偿命的面瘫脸。

“你以前跟谁谈过我不在意，你愿意跟他继续做朋友，我也不会干涉。”叶敬安的语气仍旧是淡淡的，“但你要记得，你是我的女人。”

顾念听出来了，他这是迂回地提醒她不能有二心，她哪里会是这样的女人。既然爱了，当然会用心去爱，她问：“你不放心我？”

叶敬安抿了下嘴角，似是笑了下，无比肯定地说：“你不会做对不起我的事。”

“你怎么知道？”

“因为，这世界上只有我才是你独一无二的那个人。”

是啊，他是她的避难所，是可以让她放下害怕和恐惧的唯一的所在。

顾念却不想就这么被他抓住自己的软肋，“你不在的这二十一年，我不是平安无事吗。”

“哦？”叶敬安颇有兴致地看着她仰面朝天的脸，“那你有没有我都可以了？等你走时，我让司机送你回去。”

“……”叶教授，要不要这么狠心啊！你明明知道人家希望你做护花使者啊！顾念欲哭无泪，握紧他的手，满脸无辜地说：“敬安，我刚才的话还没说完。”

“哦？”叶敬安做出一副洗耳恭听样。

顾念发自内心地说：“没有你，我能活下去。但自从有了你，我却能活得更好。”当她说完这话时，觉得不可置信，竟然是从她口中说出来的，真是让人羞羞羞。

她看到了他脸上露出满意的表情，抬手摸着她有些发烫的脸颊，说：“我会让你活得比现在还要好，不管是感情上，还是身体上。”

“……”身体上？她没听错吧？顾念正疑惑之际，迎来了他深深的甜蜜的吻。

顾念不知道他吻了多久，总之，她觉得那吻来得无比绵长温存，让她沉溺其中，无法自拔。

叶敬安从她唇上移开后，顾念双手交叠在胸前，望着皎洁的夜空，说：“敬安，你也很爱你的家人吧？”

叶敬安被她没来由的一句话问住了，低头看她，“为什么问这个？”

顾念坚持道：“你回答我。”

“有哪个人不爱自己的家人？”

顾念沉吟了会儿，拖长尾音地说：“是啊。”犹豫了下问，“如果有一天，有人反对我们在一起，你会怎么办？”

“谁会反对？”叶敬安刮了下她泛着红晕的脸颊，猜中她的心事，“你想说，如果我的家人反对，我会不会选择离开你？”

顾念低低地“嗯”了声。

晚餐之前，老爷子把她叫到身边，大抵问了些她多大、学什么的、以后要做什么、父母是做什么的，跟叶父、叶母问的内容差不多，弄得她像是来面试的。老爷子最后跟她说：“你这孩子还小，学习最重要。”她再傻，也听出来了老爷子的言外之意：孩子，你先好好学习，感情的事以后再说，你跟我孙子不合适。而且，她从叶父刚才问她时的表情，也猜得八九不离十，便是他对这个女孩不太满意。

这个时代啊，不但要看颜，而且还要拼爹，就算你没啥大出息，至少要有一个名扬四海、腰缠万贯的爹。

顾念呢，只是一名普通学生、一个西饼店的兼职甜品小妹，还出生在一个普通的家庭。她出身普通，但出身普通的人，就要注定被出身高贵的人瞧不起吗？人人生来平等，都有平等的灵魂，所谓贫富贵贱，不过是世俗的分类，受其桎梏，自是会伤筋动骨。顾念并不希望因为出身悬殊而被他的父母用异样的眼光看待，更不希望叶敬安违背家人的意愿而坚持和她在一起，毕竟，嫁给一个人，不仅仅是嫁给他，而是嫁给他的家庭，得不到家人祝福的婚姻，不会幸福吧。

顾念听到他富有磁性的声音在耳边响起：“如果爱都经不起家庭的考验，就不算是真爱。真正爱一个人，怎么会轻易放手，如果轻易放手的话，说明不够爱。”

顾念刨根问底地追问：“你呢？”只因她心生一些害怕，害怕他们的爱敌不过现实。

“我怎么会轻易放开你？”叶敬安说完紧紧地握住她的手，十指相扣。从前，我只能远远地看着你，那样挺好，可你在我身边会更好，就像现在这样。

顾念听完像是抖掉了一个繁重包袱，心里暖暖的，不过，还是有些担忧，“你要怎么说服他们？”

叶敬安语调虽轻，但很坚定地说：“你不用担心，交给我。”

是啊，就算顾念再担心也无济于事，终究要他去做她和父母之间的调和剂。

后来，他们聊了一会儿天，聊着聊着，顾念的瞌睡虫不请自来，她隐隐记得他说：“小念，你还记得三年前见过我吗？我没有想到后来能再遇见你，也许这就是缘分吧。

我不知道以后会怎样，但我会努力留在你身边，不让你受一点伤。”

顾念现在回忆起来，都觉得这话肯定不会是那么高冷的叶敬安说出来的，一定是她做的一场梦。还有，他们三年前就见过面了，她怎么对他没有一点印象？哦，她差点忘了，她是个十足的脸盲症，见过一面的人从没记住过，还能准确无误地把张三认作李四。

她轻轻地敲了敲还有些发涨的脑袋，睁开眼，映入眼帘的是陌生的环境，吓得她连忙从床上弹了起来。

这是在哪里？完全是陌生的房间，难道是她的梦还没醒？顾念掐了掐手臂，疼得龇牙咧嘴，不不，这不是梦，而是赤裸裸的现实啊！

顾念看了看身上的睡衣，并不是她的，谁帮她换的？

谁来告诉她，昨晚到底发生了什么？

正当顾念百思不得其解时，听见敲门声，她说了声“请进”，看到缓缓走进来的叶敬安，穿着休闲的家居服，却依然无法遮掩他英俊逼人的外表，多了些许慵懒和闲适。

顾念还没等到他走到床边就慌慌张张地问：“敬安，我在你家？”

“嗯。”叶敬安把手插在裤兜里，坐在了床边，面不改色地看她。

“啊，不是吧。”顾念一脸震惊，“我怎么会在你家？”明明说好要回去的啊。

叶敬安望着头发有些凌乱的顾念，觉得比较呆萌，不禁微微扬起唇，“你不记得了？”

顾念重重地点了两下头。

“后来你睡着了，就没叫你。”

她明明很认床的好不好，居然，居然睡着了？！躺在他腿上睡觉，到底是有多舒服，才让她那么安心地睡着了。

顾念指了指身上的睡衣，红着脸，支支吾吾地说：“睡衣……是……谁换的？”千万不要是他换的啊！

然后，她听到某人缓缓地、面不改色地说：“我。”

她看着他，满脸通红，听到他的回答时瞬间垂下头，做静静默哀状。

好丢人啊……岂不是被他看光光了？以后还怎么嫁人？

不对，如果是嫁给他呢？好像不吃亏。

正在顾念默哀之际，忽然听到他说：“看了等于没看。”

“什么？”顾念猛地抬头，惊诧地看他，双手环胸，心痛得在滴血，什么叫看了等于没看？不带这么侮辱人的！就算是平胸，也是有尊严的！还有还有，你占了别人的便宜还卖乖，要不要这样啊？

顾念一脸悲痛地望着叶敬安，“敬安，谢谢你帮我……换……睡衣。可……你……”

叶敬安无波无澜地问：“我怎么了？”

顾念打算豁出去了，一口气说出来：“你不能随便看别人。”

叶敬安不解地看她，“你是别人吗？”

“……”好像不是。顾念一时语塞，方才的气焰一下子熄灭了。

“帮你换衣服的是我家保姆，许姨。”

“……”不带这么玩人的！！！

顾念气得直捶他的胸膛，他也不让开，任由她胡闹，然后把她温柔地揽在怀里。

第四章 × 阳光正暖，人正好

我见过的所有美景，都敌不过能和你
永远在一起。

叶家的早餐格外丰盛，顾念看着面前托盘里放着的美食，暗想又可以大快朵颐了，而且她今天吃饭时，发现大家都比昨晚安静了许多，这让她感到自在了不少。

顾念拿过桌上的番茄酱，想挤到面包片上。咦？怎么挤不出来？用力，再用力。

然后她听到“噗”的一声，面包片上出现一大坨番茄酱，而且还溅到了她脸上，有点……惨不忍睹啊。

番茄酱君，你一定要这么顽皮吗？

顾念好想躲到卫生间哭一会儿，这可是在男朋友家里，而且她感觉大家的目光都移到了她身上。她放下番茄酱瓶，抬头看向大家，尴尬地挤出笑容。

在座的各位纷纷笑了起来。

胡倩笑道：“怎么就溅得这么准，正好在眉心。”

啊？正好在眉心！！！顾念拿起勺子，上面映出她的样子，果然，一粒番茄酱高调地在她眉心耀武扬威。天哪！她这副模样都不用化妆，可以直接cosplay观音了，真是丢死人啦！

托盘里明明放着手工饼干和三明治，她怎么偏偏选了面包片？

顾念无力地放下勺子，皱起眉头，好想找个洞钻进去啊。

她的内心正饱受摧残时，身边的人忽然拿出一张干净的纸巾，细致地帮她擦掉那粒不知好歹的番茄酱君。

顾念的心猛然漏跳一拍，睁开眼睛看着叶敬安。

叶教授，这种事不需要你亲自当着你家人的面来做，小女子我虽然心有些残了，但志还是坚若磐石的。

不过呢，他这么做，着实让她觉得心中好像照射进来了一缕暖阳。

顾念看到叶敬安行云流水般地把番茄酱均匀地挤到面包片上，做了一个非常完美的夹心面包，递到她的面前。他的眼睛深似潭，却能看到流露出来的一丝温柔，他说：“你那个就不用吃了，吃这个。”

他的语气明明那么平淡，在顾念听来，却觉得万分悦耳，比世上任何乐器发出的声音都要好听。

嗯，谁叫叶教授如暖宝宝一样，这么让人觉得温暖体贴呢。

有了这么惨痛的教训后，顾念再也不敢觊觎面包片了，埋头安静地吃三明治。

忽然，一阵手机铃声响起，顾念猛然抬头，看到胡倩面色有些慌乱，站起来，讪讪地跟大家说：“不好意思，我去接个电话。”

胡倩去了隔壁的书房，大家又继续吃早餐。过了会儿，顾念听到从隔壁传来胡倩的声音：“什么？你怎么知道的？”后来，她的声音渐渐小了，顾念已听不清她在说些什么，但知道发生了什么事，而且她知道胡倩要去见这个口中所说的骚扰她的男人。她觉得奇怪的是，陌生男人认识她，但为什么胡倩却只当他是陌生人，难道胡倩也见过陌生男人，只是忘记了？

顾念想不明白，于是不打算牺牲脑细胞，又开始与美食相亲相爱去了。

顾念今天正好没课，本打算吃完早餐就跟大家 say goodbye 的，结果，叶敬安让她吃完午餐再走。

顾念打趣道：“舍不得我走？”

叶敬安眯眼看她，“你回去怎么对得起你的胃。”

“啊？”顾念不明所以，“怎么对不起我的胃了？”

叶敬安缓缓道：“听说某人做饭技能跟做甜品的技能相差甚远。”

“……”叶教授，你一定要这么赤裸裸地揭露她是个做饭渣的现实吗？

顾念顿时像霜打的茄子，蔫了。她好想唱“找呀找呀，找呀找，找到一个赵一莫，敬个礼啊，鞠个躬，笑嘻嘻呀，握握手，再见”。嗯，再见！从此不见！

既然被叶教授发现了她的渣技能，那还是秉承“诚信、友善”的社会主义价值观，坦诚一些，做个敢于面对现实的中国好青年。

距离午餐还有段时间，顾念闲来无事，叶敬安便让许姨带她随便逛一逛。顾念走了一大圈后，才发现叶家比想象中大，而且白天的景色也美，有满园盛开的花，有日光下熠熠发光的喷水池，还有浅蓝纯澈的游泳池……

这边的顾念正满心欢喜地欣赏叶家大院，那边的叶敬安正饱受家人的耳提面命。

老爷子看上去很平静地说："敬安，你怎么找了个那样的小姑娘，比你小八岁，大学还没毕业，家世还一般。"

叶父附和道："是啊，敬安，要找就要找一个跟我们家门当户对的。"

叶母叹了口气说："那有什么办法，我们这几年一直想帮他介绍好人家的姑娘，他一次都没去见过，偏偏就喜欢上了这个普通人家的姑娘。"

老爷子抬手敲了下手中的拐杖，生气道："怎么没办法。"老爷子看向叶敬安，严词厉色道，"敬安，你下午送她回去时，就跟她说下分手的事。"不给叶敬安一点商量的余地。

叶父语气强硬："必须分。"

叶母声音倒是很温柔："敬安，大家都是为你好，找这个姑娘，不如找程如嫣，家世好，又是海归高才生，还从事着高待遇的金融行业。"

老爷子想了会儿，说："程如嫣啊，那姑娘我记得，是你的前女友吧。"老爷子抬头问叶母："她想跟敬安复合吗？"

叶母回："有这意思。"

叶父不悦地说："当年你说要学医，我们最终妥协了，让你做了你爱做的事，你现在是要得寸进尺了？"

叶母说："婚姻可不是儿戏，我们家也不是普通人家，你要是娶了这姑娘，你让你爷爷和你爸的脸往哪儿搁？"

他们对叶敬安进行轮番轰炸，叶敬安没有反驳，直到他们说了半个小时后，叶敬安面色淡然地说："你们说完了吗？如果说完了，我先出去了。"

他们面面相觑，都怀疑自己刚才说的话他没有听进去。

叶父狠狠瞪着叶敬安，"你想造反了是不是？"

叶敬安很礼貌也很温和地跟他们说："爷爷，爸，妈，我从没问你们要过什么，这一次……"他略略一顿，"我想要你们成全我和顾念。"

他们立刻愣住了，沉默地看着叶敬安。

叶敬安有些烦躁，不希望看到家人为他担忧操心，也不希望跟顾念分手。

叶敬安想起昨晚顾念问他的话："如果有一天，有人反对我们在一起，你会怎么办？"他以为这只是顾念杞人忧天的想法，但现在想来，彼时她已经知道今天会发生这一幕，所以才有此担心。

既然她要比常人承受更多的担忧，他就要给她更多的安心。

在能给予的时候多付出一些，好过感情产生裂缝时再去缝补。

顾念虽然知道叶敬安那边正在发生着什么事，但她相信他可以妥当地处理。

许姨带她逛了一大圈后，顾念想一个人走一走，便让许姨先回去，自己绕着花园慢慢走。阳光透过树的罅隙，在地上投映出斑驳的光影，她踩着光影，时而小迈一步，时而大跨一步，悠然自得地享受这慢下来的时光。

不知走了多久，面前的光影没了，变成白花花的日光，照得她后背微微发烫。要是这白花花的日光换成白花花的银子多好，她一定会敞开胸怀、一个不落地收入囊中的。

不过，日光变不了银子，而是渐渐变成了热死人不偿命的炽烈光线。不行了不行了，顾念有些受不了了，好好的一个散步快要变成桑拿浴了。

顾念抬头环顾四周，看到几十米远的地方有个小亭子，整个人顿时像打了鸡血般狂奔而去。

到了小亭子那儿，顾念已有些气喘吁吁，额头上也冒出了汗，她看到亭子里坐了一个人，正忧愁地抽着烟。

顾念边拿手当扇子来扇风，边看向胡倩，笑着跟她说："表……"嗯，现在叫表姐好吗？算了，还是先不叫吧，于是顾念直接说，"你也在这里啊。"

胡倩只是稍稍抬了抬眼皮看她，随即吸了口烟，吐出一个好看的烟圈。

顾念坐到她对面的石凳子上，发现地上已有好几个烟蒂。顾念看着胡倩的眼睛，故作什么都不知道地问："是不是遇到什么烦心事了？"

胡倩看着长长的一截烟灰，说："你说，有的感情会不会像这烟一样，总会有燃尽的一天？"

顾念说："会吧。"比如，她和秦烨。

胡倩弹了弹烟灰，"你看，这烟是灰飞烟灭了，但如果还记得烟燃烧时的样子，你会怎么办？"

这……要怎么回答才好？

顾念想了想说："记住燃烧时的美好就好了，留下来的灰烬还是忘掉吧。"

胡倩苦笑一下，"忘掉？没那么容易。"

"不过，就算忘不掉，也还得过日子啊。"顾念开始给她灌鸡汤，"反正都要过日子，痛苦地过是一天，快乐地过也是一天，为什么不选择快乐地过？"

她抽完烟，扔到地上掐灭，说：“想做到谈何容易。”

顾念放弃灌鸡汤，切换到刺激策略，“你想想啊，他那样的渣男，跟他离婚没什么可惜的，而且，他不值得让你伤心。”

胡倩忧伤的脸上出现愕然，“你怎么知道这事？”

“一莫告诉我的。”

胡倩恍然，“哦，差点忘了，你和她是好朋友。”她站了起来，目视前方，像是自言自语，“有的事，你不会懂的。”

顾念好委屈啊，她又不是三岁小孩，怎么就不懂了？这是在鄙视她的智商吗？！何况，她也是谈过恋爱的人，知道有些事过去了就是过去了，沉浸其中，只会徒增烦恼罢了。她听赵一莫说过，自从胡倩离婚后，家里人纷纷给她介绍对象，她坚决一个都不见，如今仍是单身。

胡倩想要离开，顾念说：“邱枫不是坏人，你可以去见他。”

胡倩顿时停住脚步，无比震惊地转头看顾念，不可思议地问：“你怎么知道邱枫？别告诉我是一莫告诉你的，她不知道他。”

顾念想了想，胡诌道：“你早上不是去书房接电话了，不小心听到你说的。”

“我说了吗？”胡倩有些迷惑。

嗯，其实没说，只是顾念在异次元世界里看到了胡倩跟给她打电话的男人见面了，还知道这个男人叫邱枫。

经历过前两次的事后，顾念本不想再多管闲事，万一因为她的介入而加剧胡倩和邱枫不合呢？但她告诉自己，胡倩是她男朋友的表姐，也就是自己的表姐，表姐的事，她怎么能袖手旁观？

顾念连连点头，“说了。”

胡倩生疑道：“那你怎么知道他不是坏人？”

“一个认识你的人，能骗你什么？”

“可我不认识他。”

“你当然不认识他了。”顾念缓缓地说，“因为，你失忆了。”

胡倩冷笑一声，满脸诧异地看她，“你到底是谁，你怎么知道这事？”她出车祸患了选择性失忆的事，除了母亲知道外，其他人都不知道。

顾念说：“我怎么知道并不重要，关键是你要好好想一想，你是不是认识邱枫，只是有关他的一切，你都忘记了。”

顾念不知道邱枫和胡倩是什么关系，但从他们见面聊天的过程中知道了胡倩失忆的事，邱枫说："胡倩，你知不知道，有时候我真希望失忆的那个人是我。"

胡倩临走时，顾念提醒她："明晚不要去酒吧。"

胡倩丢给她一记莫名其妙的眼神，"你怎么知道我明晚要去酒吧，为什么我不能去？"

嗯，找不到借口了，也不能胡诌了，顾念只好说："你不要去就是了。"

胡倩一脸"你这人有毛病"的表情，不再理会这个在她看来有些神经质的女生，转身离开。

午餐时间，顾念觉得大家要比吃早餐时更加沉默，尤其是胡倩看她的眼神，就像看一个外星人。

叶母给顾念夹了一筷子青菜和一块鸡肉，面目和善地说："尝尝看，哪个好吃。"

顾念依言照做，细细品尝后，微笑着看叶母，说："阿姨，两个都很好吃。"叶家厨师做的菜真的是棒棒哒，让她有一种想吃完打包回去的冲动。

叶母说："只能选一个。"

"鸡肉。"顾念毫不犹豫地说，当然是鸡肉更好吃啦，肉质细嫩，味道鲜美。

叶母满意地笑起来，"是啊，我也觉得鸡肉更好吃。这感情啊，就跟这菜一样，熬得时间越久，才会越好吃。你看这青菜，是好吃，但是没什么让人回味的余地，可吃可不吃，对不对？"

叶母的语气虽然还是很温和，可为什么在顾念听来有点怪怪的呢？难道……她是叶母口中的青菜？是叶敬安可有可无的女朋友？这着实让她不舒服。

顾念佯装不知道叶母的意思，说："我觉得鸡肉更好吃，但吃久了会比较腻，青菜呢，好吃又不腻。"

她看向叶敬安，看到他投过来的赞许的眼神，心中一暖，伸手想夹一大筷子青菜放在他碗里，"喜欢吃青菜吧？"

"嗯。"叶敬安轻轻应道。

"别夹给他。"叶母连忙制止，"他不喜欢吃青菜。"

叶敬安夹了一根青菜，似是蹙了下眉头，继而抬头看向叶母说："妈，我现在喜欢吃了。"语毕，看似津津有味地吃完了青菜。

叶母的脸色立刻变成调色盘。

吃到一半时，封管家走了进来，在叶父耳边耳语了几句，叶父面色骤变，跟封管家说：“你让他在会客厅等我。”

顾念看向叶父，异次元世界里出现了秦烨和小张见叶父的画面，他们来调查爆炸案事件，而且证实爆炸案事件跟叶父有关。

她看到的画面是这样的：

秦烨先是礼貌地跟叶父打了招呼，继而一脸严肃地看向叶父，“叶先生，这次我们来调查八月十四日的爆炸案，请问您知道这事吗？”

叶父面上看起来很沉静，言简意赅地回：“知道。”

“请问当天下午三点到三点四十分之间您在哪儿，在做什么？”

叶父稍稍想了下，说：“我在书房。”

“有证人吗？”

叶父遗憾地说：“不巧了，那天我夫人跟朋友出去逛街，管家和用人都有事出去了。”

“书房有监控器吗？”

“没有。”叶父的面色沉了几分，把手搭在真皮座椅上，目光中透出些许冷冽，“秦警官，你就别拐弯抹角了，你怀疑这事是我做的？”

“小张。”秦烨朝小张看过去，小张拿出一个小型录音器，开启播放键，里面传出两个人的对话。

“孟天，你去把这事办了，事后我不会亏待你。”

“可是，这要是被警察查出来，我是要蹲监狱的。”

“你自己想想，是想冒一次险，让家人过上优越的生活，还是一辈子窝在那个破屋里，让你妈慢慢等死。”

过了好一会儿，才听到孟天的回答：“好，我做。”

“事成之后，我会把钱打到你的卡上，让人给你们办好移民手续，就算警方查出来什么，也不会抓到你。”

听完这段录音，叶父的脸色明显变得特别差，双手紧紧握成拳。

秦烨把叶父的一举一动都尽收眼底，公事公办道：“你还有什么想说的？”

叶父怒视着秦烨，“这事不是我做的。”

有哪个作案者会轻易承认自己犯了罪？

秦烨站起身来说：“现在孟天已经被我们抓到了，也把所有的事都招供了。”他从小张手中拿过录音器，“这是他提供的。”随后，秦烨拿出逮捕令，“叶昇，跟我们去警局。”

事情如顾念看到的一样发生了，当大家看着秦烨和小张想把叶父带走时，情绪最激动的是叶母，她扑上前，拽住了叶父的手，无法保持她往日的优雅模样，扬声说：“秦警官，我认识叶昇这么多年，他是什么样的人我最清楚，他不可能做指使别人杀人的事。”

秦烨面不改色地说：“我们已经调查过了，爆炸案的死亡对象是吴敬，叶昇曾经跟他有过过节，他具备一定的杀人动机。当然，最关键的是我们有了人证和物证。”

叶父面色如冰，看向叶母说：“不用担心，我并没有做这事，一定是有人想栽赃我，你去找我的私人律师团还有肖俊。”

叶母连连点头，急得眼中蓄满泪水。

老爷子走向叶父身边，每一步都走得格外缓慢，淡定地问叶父：“小子，你做过这事吗？”

叶父坚定地摇摇头，说：“我之前是跟吴敬发生过矛盾，但后来重修旧好，找他来常兴入股，没想到他会遇到那样的事。所谓的物证，秦警官，我根本就没有跟孟天说过那些话，还有，孟天是谁我都不认识。你觉得一个总公司的总裁会认识一个子公司的小员工吗？”他冷笑一声，“呵，你不觉得这是天大的笑话吗？”

秦烨当然不会听他的片面之词，如果事情真如他所说，他一定会再仔细调查，不过现在需要带他回去进行审讯。

“我们不会冤枉任何人，你先跟我们去局里走一趟。”

老爷子字字铿锵地说：“放肆！光凭旁人的无稽之谈和一段录音就想把人带走，你不觉得太唐突了吗？你怎么就确定那个人说的话句句属实，那段录音不是作假的？”

秦烨肯定地说：“里面的声音就是叶昇的，错不了。”

叶父看了看老爷子，又看了看叶母，说：“爸，怀璟，我先过去一趟，没事的。”然后看向叶敬安，“敬安，你照顾好他们。”

叶敬安神色凝重地点了下头。

不管其他人后来又说了些什么，秦烨还是铁面无私地带走了叶父。

在秦烨临走时，顾念正好抬头，迎上了他投过来的目光，眼中流露出各种复杂的情绪，有诧异，有不敢置信，还有悲伤。

顾念很想让他紧皱的眉头舒展开，可是她知道，这世上有哪一个爱你的人，愿意看到你跟你爱的人在一起，而且在他家里，这对爱你的人来说，无疑是致命伤。

但有什么办法，顾念的心住在叶敬安的世界，又怎能给予秦烨没有伤害的温暖地带。她只愿秦烨能早日放弃对自己的那种情愫，两人还和从前一样，做无事不说、无话不谈的好闺密。只是，她不知道，他们是否还能回得去。

秦烨把叶父带走后，叶家人陷入焦虑和慌乱之中，叶敬铭得知此事后，赶紧回来跟大家一起商量对策，叶敬安也毫无例外地加入此队伍中。

大家从书房走出来时，顾念感觉到周围被一股低气压包围着，她望着面色凝重的叶敬安，走到他身边，朝他小声说："别担心，会没事的。"

叶敬安牵起她的手，把她带到他的房间，有些着急地问："你看到我爸三天后会被放出来？"

顾念摇摇头，"这三天里没有找到对你爸有利的证据。"

叶敬安的手从她的手心滑落，无力地靠在沙发上。

顾念蹲下身，握住他的双手，快速地搜索脑中有的词汇，尽可能用很温柔的语气安慰他："敬安，只要你爸是无辜的，肯定会被放出来的。"

叶敬安抱住她，把她拥在怀里。

顾念本想吃完午餐就离开，但眼下情形严峻，她得跟自己的男朋友共患难，于是，她做了一个英明神武的决定：留下来陪叶敬安。

顾念跟叶敬安说："下午我不回去了。"

"好。"叶敬安不费吹灰之力将她抱起来，让她坐到他的腿上。

顾念被他突如其来的动作吓了一跳，赶紧伸手搂住他的脖子，脸红心跳起来。

嗯，这个姿势似乎有些撩人呢！

顾念努力抑制住加速的心跳，继续走贴心小棉袄的安慰路线："既然已经发生了，担心也没有用。"她想了想，灵光一现，"不如我们来玩个游戏？"

"好。"

顾念征求道："玩'一只青蛙四条腿，两只眼睛一张嘴'的游戏，好不好？"

叶敬安似乎没有兴趣，不过还是配合地问："怎么玩？"

顾念十分震惊，"你没玩过吗？"

叶敬安淡淡地说："听起来这么低级的游戏，像是我这种人玩过的吗？"

这是被某人明目张胆地鄙视了吗？她可是在搜肠刮肚地安慰他，他怎么这样呢，真是的！

不过，顾念不跟精神受到摧残的某人计较，跟他讲游戏规则："我说'一只青蛙四条腿，两只眼睛一张嘴'，你就说'两只青蛙八条腿，三只眼睛两张嘴'，依次说，懂了吗？"

叶敬安一直淡漠的脸上竟然流露出一丝笑意，顾念都怀疑自己是不是眼花看错了，难道他对此游戏产生了莫大的兴趣？

顾念喜悦的小火焰被点燃，扬扬得意地问："是不是很有意思？"

"嗯。"叶敬安随口应道。

果然啊，被她猜对了，顾念喜悦的火焰越燃越旺。

叶敬安意味深长地问："输的人会有惩罚吗？"

顾念坚定不移地说："必须有。"这个游戏她玩过无数遍了，一定不会输给他的，他输了的话，她要怎么惩罚他呢？

她深思熟虑时，叶敬安看她一脸必胜无疑的表情，怎么看怎么觉得好笑，怎么想怎么觉得说"两只青蛙八条腿，三只眼睛两张嘴"的她赢不了。

顾念目露欣喜之色，语气异常欢脱："Bingo，我想到了。"

叶敬安颇有兴致地看她。

顾念情绪激昂，"赢的人可以问输的人一个问题，输的人必须如实回答。"她默默地在心中为机智的自己点了三十二个赞。

"就这样？"叶敬安的兴致瞬间降到负值。

顾念露出无辜的神情，不解地问："不好吗？"这可是真心话大冒险的改良版呢。

叶敬安摇头，"没有一点挑战性。"

啊，多么痛的领悟！

顾念的欣喜灰飞烟灭，歪着脑袋看他，"你有什么好的主意？"

叶敬安神色坦然，"输一次脱一次。"

啊！流氓！顾念下意识地双手抱胸。不过，等等……她怎么可能输呢。So，接招吧！

于是，顾念同学爽快地说："好。"她上下扫了叶敬安一眼，穿了一件衬衫、一条长裤，哎呀，夏天真好，要是他输了，她就可以大饱眼福了，想想都有点小激动。

游戏第一回合：

顾念笑容满面，语气轻快，“一只青蛙四条腿，两只眼睛一张嘴。”

叶敬安淡定自若，“两只青蛙八条腿，四只眼睛两张嘴。”

结果：平手。

游戏第二回合：

顾念依然笑容满面，语气轻快，“三只青蛙六条腿，十二只眼睛三张嘴。”咦？好像说错了，笑容顿时退去。

叶敬安心中暗笑，但面上保持淡定自若，“四只青蛙十六条腿，八只眼睛四张嘴。”

结果：顾念败。

叶敬安嘴角扬起小小的弧度，“你输了。”

顾念连连摆手，“不不，刚才是口误。”她明明都已经在心中默算好了，竟然口误了！

叶敬安一脸严肃，“不许耍赖。”

好吧，不管怎样，她就是输掉了。

顾念刚才根本就没想到自己会输，现在才低头看自己的穿着，外面穿了一条长裙，里面就是贴身衣物了。啊啊啊，为什么不是冬天啊！

怎么办？真的要脱吗？顾念的脸涨得通红，含羞带怯地说：“人家就穿了这一条裙子，里面穿的就……类似比基尼了。”

叶敬安面不改色，“这么大的人了，不需要我来给你上诚信课吧。”

看来是躲不掉了，顾念从他腿上下来，像含苞待放的花蕾一样站在他面前，抬手想去拉背后的拉链，但有些吃力，由于用力，脸颊更红了。

她还没拉下来，便见看起来一本正经的叶敬安伸手过来，轻巧地帮她拉开了拉链。

顾念的心跳得更加厉害了，羞得低下头。

其实，这种事不需要你亲自动手，她能自力更生的。

叶敬安面色如常，“举手之劳。”

顾念声音低低的：“我……可以做到的。”

叶敬安说得一本正经，“你刚才都害羞成那样了，我怎么忍心你一直害羞下去。”

“……”叶教授，人家刚才才不是害羞，明明是用力了脸才红的。倒是你拉人家拉链，才点燃了害羞的导火线好不好。

然后，顾念穿着类似比基尼的衣服，红着一张跟苹果一样的脸，双手环胸站在叶敬安面前。

叶敬安剑眉一扬，看似不经意地说：“遮不遮都一样。”

A 罩杯又被华丽丽地鄙视了!

被人审视的感觉太令她难堪了，于是，顾念默默地将放在胸前的双手移到了脸颊上，你尽情地审视吧，我看不见，真的看不见……

叶敬安看着面前肌肤如雪的她，心猛然一动，感觉时间有瞬间的静止。对于她这副呆萌样，他毫无抵抗力，但克制住了想抱一抱她的冲动，摆出一副淡然的模样，“游戏还要继续吗？”

要继续吗？顾念有点纠结了，就这么结束游戏吧，她不是太亏了。可是，再继续吧，万一她再输了呢，胸前就要遭殃了。她现在深刻地明白，轻敌是件很可怕的事。

顾念松开手，咬咬牙，说：“继续。”

然后，游戏继续，他们大战第三回合：平手；大战第四回合：平手；大战第五回合：平手。

顾念不敢再轻敌，在心里默算几次后才小心翼翼地说出来。大战到第十回合时，叶敬安说：“十只青蛙四十条腿，十只眼睛十张嘴。”

他一说完，顾念紧绷的神经立刻松懈下来，笑着高呼道：“啊，说错了说错了！”叶教授，你也有输给我的时候啊，乖乖地脱衣服吧!

叶敬安不慌不忙地弯腰脱掉了一只鞋。

顾念一见，连忙说：“你耍赖！”

叶敬安理直气壮，“我说的输一次脱一次，但没要求脱什么。”

“……”顾念看着脚上的鞋，为什么有一种想死的心呢?

“再来再来。”顾念不服。

她保持高昂的斗志，又与他战了两个回合，结果，都成功击败叶敬安，一次他脱掉了另一只鞋，那这次总得脱衣服了吧？顾念有点幸灾乐祸地望着他，只见他慢条斯理地脱衬衫。

叶敬安边脱衬衫边想：再不说错，他真不知道她会说到什么时候，凭他超强的口算能力，她今天就算穿冬装，也可以脱到去当裸模，只是……他不愿意看她输得一败涂地的惨状。

顾念第一次看到他脱掉上衣后的样子，身材好到可以直接去拍健身广告了。她没想到一个医生竟然有如此好的身材，她看得有些入神。

叶敬安没料到眼前的小姑娘竟然毫无顾忌地看他……的上身，小姑娘应该有的羞耻心跑哪儿去了？他眉头一挑，“打算看到什么时候？”他停顿了下继续说，“如果想看，以后有的是机会。”

“我……”顾念好想遁走，她只是稍微看一眼，又不需要花钱就能观赏美男健硕的上身，不看白不看啊。如果以后有的是机会看到的话，好像还挺赏心悦目的。

叶敬安望着她羞红的脸颊，像抹了天然的胭脂，透出自然的绯红，煞是迷人。

当你喜欢一个人，不管他是什么样子，在你眼中都是最美。只因，他就是他，你最爱的他，有着独一无二的轮廓，就像天空升腾起的璀璨烟火，他是最闪耀的那一束。

叶敬安从容不迫地问：“还要玩吗？”

“要啊。”自从顾念重新部署战略后，屡战屡胜，让她看到了胜利的曙光。是的，她无比坚信：一定可以赢他。

“好。”叶敬安从沙发上坐起来，居高临下地看着顾念，拿出衬衫，包裹住她白皙的上身，一把将她抱起。

“哎，你要干吗？”顾念不明所以，惊得连忙搂住他。叶教授，你一定是突击队的一员吧?

“不是要玩吗？”

“玩游戏啊。”

“这不是游戏吗？”

“……”这算哪门子游戏?谁来帮她解答下，在线等!

当顾念被叶敬安抱到床上，被他搂在怀里时，她都没想清楚这算是什么游戏，但也无心想，因为她的心狂跳不已。

你不爱一个人，不论他再怎么情意绵绵，你都不为所动。只有当你遇见至爱，才会发现时间都停歇，满心满眼都会冒出粉红小泡泡。

顾念不知他想怎样，任由他抱着，一动不敢动。她觉得周围忽然安静下来，听得见窗外树叶被风吹过时的沙沙声，鸟儿的啁啾声，还有，他似乎怦怦直跳的心跳声。

在这样一个烈日炎炎的午后，她闻着从窗外飘进来的阵阵花草香，闭着眼睛感受这一刻的安宁，静静地依偎在他的怀里，一种静谧和舒心的感觉从她心底油然而生。

有一个小想法从顾念的脑中跳出来：情人间，有牵手，有拥抱，有接吻，固然甜蜜。但有时，静默无言，却懂得彼此未曾启口的心事，能享受时光慢下来的宁静，也许更甜蜜。

她喜欢这样的时刻，希望时间能走慢一点。

她的小小念头，在心底发酵成甜蜜的情歌，好似有欢快的曲调在耳边萦绕。

叶敬安温热的掌心搂着她纤细的腰肢，丝丝温暖透过他的衬衫，熨帖着她的肌肤，她不禁红了脸颊，但她的脑袋埋在他的颈窝里，他看不见。

两人以一种极其暧昧的姿势侧卧，面对着彼此，他的呼吸近在耳畔，撩得她耳朵发红发烫。

顾念不知不觉地伸出手，环住他的腰。

她只愿这样静静相拥就好，可是，她忽然想起来，他刚才说“这不是游戏吗”，难道……他要玩床上游戏？

她不得不承认目光所及处的设计简洁大方，营造出一种置身于家居杂志中卧室里的幸福；床单很干净，透出一缕淡淡的清香；身边的人俊美无俦，安静时的模样和姿态，温柔得仿若另一个人。

如果在这样的环境下，在这张床上，跟这样的人玩床上游戏，貌似没那么毛骨悚然吧。可是……是不是有些早了？

正在顾念跟内心的自己玩这种纠结的小游戏时，忽然感觉到叶敬安头一低，吻上了她的额头。

呃，这是游戏开始的前奏？顾念的心有些发慌，不知不觉地抱紧他。

顾念开始紧张地在心里数绵羊：“一只绵羊，两只绵羊，三只绵羊……二十只绵羊。”

咦？为什么某人这么安静？数绵羊的人没睡着，难道他睡着了？

顾念慢慢地抬头，发现叶敬安正闭着眼睛，眉间微微蹙起。

她小声地唤他：“敬安。”

叶敬安没有回应。

她抬手抚上他的眉间，轻轻地抚去那浅浅的皱褶。

顾念深深地鄙视刚才内心的自己，为其感到羞耻。看来叶敬安只是想做一个安静的美男子，而她却想入非非了。

她微微抬起身，蜻蜓点水般地吻了下他的唇，然后，俯身观赏着如同从画册里走出来的男人。

没过几秒，顾念看见叶敬安睁开眼，听见他说：“偷吻别人是不对的。”

啊？他不是睡着了吗？

顾念有些不好意思地转过身去，还没淡定下来，又听到他说：“应该这样。”随后，他的唇倾覆下来。

有她在，父亲的事似乎被抛到了九霄云外，一种快乐和甜蜜跑进了他的心里，挤掉了烦恼。

如果她能一直在，大抵是他这一辈子最大的运气。

顾念美美地睡了一觉，醒后闲来无事，便跟叶敬安提议去附近的一家茶餐厅。

到了茶餐厅，顾念边看菜单边问："你很喜欢喝茶吧？"

"嗯。"

"喜欢喝什么？"

"龙井、普洱、大红袍。"

"哦。"顾念心不在焉地看着菜单，脑中想着：好像都挺贵的。

"你要请我喝？"

"好像……这里没有。"顾念把菜单都翻到了最后一页也没有找到。她拿出手机悄悄地上网搜了下，舒了一口气，好庆幸这家店没有他说的那三种茶，真的好贵！卖了她可能都请不起好吗。

叶敬安问："你平时喜欢喝什么茶？"

顾念抬头一笑，"奶茶算吗？"

"……"

顾念并不在意对方无视她的眼神，继续说："这家的港式奶茶很正宗。"

"你喝过？"

顾念哂笑道："度娘说的。"

"……"

顾念看着菜单上诱人的甜品，两眼瞬间冒光，兴奋地问叶敬安："要吃什么甜品？"

叶敬安看也不看菜单，说："抹茶芝士蛋糕。"

顾念欣喜地说："哎呀，原来你喜欢吃抹茶芝士蛋糕啊，做这个我最拿手了，下次做给你吃。"

"好。"三年前，他就吃过她做的抹茶芝士蛋糕，那是他觉得最好吃的抹茶味蛋糕。

点完菜，顾念看到一个穿着浅蓝色衬衫的男人从他们的桌前走过，她回头一看，看见他在隔了一桌的地方落座，对面坐着短发的女人，她一看便知是胡倩。

顾念知道胡倩会跟邱枫在这家茶餐厅见面。之所以选这里，一来，这家茶餐厅的推荐指数五颗星，看评论尤其夸赞他家的甜品做得好吃；二来，把异次元世界里看到的一切现实化，倒也不错。

顾念看着叶敬安，他正拿着手机，专心致志地看着什么。嗯，他应该丝毫都不知道胡倩也在。

等点的东西都上来后，顾念看似很用心地品着蛋糕、喝着奶茶，其实心思早就飘到了胡倩那一桌，时刻关注着他们的动态。

她暗暗鄙视自己：做一个偷听者是可耻的。不过，她只是恰好坐在了这一桌，然后，她的耳朵不由自主地接收到了他们的对话——

邱枫说：“你一点都不记得我了？”

胡倩带着疑惑问：“为什么要记得你？你怎么知道我失忆了？”

邱枫的声音有些低落：“因为你忘了我。”

胡倩不屑地一笑，说：“我已经恢复了所有的记忆，但我的记忆里根本就没有你。”

过了好一会儿，邱枫才说：“胡倩，你知不知道，有时候我真希望失忆的那个人是我。”如果失忆的那个人是我，我就不会这么清醒地记得我深深地爱过你。

“你失没失忆跟我没关系。”胡倩边拿起包边说，“请你以后不要再骚扰我，我根本就不认识你。”

邱枫说：“你是不是也忘记陈君了？”

胡倩的包忽然从手中落回座椅上，一脸愕然地望着邱枫，语气里充满疑惑：“你怎么知道陈君？”她重新坐了下来。

邱枫苦笑了声，继续说：“看来你没有忘记陈君。”

胡倩语气不悦道：“我没有忘记他怎么了，跟你有关吗？”

邱枫的声音里听不出丝毫的情绪起伏：“我劝你早点忘记他。你对他留恋有什么用，他会继续过他的风流生活。你呢？就一天天过着恨他又放不下他的生活，这样的你，你一点都不讨厌吗？”

胡倩的声音低下来，重复道：“你怎么知道陈君？”

“因为，我曾来过你的世界。”

胡倩半信半疑地看他，如果他们之前真的认识，为什么她对他一点印象都没有？如果说他们之前只是陌生人，那他怎么知道她支离破碎的婚姻，还有她失忆的事？

“我们之前是什么关系？”

“你是我的领导。”

胡倩在一家非常好的外企上班，但从来没听谁提到过叫“邱枫”的人，“如果我是你的领导，为什么没有人提过你？”

“有谁敢提？”

胡倩在公司是说一不二的领导，向来不喜欢公司的人在背后嚼她的舌根，谁都知道八卦她的后果。

“你为什么要骚扰我？”难道他爱她？

“只是想见一见你。”

“有什么好见的？”

“知道你失忆后，我本来想去医院看看你，但给你打了好多次电话你都不接，结果，还被你拉黑了。”所以，后来邱枫不得不重新办了一张卡。

胡倩很不解，“我和你很熟吗？”

“之前……算是。”

“熟到你要来医院看我的程度？”胡倩是典型的工作狂，很多时间都留给了工作，与同事间的打交道都是工作上的，鲜少有生活上的。

“嗯。”

不管邱枫说什么，胡倩现在无法考证，不过这不重要，“你什么时候来我们公司的，为什么要离开？”

“去年三月份。”邱枫说，“我并不喜欢那么高强度的工作。”

“所以，你现在工作太清闲，就找我这个前领导来叙旧？”胡倩感觉有些可笑。

“希望你能早点忘掉那个经常背叛你的男人，他不值得你留恋。”

“我的事不用你管。”胡倩说完拎包走人，留下面前没有吃上一口的甜品，和神色有些烦忧的邱枫。

胡倩走了两步，看到了叶敬安，脚步一顿，打招呼道：“原来你也在这儿。”

叶敬安抬头看向她，“嗯。”

“什么时候来的？”

“在你走后没多久。”

“那我刚才说的话，你都听到了？”

“嗯。”

“我失忆的事，记得帮我保密。”

叶敬安知道表姐十分要强，而且对待亲人经常是报喜不报忧，他自然能理解她，于是应下。

待胡倩走后，叶敬安问正在低头吃蛋糕的顾念：“你知道我表姐会来这儿，所以才故意拉我来的？”

顾念放下勺子，摆摆手。

叶敬安神情有些严肃，“你对这儿不熟，怎么知道这家店的？”

顾念吃完口中的蛋糕，稍稍不满道：“拜托，不要一副审讯犯人的表情好不好？我是知道你表姐会来这儿，但这不是重点，重点是，这家茶餐厅五星推荐呢，不来多可惜，是不是？”她拿起勺挖了一小口抹茶芝士蛋糕，边吃边说，“有没有觉得这里蛋糕的味道赞爆了？”

叶敬安说得极其自然：“没有你做的好吃。”

“啊？不会吧？”顾念惊得目瞪口呆，在她做了几秒钟的木头人后，无比兴奋、无比期待地问，“真的吗？”然后，她清楚地看到叶敬安点点头。

天底下还有比喜欢的人认定自己的成就更幸福的事吗？顾念觉得心头一暖，更觉得面前的男人比之前英俊了。

不，等等，他什么时候吃过她做的蛋糕的？顾念问出心中的疑惑：“你什么时候吃过我做的蛋糕的？”

“三年前的一个晚上去‘甜又甜’西饼店，买了一块抹茶芝士蛋糕。”

“你怎么知道是我做的？”

“后来我问收银员的。”

叶敬安觉得这一辈子做的最正确的一件事，就是走进她在的蛋糕店，买下最后一块抹茶芝士蛋糕。

“哦——”顾念拖长音，恍然大悟，“原来，你三年前就见过我了。”说完她皱皱眉头，“可是，我怎么对你这么帅的人一点印象都没有。”

“你基本都在操作间，怎么会看到我。”叶敬安为她的记忆力感到着急，就算她在西饼店没有注意到他，但在那个冬日的下雪天，他们可是打过照面、说过话，并且她还拿走了他的黑色羊绒大衣。然而，她竟然对他毫无印象！

“就是啊，要是我见过你，想忘都不会忘掉。”顾念说得铿锵。其实才不是，脸盲症少女记人的能力简直是低到尘埃里了。她小时候曾有一个美好的愿望：当个英姿飒爽的女警察，抓人抓到手软的那种，一定威风极了。可自从知道自己是个无可救药的脸盲症患者后，为了不祸害人间，她忍痛割下此美好愿望，退出要当女警察的行列。现在看来，当初忍痛割舍是多么正确的选择啊，要不然误把 A 抓成了 B，那么，B 的亲属见到她就不只是朝她砸鸡蛋了吧，想想都觉得心肝儿直颤。

虽然顾念说得如此逼真，但怎么让叶敬安有些无言以对。

叶敬安没提三年前羊绒大衣的事，转到另一个话题："你是想管我表姐的事。"

顾念一边吃猕猴桃一边点头，再抬眼看向他，见他摇了摇头。

"最好不要管。"

顾念有点口齿不清地问："为什么？"

"她是个很有主见和要强的人，不喜欢任何人插手她的任何事。"

顾念的目光移向水果塔上那新鲜的樱桃，拿了一颗吃起来，吃完才说："可是，再怎么要强的人，也有脆弱的一面，我觉得你表姐是个外刚内柔的女人。"她夹了一块西瓜，边吃边说，"你想想啊，有哪个女人不希望得到男人的呵护，何况她还是沉浸在前一段婚姻中没有走出来的女人。她应该是个很重感情的人，而且很爱她的前夫。只是，我不明白，为什么她会忘不了一个经常背叛他的男人。"

叶敬安喝了一口茶，说："爱这种事谁又能控制得了，你爱过，就不会轻易忘记。因为，爱一个人并不是爱一个物品，丢了可以重新再买一个，失去的人，别的人都无法取代。"

"好像是吧。"顾念又说，"但她也得过新生活啊。"

"她会走出来的，只是时间早晚而已。"

"哦，说得好像你很懂一样。"

"每一段感情不都这样，你以为离开了那个人会痛不欲生，后来你才发现，痛也只会痛一时。没有走出来的人，大多都在自欺欺人地以为还有再在一起的可能。"叶敬安想起当初跟程如嫣分手时，也曾如胡倩那样有过在悲伤里沉浸的岁月，只是，时间会带走一切伤痕，来去无踪。

顾念伸出去拿草莓的手停住，惊讶地望着叶敬安，"看不出来啊，你竟然有做情感导师的潜能，不去安慰你表姐真是太浪费了。"

"她的事你就别管了。"

"哦。"顾念见邱枫从眼前走过，连忙放下已经取过来的草莓，快速地朝叶敬安说，

“我先去下卫生间。”

等顾念回来时，叶敬安已经吃完蛋糕，说：“下次需要提高下说谎能力。”

咦？被他发现了？顾念刚才先跟着邱枫走到了店外面，叫住他说了一会儿话。顾念佯装什么都不知道地说：“我什么时候说谎了？”

叶敬安忍不住扬起嘴角，觉得面前的她真是傻得可爱，她那么光明正大地跟一个男人出去，而没有进卫生间，是傻子都能看出来的。而她，还偏偏把他当傻子。他直接戳破她的谎言：“你跟邱枫说了什么？”

唉，果然是被他发现了啊。顾念低下头说：“这是秘密。”

叶敬安稍稍加重了语气：“你怎么不听我的话？”

嗯，顾念第一次知道，原来成为某人的专属女朋友，还要做一枚乖乖女，貌似，她要告别她的自由生活了。虽然跟他谈恋爱很甜蜜，为什么这结果让她有些忧伤？

顾念抬头看他，决定捍卫自由，“我只是在做我想做的事，这难道有错吗？”

“就算你管了，又有什么用？”

“不管有没有用，我只是想试一试。”顾念开始列出之前的诸多壮举：救了想去撞车自杀的短发女；救了想去跳楼的郭静怡，虽然最后结果不太美好……

既然她坚持，叶敬安也不想多加干涉，摆出一副无所谓的姿态，说：“你想做什么就去做吧，但危险的事不要再做了。”

顾念展颜一笑，“知道啦。”随即，她双手托腮，“你知道你表姐跟邱枫的事吗？他们只是上下级吗？”顾念感觉他们不仅仅是上下级，如果是的话，邱枫根本没必要三番五次地打电话给胡倩，还告诉她要远离前夫。方才跟邱枫说话时，问及此，他却只字未提。

“知道一些。”

“说来听听。”顾念做出一副“我是八卦小天后”的表情。

叶敬安娓娓道来：“一年半前，他们是上下级的关系，那时候邱枫刚工作不久，又是进了一家全球五百强的外企，很多事上都需要重新学习。听我表姐说，他对待工作非常积极负责，有什么不懂的都会积极向她请教。这事在之前很少发生，因为我表姐是个耐心不足的人，公司的人也都知道，所以有什么不懂的一般都会请教同事，很少去请教她。可是，很奇怪的是，我表姐却并不讨厌经常向她请教的邱枫，反而找到了一种前所未有的成就感，还觉得他是个不可多得的人才，将来必成大器。一来二去中，邱枫喜欢上了我表姐，而那时候我表姐还没有离婚……"

顾念打断他："那邱枫是第三者？"

"不算。"叶敬安说，"虽然那时候我表姐知道邱枫喜欢她，但最初她并不喜欢邱枫，所以拒绝了邱枫的追求。直到半年后，也许我表姐被邱枫感动了，也许她彻底知道自己跟陈君没有未来，不管是因为什么，她离婚了。后来跟邱枫在一起了。"他说完补充道，"但我不知道她什么时候出了车祸失忆的。"

顾念放下双手，点点头，"原来如此。"她生出疑问，"就算她的同事没有告诉她邱枫的存在，你们就从来没在胡倩面前提过邱枫吗？"

"没有。"

"为什么？"

"我姑姑曾告诉我们，胡倩已经跟邱枫分手了，而且以后都不想跟他有任何往来，让我们不要再在她面前提到'邱枫'这两个字，以免触及了她的伤心事。"

顾念不无伤感地说："不是说有情人都会终成眷属吗？我怎么有种有情人会各奔东西的错觉。"

"不是每一对有情人都会终成眷属的。"

顾念做思考状，"那我们呢？"

叶敬安一扬眉，"你觉得呢？"

顾念慎重地想了下才说："当然走大众路线，永远在一起。"说完，笑得如春花般灿烂。

永远在一起，叶敬安在心里默念。

叶敬安看着她笑弯了的眉眼，想着，见过的所有美景，也敌不过和你永远在一起。

嗯，永远在一起，只有我和你。

第五章 × 永远在一起，只有我和你

她偷走了他的真心，哪怕全世界都沉睡，他也会用余生去爱。

中秋节过去两天后，黄昏时分，晚霞布满天际，把天空涂染成一块块深浅不一的红色幕布，美得像油画。

顾念匆忙地整理好流理台上的器具，匆忙地小跑到更衣间换衣服，再匆忙地提着包小跑出来，然后，不幸地撞上了正在吃奶油蛋糕的茉莉，弄得茉莉满嘴的奶油和蛋糕屑。

茉莉苦不堪言，“你赶去投胎吗？又没人跟你抢，着什么急。”

顾念望着与奶油亲密接触的茉莉，大笑起来，“你这样子好萌。”她见茉莉想用手去擦，连忙制止，从包里拿出手机，拍下一张，给茉莉看，“看我免费给你化的妆，是不是很赞？”

“赶紧删了。”茉莉命令道，“你要是敢发朋友圈，你那张裸背照就会公之于众。”她露出促狭的笑。

顾念收起笑容，不悦道：“茉莉，你怎么还没把那张照片删掉！”

“哎呀，以备不时之需嘛。”茉莉拿出手机，在顾念面前晃了晃，“比如这种时候，就派上用场啦。”

顾念哼了一声，说：“你这人，动物都懂得知恩图报，你怎么就一点都不懂。”

茉莉满脸讶然，伸手摸摸顾念的额头，“你没发烧吧？你把我弄成这样还算对我有恩？”

“你听说过‘脖子上挂饼’的故事吧，就是讲妈妈要出远门，做了一张大饼，挂在孩子的脖子上，结果，妈妈回家发现孩子已经死了，因为孩子只吃了前面的饼。你看我对你多好，直接把你想吃的奶油和蛋糕送到了你的嘴边，就算你再懒，也不会饿死。”

“……”茉莉瞬间感觉一群乌鸦从头顶飞过。这算恩吗？她开始怀疑顾念的脑回

路是不是异于常人了。她抬手想夺过顾念手中的手机，却被顾念眼明手快地躲过。

“好了，我赶时间。”顾念指指窗外，“看到没，他们都在等我。”

茉莉的注意力立刻被外面那辆很拉风的黑色跑车吸引住，“土豪朋友啊，还专车来接，是叶教授吧。”

“难道你认为我只有叶教授一个土豪朋友吗？”茉莉，你也太小看我了。

“啊，你不会被人……”茉莉压低声音说，“包养了吧？”

“……”茉莉，我长了一张小三脸吗？

“不是被包养？”茉莉惊讶地提高了声音，“难道……是正妻来找你，你想抓紧跑路？”

“……”茉莉，你还能编得再跌宕起伏些吗？

顾念非常正经地跟茉莉说：“茉莉，我看你不去当编剧真可惜。”

“都没猜对吗？”茉莉有些无力地耷拉下脑袋。

“好了，你慢慢享用美味的奶油，我闪啦。”顾念说完昂首挺胸地朝前迈步，听到茉莉在她身后说：“不管你去见谁，但黑色衣服上沾了白色奶油，好像不太好吧。”

“……”顾念立马停住，低头一看，心中响起一阵阵哀号声。

顾念坐上车，探身问坐在副驾驶室的赵一莫：“看我跟平时有什么不一样吗？”

赵一莫仔仔细细地打量了一番，称赞道：“衣服搭配有质一般的飞跃。”

当然了，是她帮顾念搭配的。

顾念继续问：“其他呢？”没发现领口那儿一点点污渍吗？

“性感多了。”

嗯，全拜赵一莫选的黑色 V 领包身裙所赐。顾念终于长长舒了口气，看来那一点点污渍并不明显。

今晚贺承请赵一莫共进晚餐，明明是他们的浪漫约会，但赵一莫一定要拉上顾念，还特意帮她挑选了这件包身裙，理由是：你不是说贺承花心吗，那你穿得妩媚动人点，看他会不会动心。

看看，这都是什么好闺密，考验心仪对象时，还不忘拉她下水。

顾念就这样成了赵一莫测试心仪对象（呃，好像是关系不明确的“男朋友”）是否花心的侦查仪，而她还义不容辞地为好闺密献出了她的第一次——穿 V 领包身裙，虽然挤不出诱人的线条。

贺承为什么会是赵一莫关系不明确的男朋友，要从赵一莫上次参加贺承的商业晚宴说起。本来赵一莫认为晚宴的流程是这样的：她站在贺承身边，负责貌美如花，偶尔露个笑脸、喝点小酒，顺带象征性地挽住贺承的胳膊，敬完一圈酒，打完一圈招呼，然后各回各家各找各妈。

哪承想实际的流程是这样的：她还没来得及摆好标准的女伴姿势和笑脸，就听到身边的男人跟别人介绍："这是我的女朋友，赵一莫。"

当时，赵一莫整个人都愣怔住，看着面前端着酒的高挑女人和穿着西服的成功男士，思维一时无法归位。她大口喝完一杯酒，提醒自己刚才发生的不是一场梦，心里雀跃万分，难不成真被顾念说中了，原来暗恋的对象也暗恋着自己？于是，他为了给她一个惊喜，就在公众场合公布了，这无疑不是对她的另一种表白。她又惊又喜，很自然地挽上他的胳膊，却发现他的身体微微颤了一下，想来他动了心念，所以连她这细微的动作都能撩起他的心湖。

那晚，赵一莫没有问贺承"你真的想让我做你的女朋友"，贺承再跟别人介绍时也没有重复"这是我的女朋友，赵一莫"，而是说"这是我的女伴，赵一莫"。赵一莫的疑问和好奇，在酒店的一处回廊上，在贺承的深吻中烟消云散。她想，他定是喜欢她的，定是把她当作了他的女朋友，要不然哪儿来那么缠绵的吻。

这之后，他们从暗恋转为明恋，成了人人艳羡的一对佳偶。

说来也怪，从那以后，顾念从赵一莫的异次元世界里再没有看到贺承与其他女人暧昧的画面。顾念只当贺承爱上了赵一莫，收敛起之前的风流，只把真心留给她一人。顾念倒真希望如此，她只愿自己的好闺密能不被他人辜负，一生幸福。

只是，赵一莫这几日发觉贺承陪她的时间渐少，心里惴惴不安，便想到那个办法，以试探贺承的心。

顾念听到后只觉好笑，"你说谁会傻到去泡女朋友的闺密？"

赵一莫不以为然，"电视上不都这么演的吗？"

"我看你是看电视看魔怔了。"顾念轻轻戳了下赵一莫的脑门，"如果我是贺承，是坚决不会泡女朋友的闺密，而是在闺密面前表现出一副好好男人的样子。你没听说过吗？想讨好女朋友，要先讨好她的闺密。"

但赵一莫坚决不采纳顾念的意见，成功地加入到"恋爱中的女人智商为零"的队伍中。

顾念呢，从之前的探测仪升级到侦查仪，某人这是要把她训练成福尔摩斯吧。

贺承把她们带到了"江南苑"，他们仨对该餐厅的菜单极其熟悉，甚至赵一莫可以倒背如流，所以，点菜过程一气呵成。

三个人占据一个包厢，虽然有些浪费，但比起外面嘈杂的人声，这里显得格外安静。

顾念作为一个可耻的电灯泡，坐在赵一莫身旁。她为了给他们营造一种约会时的浪漫气氛，打算充当隐形人：不讲话，只吃饭。

于是，顾念默默地吃地锅鸡、清蒸鲈鱼、茶树菇煲乳鸽……她边吃边觉得这两天的伙食好到无与伦比，要是能天天吃大餐，她会心甘情愿地做一个合格的侦查仪。

顾念大快朵颐时，无意中看到他们的言行举止，内容总结如下：

1. 赵一莫充分贯彻“做一个模范女朋友”的方针，对贺承百般关心，从工作到生活一一问遍，俨然……是贺承他妈。

2. 贺承切实落实“男朋友身份”，绅士回应，主动给她夹菜，还都是她喜欢吃的，俨然……是赵一莫的亲密恋人。

3. 他们互帮互助，以爱为本，为共建和谐社会贡献出了绵薄之力。

他们聊得忘我，好像完全忘记还有顾念这个电灯泡一样的存在，尤其是赵一莫，见色忘友。贺承偶尔会跟她说几句话，顾念都含糊应下，然后，余光会瞥到赵一莫像箭一般嗖嗖扫来的犀利眼神。唉，专注坑友二十年的女人真可怕。

不再是单身狗的顾念，对他们的秀恩爱产生了免疫，但怎么那么希望叶敬安也在呢。

顾念一心一意吃饭的结果是：饱到给胃带来了沉重的负担。

既然他们聊得甚欢，顾念想着先结束第一轮吃食，出去走走，消化消化，然后再战一轮。所以，她跟他们打了下招呼便出去了，途经一个包厢时，忽然听到耳熟的声音，顿时停住，侧耳一听，这不是胡倩的声音吗。

对了，顾念想起来了，三天前她在胡倩的异次元世界里看到她跟别人就餐的画面就是在“江南苑”。也真是巧了，顾念有心想参与的人和事都在眼前一一发生着，她不禁觉得这真是天助她也。

隔着竹质帘子，顾念能看到胡倩的对面坐着一个男人，并不是邱枫。

顾念拿着手机，佯装很认真地翻开朋友圈，心思却在胡倩他们身上。

胡倩说：“你来找我做什么？”

男人说：“之前是我不好，你回到我身边，好吗？”

“你这话说了多少遍了？”胡倩蹙起眉头，“你改了吗？”

“我改，我保证改。”男人信誓旦旦，“再相信我一次，好吗？”

“你还有什么值得我去相信？”胡倩的声音里带着些许无奈。

“我发誓，如果我陈君再背叛你一次，就天打五雷轰，不得好死。”

顾念忽然心里一跳，果然被她猜中了，他就是陈君。她长长地叹了口气。

顾念用余光看见胡倩把手掩在陈君的嘴上。嗯，这动作在顾念看来，简直是致命的温柔，有哪个男人能抵挡得了她楚楚动人的眼神还有这么温柔的动作，更致命的是，胡倩说：“不要说这样的话。”

如果想切断所有的过往，万万不能给对方留一丝念想，更不能纵容自己的言行。无望的感情，对对方残忍，才是对爱情的一种恩惠。

陈君一喜，“你原谅我了？”

片刻后，顾念才听到胡倩说：“我们，不可能了。”

顾念侧头一看，正好看到陈君有些激动地说：“小倩，我们结婚五年，虽然我给你带来了一些痛苦，但你想想很多时候都是快乐，对不对？小倩，你就不能再给我一次机会，让我好好爱你？”

胡倩记得刚跟陈君结婚时，他是好好丈夫，只要他在家，家务全部由他包揽，从洗衣做饭到擦地板，里里外外收拾得妥妥帖帖。彼时，胡倩觉得自己嫁给陈君，简直捡到了宝。

只是，胡倩怎么也没有想到，就是这样一个温柔体贴、浪漫柔情的男人，对一个人的专情是有期限的，就像超市里卖的罐头，过几个月就会过期。他们的幸福有效期在婚后半年失效了，她第一次发现他出轨，是在一家酒店里看到了他，她觉得甚是奇怪，因为他说他要出差两天，可为什么会在叶市的酒店。抱着疑问，胡倩尾随其后，竟然发现从酒店房间里走出来迎接他的是一个貌美的女人。她贴着门听到房间里传来行鱼水之欢时的声音，她的心瞬间掉入冰窟，手脚发颤，倚着墙掩面而泣。

这一次胡倩没有揭露他，主动揽起家务活，下决心要做一位贤妻，对他百般好，想来应该会抓住他的心。但她没想到他屡屡再犯，而且是跟不同的女人，好看的，不好看的，他通吃。胡倩一次次被气到，一次次被愤怒和悲痛包围。而他一次次对她信誓旦旦地说要改，下次再也不会那样，但每一个下次都会发生，却都一次次被胡倩原谅。最后一次，胡倩坚决要跟他离婚，他跪在她面前，痛哭流涕地想挽留。胡倩看到一个大男人跪在自己面前，还是自己很爱的男人，她心痛不已，无法割舍这段付出了五年感情的婚姻，但又对陈君很绝望，最终痛下决心，跟他离了婚。

然而，这段时间，陈君却像橡皮糖一样，时时想接近她，要跟她复婚。

镜子碎了，可以再买一个。心碎了，还能再缝合吗？

这一回，不管怎样，胡倩都不想再回头了，即使难以控制自己想他，也不愿再落入他一次次谎言的陷阱里了，她坚决地说：“陈君，你是什么样的人我还不清楚吗？别说这些了，也别在我身上花时间了，都是没用的。”

“可以做朋友吗？”陈君的语气中有一丝哀求。

胡倩沉默了。

陈君紧接着说：“可以吗？”

胡倩摇摇头，“算了。”

陈君握住她的手，哀求道：“别这样，好吗？都说一日夫妻百日恩，何况我们已经做了五年的夫妻，难道你一点都不记得我们曾经有过的情分吗？”

胡倩的心忽然漏跳一拍，望着他的手背，一阵愣神，原来，温度还和从前一样，是她留恋的。她好讨厌这样的自己，对他想忘怀又有所留恋，在无数个难眠的夜晚都劝自己要忘掉这个负心的男人，可越是想忘掉，他的模样，他的温柔，他的浪漫，他为她做过的所有令她感动的事就越是会一一浮现，她就像中了一个蛊，深陷其中，无法自已。

陈君在她愣神之际，趁热打铁道：“待会儿我带你去一个地方，好不好？”他的口气温柔得不像话，眼中流露一丝柔情。

胡倩在他的柔情下被蛊惑了，吃完饭和他一起走出饭店。

顾念一直看着他们离开，旁边走过来一个人，说：“没想到胡倩真的会上他的车。”

顾念扭头看邱枫，扬唇微微一笑，“我就知道你会来。”

“谢谢。”邱枫说完连忙与她告别，开车去跟陈君的车。

上次在茶餐厅遇到邱枫，顾念特意跟他说了今夜要发生的事。之前她在胡倩的异次元世界里看到今晚她要被陈君带到他家里强行占有，她极力反抗却无果，最终落得走在无人的长街哭泣不已的结果。

那时候，顾念想她就做一次好人好了，她无法做到明明看到身边的人即将陷入危险却置之不理。于是，她将此事告知邱枫，邱枫断然不信，满腹狐疑，透露出他一直没有忘记胡倩的真相：“距离胡倩发生车祸有两个月了，虽然我打她电话她把我拉黑，也不见我，但我知道她住在哪里，只要我有空，我会看她去了哪里，是看到她见过陈君几次，但从来都没有去过他家，这次怎么可能去他家。”

顾念觉得爱一个人爱到宁可偷偷地做个沉默的跟踪狂，也不愿明目张胆地去追，不打扰的爱也许最是可贵。

可是，爱得如此静悄悄，恐怕他只能活在惦记着对方却又无法得到的渴求中吧。

难道就没有一点转机了吗？

顾念不知道，毕竟胡倩的脑海里没有了哪怕一点关于邱枫的记忆。

怎么说呢，顾念一想到这个就为他们扼腕叹息。明明是相爱的两个人，但一个人得了失忆症，另一个人守护着他们曾经有过的感情，也守护着那个人，但爱已不能继续。

面对邱枫的质疑，顾念怎么能说出她能看见未来三天发生的事，只能说：“你不信我的话没关系，但既然你这么爱她，如果去的话，就当对她的再一次保护，我想你不会错过再当一次保护者的机会。”

果然如顾念所料，邱枫终究还是当了保护者，她不知道这个即将让胡倩惊心动魄的夜晚，会不会因为邱枫的参与而有所转变，但愿能吧。

第二天下午，顾念没课，回去也没什么事，便去西饼店帮忙。

梁师傅夸赞道：“小念啊，现在像你这样的孩子真的少了，谁不是逮着机会去玩，哪里有像你这样还来店里义务干活的。”

顾念倒觉得没什么，正好趁着闲暇时光，可以跟梁师傅多学点东西。她笑着摆手说：“没什么。”

这时，茉莉过来取面包，跟顾念说：“来来，这儿有个光荣的任务。”说着，便把手中的托盘递给她。

顾念本着对好朋友要友善的革命情谊，说：“既然做这个任务这么光荣，我还是把机会让给你。”

“……”茉莉内心祈祷：多希望老天能赐给她一个猪一样的队友啊！

顾念一边跟着梁师傅学习怎么做精致的糖霜蛋糕，一边想着胡倩的事会有什么样的结果，不知道是否跟之前看到的有所不同。

到了六点，顾念刚做完一款儿童蛋糕，一抬头，透过玻璃窗看到了朝店铺走来的邱枫。他看起来有点落寞，但比上次见他时要好不少。

顾念想，邱枫应该是从胡倩那儿得知她在这儿上班的，而胡倩呢，应该是从叶敬安那儿得知的。

既然邱枫来找她了，顾念便将工作收了尾，跟他去了附近的一家饭店。

吃饭时，邱枫说：“谢谢你。”

哦，原来是感谢餐啊，那她以后多做一些好人好事，是不是还能蹭饭吃？顾念想得心里美滋滋的。她好奇地问：“你阻止了吧？”

邱枫点点头，“我在胡倩刚下了陈君的车时，就把她拉走了。”

“陈君和胡倩怎么愿意的？”

“陈君肯定不愿意，不过，不愿意也没办法，我跟他说，胡倩是我的女人，以后想都别想碰她。”

顾念被震惊到，目瞪口呆地看他，“你告诉她，她是你的女人？”沉默的跟踪者是要打算做个明恋者了吗？

邱枫又点点头，“那种情况下，不知道为什么，就说出来了。”

“陈君应该不干吧？”顾念说，“还有，胡倩不会相信你吧？”

“是，陈君硬要拉走胡倩，我跟他各自拉着胡倩的一只胳膊，胡倩拼命地想要摆脱我，但……”邱枫的声音低下来，“我怎么能那么轻易地放开她的手。”

顾念想起了叶敬安曾跟她说过的那句话：“真正爱一个人，怎么会轻易放手，如果轻易放手的话，说明不够爱。”

她想，邱枫应该是很爱胡倩的吧，就像胡倩爱着陈君一样。只是，在这个爱的怪圈里，他们都陷入了困境。

顾念问：“胡倩怎么同意跟你走的？”

邱枫说：“我跟胡倩说，胡倩，你还记得你带我去公司顶楼的那个夜晚吗？你说在这座城市很少能看到星星，你想去一个有着美丽夜空的城市；你还记得去年的情人节吗？我送了你一块手表，你当着我的面毫不留情地说，第一次有人送你那么廉价的手表，还不如送玫瑰花来得浪漫。我说，我会努力赚钱，以后给你买名表，虽然这次送的表很廉价，但表盘上走过的每一分每一秒都会见证我有多爱你；你还记得你之前跟我说过，就算全世界的人都反对我们在一起，你也不会离开我吗？

“胡倩听了之后，忽然不挣扎了，很惊讶地看着我。那时候我不知道胡倩是不是想起了什么，但她选择了跟我走。在我送她回去的路上，她问我，那块手表是什么牌子的，什么款式的。我告诉她了，她觉得很不可思议，问我怎么知道，我说因为那是我送给你的，你还不相信我说的话吗？她又问我，你曾经真的是我的男朋友吗？我说，是的，你家里是不是有一个彩纸做的白雪公主。她说是的。我告诉她那是去年圣诞节我叠给她的。她从小不想做灰姑娘，而是想做一个被人疼爱的白雪公主，自从父母离婚后，她很怕她的妈妈再嫁，给她找一个继父，所以，我送给她一个彩纸做的白雪公主。

“后来，我又跟她说了很多只有我跟她知道的事，她开始相信我了，那时候我真的非常开心，虽然她不记得我了，但信任我，我就觉得够了。后来，她没有再说什么，也许是不想再跟我有什么联系。”邱枫苦笑起来，“既然她已经忘了我，应该不会想重新跟我在一起了，毕竟，现在的我对她来说，只是陌生人。”

顾念觉得好惋惜，“打算放手了？”

“不然呢？”

顾念提议：“你可以带她去你们曾经去过的地方，或许能让她想起从前，也能想起你。”

邱枫摇了摇头，“现在，我已不奢望她能记起我，或者是记起我们的那段感情。我只希望她能远离陈君，幸福地生活下去。”

“那你现在也不能离开她吧，最起码她现在还没忘记陈君。”

邱枫笃定道：“没关系，她会忘记的。”

“为什么？”

“因为，我会找个像我这样的人去爱她。”

“为什么那个人不可以是你？”你去爱她不是更好吗？

“就算她想起了我和她的从前也没用，她妈妈不会同意我跟她在一起。”邱枫的脸上流露出忧伤，“闹得最严重的一次，胡倩告诉我，她妈拿着水果刀当着她的面使劲地在胳膊上划，说是如果她不跟我分手，她就要死在她面前。胡倩吓坏了，当时口头答应了，但是暗地里还跟我在一起，那天她来找我时，眼睛肿得像核桃。后来，我发现她跟我在一起时，没有之前快乐了。我是爱她，但不希望她做双面胶，在我和她妈之间辛苦调和。

“我能理解为什么她妈那么不同意我跟胡倩在一起，毕竟，我比胡倩小八岁，而且刚工作两年，事业远不如她，又生在普通家庭，父母都是普通职工，工作也不稳定。可是，我不能改变这些外界因素，只能改变自己，努力提升自己的能力，赚更多的钱，让她妈对我刮目相看。但……她妈并不愿意把她女儿的未来押在一个前途未知的男人身上。

“胡倩出车祸前，她妈来找过我几次，让我退出，可以给我补偿费。我可不是为了补偿费而跟她在一起的。我的家庭比较传统，我希望的婚姻，不仅仅要有爱，还要得到对方家长的认可。后来，我想了很久，几次想跟胡倩提分手，但看着她幻想着将来跟我在一起后的种种幸福场景，我就不忍心。她出车祸前，我就下定决心说分手，我知道对她来说很残忍，我也很不好受，可是有什么办法，我不希望最后她违背她家人的想法跟我结婚，长痛不如短痛，谁知道她却发生了车祸。”

顾念听得有些心酸，想到了自己和叶敬安的感情，跟他们不也挺像的，只是，她做不到抽身而退，她觉得坚持到最后，总会有转圜的余地。

既然爱了，都熬得过烈烈夏日、皑皑冬雪，更熬得过岁月，却为什么不能再坚持久一点？也许就差那么一点，你就能看到幸福尽头的光，可你在四分之三的旅途中就放弃了，不会觉得可惜吗？

顾念说："就当再爱一回呢？"毕竟，曾是有情人，就此分开多遗憾。

邱枫面带一丝痛楚，"不是我不愿意再爱她一回，而是我知道即使爱了也不会有结果，那么何必要浪费彼此的时间？"他稍作停顿，"一开始对于她唯独忘记我这件事，我耿耿于怀。我想，也许是她爱我爱得不够深，所以连她的记忆都要删掉关于我的一切。后来，我想通了，记得我又能怎样，忘掉不是更好吗？她终于可以不用沉浸在和我分手的痛苦中。"

"那你为什么要给她打电话，还要见她？"

"因为我跟她在一起前，她就跟现在一样，跟陈君藕断丝连，这样的她明明很痛苦，却没法彻底放下。我劝了她半年，她才放下陈君，同意跟他离婚。自她车祸后，她还是这样的状态，我很放心不下她，打算用从前那样的办法让她忘记陈君。可是，我不再是她的下属，也不能经常跟她见面，想要让她放下陈君，应该要花很长时间。所以，我打算去找一个像我这样的男人替我去爱她。"

要有多傻，才会找另一个人替他爱她？

把一个人的温暖，转移到另一个的胸膛，这是爱情最好的结局吗？

顾念为邱枫扼腕叹息，做最后一劝："你都没有跟她重新来过，又怎么知道她妈最终不会接受你、你跟她最终不会幸福？你不去试，你们肯定没结果。但你去试了，也许还有在一起的可能。"

她看着邱枫若有所思的面庞，看着他脸上露出不属于他年龄的成熟和沧桑，总感觉面前的男人似乎历经世事，其实不过涉世未深。只是，当一个人背负了太重的包袱，脸上大抵会刻下岁月的痕迹。

回去的路上，顾念收到叶敬安发来的信息：为什么不回我短信？

不会吧？她下午明明给他发过一条短信啊，翻开一看，顿时傻掉了，竟然发给了秦烨！

中午叶敬安给她发了一条信息：晚上我去接你一起吃饭。她回的内容如下：不用来接我了，我要跟别人一起吃饭。别太想我啊，么么哒！

为什么偏偏发错了？还说得那么肉麻，她这是要成为自坑小能手吗？捂脸啊，她真是丢脸丢到秦烨那儿了。

她靠着车窗，快速地给叶敬安回信息：你是不是去店里找我了？

叶敬安：嗯。

顾念：是我错了。

叶敬安：错在哪儿？

顾念：应该及时给你回信息。

叶敬安：只有这个吗？

顾念：其他……没有了。

除了发错了短信，让他白跑了一趟，她可没犯其他错啊。

叶敬安：背着男朋友跟别的男人去吃饭，这样做对吗？

顾念：……

这条信息错发事件，如石沉大海，好像秦烨根本没有收到一样。

她想，应该伤了他的心吧，她真不是故意的。后来，她给他发了几条短信，诸如："最近忙吗？""有没有需要帮忙的？""国庆节回去吗？"她想问下叶父案件的进展，想想还是算了。他的回复都很简洁，还让她要一天三顿按时吃饭，不要吃辣的、重口味的，并没有提上次她误发短信一事，而且比她男朋友都关心她，仿佛他们还和从前一样。

顾念不知道的是，秦烨收到那条短信时，正在翻阅案件资料，过了会儿才看短信，见是顾念发来的心中一喜，但打开信息后，身体立刻僵住，嘴角扬起的弧度也落了下去。他盯着手机屏幕看了又看，直到看到手机自动锁屏。他放下手机，垂下头，双手抱住脑袋，整个人显得格外萎靡低落。

曾经，她的"别太想我啊"属于他，如今，却属于另一个人，这无疑像一把利刃戳进他的胸膛，让他要生生受这痛苦。

他和她的风花雪月终究落入世俗尘埃，可悲的是，她已放下，他却还在死守。

他不知道与她有没有结果，但是，再等等吧，等久一点也无妨。

跟叶敬安交往了一段时间后，顾念渐渐发现，他除了爱忙工作，还爱带她去钓鱼，第一次带她去就闹出了笑话，每次想起来都让顾念羞得想钻地。

那是九月下旬的一个下午，恰逢叶父前不久洗脱了犯罪嫌疑人的罪名。顾念从叶敬安那儿得知，警方的技术人员查出了录音器里的声音有处理过的痕迹，并且警方发现疑点，自从孟天把录音器送交警方后，没过两天，便携家眷飞往美国，再无法联系。

秦烨觉得此事蹊跷，曾找过顾念一回，问有没有在未来三天看到一些线索，却无果而归。他觉得一定是有人想嫁祸给叶父，所以才故意在案发现场留下徽章，还故意伪造了证据，但问及叶父有没有跟谁结下怨，得到的答案是：吴敬，但吴敬已经死了。看来，此案需重新侦查了。

也许是叶敬安之前无心修身养性，两人都有空时，他便找她吃吃饭，于是，顾念就从他的女朋友成功转型为他的蹭饭对象。在顾念看来，是少了些浪漫，但吃吃美食也不错啦。

对于他把约会地点定在某个郊区的公园里的湖边，顾念本是翘首以盼，当天特意把闹钟调到五点，比往常要早起一个小时。虽然瞌睡虫不时会来拜访，她却像打了鸡血一样，做好了原味和抹茶味的纸杯小蛋糕，化了淡妆，还很周全地带了户外垫、小马扎、水、一堆零食。

他们到湖边时，无人垂钓，放眼望去，满目皆绿树环绕，草地翠绿，蓝天白云，格外静谧，还能闻到树木散发出的清新味道，空气比城里的新鲜很多。

这是顾念第一次钓鱼，叶敬安帮她弄好一切后，她把鱼线甩出去，兴致勃勃地等待鱼上钩，一分钟过去了，两分钟过去了，咦，鱼竿上的线圈为什么没有一点动静？

顾念放下鱼竿，看了看鱼线，嗯，竟然跟鱼钩混在一起了。出师不利啊！

她看向叶敬安，他坐在小马扎上，看似非常悠闲地拿着鱼竿，目视着湖面，浑身透出淡定清冷的气质。

顾念想解开鱼线，却发现怎么也解不开，只好喊救兵：“敬安，来帮我看看，怎么解不开了。”

对方置若罔闻，过了十几秒钟，提起鱼钩，钓了一条活蹦乱跳的鲫鱼。

顾念赶紧凑上前，拍手欢呼：“好厉害。”

叶敬安先把鱼放到水桶里，再走到顾念这边，解了会儿鱼线说：“这都没法解开了。”他将鱼线剪短，重新系上，递给顾念，“放长线才能钓大鱼。”

顾念笑笑，“钓到小鱼就好了。”

你还能再有出息点吗？

虽然第一次抛竿就以失败告终，但顾念本着“不抛弃、不放弃、勇往直前”的精神继续第二次的抛竿，这次一定不会有问题了。她用力甩出去，看到鱼钩在空中抛出一个完美的弧度，然后她也像叶敬安那样优哉游哉地坐着，他怎么做，她就怎么做，那么，过不了几分钟，也就会有鱼上钩了吧？毕竟，他们可是用的同样的鱼竿、鱼钩、鱼饵，鱼不上钩才奇怪吧。

于是，顾念急切地盼着鱼上钩，觉得等待时间无聊，就看向旁边的男人，却听见他说："看鱼钩，可以轻轻抖动钓线，引起鱼的注意。"

好，顾念开始抖动钓线，可是，她发现……鱼钩竟然在她脚下！！！

这是什么情况？

难道刚才甩得太用力，钩坠又被甩回来了？

她只愿身旁的某个男人没发现她这边糟糕的第二回"战况"，她偷偷地瞥向叶敬安，却对上了他含笑的眼睛。

哎呀，被他发现了！丢人丢大发了！别说钓小鱼了，钓钓湖水什么的，好像都跟她绝缘。

钓鱼真是个技术活啊！

如果现在就放弃的话，某人一定会鄙视她，昨天她还跟他夸下海口："我要钓一水桶的鱼，吃上一周纯天然、无污染的鱼。"

顾念听到叶敬安慢悠悠地说："看来你的动手能力远不如你的长相。"

叶教授，你这是在夸她呢，还是在贬她？

顾念找理由，"我把第一次都奉献给你了，你就不能鼓励鼓励我？"

"第一次？"叶敬安抬头看她。

顾念发现刚才说的话好像有歧义，连连摆手，"不是你想的第一次。"

"哦？你知道我想的是什么？"

顾念点点头，脸颊飞上一抹红晕。

叶敬安放下手中的竿，走到顾念身边，"什么时候给我你以为我想的第一次？"

这……顾念瞬间语塞，要这么赤裸裸地问人家吗？然后，她榨干脑细胞，想了一句："你以为我以为的就是你以为的吗？"看不绕晕你！

顾念只见他眼中露出一丝笑，没再继续方才的话题，而是站在她的身后，双手搭在她的肩膀上，"我特意选了这一片区域，鱼很多，今天你能钓到鱼吧？"

顾念仰头看他，笑着，"一定能的。"这不才刚刚开始吗，她才不会这么早就放弃。

"如果不能呢？"

叶教授，你就这么不相信她的实力吗？

顾念抿抿唇，信心满满，"不能的话，任你发落。"紧接着，她微微笑起来，"要从轻发落。"

"嗯。"

顾念心生好奇，“会有什么惩罚？”

叶敬安投给她一记清淡的眼神，“会在你的承受范围之内。”

“……”怎么听上去有种要进入牢狱经受严刑拷打的感觉。

顾念不放心，为了让他说出来，故意装出林志玲的娃娃音，娇柔万分，“你说下嘛。”

果然，某人无法抵抗，“做刚才你以为我想要做的事。”

“……”顾念不知道自己能不能承受，听说好疼的。如果钓不到鱼就要出卖身体了，这种事情坚决不能发生啊。要不放弃吧，但现在就举手投降是不是很没骨气？再说了，一天的时间，她就钓不到一条鱼？应该不可能吧。所以，顾念迎难而上，豪气冲天地说了声“好”。

然后，她听见某人不动声色地说：“其实，这应该算福利。”

“……”

为了保证今天能钓到鱼，顾念做起虚心学习的好学生。她向叶敬安请教怎么抛竿……嗯，抛竿无误是她迈向成功的第一步。

叶敬安开始手把手地教她，真的是手把手，其情形是这样的：他往前迈出一小步，前胸贴着她的后背，微微俯身，温热的气息拂过她的耳畔，握住她的手，一股温度传递到她的手背，“双脚分开，与肩同宽，持竿的手和握铅皮座的手保持在正前方，持竿的手向前伸，竿梢指向钓点，握铅皮的手向后拉，上抬钓竿，使出恰到好处的力，将钩坠弹出去。”他的声音清冽，如山间汩汩流动的泉水，好听极了。

顾念听着觉得还挺简单，点头说：“我会了。”然后按照叶敬安刚才讲解的那样抛竿，第一次抛歪了，还没抛到湖里；第二次钩坠要飞出水面了，幸好叶敬安及时下压竿尖，得来他一句不知褒贬的话：“看你这么瘦，力气倒不小。”第三次终于抛到湖里，顾念兴奋地跳起来，满脸灿烂笑容，“看，我抛到湖里了。”

叶敬安不禁笑了，鼓励她，“很厉害。”

小念，你动静这么大，鱼都被你吓跑了。他为她能不能钓到鱼打了个大问号。

顾念坐在小马扎上，一旦看到风吹草动，便连忙提竿，可是每次都只看到空荡荡的鱼钩。两个小时过去，叶敬安那边已经收获了不少大鱼小鱼，而她的水桶里只有水，没有鱼，让她看着有种站在寒风里吹冷风、片片落叶飘到身上的凄凉感。

又过了一个小时，顾念感到鱼竿往下一压，浮漂被立即拉入水下，顿时让她有一种沉甸甸的力度感。在来的路上，叶敬安告诉她出现这种情况，就是钓到大鱼了。顾念欣喜地冲叶敬安说：“敬安，我钓到大鱼了。”这下，她就不用出卖她的身体了，心情好到冒泡。

顾念说完赶紧提竿，一下，两下，三下，好重，竿都提不起来了，这鱼是有多大啊。她立马搬救兵，扬声道："敬安，来帮帮我，鱼太大了，拉不上来。"

叶敬安不慌不忙地走过去，见鱼竿前半端弯成五十度，"别使劲了。"

顾念愣住，投去疑惑的目光，"为什么？我钓到大鱼了，你怎么不帮我？"叶教授，为了圆你的美梦，一定要这样吗？

叶敬安一脸淡然，"松开鱼竿。"

不松，就不松。顾念把鱼竿握得紧紧的，朝叶敬安丢过去一记白眼。她才不会那么傻，白白地丢掉钓上大鱼的机会。

顾念继续使劲，鱼竿前半端弯成六十度，可是鱼还没钓上来。顾念想：鱼啊，看在你这么为难我的分上，我会好好回报你的，把你大卸十八块，每一块都做成一道美味的菜肴。

"还不松开？"

顾念摇头，加大力道，感觉到纤弱的身体都要被竿子拉过去了。

叶敬安问："你会游泳吗？"

顾念又摇头。

叶敬安颇为担忧地说："这水有四五米深，你要是掉下去了怎么办？"

顾念丝毫不担心，一扬眉，"不是有你吗。"

叶敬安故意说："我不想弄湿衣服。"

"……"有你这样当男朋友的吗？宁愿捍卫颜值，也不要女朋友吗？

顾念跟鱼竿僵持了将近两分钟，战斗力降为负值，脸上、手心里都是汗。大鱼还没钓上来，她要先报废了。这样怎么能行？她轻轻地握着鱼竿，打算先休息会儿再战，却听到从头顶传来的声音："你去看看，是钓到鱼了吗？"

顾念将鱼竿递给叶敬安，朝鱼钩的方向望去，却发现没有一点动静。不应该啊，大鱼怎么没动静，鱼饵应该早就被吃掉了吧，难道是逃走了？她一惊，连忙转身朝叶敬安说："你提竿看看，鱼好像逃走了。"

她看着叶敬安提竿，也提不起来。好奇怪，是哪个环节出错了吗？

正当她陷入深深的疑惑中时，听到叶敬安说："鱼钩钓到水草了。"

啊！钓到水草！！不是钓到大鱼！！！

顾念一时无法消化这条信息，悲伤顿时逆流成河。

水草，我上辈子跟你有仇吗，你怎么如此对我？

顾念非常尴尬，脸像火烧云，迅速蔓延成一片粉红。她垂着脑袋，不去看叶敬安。

叶敬安走到她身边，拍拍她的肩膀，“你刚才答应的事还作数吧？”

顾念声如蚊蚋，“嗯。”

叶敬安凑近她的耳边，“今晚？”

顾念一怔，“我还没输呢。”

“你的鱼竿报废了。”

“不是吧？”顾念心中奏起了哀乐，看起来那么高大上的鱼竿就这么报废了吗？好可惜！她挂着一脸沮丧的表情，“没有补救的余地了吗？”

“嗯。”

唉，大鱼没了，鱼竿废了，连身体……都要被人摆布了，顾念的好心情通通跑光了。她想着要不要霸占叶敬安的鱼竿大展身手，但想到如果再报废一个鱼竿，她就真无颜面对他了，想想还是放弃了这个想法。她灵机一动，眼里冒光，“我能徒手抓鱼。”

叶敬安用十分怀疑的眼神看她，“你要是能徒手抓鱼，鱼都能飞了。”

“不信？”顾念挽起裤腿，作势就要去湖里捕鱼，却被叶敬安像拎小鸡一样拎了回来，沉声说：“你是不想要命了！”

顾念趁机说：“那你今晚能不能饶了我？”

叶敬安意味深长地说：“看你的表现。”

为此，顾念当起了叶敬安的“伺候小妹”。他钓鱼，渴了、热了、饿了，她及时地递水、扇风、递食物，伺候到中午，她已有些疲倦。她觉得叶敬安是故意让她一次次跑腿的，不到几分钟便要叫她一次，而他喝的水很少，次数却多。

等他也坐到户外垫上，顾念问：“虐待女朋友是你的爱好？”

叶敬安扬眉，眼中露出一闪而过的笑意，“什么时候虐待你了？”

顾念狠狠地吃着虾条，吃得嘎嘣响，“就刚刚，为什么不大口喝水，非要小口喝？”

叶敬安悠悠然道：“我看你没事做，就给你找点事做。”

“……”有你那么给人找事做的吗？事情又枯燥又无聊，还累人，明明就是压榨劳动人民！顾念吃虾条的声音更响了，不过，没吃完，虾条袋就被叶敬安没收了。

叶敬安从便当袋里拿出保温盒，“吃这个。”

一阵微风吹来，饭菜的香气顿时飘出来。顾念完全忘记她心爱的虾条，“没想到你还带了午饭。”

“你没带吗？”

“这个。”顾念拎起一大塑料袋的零食，在他眼前一晃。

“垃圾食品少吃，对你的胃不好。”

“偶尔吃吃也没事啦。”郊游什么的，少了零食怎么行。

“那你吃吧。”叶敬安把虾条袋还给她。

这态度……转得也太快了吧。顾念不干，看向保温盒，伸手一指，“我要吃菜。”

“只带了我的。”

“……”顾念心寒，我是你租来的女朋友吗，你要这样对我？

顾念愤愤然，“为什么不是两人份？你一个人能吃得下这么多吗？”

“你昨晚不是在电话里跟我说，你准备了很多吃的。多带了浪费。”叶敬安拿起筷子，夹起一块诱人的牛肉，看得顾念垂涎欲滴。

那她就只能闻着饭菜香，吃着膨化食品吗？顾念瘪瘪嘴，发泄似的朝嘴里扔了一根虾条。

在顾念已经做好了要吃完一包虾条、两袋杧果片、三块小蛋糕、四根火腿肠的思想准备时，面前晃过一层饭盒，里面有红烧牛肉、咖喱鸡肉、绿油油的青菜，香气扑鼻。

想诱惑她，她才不会上当。顾念撇过头去，看向远处，佯装对饭菜不屑一顾，故意在吃小蛋糕时把表情夸张了许多，仿佛在吃什么人间美味一样，一脸享受。

叶敬安问：“不吃？”

“嗯。”顾念继续做享受状，守住底线。

“这是你的那份。”

咦？他说的是真的吗？不会是骗她的吧？刚刚不是还说只带了一份的吗？顾念偷偷地瞥了一眼诱人的饭菜，她好想说“吃吃吃”，但说出口的却是“不吃”，说完，眉头皱起来。

“这是我的。”叶敬安把他的那份拿出来给顾念看，跟刚才那层饭盒里的菜一样，只是量多了些，“你不吃就不勉强你了。”他边说边作势要把她的那层饭盒装进去。

顾念连忙说：“我以为你是把你的那份省给我吃的，所以才说不吃啊。”是的才怪。

“哦？”叶敬安一挑眉，“原来，你这么体贴。”

“你不也是嘛。”顾念笑笑。原来，他并没有忘记要带她的那份。

顾念风卷残云般地吃完，刚想站起来，却被叶敬安叫住：“等下。”他拿出一张纸巾，温柔地擦掉她嘴角残留的蛋糕屑。

顾念有些尴尬，“是牛肉汁吗？”

叶敬安顺势地应："嗯。"

"啊？"顾念落荒而逃。

叶敬安望着她离去的背影，嘴角微扬，不禁觉得跟这样的女朋友在一起，真是乐趣无穷。

顾念以为这一片湖区被叶敬安阔气地承包了，却发现在离他们五六百米的地方还有一个垂钓者，还是个女的。顾念路过时，正巧看到她钓上了一条目测有两斤重的草鱼，她惊得瞠目结舌，兀自说："好厉害。"

原来，并不是所有女的垂钓者都跟她一样。

垂钓者听到身后传来声音，转过头去，朝顾念莞尔一笑。

在看到垂钓者的正脸时，顾念呆掉了。以前，她觉得赵一莫应该算是自己见过的女生中最倾国倾城的了，而眼前女人的相貌，能跟赵一莫一较高下。

她长着一张鹅蛋脸，尖下巴，大眼睛，皮肤是健康的小麦色，留着一头小卷长发，穿着一套浅灰色的休闲套装，背脊挺得笔直，整个人显得洋气又利落。

不同于赵一莫透出中国范儿的美，她的美透出的是国际范儿。

顾念走上前，看见水桶里有几条活蹦乱跳的鱼，再次发出感慨："好厉害。"她看向美女，主动自我介绍，"你好，我叫顾念，在那儿钓鱼。"她指着她垂钓的方向。

美女礼貌地说："你好，我叫程如嫣。"

两人闲聊了会儿，忽然，顾念从程如嫣的异次元世界里看到了她认识的人——叶母。

顾念原来热络的情绪降下来，跟程如嫣说些无关痛痒的话，心思也飘到了她的异次元世界里。

明天中午，程如嫣和叶母在一家咖啡厅见面，叶母看起来依旧高贵优雅，问程如嫣："见到敬安了吗？"

程如嫣回："见了。"

叶母期待地问："把握住机会了吗？"

程如嫣的脸上透出一点不悦，"你为什么没有告诉我，他已经有女朋友了？"

"女朋友？"叶母明显很震惊，大概不知道叶敬安带着顾念一起去垂钓了。她十分淡定地说："我不知道他有女朋友，他没有告诉我。"

程如嫣深深吸了口气，拎起包站起来，"虽然我还爱着敬安，但不会做第三者。"

叶母说："敬安又没结婚，你还有跟那个女孩竞争的机会，你愿意就这么放弃？"

程如嫣身形顿住，停了几秒，毅然离去。

顾念听着程如嫣说话，脑中想着的还是从她异次元世界里看到的画面，难道叶母为了阻止她跟叶敬安在一起，去安排另一个合适的儿媳妇，来破坏她跟叶敬安？

可是事情好像又没那么简单，程如嫣说：“虽然我还爱着敬安，但不会做第三者”，显然，他们认识，甚至，凭顾念的第六感，程如嫣跟叶敬安可能曾经是男女朋友，她想叶母不会随便找一个陌生女孩来拆散他们，如果程如嫣跟叶敬安彼此爱过，那么，他们还有复合的可能。

只是，她算什么？

因为她是一个不起眼的灰姑娘，所以叶母要如此处心积虑地破坏她的幸福？

天气明明好得不像话，树荫遮蔽了烈日，鸟儿自由地唱着小曲儿，微风吹过，湖面漾开一层层细小的涟漪……可是，她的心为什么像跌入了北极？触目所及皆冰川，心中堆满冰雪。

直到程如嫣问了她三遍“你一个人过来的吗”，她才回过神，露出不太自然的笑，“和朋友一起来的。”

程如嫣问：“介意我和你们一起吗？”

顾念犹疑了，要是说不介意，那是假的，可是说介意，又显得她小气。不过，为了确定她是不是叶敬安的前女友，她强颜欢笑，“跟我来吧。”

在这一刻，顾念终于体会到自己曾伤害秦烨有多深了。她不知道他是不是一直都喜欢自己，但她曾经让他做她的情感收容站，让他看见自己在叶敬安家，还把暧昧短信错发给他，他一定很伤心、很难过吧？

她觉得自己真是个罪人，所以老天才会派程如嫣、叶母这样的人来惩罚她吧。

什么惩罚她都可以承受，只是，不要收走叶敬安，好吗？

虽然他比她大八岁，虽然他不太浪漫，虽然他腹黑，可是，她就爱这样的他。

原来，爱可以让一个人打破之前设定的条条框框，什么标准，什么规定，都不如他在身边来得真实有爱。

顾念一路上走得心惊胆战，希望这条路长一点，她就不用那么快知道答案，但有的事，她想逃也终归逃不掉。

走到垂钓地时，叶敬安已经把食物都收拾走了，他正躺在垫子上，闭眼休息。大概是脚步声把他惊醒了，他闭着眼说：“怎么这么快就回来了？”

“我以为今天来钓鱼的只有我们俩呢，还看到了另一个人，而且也很厉害，我经过的时候，正好看到她钓了一条差不多有两斤重的鱼。”

“你没取取经？”

“……”鱼竿都报废了，取经还有用吗？

“没取到经，取到了美人。”

这下换叶敬安震惊了，心里猛然一跳，娶到了美人？什么时候她还爱玩这套了？

叶敬安惊得连忙坐起，刚想问“美人是谁”，却在看到程如嫣的那一刻，把想问的话咽了回去，目光锁定程如嫣，不可思议道：“是你！”

“是我。”程如嫣微笑着说。

顾念的目光在他们俩之间来回飘荡，觉得他们俩十之八九是前男女朋友的关系。

为了让剧情更逼真些，顾念应该假装不知道看到了程如嫣异次元世界里的画面，跟所有人一样，表现出惊讶的表情，问一句“你们认识”。嗯，顾念这么做了，而且她觉得演得还挺到位，嘴巴成“O”形，眼中满是惊讶。

叶敬安很快恢复往日里的淡然神情，言简意赅地说：“这是顾念，我的女朋友。顾念，这是我的前女友，程如嫣。”

没听错吧？顾念惊得下巴都要掉下来了，她怎么也没想到叶敬安会当着她的面，直接告诉她，他和程如嫣的关系。他这么坦诚，她对他的喜欢，好像更上一层楼了。

可是，现任女朋友 VS 前任女朋友，两人并排站，怎么看都觉得有些诡异。

顾念看了眼程如嫣，发现她的脸已从古铜色变成了不易察觉的调色盘。

程如嫣转过身，伸出手看似很大方地跟顾念说：“他是个好男人，好好爱他。”心中却涌起无边的苦涩。

顾念哪里见过这样的场景，一般女的如果还爱着前男友，不是要把前男友抢回去，就是跟现任女友明里暗里地撕逼。

程如嫣这么理智、大方，主动跟前女友握手言和，她还是第一次遇到。

顾念跟她友好握手，笑着说：“我会的。”

“我不打扰你们了，再见。”程如嫣很识趣地离开，叶敬安并没有叫住她。

等程如嫣走后，顾念问：“没有什么话要跟她说？”七八年没见面的恋人，再见面，原来是那样一番光景，只是打个照面，再无其他言语，跟陌生人又有什么分别？

叶敬安招手示意她坐到身边，“都已经是过去的人了，让她留在过去就好。”

不知道为什么，顾念的心里泛起一丝丝酸涩。她仿佛看到了自己未来的命运，如果有一天与他离别，就算再遇见，他也不会对她有一点点留恋，想想都觉得无比心酸。

顾念握住他的手，有些怅然地问："如果有一天我们分开了，再见时，你会不会也这么对我？"

叶敬安连忙把手掌覆在她的唇上，略略责备道："傻瓜，瞎说什么！"

"你可以想想啊。"

"没必要。"

"为什么？"顾念的心头藏着小小的忧愁，她不敢想象真有那么一天，他们是不是形同陌路。

"不会有那么一天。"叶敬安把她拥入怀里，缓缓道，"我曾经有两个梦想，现在又多了一个。"

"是什么？"顾念好奇地微微侧头看他。

"事业有成，家人健康幸福。"

顾念轻轻地拍手，笑道："恭喜恭喜，都实现了。还有一个是什么？"

"和你在一起，永远。"

人生虽兜兜转转，却会让有缘人再相遇。

她偷走了他的真心，哪怕全世界都沉睡，他也会用余生去爱。

第六章 × 爱是盔甲，也是软肋

爱是看到一个人时的心动，是和她在一起的舒心，是有她在身边比一个人生活更好，是她陪你时，再普通的一天都会变成独一无二的良辰美景。

这几天，赵一莫发现顾念一回来不是看着窗外发呆，就是在房间里一声不吭、心不在焉地看电视剧，完全没了往日的高昂情绪。

赵一莫走到洒满落日余晖的窗前，问顾念："你这几天怎么了？问你也不告诉我，还把我当你的好朋友吗？"

顾念正双手撑在窗台上，托着下巴，听出赵一莫有点不满，站直身子，面向她，"一莫，你说，爱只是两个人互相喜欢就可以了吗？"

"当然了，爱本来就是两个人的事。"

"婚姻呢？"顾念试探性地问，"婚姻也是两个人的事吗？"

"如果两个人能走到迈入婚姻的那一步，就算全世界的人都反对，也不要投降。"赵一莫觉察出了什么，眼前一亮，"你都想着要是嫁给我表哥，他家人不同意，你该怎么办呢？"

顾念犹疑了下，还是说出这几天的苦恼："我还没想到那一步。我发现……他妈不喜欢我，也不希望我跟敬安在一起。"她说完补充道，"不只是他妈反对，他全家都反对。"

虽然她知道叶敬安不会现在就放弃这段感情，可是，他说他的梦想之一，是希望家人健康幸福。如果他无法说服家人，而且叶母给他施加压力，那他岂不是活得不快乐？

而她的梦想之一，就是希望他能幸福地生活。

赵一莫拉过她的手，安慰道："你想想，有哪家父母不希望儿女找一个门当户对的？尤其是我表哥那种家庭。"她稍稍一想，"你想想看，想跟一个人长长久久地在一起，肯定会遇到各种各样的阻碍，可感情不就跟人生一样，走过平地，会遇到连绵的山，翻越山头，才会继续走上平地。你不可能永远遇见平地，也不可能永远在翻山越岭。"

她给顾念一个鼓励的笑，“在你的世界里，你见过了那么多感情的分分合合，到了你身上，你怎么就迷糊了？一旦放弃，你就输了，你甘愿就这样认输吗？”

认输？顾念的心忽然一痛，这几个夜晚，对她而言格外漫长、难熬，她跟内心的自己大战了无数个回合。比如，内心的自己说，顾念，虽然你想跟他在一起，但他家人不同意，一定要让他那么为难吗？现实中的自己反驳，说服他家人需要时间啊，现在的时间还短，说不定时间长了，他家人就会想通了。内心的自己说，如果时间长了，他家人还反对，不是浪费了彼此的时间，而且，时间越长，受的伤害也就越大，长痛不如短痛，早点放弃不是更好吗？现实中的自己犹豫了，思想有一些松动，只是，一想到她要永远失去他了，她的心怎么那么痛？

如果，他跟程如嫣破镜重圆，会是最好的结局吗？

她不想轻易认输，从来都不想。可是，这一次还有再继续前行的理由吗？

顾念不想让赵一莫为自己太担心，扬唇一笑，“一莫，还是你最懂我。”

“千万不要放弃。”赵一莫叮嘱，“我表哥那样的男人，打着灯笼都难找。”

顾念笑言：“你不是找到了你表哥那样的。”

“你说贺承？”赵一莫脸上的笑，忽然一下子散去。

“难道还有其他人？”

“他……”赵一莫摇头，“跟我表哥没法比。”

顾念惊疑，没想到她会说这样的话，在赵一莫心中，天大地大，都大不过贺承，他是她的美梦，是她即使花掉一辈子的时间，也要去摘取的星辰。她容不得别人说贺承的一点不是，除了顾念。

可就是对赵一莫而言，独一无二的贺承，怎么就跟叶敬安没法比了？

顾念问：“为什么？”

上次赵一莫把顾念拉去当侦查仪后，发现贺承对顾念丝毫不感兴趣，也从来没有主动联系过顾念，才算对他彻底放心。

顾念不知这个姑娘是真傻还是假傻，如果一个人想出轨，出轨的对象有很多，不仅仅局限于女朋友的好闺密。难道，男朋友不跟女朋友的好闺密有外遇，就能证明他的忠贞？或许，赵一莫那样做，只是图个心安。

顾念觉得，以赵一莫对贺承的爱，就算他有外遇，她也会原谅。

赵一莫目露些许忧伤，“这几天，我发现他对我忽冷忽热。我表哥绝对不会做这种事，除非他很忙，要不然他什么事都会想着对方。”

顾念劝慰："难道你忘了吗？你之前还跟我说，爱是用心体会出来的，不是比较出来的，爱一旦有了比较，也就是痛苦的开始。"

虽然赵一莫懂得这个道理，但深陷感情之境的她，又怎会跳出圈住她的那块地方，理智地考虑一些事?

她把目光转向了窗外，看向贺承家的那扇窗，深灰色的窗帘闭合着，楼下停车库里，他常开的那辆车不在，明明离他这么近，为什么她会有一种疏离感?

顾念继续安慰她："你知道的，一旦发生了什么重大案件，贺承会很忙，说不定他忙，所以才让你觉得忽冷忽热。"但她知道事实不是这样。

赵一莫把视线转回到顾念身上，摇摇头，"刚开始，他还会主动给我发信息，也会约我出去玩，去我想去的地方。可是，不知道为什么，他这几天不怎么忙，却不主动联系我了，我主动联系他，他的回复也很敷衍，也没再见到他。"说具体点，是没正面见过他。

一到深夜，辗转反侧的她会起床，拉开窗帘，在黑夜中，望着斜对面的那扇窗。有时一片漆黑，让她的心好似沉入了无边无际的海里；有时亮着灯，透出暖黄的光，能看到他走来走去的轮廓，会让她情不自禁地露出微笑，一动不动地站着，直到灯光熄灭，她心爱的人入眠了，仿佛全世界的灯都亮了，暖了她的心房。

赵一莫期待他的信息，哪怕不是邀约的也好；她期待夜晚时分，他能在窗前看向她这里，哪怕一眼也好；她更期待他们能回到之前约会时的样子，哪怕是假装也好……

然而，为什么他比之前更冷漠？他一点都不懂她的心吗？留她一人偷偷地思念着他，痛苦难挨。

"你怎么知道他不忙？"顾念隐隐觉得赵一莫去问了秦烨。

果然，赵一莫坦言："我问秦烨的。"她一皱眉，"小念，这不是重点。你说我该怎么办？"

顾念脱口而出："凉拌。"

赵一莫瞪她一眼，"说正经的。"

顾念想了想，"你心里不是有答案了吗？"

"能有什么答案。"赵一莫比谁都清楚，如果让她就这样放弃贺承，她做不到；如果不放弃，她又要活在思念而不得的痛苦里。她一想到他那天说"这是我的女朋友，赵一莫"，还有那个缠绵的深吻，心里便柔情万种，心里有一个声音告诉她：他是爱她的，她不能放弃。就算他不爱她，她也会坚持下去，都已经爱了他八年，再继续爱一年又何妨。

顾念看着赵一莫，看了几秒后说：“我让你放弃，你就会放弃吗？”

赵一莫下意识地摇头。

这在顾念的料想之中，她语气温和，“他要是真心爱你，我会祝福你们，但要是他辜负了你，我劝你还是放手。”

前几天，顾念在回家的路上遇到了贺承，两人寒暄了几句后，顾念从贺承的异次元世界里看到了让她瞠目结舌的画面，为把画面看完整，便故意拖延时间，多聊了几句。

顾念看到的画面是这样的：

之前她在赵一莫异次元世界里看过的胸器傲人的白富美，跟贺承在一间少女般温馨的房间里，顾念目测应该是胸器女的房间。

胸器女穿着撩人心魄的黑色蕾丝透视装，婀娜的身段若隐若现，性感妖娆，如黑暗中最媚人的花朵，她想攀附到贺承的身上，却被他快速避开，严词厉色道：“陈语馨，你做什么！”

“我想做什么你还不知道吗？”陈语馨脸上魅惑的笑容顿时退去，但声音柔得好似能滴出水来。

贺承丝毫不为她的撒娇而心动，皱眉头，“我这次来不是要跟你上床，就算你现在把衣服都脱了也没用。陈语馨，以后你都不要再联系我，要不然后果自负！”

陈语馨一脸委屈，扯上他的衬衫衣摆，“以前你从不这样的，为什么要这么对我？”从前那个对她温柔以待的贺承去了哪里？她抓紧他的衣摆，好像一松开他就会离开她一样，她想起了什么，急急地说，“是因为赵一莫吗？你说她是你女朋友，这个我也跟你说过了，我不在意，真的，我一点都不在意。只要你愿意让我留在你身边，让我做什么都好。”

贺承一闪身，朝后退开一步，望着面前楚楚可怜的陈语馨，面色冰冷，“你什么都不做，就是对我最好的爱。”说完，迈开大步离开，丢下有些怔怔的陈语馨。

贺承走到门边，刚想开门，忽然一顿，看也不看身后的人，只是言语冷漠地说：“你死了跟我在一起的心，不管我跟谁在一起，那个人都不会是你。”

门砰的一声大力关上，也把一个悲伤的人关在门里，陈语馨的身体像瘫软了般，一下子坐到地上，呆愣了几秒，她终于忍不住失声痛哭。

贺承并没有立刻离开，而是走了几步，靠到墙上，喃喃自语：“一莫，对不起，把你当挡箭牌，没想到还是没能甩掉陈语馨。”

顾念看到这幅画面时，惊诧不已，她知道贺承花心，却没想到他竟然利用赵一莫。

她回想了下之前赵一莫跟她说过的话，比如，他在那次商业宴会上只说了一次“这是我的女朋友，赵一莫”，而且还吻了赵一莫，进展神速。她当时听赵一莫说时便觉得有点奇怪，但又想不出哪里不对。看到这个惊天动地的画面后，顾念终于知道，原来，贺承之前那样做，都是意有所图，她猜测，他那么对赵一莫，应该都是陈语馨在场，他故意做给陈语馨看的，想让她知难而退，进而摆脱她。但他没想到这一招对陈语馨没用。

彼时，顾念跟贺承闲聊，心中升腾起一股怒火，她很想大声质问他，为什么要那样对赵一莫。可是，她一旦问了，又要怎么解释她能看到他未来三天要发生的事？最后离开时，她说：“一莫很爱你，不要辜负她。”

顾念得来的回应是他的一声“嗯”，而不是“好”。她有些失望，可是，她能怎么做？爱从来都是两个人的事，爱与不爱，都不会因为第三个人的意见而转移心念。

这几天，顾念自己深陷感情旋涡，无法理清纷繁的思绪。贺承的事，顾念在要不要告诉赵一莫真相之间犹豫不决。

如今，顾念看着眼前有些哀伤的赵一莫，万分心疼，很想告诉她：“赵一莫，你快醒醒，看清楚你爱了八年的男人，他就是个人渣，他利用你，欺骗你的感情，赶快关上你爱他的那扇门，为其他人打开另一扇，那个人渣配不上你。”

但顾念知道，她不能这么说，如果说了，只会在赵一莫的伤口上撒盐，她不想看到更加悲伤的赵一莫。如果贺承用忽冷忽热的态度对赵一莫，能让她主动离开他，那她不知道真相会比较好。

顾念倒希望赵一莫一直沉睡在她的美梦中，就算最终他们没结果，也好过她恨他。

赵一莫并不知道贺承会不会辜负她，就最近对他的表现而言，让她很心慌，慌得好像下一秒就要失去他。

她对顾念说：“再看看吧。”

顾念给她一个温暖的笑容，“一莫，一切都会好起来的。”她脑中蹦出一个想法，“国庆节放七天假，你有什么安排吗？”

“正是餐厅最忙的时候，不放假。”

顾念提议：“你不是加过几次班，可以调休啊，跟我一起回我家玩几天，怎么样？”

赵一莫在一年前去过顾念家，是个风景宜人的小镇，民风淳朴，去放松下也不错，当场应下。

国庆节的前一天，顾念一早赶到学校，便感受到了节日的气氛，到处彩旗飘飘。教学楼前还换了鲜花怒放的新盆栽，一派生机盎然。上课时，同学们没了平日里的专注和热情，不是三两个在一起低头窃窃私语，就是埋头在桌子底下玩手机，唯独老师还在满腔热情地讲课。

顾念单手托腮地看着老师，表面上是个认真好学的学生，其实，心思已经飘远了，想着晚上要带什么回去，要给嘟嘟买点什么，回去了带赵一莫去哪儿玩。

正在她神游之际，坐在她身边的小方忽然推了下她的胳膊，把手机晃到她面前，压低声音，"小念，看，惊天新闻，康宸会所的叶总来我们学校开讲座了！"

说是惊天新闻，是因为一向低调的叶敬安鲜少露面，更别提开什么讲座了。

小方一脸兴奋，"要不要去听听？是讲怎么面对以后的求职选择的，正好对我们大四的学生有帮助。"

顾念望着小方对着手机上的叶敬安恨不得要舔屏的表情，轻轻叹口气，女生犯起花痴来挺要命的，更要命的是，小方是行动派，执意要拽着顾念一起逃课去听讲座。

顾念无心听课，逃课没问题，但不知道要怎么面对叶敬安。这几天，他约她出来吃饭，她都以各种借口搪塞过去，信息也没以前多了，当然，他本就话少，应该也察觉不出异样。

这些天，顾念想了很多，如果她想要短暂的幸福，和他在一起未尝不可。只是，如果想要长久的幸福，也许他无法给她。既然无法给她，她为什么要拖延时间？

你明知和一个人注定没结果，却想要飞蛾扑火、孤注一掷，不是傻，就是痴。

顾念不想继续犯傻、继续犯痴，她二十一岁，可是他已经二十九岁，她有时间去耗几年，但他呢？都说男人三十而立，他到了该找个踏实的对象安稳过一生的年纪了，她又何必做他人生路上的挡路石？

但她知道自己一时放不下他，不仅仅因为他能做她的避难所，更因为他是他，是独一无二的他，谁都无法取代。

她早一点抽身而退，才能给他早点遇见幸福的机会吧？

也许，是时候跟他说再见了。

顾念被小方拉到了讲座现场。

到了现场，她才知道叶敬安多么受欢迎。她以为来的应该都是女生，想来都是冲着他的颜值来的，但还有很多男生。

小方一到现场，瞬间发挥她抢座的功力，撇下顾念，一溜烟跑到第二排，成功抢下两个座位后，才扬手招呼顾念。

小方朝后面看了看，惊叹：“哇，这还有半个小时才开始，座位都快没了。”

“之前没听你说过叶敬安，怎么一看到他的消息，跟打了鸡血一样？”

小方眯眼贼笑，“我告诉你了，以你这出水芙蓉般的样貌，还不是会把他给抢走？”她双手交握着放在胸前，抬头仰望天花板做出沉醉状，“他是我的梦中情人。”

顾念要是现在在喝水，一定全部喷出来了。啧啧，交友有风险，交心需谨慎。幸好她还没告诉小方，她的梦中情人是她的现实恋人。

小方在顾念耳边说着叶敬安有多么多么帅，多么多么牛，她听得有些心不在焉，想着什么时候跟他说分手比较好。小方以为她对叶敬安毫无兴趣，笑得跟朵花儿似的，“这次终于见到活的了，我一定要把他拿下。”

顾念看着小方，心想：喜欢他的人一定很多，就算她离开了他，他还是能很快找到合适的人吧。

讲座快开始前，顾念四下看看，座无虚席，甚至过道里都站满了人。随即，她听到小方急促地说：“快看快看，叶总现身了。”

顾念一扭头，看到了穿着白衬衫、黑色暗花纹西服套装的叶敬安，身形挺拔，长身玉立，气质卓然，仍旧是以往那般冷漠的模样。

小方开始尖叫：“长腿欧巴，帅爆了！”

她的声音被一阵起伏的女生欢呼声淹没了，嗯，无数怀春少女都无可救药地爱上他……的脸。

顾念怎么觉得有一种无形的压力逼了过来，跟之前看着程如嫣跟叶敬安打招呼时的感觉差不多。

顾念曾听别人说，不要跟长得太帅的人谈恋爱，会很没安全感，这一刻，她算是深刻体会到了。

她故意没坐直身子，这样的话，他就不会看到她了吧，反正她前面有一个体格壮硕的汉子，可以挡住她看他的视线。但她没想到，从叶敬安的视角看过去，下面的人一览无余。

顾念想起之前他说过要开讲座的事，还问过他会不会来她的学校，他说不会来。可是，这一次怎么来了？难道是因为她吗？顾念连连摇头，怎么会呢。要真是因她而来，他应该会提前告诉她，但他对这次讲座的事只字未提。

顾念一直低着头，听着他低沉而铿锵的声音，心里泛起一股难受。要是分开了，不仅不能再见到他，哪怕是他的声音，也不会再听到了。

小方已陶醉在长腿欧巴的终极幻想中，顾不得旁边的顾念。

顾念咬咬牙，终于抬起头，稍稍歪了歪，目光掠过壮硕汉子的宽厚脊背，继而直直地落在叶敬安身上。

他拿着话筒，站得笔直，神色淡定，头顶白色的光照在他身上，让他全身似乎都在闪着光，让她不禁看得有些愣神。他还是她那么喜欢的模样，说话沉稳，眼神坚毅，令她着迷。

他在说些什么，她没听清，好像全世界都失了声，她只是那么痴痴地望着他，仿佛要走完天涯路，才能望穿秋水。

不知看了多久，忽然在某个刹那，顾念对上了他投过来的目光，她一怔，心中一动，好似有人拨了她的心弦，微微悸动，像是回到初恋时，一个眼神，一个微小动作，都能撩起她心底最柔软的部分。

他的目光淡淡的，看不出任何表情。顾念有些失落，见到她，他一点惊喜都没有吗？

而她不知道，站在台上的他，早已发现她在，早已朝她这边投过无数次的目光，只是，她丝毫未觉。

顾念刚想移回视线，看到左前方坐着一个留着清爽帅气短发的熟悉的身影，如果她没看错，应该是胡倩。果不其然，讲座结束后，短发女人一扭头，正是胡倩。

顾念听到手机振动了下，没有去看，而是叫住了胡倩，然后跟小方说："中午你一个人去吃饭。"没得到小方的回应，而是看到小方跟着粉红色女生团一起拥向了叶敬安的方向。

顾念发现，颜控是病，得治！

顾念把胡倩带到教室后面相对比较安静的园子里，坐到长椅上，问胡倩："你特意给敬安捧场的？"

胡倩一扬唇，"算是吧。"随即直奔主题，"把我叫到这儿有什么事？"

其实，顾念想知道胡倩的感情生活怎么样，在脑中组织了下语言，说："你身边有新的追求者了吗？"

胡倩呆住，半晌后回神，"你怎么知道？"

看来邱枫已经落实他的计划了，顾念问："你觉得他怎么样？"

胡倩固执地又问了一遍："你怎么知道的？"

“上次邱枫来找我。”顾念看着胡倩，抿了抿嘴，叹气，“他说，要找个跟他一样的人替他来爱你。”

胡倩再次呆住，嘴唇有些哆嗦，一向冷静自持的她，此时说话都不太利索：“你……说……什么？怎么……可能……”

自从胡倩得知邱枫是她的男朋友后，当晚她一夜无眠，开着灯，坐在梳妆台前，一动不动地望着手表、纸做的白雪公主，却怎么也想不起来有关邱枫的记忆。到了第二天，理智告诉她，她可以去问她的好朋友黄玉，虽然她现在已经移民澳大利亚，但说不定还记得她跟邱枫的一些事。

胡倩从黄玉那儿得到了一些重要信息。

他们曾在哪家饭店约会，曾去过哪家电影院看电影，曾去过哪家公园游玩……她将他们曾经待过的地方一一走遍，走一次记不起来，再走一次，走多了，最深处的记忆一点点浮现出来。她渐渐想起，原来，这些地方，都曾有过他们甜蜜的身影。随后，有关邱枫的记忆，像是打开闸门的水一般纷纷涌了出来。

那时，胡倩恰好遇到了一个温文尔雅的男人。

那次她在公司楼下停车几次都没停好，男人帮她顺利停好车。接着，两人见面次数越来越多，一来二去便熟络起来。虽然男人不够帅气，言谈举止却成熟，没有其他男人的浮夸，待她真挚诚恳，让她有了一种前所未有的踏实感，也让她将他与陈君比较，发现他跟陈君截然不同，不浪漫，不会说甜言蜜语，但为人正派，做事细心，待她用心。

可是，胡倩渐渐想起有关邱枫的记忆，发觉他的举动很熟悉，后来才明白，原来他所做的一切，邱枫曾经都为她做过。

她不得不承认，有这样一个男人的存在，的确能将她从与陈君的感情中慢慢抽离，抚慰她曾经被撕开的伤口。

胡倩一直认为男人的出现只是一个意外，却怎么也没料到这竟然是邱枫精心安排的。他是有多爱她，才舍得让另一个人替他爱她？

她的心袭来一阵疼痛。

胡倩想起昨晚邱枫给她发的短信：你一定要幸福。

在万家灯火都已熄灭的夜晚，胡倩抱着手机，回想着他们曾有过的点滴。

那时，他是她的下属，是最不起眼的一个小兵，她对他跟对旁人一样，严苛挑剔，有的新人受不了她的高压管理，没过试用期便辞职，有的甚至只上两天班就主动请辞。在她接触过的所有新人中，唯有邱枫不仅扛过了试用期，还在试用期期间勇于向她请教，即便她冷面以对。

后来，胡倩觉得这个工作非常上进、态度认真的邱枫跟别人不太一样，可以好好培养一下。在两人接触的过程中，她跟他的交谈，从工作转移到了生活，再转移到了感情，她把感情上的苦水全数倒给他，他不但倾心去听，还给她各种安慰。

有一次，胡倩亲眼看见陈君背着自己跟别人在夜晚的街头缠绵拥抱、忘情亲吻，她没有走上前，而是打电话给邱枫，他立刻赶到她身边，告诉她："你觉得一个真正爱你的人，会经常背着你跟别人在一起吗？我觉得陈君不爱你，只是习惯有你在。跟一个不爱你的人过一辈子，真是太傻了。我觉得胡总你是个聪明人，不会做傻事。"

他的一番话像一剂猛药，瞬间让她清醒。是的，她一直没办法放下陈君，是一直跟自己玩着自以为是的游戏。她像个囚徒，把自己困在爱的牢笼里，以为七绕八拐后，总能找到爱的出口，殊不知对方已经把门锁牢，就算她使出浑身解数，也无法逃脱，唯一的办法，就是离开这一场爱的困局，去寻找另一个能为她的爱情开门的人。

那晚，胡倩不由自主地靠在邱枫的肩头，望着天空闪烁的星辰，心中竟有一种莫名的安心。

胡倩不知道，那晚的邱枫发着高烧，脸颊烫得要命，却还是陪了她三个小时，到第二天直接病倒，去医院输了一天的液。

胡倩记得，她告诉邱枫，自己跟陈君已经离婚的消息时，邱枫笑得开心，跟中了五百万似的，站在她的办公室里，既兴奋又紧张地说："胡总，做我女朋友，好不好？"

这之前，邱枫给她发过暧昧短信、求爱短信，都被她果断拒绝。但这一次，她望着脸上还带着些许稚气的邱枫，竟感动万分，但表面上仍然是那个冷面无私的胡总，语气也一如既往地冷硬："怎么还叫我胡总！"

邱枫激动地说："小倩，小倩，小倩。"一连叫了三声，笑容满面。

胡倩的嘴角浮现一抹笑，不过很快消失不见，"想要做我男朋友，一定不能出轨。"

"遵命！"那时的邱枫觉得那一刻真的是美极了，像终于得到了最心爱的宝贝。

胡倩不知道，那晚的邱枫兴奋得整晚无眠，一闭上眼，都是胡倩的身影。

从这以后，他们过上了美好的二人世界，不过也加入了地下恋人的行列，因为他们公司不允许上演办公室恋情。

直到有一天，他们的恋情被曝光，终究要有一个人走。

那天，邱枫敲响了胡倩的办公室门，递交上一份辞呈。胡倩态度强硬，把辞呈递给他，"我走。"

邱枫没有接辞呈，小声劝说："小倩，别意气用事，你坐到这个位置不容易，要走也是我走，反正我都没待到一年，去别的公司也一样。”邱枫态度坚决，最终离开了公司。

胡倩不知道，那天的邱枫整个人工作心不在焉，仿佛丢了魂魄一样，能进这家公司，是他父母求别人帮忙、花了不少血汗钱后才进来的，如果父母知道他不在这家公司了，一定会很生气、难过。自他记事以来，这是他第一次偷偷背着父母做这样的事。他觉得作为一个男人，为了自己心爱的女人，做什么都值得。

邱枫知道胡倩很怕再次走入婚姻，所以提议试婚，为了她重新租了一套一居室，让她搬进来，过起了同居生活。

胡倩是工作女强人，但把对待工作的态度也带到了感情生活中，总是以命令的口吻对待邱枫，还总是把他当个小孩看待，觉得他这没做好那也没做好，像个妈妈一样去要求他。邱枫会尽量让着她，忍着她。

那时的胡倩觉得，他爱她，他所做的一切都是心甘情愿，她没有任何负担和愧疚。但后来有次，邱枫实在忍不住，反驳了她，结果两人从斗嘴升级到吵架，吵到胡倩离开。那次胡倩离开了几天才发现，有的爱，一直都在身边，她却从未发现，想通后，又回到了他们的小屋。

胡倩不知道，那几天的邱枫痛不欲生，见她态度冷漠，以为要永远地跟她分开了。而且，也不知道是谁告诉了他父母，他把工作辞掉了，他父母第一时间给他打来电话，对他一顿痛骂，最终两老老泪纵横。邱枫心如刀绞地听着电话，手都在发颤，一遍遍地跟他们说“对不起”。可是，他知道，再多的“对不起”都换不回他们的安心，是他辜负了父母。他发誓，以后再不能辜负父母。

他们又回到最初甜蜜的日子，直到胡倩发生了车祸，忘掉了有关他的一切。

胡倩记得那时总能接到邱枫的电话，也总觉得有时有人在跟着自己。现在想来，那个跟着她的人应该是邱枫，他一直都在暗中守护着她，百般想联系她、想见她，不过是想劝她走出过去情感的泥淖，即使她完全忘了他，他依旧和从前一样对她。

她恢复记忆后，断然拒绝了那个温文尔雅的男人，试着想要跟邱枫建立和从前一样的亲密关系，却发现他像人间蒸发了一样，给他发信息他不回，给他打电话才发现号码已停用。

那一刻，胡倩觉得老天真是跟她开了一个天大的玩笑：失去记忆时，他用心守护着她，希望她能早点脱离痛苦；恢复记忆时，她想和他复合，却发现他早已不在。

她心灰意冷，从他朋友那儿试图打听一些关于他的消息，但他们都言辞一致，说不知道。就在昨天，他才发来一条“你一定要幸福”的短信。

虽然是陌生号码，虽然没有署名，但第六感告诉胡倩，这个人一定是他。胡倩赶紧拨电话过去，从无人接听到关机，像极了从前她对他的态度，那时候胡倩想，难道这是老天对她的报应？

午夜梦回，她想的、念的都是他，想得越多，心便越痛，泪水滑过脸颊，湿了枕巾。

胡倩想追回过往，却发现一切都像流沙，慢慢从指缝间流失。

她不知道自己还能不能挽回曾经的那段感情，但有一个强烈的念头从脑中闪过：即使全世界都反对他们在一起，她也不想跟他分开。

是的，她又变回了曾经那个为了爱情，想要跟母亲对抗的人。

她好恨自己，为什么记得所有人，偏偏忘了他。即使这样，他却依然那般在意她，只是，他们还能回到从前吗？

胡倩好怕失去他，她觉得这世上再没有一个人像他那么爱她，可以纵容她所有的骄傲、蛮横、强势、任性……所有的缺点，他都一一接纳。

既然找不到像他这样的人，胡倩下定决心，一定要让他回到她的身边。她笃定，他爱她，所以，一切都能恢复如初吧？

顾念听完胡倩的故事，心中涌起一阵苦楚，明明是相爱的两个人，为什么绕了一圈，会变成如今这样？难道月老打了个瞌睡，剪断了他们之间的红线？她看着胡倩的眼睛，看了好一会儿，长长地叹口气，“以后你有什么打算？”

胡倩坚定不移，“我想和他在一起。”

“如果你没跟他在一起，你会怎么办？”

胡倩不可置信地看顾念，“怎么会？他那么爱我。”她也那么爱他，相爱的人，就应该在一起，不是吗？

顾念的嘴唇翕张了下，把想说的话咽了回去，想了会儿说：“善待爱情的人，就算尝不到甜蜜的果实，也总能找到一个不好也不坏的人，平平淡淡过一生。”这是赵一莫曾经跟她说过的，多么庆幸，她还记得，还派上了用场。顾念说完，补充道：“我相信，你会幸福的。”

“谢谢。”胡倩的眼中划过一丝不易察觉的伤感。

顾念也不由得伤感起来，心生感慨：爱情啊，真是个磨人的小妖精。

胡倩走后，顾念独自坐在长椅上，思考爱情，思考未来，嗯，命题有些宽泛，让她进入神游阶段。

如果说爱情一点都不美好那是骗人的，就在前方不远处，一对年轻情侣坐在长椅上拥抱亲吻，难道这不美好吗？

如果说爱情很美好那也是骗人的，再美好的感情背后，都藏着不为人知的难言之隐。

她要挥刀斩情丝吗？“Yes” or “No”，这是个问题。

要是说了“Yes”，然后……就不能再回头了。顾念怎么想怎么都觉得有些心酸呢。

虽然他保养得好，颜值爆表，可终归是大叔了。万一他爱她爱得不可自拔，她的罪可就大了，她可不想耽误谁，何况还是那么优秀的男人。

就算她现在不放手，但想想以后的路，还没嫁到叶家，不仅要跟前女友斗，还要跟公婆斗，想想都觉得比中彩票还难。她不过是一个还没毕业的学生，有什么能耐跟他们斗？再说了，他的前女友人美、家世好、能力强，跟这样的女人结婚，比跟她这样什么都没有的要强一千倍吧。真真是还没斗，她就输了。

顾念想啊，邱枫为了能让胡倩早一点走出错爱的困局，找一个男人替他爱胡倩，那她为什么不能退出叶敬安的世界，让他找到更好的人？她知道，她绝不是更好的那一个。

这么一想，顾念感受到悲伤如潮水般纷纷涌进她的心底。再难过，也得有个选择。

顾念慢悠悠地拿出手机，阳光洒在屏幕上，让她看不清上面的字。她把手机慢慢地拿到眼前，看着上面的时间一分一分地溜走，咬咬牙，狠狠心，组织好语言，在联络人里找到“LJA”（Love Jing An）。

从什么时候开始，她把“冷面医生”改为“LJA”的，好像是前不久的事，如今想来，怎么却觉得过了好久好久。

顾念缓慢地敲出一行字：我们分手吧。

这几个字像夏日最炽热的光，灼痛了她的眼睛。

都说伤别离，可她怎么觉得比别离更痛苦的，是说出口的那一刻。她不禁想起紫霞仙子说过的那句话：我的意中人是个盖世英雄，有一天他会踩着七色云彩来娶我，我猜中了前头，可是我却猜不着这结局。

是啊，顾念也曾想过，和叶敬安在一起，结婚生子，一起到白头，如今都成了幻影。

正当顾念想把信息发出去的时候，头顶的光亮被一个高大身影挡住，她一抬头，望进了他深邃的黑眸里。不知怎么的，她第一反应就是连忙把手机锁屏，好似生怕他看到她想要发出去的信息一样。内心的自己告诉她，怎么一看到他，就变得这么㞞了，跟见了洪水猛兽一般。嗯，他好像就是她感情世界里的洪水猛兽，只要一来，她便没了任何抵抗力。

顾念心跳如擂鼓，手不知安放于何处，不知是继续坐着，还是站起来，倒变成了不知所措的孩子。她好讨厌这样的自己，乱了心绪，不能自已，像个木偶一样呆呆地仰头望着他。

叶敬安伸手，温柔地揉揉她的脑袋，声音仍是那般好听：“傻瓜，在想什么？”

顾念觉得心中溜进来一丝温暖，甜甜的，像刚吃完棉花糖。她回神，支支吾吾地说：“我……我……”我想跟你分手，这样的话，如今面对他，却怎么也说不出口。

如果可以，她真的不想和他分开。她贪恋他柔情的目光，贪恋他做事周全，贪恋他坚持爱她的心。

她想以后的每一天都跟他度过，直到她不能爱他。现在看来，却是奢望。

叶敬安坐到她的身边，看着有些不自在的顾念，关心地问：“你怎么了？”

顾念连忙以笑掩饰过去，摆摆手，“我啊，就是很好奇为什么你会来我们学校开讲座，之前不是说不来的吗？”

“猜不到吗？”

“我想想啊。”顾念思索着，“有演讲费，对不对？”

叶敬安低声问：“我像是缺钱的人吗？”

也是啊，叶教授学富五车、腰缠万贯，怎么会为了演讲费而折腰呢？顾念继续想，“你想通了，觉得来我们学校挺不错？”

“不对。”

顾念放弃猜了，“那是什么？”

“因为你。”叶敬安说得很平静，看着她的目光里带着些许的宠溺。

顾念忽然感觉耳根一热，垂头望着他那双被阳光照得白皙而修长的手指，她放在椅子上的手朝他的方向移过去一点，再移一点，可是，在距离他只有半指的地方停下。想碰触他的念头油然而生，却清楚两人之间划出的一条楚河汉界。

那天，叶敬安离开时跟她说：“国庆节，我带你去旅游。”他拿出一张票递给顾念。

顾念接过一看，一时错愕。巴黎！她不是在做梦吧，他要带她去浪漫之都！！！他什么时候这么浪漫了？什么都没问她，直接定下了要去的地方。可是……他说晚了。不过，就算提前说，她也不会去了。她颇为遗憾地说：“国庆节我回家。”

沉默，长久的沉默，气氛变得尴尬。前方相互拥抱的情侣，在此刻，刺痛了顾念的眼睛。

过了许久，顾念才听到叶敬安说：“要带上我吗？”

顾念沉吟，“下次吧。”谎话说得越多，她的心越慌，愧疚感越深，与其继续说谎，倒不如眼睛一闭，说出分手的话。

五、四、三……顾念在心底开启倒计时，每一秒都好像过了几十秒一样，快数到“一”时，叶敬安的手机响了，他蹙起眉头，说话匆匆，挂断电话后快速地跟她说：“医院有急事，我先过去，再联系。”

顾念一直望着他离去的高大背影，直到消失在视线里。

也许，这是天意吧，今天她狠不下心，做不了决定，那就等明天，明天她就到家了，见不到他，也就不会心软了吧。

十月初的枝江镇已有了些许凉意，微风吹过，沐浴在阳光下的树枝纷纷摇晃，晃出一地的碎金子。

顾念坐在车里，望着熟悉的街道、风景、店铺，忍不住拿出手机拍了几张照片，感叹道：“回家的感觉真好。”

赵一莫转头看她一眼，“怎么不带我表哥过来？”

顾念沉思了会儿，“这是我们的闺密行，男人勿近。”

赵一莫还不知道他们的关系岌岌可危，笑道：“估计他几天不见你，会想死你的。”她话锋一转，“不过，有时啊，天天见面不如几天一见，就是所谓的小别胜新婚。”

顾念忽然沉默了，小别胜新婚这样的感受她是体会不到了吧。在熟悉的城市，在没有他的地方，她总算可以眼不见心不软，虽然不舍，却还是在手机上编辑了“我们分手吧”，犹豫半晌，发送给“LJA”。她发完，倚靠着窗口，看窗外一晃而过的景色，渐渐地，觉得眼前模糊起来。

叶敬安收到短信时，正在孤儿院做义诊，小女孩的脸因为胃疼而皱了起来。他给小女孩看诊后才打开手机，屏幕亮了，他的心瞬间黯然了，像熄灭的烛火。

后面紧跟着来了一个小男孩，瘦瘦小小的，说话声音低得有些听不见：“叶教授，我从前天开始就不想吃饭，是为什么呢？”

叶敬安好似没听到，坐着一动不动，目光久久地看着那几个字，一股愤怒的情绪涌了上来。他怎么也没料到，那个看起来呆萌的丫头竟然会做出这种事，没有任何预兆，给他沉重一击。虽然他感觉最近她联系自己的次数少了，但只是觉得可能她在忙着上课，或者忙着打工，又或者在忙着做别的事。原来，他为她的辩解只是他想太多了，她竟然是忙着跟他分手！第一次体验被分手，简直……太羞辱了！

随之而来的是一阵让他有些窒息的感觉，像有人扼住了他的脖颈，让他呼吸困难。

“叶教授，叶教授！”小男孩喊着叶敬安，一声高过一声，才让他回过神来。

看向小男孩时，他努力让自己恢复镇定，“平时不要吃太多，有饱腹感就不要再继续吃了，要不然会产生厌食症。”

“哦，知道了。”小男孩乖乖地说。

后面听到有个小女孩说：“谁让你吃那么多的，让你别吃，你还不听，后悔了吧？”

他们你一言我一语地说起话来，但叶敬安置若罔闻，心思飘到了远处。

这一天他早早地结束了义诊，去贺承家找他喝酒。席间叶敬安见贺承也是一副郁郁寡欢的模样，给他倒了杯酒，“怎么，你也有烦心事？”

“别提了。”贺承端起酒杯一饮而尽。

“还为上次的爆炸案没有进展发愁？”叶敬安边问边给自己倒了一杯。

“那是次要的。”

“除了工作，还会有什么能让我们的贺队烦心的？”

贺承放下杯子，忽然很正经地看着叶敬安，“你觉得爱是什么？”

叶敬安一口酒刚入口，差点没吐出来，“我没听错吧？”

他这个好哥们向来在爱情中如鱼得水，不管是工作上的同事，还是生活中遇到的女人，只要见过他的，几乎都会爱上他，还个个长得如花似玉。他呢，并不是谁扑上来都会收的，挑挑拣拣后，留下几个好的作为床伴，至于有没有互相爱上他不知道，但有一点从来没变过，贺承换女人如换衣服，爱一个丢一个，再继续爱下一个，不拖泥带水，也不留恋。叶敬安知道贺承有一个原则：从不脚踏两只船。这样一个在爱情里游刃有余的男人，为什么会发出“爱是什么”的疑问？

贺承又将一杯酒饮下，声音响亮：“你没听错。”

叶敬安不禁微微扬唇，“难得，情圣竟然不知道爱是什么。”

“哎，敬安，别废话，赶紧说！”贺承有些急了。

叶敬安想起了自己跟顾念的这段感情，沉默了几秒，“我认为，爱是看到一个人时的心动，是和她在一起的舒心，是有她在身边比一个人生活更好，是她陪你时，再普通的一天都会变成独一无二的良辰美景。”

贺承眼睛一亮，扬声说：“没发现啊，你一谈恋爱，都变得这么诗情画意了。”

“你觉得是不是？”不管贺承怎么认为，叶敬安觉得见到顾念心中像装满了暖阳，照得他的胸膛发热、发暖。可是，如今她要跟他分手，他不知道什么原因，此时也不想问，只想以酒消愁，也许明天醒来，她还是跟以前一样发来一条早安信息：敬安，敬安，起床啦，再不起床就要迟到啦。

贺承抿掉沾在唇上的一滴酒，苦笑了下，“爱是魔鬼，把你拖着往深渊里走，越走越远，越远越黑，直到完全走入黑暗，你一不小心掉进去，永远也逃不了。”

叶敬安第一次听他这样的说辞，被震惊到，“干吗这么悲观？有人让你伤心了？”

“你说有人能伤得了我的心吗？”

“至今没听说过。”叶敬安又怎会不知道，从来都是贺承伤了别的女人的心，他却安然无恙。

叶敬安见贺承又喝了一杯酒，终于忍不住说：“阿承，你别嫌我啰唆，之前我没跟你说的话，今天想跟你说。”

“洗耳恭听。”贺承做出一副“你来说”的表情。

“这么多年了，你的玩世不恭伤了多少女人的心不说，也耽误了自己的青春，不说什么可不可惜，你想玩是你的权利，也是你的自由。但作为你的哥们，我想告诉你，是时候收手了，找个喜欢的人结婚吧。”叶敬安没想到本来是他想倾诉苦水的，结果倒变成安慰他了。

“喜欢的人？”贺承摇头，“喜欢是一时的，谁又能保证能喜欢一个人一辈子。”

“你是不是还没解开心结？”叶敬安本来不想揭他的伤疤，可如今看来，非揭不可了。

贺承断然否定，“我没心结。”

“阿承，别自欺欺人了。”叶敬安微微蹙眉，“你爸妈的事都过去那么久了，我知道给你带来了很大的伤害，但你总不能带着伤害过一辈子吧？你爸抛弃你妈是不对，但你没必要觉得谈恋爱或者结婚的人都没有好结果。你好好地去爱一个人，不好吗？”

说到贺承父母的事，那是一段贺承不愿再想起的悲痛过往。

彼时，他七岁，那一年见过父亲经常带不同的女人回家，他每每都会问：“爸爸，这个漂亮姐姐是谁？”他父亲的回答通常是这几种：“同事”“秘书”“合作方”。

贺承年龄小，信以为真，有的漂亮姐姐还会给他带好吃的、好玩的，他会问父亲：“爸爸，漂亮姐姐什么时候会再来啊？”

漂亮姐姐来的次数是多了，而且一个比一个漂亮，但贺承发现母亲好像不太开心，常常坐在书房里发呆，有时一坐就是一下午，坐到黄昏。

有一次，贺承在黄昏时玩累了，在一片洒进屋来的霞光中走到母亲身边，告诉她今天发生的一些事，说得手舞足蹈。贺母听完摸摸他的脑袋，笑得有些勉强，“以后别跟人打架，要听爸爸的话，知道吗？”

贺承幼时顽劣，倔强地昂头说：“我也不想打架啊，但我的手不听话。爸爸的话，我肯定听了，不听的话，他就不带漂亮姐姐回来了。”

贺母的眼中闪过一丝哀伤，贺承并没看出来，笑嘻嘻地拽着母亲的手一起看夕阳一点点沉下去。

贺母搬走的时候，是一个天边布满霞光的黄昏，美得像一幅油画。贺承和往常一样，跟小伙伴们玩后，大汗淋漓地跑回家，撞进了拖着行李箱的母亲怀里。他气喘吁吁地问：“妈妈，你要去哪里？”

贺母蹲下身，笑得慈祥，“阿承，妈妈要去国外住一段时间，想妈妈了可以给妈妈打电话。”

贺承相信了母亲的谎话，望着母亲消失在美丽的黄昏中。

贺承不知道母亲这一走就是一年，再回来是因为他嚷着要见妈妈，要跟妈妈一起住，贺父这才千劝万劝把贺母劝回了家。

可是，没过两个月，贺承记得那天，也是一个屋里铺满霞光的黄昏，他考试考了全班第一，迫不及待地想把这个消息告诉母亲。他推开母亲的卧室门，瞬间吓住了，腿脚发软地呆站在门边，仰头望着吊在水晶吊灯上的母亲。等他回神后，连忙跑上前，拉着母亲的脚，不停地哭着喊“妈妈”，然而，他的妈妈再不会给他任何回应。从那一天起，他失去了生命中最珍贵的人。

如果不是贺承发现了母亲的日记本，也许永远不知道母亲的死因。日记本上写了她对贺父的不满，再到绝望。

“贺天，你曾经不是说一辈子只爱我一个人吗？可是现在为什么要背着我爱别人？

“为了阿承，我不会离开这个家的。

“贺天，我真没想到，你为了想跟我离婚，竟然故意把外面的女人带回家。你为什么要这样对我？

“阿承，妈妈对不起你，妈妈再也不能守护这个家了，也不能守护你了。妈妈忍了很久很久，真的忍不了了！妈妈没有办法看着你爸爸当着我的面跟别的女人亲热，对我来说，太难熬了。妈妈决定了，跟你爸爸离婚。阿承，不管以后妈妈在哪里，你要知道，妈妈都会一直爱你的。

“阿承，如果不是你，妈妈不会再回这个家。可是回来了又怎么样呢？贺天说要改，改了几天，后来又恢复老样子。爱一个人，又怎么能受得了他那样一次次地背叛？妈妈不是什么圣人，妈妈爱你爸爸，但你爸爸不爱妈妈了，妈妈还能怎样？卧室里的水晶吊灯是你爸爸陪妈妈一起去买的，后来他几次要换，妈妈都没同意。妈妈想啊，就是我死了，也希望你爸爸能记得妈妈。妈妈打算去一个很远的地方，一个永远没有伤害的地方。阿承，等你长大后，一定不要辜负爱你的女孩。”

……

贺承边看边攥起了小小的拳头，从此跟他一向尊重的父亲反目成仇。可是啊，那时候的他不过是个孩子，再怎么折腾，又怎么斗得过父亲？玩的不过都是些小孩子耍赖不好好学习、父亲让他做什么他偏不做的把戏。

自此以后，贺承开始讨厌贺天带回来的漂亮姐姐，讨厌父亲跟任何一个女人说话，每次他看到父亲跟漂亮姐姐开怀说笑时，都会想起死去的母亲。

彼时，贺承深刻地明白了，不能投入太深的感情，如果像妈妈那样投入感情，爱上一个不爱她的男人，结局太惨。就算两人相爱，但爱的时间长不过一生。或许爱情就是一场游戏，结束了就是结束了，没有可以继续挽留的余地。

所以，当贺承面对爱情时，从来不交付真心，他想这是保护自己最好的方式。

他游戏于花丛中，只不过不想哭着逃亡。

贺承的脸色暗下去，轻轻摇了摇手中的酒杯，“爱情这玩意儿，太捉摸不透，一碰啊，会死人的，还是算了。”

“你从来没有真正投入过，怎么知道会死人？”叶敬安拿过他手中的酒杯，加重语气，“别再做伤害别人的事了，更别想着伤害一莫，要不然我跟你没完！你说句实话，你喜欢一莫吗？”

贺承揉了揉头发，一副烦躁的模样，“不知道。”

叶敬安愤愤然，“贺承，不是我说你，你那些歪心思怎么动到了我表妹身上？”

贺承深呼吸了下，面带歉意，“敬安，哥们我这次向你赔罪。有个女人，就是我之前跟你说过的那个牛皮糖，一心想跟我在一起，我想甩都甩不掉，所以，就找了一莫假装做我的女朋友，把她当挡箭牌。”

叶敬安边听边升起怒火，厉声说：“你找谁不好，偏偏找一莫？难道你不知道一莫暗恋了你八年吗？因为她爱你，就拥有被你利用和伤害的义务？一莫还不知道吧？”

贺承轻轻地点了下头，饮完一杯酒，埋着头，许久不说话，时间仿佛凝滞。

叶敬安气得很，如果他不是自己的好哥们，早就上前揍他一顿。过了好一会儿，他听到贺承缓缓开口："我好像喜欢上一莫了。"

这一晚的叶敬安借酒消愁的愿望破灭，回到住处，拉开窗帘，在落地窗前站到半夜。窗外霓虹闪烁，不远处倒映着月光的水面，波光潋滟，景色如画，但他却觉得少了些什么。

再美的风景，都不及她在他身边。

在另一个城市的顾念彻夜难眠，身旁的赵一莫已沉入梦乡，夜极静，能听到她浅浅的呼吸声，萦绕在她的耳畔。

关了灯的房间，像一张恶魔的嘴，似乎要把她吞没。

原来，没有他的城市，连呼吸都会痛。

还有一个人，比他们都悲痛，便是胡倩。

她一个人坐在公司顶楼，仰头望着满天星辰，泪水从眼中滑落，脚边已堆满了七零八散的空酒瓶和烟蒂。她拿出打火机，火焰腾地升起。她立即用手拢住，挡掉过境的风，点燃一根烟，深吸一口，再吐出一个烟圈，烟雾缭绕，她眼前又出现白天的那一幕。

如果不是胡倩在朋友圈看到自己和邱枫共同的朋友发的那条信息，也许现在的她不会这么难过。

起初，胡倩以为自己看错了，可是，图片中 X 展架上的新郎一栏里分明写的是邱枫，新娘是陌生的名字，上面有酒店名和婚礼举办时间。

胡倩看着大红色的背景上写着"祝新郎邱枫 / 新娘王蕊，百年好合"，整个人都瘫软下来，手机从掌心掉落。无论如何，她都不敢相信，曾经那么爱她的邱枫竟然娶了别人！

胡倩向来认为，是自己的就要努力去争取，既然自己还爱着邱枫，就不能让他娶别人，于是便赶到了他们结婚的酒店。

然而，到了酒店，胡倩才发觉，有一种东西争取不来，那就是别人的幸福。

胡倩站在酒店的入口处，望着里面来往的宾客，看到了穿着得体的新郎和新娘，邱枫看着新娘时，眼中有温柔的笑意，穿着白色婚纱的新娘也对他笑着，幸福像花儿一样绽放，而她的心却像熄灭的烟火，徒留一地烟尘。

新娘看上去年轻貌美，脸上带有一丝稚气，穿着高跟鞋，走路不太稳，挽着邱枫的胳膊，跟来的宾客礼貌地打招呼。

为什么会是这样的结局？

胡倩再也无法看下去，连忙跑到无人的楼梯口，无力地蹲下身，手中的包落到地上，她却不管不顾，捂着脸，肩膀抽动，控制不住地哭起来。

邱枫曾跟她说过的话一一回荡在她的耳边：

“我曾来过你的世界。

“胡倩，你知不知道，有时候我真希望失忆的那个人是我。

“胡总，做我女朋友，好不好？

“小倩，小倩，小倩。

“小倩，这一生，我只爱你一个。

“小倩，我一定要让你做我的新娘。”

曾经，她是他最爱的小倩，如今，她却成了他最不想碰的回忆。

那条“你一定要幸福”的短信，是他跟她最后的道别。

人这一生，会遇到很多人，却只有一个人，能住进你心底。

可是，她偏偏就这样失去了住在她心底的那个人。

她以为还能追得回，却发现一回首已百年身。

在另一边招呼着宾客的新郎邱枫，摆着公式化的笑脸，心中却弥漫着无尽的痛苦。身边的女人是相亲时认识的，刚认识不到一个月，父母都对她很满意，比他小一岁，在医院做护士，工作稳定，家世也般配。

王蕊对邱枫一见钟情，之后也很密切地联系他，他们渐渐从陌生人转为恋人。他想，这没什么不好。纵然心中仍爱着胡倩，可是，有时候，跟你走到最后的人并不是你最爱的，而是最合适的。

邱枫觉得，就算胡倩恢复了对他的记忆，想跟他在一起，他们也不可能再在一起了。他不想让她与最爱她的母亲为敌，也许，他的退出，才是她幸福的开始。

只要她幸福了，让他做什么都可以，即使娶不爱的人。

他曾经想做她一辈子的幸福停靠站，现在看来，只能抱着遗憾过一生。

有的爱就是这样，就算你爱一个人爱到了骨子里，可你们最终却不能在一起。

他，终究是失去了她！脸上堆着的假笑，是他极其想翻过去的篇章，多希望翻到下一页，出现在页面上的人是胡倩，然后跟她一起从黑发走到白头。

| 第三卷 | 做你的公主 >>> >

我爱你，如果能做栖落在你肩头的飞鸟，只要你同意，我愿意一辈子停留，把你的肩膀当成我的家。

第一章 × 走得最急的，都是最美的时光

以前你是别人的，从今以后，我希望你只属于我。

枝江镇是南方的一个小镇，镇上的居民住在河两岸，建筑仍是以前的二层小楼，青瓦白墙石拱桥，河水潺潺流过，间或能看到来河边洗衣服的妇女。虽然此镇尚未开发，但每到节假日慕名而来的游客甚多。

顾念这几日做起了称职导游，带着赵一莫逛了一圈，今天的重任是带她去寻找镇上的小吃。小吃店比较分散，顾念带她去吃了桂花糕、枣泥麻饼，随后带她来到了一家小吃店，点了当地特有的赤豆小圆子，两人正沉浸在美食中时，忽然听到收银台处传来熟悉的声音："老板，来一屉生煎包、一碗绿豆汤。"

顾念转身一看，高高大大的身影，穿着白色T恤、黑色长裤，站得笔直。这个背影她看过很多很多次，一定不会看错，定然是秦烨。果不其然，等他回过身来，她看到了他那张温和又帅气的脸。

顾念下意识地扬手招他过来，"秦烨。"

秦烨走到她们那一桌，微微一笑，"好巧，你们也在。"

顾念示意他坐到自己旁边，笑道："是啊，没想到你也回来了。来看你奶奶的吗？"

秦烨点点头，"她一个人在这里，我好长时间没回来了，正好趁这次放假，回来看看她老人家。"

以前，秦烨的奶奶简直把她当成亲孙女一样对待，有什么好吃的都会拿给她吃，给她梳好看的麻花辫，买好看的发饰。想想上次去看她还是"五一"的时候，于是便想着去看望一下她，"今天下午，我去你家看看奶奶，好不？"

"欢迎。"秦烨心生欢喜，嘴角上扬，"她昨天还跟我念叨，你什么时候过去看她。"

"那你怎么不给我打电话？"

"怕你忙。"怕她忙得谈恋爱，打扰到他们的幸福。

"哎呀，我有什么好忙的，还那样。"顾念抬头看赵一莫，"这次我带一莫过

来玩的。”

秦烨问赵一莫：“玩得怎么样？”

赵一莫温柔一笑，“挺好的，小念终于靠谱了一回。”

“哎哎哎，什么话嘛，平时就不靠谱了吗？”顾念不乐意了。虽然她是“走错路”小能手，但在她的家乡可是绝对不会迷路的，除了……绕进一条原来的路，但是换了商店的情况。

到了下午，顾念本要送赵一莫先回去，但赵一莫说要在镇上独自走走，她便不勉强，去买了一些老人吃的保健品，跟着秦烨到了奶奶家。

他们到的时候，秦奶奶正拿着水壶给花草浇水，听见脚步声，一抬头，满脸惊喜，“丫头，你来啦！”她边说边放下水壶，双手在衣摆上胡乱一擦，连忙走上前欣喜地拉住顾念的手。

顾念并不嫌弃，反握住秦奶奶的手，笑着说：“奶奶，你还是这么有闲情逸致啊。”

“这算哪门子的闲情逸致啊，还不是没事做。”

两人聊着聊着，秦奶奶聊到了感情话题：“丫头啊，有对象了吗？”

顾念的脑中立刻跳出叶敬安的脸，他还算她的男朋友吗？从前几天她跟他说了分手以后，便再没有他的消息，也许，他是默认了吧。她以为他会挽留，以为他爱自己比较深，可这些不过都是她的自以为是。

原来，他能做到这么快地淡出她的世界。

而她呢？这几日睡眠质量极差，熊猫眼光顾，内心备受煎熬。

和他在一起的幸福时刻，在无人的深夜，像放映电影般一一在她脑中重现，一遍又一遍，戳痛她的心扉。

这是她自己选择的，又能怪得了谁？

她想啊，熬过去了，一切都会好起来吧。只是，她不知道“难熬”的有效期限，如果能像便利店里的速食便当一样，隔日就过期，该有多好！

顾念压抑住内心涌上来的一丝酸楚，微笑着说：“没有。”她用余光看到刚拿着一套杯具往外走的秦烨忽然停住，过了一会儿才离开她的视线。

秦奶奶眉眼间布满笑意，“我家小烨也没对象，你们俩从小又是一起长大的，以前我就想啊，等你长大后，一定要让你做我的孙媳妇。”

“奶奶，说什么傻话。”

“哎哟，丫头，你别看奶奶我老了，但这儿没老。”秦奶奶指了下脑门，“你不知道啊，当初我知道你跟小烨谈恋爱了，别提有多高兴了。虽然后来你们分了，但那时候你还小不成熟，小烨也是第一次谈，两人磨合得不好。现在就不一样了，你们都长大了些，看待事情也不一样了，可以再尝试看看嘛。”

顾念虽然知道秦奶奶是一番好意，但听着这样的话有些头大，因为这几天她那位母上大人就一直在她耳边念叨——

“也不知道小烨有没有回来，要不你打通电话问问？

“我给小烨的奶奶打电话了，小烨回来了。

“你给小烨打个电话，让他来咱家玩玩。

“你啊，也不小了，现在找对象比到了社会上找对象好，等你工作后找，对方都会很现实了，而且也是被别人挑挑拣拣剩下来的，你愿意啊？

“没有喜欢的人，就跟小烨在一起啊，他那么好，你还有什么好嫌弃的？”

……

是啊，他很好，可是，顾念在他身上已经找不回爱的感觉了，难道，不爱一个人，也可以跟他在一起吗？她可不想害了秦烨，他是她很珍视的人，又怎么舍得去伤害他。

每当母上大人说那些时，顾念就会说：“您别老是小烨长小烨短的，好不好？我现在不喜欢他了，不可能跟他在一起的。”但她不想这么直白果断地跟秦奶奶说，她想了下，说：“奶奶，您就不用为我们操心啦，顺其自然好了。”

“你这孩子，我不为你们操心，还能为谁操心啊。”秦奶奶脸一沉，“前段时间，他打电话回来，我又问他有没有找女朋友的事，他还没有，你说我急不急，我都这么老了，希望有生之年能看到他结婚生子，人生也就圆满了。”她一脸平和地说，“你不知道，小烨这孩子，死心眼儿，他啊，就只喜欢你，说这辈子只会娶你，娶不到你就当一辈子的光棍。”

顾念心中的酸涩弥漫开来，她的小烨哥哥竟然说过这样的话，着实让她震惊，她希望他能幸福，而不是因为她这棵小树，失去一整片森林。

秦烨给她冲了一杯她最爱喝的草莓奶茶，给奶奶倒了一杯白开水。

顾念喝完了整杯奶茶，却觉得没有以前那般香甜了，跟秦奶奶聊了好一会儿，末了，秦奶奶说：“小烨，你带丫头去楼上，到你房间里坐会儿。”

顾念惊讶，“他的房间还留着？”

“可不，原封不动地留着呢，他不让我动他的东西，你们这些孩子啊，都太讲究了。”

顾念暗喊“冤枉”，觉得自己比窦娥还冤，说着秦烨，怎么把她也扯进去了？她就是太不讲究了，所以每次回家都要问母上大人“我的扎头绳去哪儿了”“我的梳子去哪儿了”“我的那瓶护手霜去哪儿了”……她回来第一天，必定要经过“去哪儿了”的环节。母上大人通常都会说：“还不是嘟嘟，被他拿走了。”

她好想说：“老妈，我知道你老来得子不容易，但能不能别纵容你儿子四处抢劫啊。”但看在是嘟嘟拿走的分上，她什么都不说，谁让她那么爱嘟嘟呢。

既然秦奶奶开了口，秦烨也不好推诿，带着顾念上楼。

顾念跟在秦烨的身后，明显发现他的步子很慢，这可不像他，要知道他向来走路快，毫不迟疑。

顾念低着头问：“干吗走这么慢？你什么时候属蜗牛了？”

秦烨转身，顾念正往上迈一步，一不小心，撞进了他的怀里，重心不稳，身体后倾，险些摔下去，幸好他及时揽住她的腰，两人的身体贴得极近。

顾念听到耳边传来“咚咚咚”剧烈的心跳声，定了定神，发现不是自己的。她一抬头，与他的目光相接，还是那副如沐春风般儒雅的模样。

顾念佯装什么事都没发生一样，一边说着“谢谢”，一边想退出他的怀抱，却发现退不开。

“小烨，你别这样。”顾念压低声音。

秦烨放在她腰间的手松开，眼睛有些闪烁，“你先去楼下的客厅坐会儿，我去收拾下房间。”方才，他乱了心神，一时间没反应过来，贪恋着掌心的温度。

“有什么好收拾的，我还不知道你，房间什么时候乱过。”顾念直接跟着他来到了房间，走到门边，看到房间里墙上挂着的放大照片，瞬间愣住了，呆呆地站在原地。

照片上的是扎着马尾辫，摆着剪刀手，笑得见牙不见眼的她。这是他以前给她拍的照片，她没想到他竟然裱好了挂在墙上。

顾念望着照片，阳光照在她的侧脸上，衬得她的肌肤白得近乎透明。秦烨扭头看到她这副模样，看得有些愣神，仿佛又回到了从前，她经常跑到这个卧室，让他教她写作业，每次看她埋头写作业时，他都会忍不住看着她的脸，阳光洒在她脸上，美得不像话，让他有一种想摸一摸的冲动。如今，这样的冲动再次浮上心头，但他知道不能那么做，他只是眼睛一眨不眨地看她，也许，就这样看着就好。

顾念回神后看向秦烨，“为什么还留着这张照片？”

“好看。”其实，秦烨那天见她乱摔东西后也格外生气，想把她的照片扔掉，可终究没舍得扔，就当一次教训，时刻提醒自己，有哪个女人给自己发暧昧短信都要告诉她，对她不再有所保留。后来，没过几个月，他们分手了，他也失去了这样的机会。

顾念已经有一年没来他的卧室，环顾了下四周，摆设仍和从前一样。她坐到椅子上，想了想，还是说：“小烨哥哥，我是跟叶敬安分手了，但我们不会在一起。”

她看到秦烨眼中一闪而过的忧愁，半晌，听到他说：“为什么不能是我？”

顾念觉得有些话一旦说口出便会伤人，可不说以后会更伤人，便坦言：“说实话，我对你没有爱的感觉，只想让你做我一辈子的小烨哥哥。”

“感觉这东西很虚。”

“但也很重要。”

“你还爱着叶敬安？”

“可能吧。”忘不掉他，大抵是爱着吧。

“既然还爱，为什么要分开？”

顾念有些怅然，“门不当户不对，他家里不同意，他妈妈希望他能跟他前女友复合。”

“他怎么想？”

“不知道，也许觉得分开挺好。”

“小念，不管怎样，我都希望你能幸福。”秦烨一顿，“如果你想通了，我这扇门随时为你打开。”哪怕为你一辈子打开也可以。

“不要这样。”顾念摇头，“我不值得。你这么优秀，值得拥有更好的女孩。”

可是，再好的女孩，都比不上你。

他想要的幸福，是能跟她一起过一生。

距离国庆假期结束还有两天，赵一莫有事提前回去，顾念本想搭她的车一起回去，但赵一莫说“她难得回家一次，要多陪陪家人”，她便在家里陪嘟嘟玩，推着推车带他去广场兜风，遇到认识的人还好，遇到不认识的会说：“早生孩子早好啊，你看你恢复得多好”“哎哟，你家儿子好可爱，多大啦”“你儿子跟你长得真像啊，简直一个模子刻出来的”……

每当遇到这些热心肠的搭讪时，顾念讪讪一笑，“这不是我儿子，是我弟弟。”其实，心中早已刮起狂风骤雨，她还在上大学好不好，上哪儿捡来这么个大胖小子？这让她的心情久久不能平静，如同买了盒装冰淇淋，却没有小勺。

每次来广场，弄得心情更加久久不能平静的要数她的母上大人，不认识的人会说：“你家孙子好可爱啊。”次次都让她的母上大人大怒，却还要摆出一脸假笑，心情好时说：“这是我儿子。”心情不好时说：“你抱的是你的重重重重孙女吧？”

嘟嘟这孩子生来顽皮，刚到广场就吵嚷着要下来，一下推车便扭着他那藕节般的小胖腿，一摇一摆地往前跑，像只萌萌哒的小鸭子。

顾念推着车，风一般地追上去，边追边喊："嘟嘟，跑慢点，等等姐姐。"

此时的嘟嘟化身旋风小子，只想快速跑到一个卖玩具的地摊前，哪里会听姐姐的话。

眼看就要跑到地摊前，却听见扑通一声，胖嘟嘟跌倒在地，刚开始很安静，但没过几秒，便听到他那高亢的哭声，惹得周围的人纷纷朝这边看过来。

顾念这下倒不跑了，索性停下来，在后面看着还没爬起来的嘟嘟，之前她就跟他说过无数遍，人多的时候不要乱跑，他却偏偏不听，这次得让他吃点苦头，长长记性。幸好她的母上大人不在，如果在的话，肯定会连忙跑上前，抱起他，十分疼惜地说："我的肉乖乖啊，有没有磕到哪儿？"

围观的人越来越多，不少人都在指责怎么让这么小的孩子一个人出来，大人怎么都不跟着。不知是这天的阳光太过耀眼，还是她觉得出现了幻觉，有一个高大挺拔的身影闯入她的视线，朝围观的人群走去，抱起了还在号啕大哭的嘟嘟。

顾念掐了掐手臂，疼啊，这不是梦！

那么，她看到的这个人是叶敬安？！他怎么会在这里？不是已经分手了吗，不是从分手后再没有联系她了吗？为什么会平白无故地再次出现在她的世界？

他穿着白色棉麻衬衫，深蓝色休闲长裤，阳光洒在身上，好似披了一层薄薄的金纱。他还是跟从前一样，眉目分明，五官精致，英俊得叫人忍不住多看几眼。他就那样镇定地站在围观的人群中，像一位称职的父亲，给嘟嘟擦眼泪，跟他说些什么。

随后，在顾念愣神之际，看到嘟嘟朝她这边指过来，她下意识地扭过头，却深知这不过是自欺欺人，就算扭头，也不能改变他要来见她的事实。

叶敬安抱着嘟嘟穿过人群，走到她的面前，表情平静，"你弟弟吧？"

"嗯。"顾念低低地应了声。

"臭姐姐，坏姐姐，呜呜呜……"嘟嘟边骂边哭。

顾念伸出双手，想从叶敬安的怀里把嘟嘟抱过来，嘟嘟却一扭头，紧紧地趴在他的肩上，哽咽着说："不要姐姐抱，要叔叔抱。"

叶敬安说："我先抱着吧。"

顾念心不在焉地推着推车走在他身边，两人都沉默着，只听到嘟嘟的抽噎声，还有路过玩具摊边时的叫嚷声："叔叔，水枪，我要水枪。"

顾念一瞪嘟嘟，"嘟嘟，平时姐姐跟你说的话都忘了吗？不要陌生人的东西。"

这时，她听到叶敬安突然沉下来的声音："我是陌生人吗？"

"你自己知道。"顾念说着便蹲到地摊前，问摊主水枪多少钱。

摊主见有顾客来了，立刻堆笑，"卖给别人都要三十，卖给你就二十。"虽然顾念没买过，但听母上大人说过，像这样的地摊货也就几块钱，她便大着胆子，往低了砍，"八块钱，卖不卖？"摊主连忙摆手，"这个价我进货都进不来，这样吧，折中，十五，不能再低了。"在顾念的软磨硬泡下，最终以十元的价格成交。

嘟嘟拿到水枪，瞬间就不哭了，笑得眼睛眯成一条缝，脸上还挂着泪水，叶敬安从裤兜里拿出一块手帕，帮他擦掉。

"这都什么年代了，还用手帕。"顾念不屑。

"个人习惯。"叶敬安说，"没想到你还会砍价。"他买东西从来不砍价，第一次见有人这么能砍价倒觉得无比新奇。

"不砍价怎么行，又不是你，富得冒油，这点小钱根本不算什么。"顾念的话里带有些许的嘲讽。

叶敬安不悦，面色冷下来，"一定要这样吗？"

"要不然呢？"顾念顿住脚步，仰头看他，"你想要我怎样？"

嘟嘟摆弄着他的水枪，玩得不亦乐乎，丝毫没感觉到他们之间产生的低气压。

叶敬安声音冷冷地问："为什么发那样的短信？"

"你来找我就是问这句话？"顾念心中泛起一股酸涩，"如果是的话，你是不是太傻了，发短信问我或者打电话问我，哪一种都可以。"

叶敬安不动声色地说："回答我。"

他这几天在浑浑噩噩中度过，做什么都心不在焉，好几次都想问她为什么要说分手的话，但想想还是算了，问了又怎样，得到的回答不是"我们不合适"就是"我配不上你"，与其看到这样的话，还不如不看，反而清静。

昨晚，赵一莫告诉他，顾念还爱着他，但是碍于他父母不同意，再加上母亲极力撮合他跟前女友，才想主动退出，不想耽误他提早获得幸福的可能。

得知这个消息后，叶敬安真想立刻给顾念打一通电话，狠狠地训她两句，什么叫"耽误他提早获得幸福的可能"？他的幸福，是有她在身边。失去她，又有什么幸福可言？于是，叶敬安今天一早便开车来到了枝江镇，赵一莫告诉他，顾念今天早上会去广场带嘟嘟玩，他便来到这里守株待兔，果然逮了个正着。

此刻，他想亲耳听到她的回答，得来的却是"你太优秀，你家世太好，你家人不同意，我配不上你"这样意料中的答案。

叶敬安说："他们现在是不同意，但我会去说服，给我点时间。"他投给她坚定的眼神，"没有谁规定一定要门当户对才能在一起。虽然你觉得你很普通，但在我眼里，你是独一无二的。"

"所以呢？你想怎样？"顾念心中那根一定要跟他分开的弦一点点分崩瓦解。她就是这样没出息，爱的人说一点妥协的话，她便会软下心来，好似前一秒对他说话淡漠的并不是她一样。

我们也许都有这样的时刻，明明死守的原则，明明跟自己说好一定不要再让那个人介入我们的生命。可是，在他的一个温柔眼眸中，一句软言温语中，一个温暖的拥抱中，都会彻底失去了理智，败给爱他的那颗真心。

"继续做我的女朋友。"叶敬安不容置疑地说。

"叔叔，女朋友是什么？"嘟嘟忽然问，还摆出疑惑的表情。

叶敬安实在不知道该怎么跟他解释，便摆出大人的架子，"你长大就会知道。"

嘟嘟在他怀里扭了几下，像在扭麻花，"不要不要，我就想现在知道。"

顾念不搭腔，侧头一笑后又正经地看向叶敬安。什么事都难不倒他，在这事上竟然犯难了，顾念怎么想怎么觉得心生喜感。

叶敬安看着嘟嘟，蹙起眉头，想了下说："就是女生朋友，嘟嘟有吗？"

"哦，我有的，就是娇娇。是不是啊，姐姐？"嘟嘟看向顾念。

"是的是的。"顾念点头。

叶敬安这才意识到这种场合极其不适合说女朋友一事，气氛环境好像都不对。不过，既然他来了，总要得到她肯定的回答，他问："愿意吗？"

"你前女友怎么办？你家人怎么办？"

叶敬安见她如此说，心里如落下一块巨石，但面上仍不动声色，"程如嫣是有自知之明的人，知道我有女朋友的话，就不会掺和进来。至于我家里，你放心，总有一天，他们会同意的。"

"如果他们永远不同意呢？"顾念心存担忧。

"我也不会跟你分开。"叶敬安脱口而出，语气坚定。

顾念知道他是个孝子，尊重父母的意见，现在说出这样的话，想来已经下定决心，不管未来发生什么，都会跟她风雨共度。

说真的，听到他如此笃定的回答，她很感动。她以为那个爱她不深、随时都可以离开她的人，竟然能为了她跟家人对抗，也就是说她在他心中扎根了？

既然他们都还爱着彼此，那么，是不是要给对方，也给自己一次机会？

就算没结果，但认真地爱一场，是不是就足够？

当然啦，顾念希望他们在一起后，能够长长久久，直到她爱不动为止。

她的异次元世界乱哄哄，也只有他能驱散所有恐惧的画面，给她一个美好的世界。

顾念含笑点了下头，随即，他牵住她的手，单手抱着胖嘟嘟。

“这样不太好吧？”顾念放低声音说，眉眼间流露一丝羞涩。

“怎么不好？”

“会遇到熟人。”

“不是更好？”叶敬安扬唇一笑。

“啊！”认识顾念的街坊邻居，基本都知道她跟秦烨的事，她的母上大人没事就跟别人说希望秦烨能做她的女婿之类的话。镇子小，邻里又熟，平时没事聊聊天是常有的事，要是被别人看到她和叶敬安在一起，把这消息传到她的母上大人的耳中，想必会引来一阵龙卷风，她可不想这么快就卷入风暴中心。

顾念讪讪一笑，“还是别这样。”说着她就要抽回手去，不料他握得更紧，听见他说：“怎么，你跟我谈恋爱，很丢脸吗？”

“没有没有。”怎么会是丢脸呢，简直是光宗耀祖的事好不好。据她所知，她顾家的姑娘上到祖母辈下到她这一辈，还没有哪个能跟豪门之子谈恋爱的，她觉得这比中头彩还难。

顾念想着要不要实话实说，不过如果说实话，着实不太好，毕竟两人刚刚重修旧好，要是再牵扯到父母辈希望秦烨做女婿，那可真是给他们缝补好的感情上又划开一道口子。于是，她便撒谎：“熟人看到了，会问来问去的，那会很烦人的，而且，你也不想被不同的人调查户口一样地审问吧？”

叶敬安悠悠然地说：“我不介意。”

“……”顾念败北，索性让他牵着。曾以为再也碰不到的温度，如今熨帖着她的掌心，让她生出前所未有的踏实感。她反握住他的手，紧紧地与他十指相扣。

嘟嘟一个人玩水枪玩得起劲，却一不小心把水枪弄到了地上。

顾念和叶敬安正沉浸在两人幸福的时空里，周围喧嚣的人群都成了背景板，包括嘟嘟。直到听见嘟嘟说：“水枪，水枪掉了。”他们这才停下来，叶敬安抱嘟嘟抱得有点累，嘟嘟又在他怀里扭动得厉害，他便小心地把嘟嘟放下。

嘟嘟一落地，便撒欢似的跑向水枪。

顾念直摇头，暗叹：小孩子啊，真是好了伤疤忘了疼。

嘟嘟捡来水枪，又一摇一摆地跑到他们中间，发现某位叔叔正牵着自家姐姐的手，心里不乐意了，眼一瞪，嘴一噘，看向叶敬安，奶声奶气地说："叔叔，这是我的姐姐，你不许碰她。"

叶敬安宣示主权，不甘示弱，"她也是我的。"

"不不，不是你的。"嘟嘟一边气愤地说，一边用一只手想分开他们的手，但他的力气太小了，即便使上吃奶的力气也无法让他们分开，他就用力拍打叶敬安的手，"坏叔叔，快点放开我姐姐。"

他们俩故意不放，望着吃醋的嘟嘟，内心都在发笑，却都憋着。

嘟嘟见叶敬安不松手，使上了终极武器——大哭神功，哇哇大哭起来，其实呢，也就是干号几声，只听到哭声，看不见眼泪。

"别逗他了。"顾念心疼起嘟嘟，松开叶敬安的手，蹲下身去哄嘟嘟。

嘟嘟这个鬼灵精立马不哭了，张开双手，嘴里喊着"姐姐抱，姐姐抱"。

顾念笑着抱起他，心想：哎呀，你从小都这么精了，长大还怎么得了。

顾念把嘟嘟送回家前，让叶敬安先在广场等她。快到家时，她蹲下身对还在玩水枪的嘟嘟说："嘟嘟，喜欢姐姐吗？"

"喜欢。"

"答应姐姐一件事，好不好？"

"好。"嘟嘟继续玩着水枪，不知有没有认真在听她讲话。

"回家了不要告诉妈妈看到叔叔了，好不好？"

"好。"嘟嘟答应得爽快。

"来，拉钩。"顾念伸出小拇指。

嘟嘟倒是很配合，也伸出小拇指，钩上姐姐的小拇指。

顾念一边跟他拉钩一边说："拉钩上吊，一百年不许变。"

没过几分钟，两人回到家，嘟嘟极其兴奋地先让母上大人把水枪灌了水，又极其兴奋地说："姐姐给我买的水枪。"

顾母蹲下身，把嘟嘟抱在怀里，柔声细语地问："跟姐姐玩得怎么样？"

"我跌倒了，姐姐没扶我。"嘟嘟脸上的笑立时消失，这表情变化的速度堪比川剧变脸。

顾母脸上的笑也消失了，板着脸问顾念．"是吗，小念？"

嘟嘟这小子，就知道告状！等等，可千万别说出遇见叔叔的事啊。

"他是你亲儿子，还是我亲弟弟呢。"顾念见惯了母亲这样，也能理解母亲对弟弟的疼爱，“妈，嘟嘟都是被你惯的，之前就跟你说过，他跌倒了不要立刻去扶，让他自己爬起来，你偏偏就要扶他。今天他跌倒了，第一反应就是哭，这样不好，我不扶他是对他好，锻炼他坚强的意志。”

顾母瞪顾念一眼，“你别说得一套一套的，你小时候跌倒了，怎么就嚷着要‘妈妈抱，妈妈抱’的？”

顾念完全记不得自己两岁多的事，也无法辩驳，妥协道：“好，知道了，下次嘟嘟跌倒了我会立刻扶的。”

顾母这才眉开眼笑起来。

嘟嘟拿着水枪四处乱喷，喷了一地的水。顾念赶紧闪身到一边，可那小子还知道360°大旋转，转着圈地喷，顾念只好无奈地绕圈，躲过一劫。

嘟嘟把水枪里的水喷完后，又找顾母灌。

顾母正灌着，听到嘟嘟说：“妈妈，我今天还看到陌生叔叔了。”

“哪个陌生叔叔？”顾母抬头看嘟嘟。

“高高的，很好看。”嘟嘟踮着脚抬起手比画着，还补充道，“他要让姐姐做他的女朋友。”

臭小子，说好的不说出来的呢？不是都拉过钩约定好了吗，你怎么这么童言无忌啊？！顾念顿时觉得相信“小人”的话，简直就跟相信自家的毛毛会爬树一样。

顾念狠狠地瞪着嘟嘟，嘟嘟却调整到自动忽略模式，拿起水枪又独自玩去了。

顾念看着目光中含有一丝杀气的顾母，转过身想逃之夭夭，却被顾母叫住：“你倒是跟我说说，他是谁？你怎么从来没跟我提过？”

“有什么好提的，还不知道能不能走到最后。”顾念敷衍道。

“臭丫头，我跟你说啊，赶紧分了，你都不确定能不能走到最后，还谈什么恋爱？你们这样就是在浪费时间。”顾母苦口婆心道，“还是小烨好啊，就算你们分了，他还爱你，这样的男人，现在打着灯笼都难找，你别身在福中不知福。”

“好啦，妈，我知道了。”顾念心里想着还在广场等她的叶敬安，想快点摆脱母上大人的唠叨，“妈，我去找如欢玩啦。”

季如欢是顾念从小学一直到高中的校友，比她大两岁，关系好似亲姐妹。

“你不知道啊，她去找他男朋友了。”

“哦。”前天还见到她，没想到这么快就不在家了，也没跟自己说一声，就直接去跟男朋友幽会了，真是见色忘友啊！顾念还想着在离家前请她去那家她最爱吃的饭馆撮一顿，她真是没口福啊。也罢也罢，她开始发扬阿Q精神，虽然见不到她，但省下了钱啊，好像也不错。

顾念重新找理由，去父亲的蛋糕店里帮忙？不行不行，这样的话岂不是很容易被揭穿。在她的脑细胞快面临阵亡时，她灵机一动，“我明天就要走了，去给嘟嘟买点他喜欢的玩具。”

顾母一乐，不忘提醒道：“别买太贵的，什么玩具到了嘟嘟手上，都快成一次性的了。”

“好的。”母上大人，兜里就只剩现金五十元的人，能买多贵的东西啊。

顾念化成风一般的女子，迈着大步跑向广场。见到叶敬安时，她已气喘吁吁，满头大汗。

叶敬安眉眼间露出一丝笑意，“这么急着想见我？”

顾念口是心非，“别自作多情，我怕你太无聊，就赶紧过来救驾。”

“你确定你能给我解闷？”叶敬安的眼中透出深深的质疑。

“当然啦。”顾念拍了下胸脯，自信满满，“在这里，我是移动的活地图。”

“我来过类似这样的小镇，比如乌镇，看起来差不多。”

“……”顾念一时无语，自信值呈直线下降。这是不想逛她的故乡的意思吗？她都已经说得那么明白了，他就不能给她点面子吗？哪怕先答应下来，跟着她逛一会儿也好啊。

顾念问：“那你想让我怎么帮你解闷？”

“找个安静的地方，只有我们俩，聊聊天，做一些我们能做的事。”

啊？！这个……是几个意思？只有他们两个的地方？做一些他们能做的事？酒店？他这是精虫上脑了吗？顾念无法相信面前这位淡定帅气的男人也会有这样的时刻，她尴尬一笑，“这种地方，还是别去了吧。”

“这里没有吗？”

“有是有，但我们现在去不太合适吧。”顾念脑中出现两人在酒店里宽衣解带、翻云覆雨的画面，想想都觉得有些害臊，不禁红了脸。

过了一秒钟，顾念听到叶敬安悠然地说：“现在去咖啡馆有什么不合适的？”

“……”顾念瞬间傻掉了，原来……他说的是咖啡馆！

两人在咖啡馆坐了一下午，顾念有太多太多话想跟他说，开启了她喋喋不休的模式，坐在她对面的叶敬安倒是好耐心，一边喝咖啡一边专注地听她说话。

吃完晚饭，顾念带叶敬安沿着最繁华的街道逛，街道本就不宽，又有密密麻麻来往的人流。

顾念本来跟叶敬安并排走，奈何他人高腿长，没走几步，就把她甩在身后，她赌气似的望着他的背影，等着他什么时候转身，好在他很快回头找她，见她在身后，连忙越过人群，朝她走过来，径直牵起她的手。

他的掌心温热，牵住她的手的那一刻，也驱散了她在异次元世界里看到的悲惨画面，越是人多的地方，看到悲惨画面的概率就越高，幸好他在她身边，能随时救她于水火之中。

顾念故意夸大其词，“你再不来，我就要失踪了。”

“你舍得失踪吗？”

“怎么舍不得。”

“失踪了，见不到我，怎么办？”

“……”叶教授，你什么时候变得这么有自（脸）知（皮）之（真）明（厚）了？

在人潮汹涌的街头，一个高大的男人牵着一个纤细娇小的女孩，从后面看，形成了最萌身高差。

由于叶敬安个高颜值爆表，迎面走过来的女生们纷纷注目。身为他女朋友的顾某却丝毫没注意，而是将视线投向一家门前排着队的小店，连忙拉着叶敬安，挤过人群，踮起脚往店里看，欢呼雀跃，“这家店平时生意也就一般，一到节假日就排满了人，要是白天人会更多。”

叶敬安不解，“做什么的？”

“看到了吗？”顾念抬手一指店名，“魔豆世界。”

叶敬安第一反应是某个游戏名，“打游戏的地方？”

顾念嘲笑他，“什么啊，你 out 了。知道什么是魔豆吗？”

叶敬安摇头。

顾念像煞有介事地介绍：“要讲魔豆来源的话，会是一个比较长的故事，我就简单说下。魔豆来自童话故事《杰克与魔豆》，相传啊，这个巨大的豆子中蕴含神秘的灵性，当你轻轻唤醒它并成为它的主人时，它就会给你带来祝福和幸运。”她指指店铺，“这家店里卖的就是这样的魔豆。”

叶敬安露出质疑，“会给人带来祝福和幸运？”

“应该会吧。”顾念不确定，但仍进行认可，“要不然怎么会有那么多人来买。”

其实，顾念无数次经过这家店，无数次毫无眷恋地走过，无数次望着进去的人一阵不解。以前的她总觉得幸运这种东西求不来，就好比她烧了那么多次香，次次想让佛祖收回她的超能力，但次次不奏效，后来，她便放弃了。

可是，现在的顾念，不知道自己怎么了，兴许害怕这忽然降临的幸福消失得太快，抑或渴望他们的感情能顺风顺水。

曾经她最不屑的，竟成了如今的无限渴望。

叶敬安看着排队的人们，不禁哂笑，“都是骗人的，你也信？”

“也许是真的呢？”

叶敬安一边想要拉着她离开一边说：“如果这是真的，全天下的人都可以坐享其成了。”

顾念见他要走，连忙拉住他，调整到卖萌模式，白嫩的手轻轻地摇晃他的胳膊，声音变得甜美，“就当陪我看看，好不好？”

叶敬安到底拗不过撒娇的小丫头，暗叹一口气，停在原地，算作答应。

顾念望着曾经听季如欢说过无数遍的神奇魔豆，感叹店主倒是用心，将魔豆分为了几大类：爱情、友情、亲情、梦想、成长。并为每一类制作了一个醒目的标签，放在搁置魔豆的精致碟子面前，顾客来了便会有针对性地进行挑选。

光顾这家店的情侣居多，自然聚集在爱情柜台面前的人多。顾念想踮起脚看看关于爱情魔豆的碟子里都放了些什么，奈何前面是个比她高整整一头的男生，随即她听到身边的人说：“放了些刻着字的豆子。”

“刻的什么字？”

叶敬安望着碟子里酒红色的魔豆，一眼扫过去，刻的字大多是“我喜欢你”“我爱你”“520”“爱你久久”，要让他当众说出这些肉麻的词来，他着实不会，便仔细寻了一遍，发现在最里面藏着一颗刻着“有你真好”的魔豆。他侧身弯腰，附在她的耳边，压低声音：“有你真好。”

顾念脸颊一热，心中腾地冒出无数温暖的小泡泡。

“跟我来。”顾念拉着他朝店主的方向走去，问正在用激光刻字的男店员：“你好，我想买一颗魔豆，单独刻字的。”

男店员抬起头，伸手指向收银台，“你先去缴费。”

顾念问：“多久能拿到？”

“大概半个小时。”

顾念心一凉，“这么久？”要是回去晚了，她的耳朵一定要被母上大人好好地洗礼一番了。

“前面还有一些要刻的。”男店员一边刻字一边提议，“你们可以先去别的地方逛逛，等半个小时后来取。”

有什么办法，既然想要，只好等了，顾念回道：“好的。”

顾念拿出五十元想交钱时，叶敬安抢先一步拿出了一张 VIP 信用卡，她一下子愣住，满脸流瀑布汗，一颗魔豆一块钱，他们不过是买两颗魔豆，不需要刷信用卡吧？有钱想任性也不是这样的啊！

“我来吧。”顾念把钱递给店员，但下一秒她的五十元被叶某人无情地没收了，头顶传来他坚定的声音：“刷我的。”

顾念在店员脸上看到了暧昧的笑容。

既然男朋友一番好意，顾念便不再与他争着付。

付款后，女店员撕开两张便笺纸，在上面写了序号，然后递给他们，“把想刻的字写在上面，写完了给我。”

顾念很大方地把笔递给叶敬安，“你先写。”

叶敬安走到一个很小的圆桌前，坐下来，“买两颗做什么？你要种两颗？”

“笨，当然不是。”顾念把一张纸推到他面前，“一人种一颗，看谁种的时间长。”

叶敬安直言：“我不会种。”平时这种事是许姨在做，他自己住的公寓会买现成的盆栽，找钟点工来打理，从没有亲自种过，更何况是这样独特的魔豆。

“不会种可以学啊。”顾念有模有样地说，“这种魔豆很好打理的，等会儿我们去选下花盆，再买些肥料，把魔豆种子和肥料放在花盆里，浇上清水，在十五度到三十五度的环境里，五到七天就能发芽。然后啊，嫩芽会一天天长高、变粗，不用几天就能长出可爱的豆瓣和嫩绿的叶子，这时候就是发挥魔豆魔力的时候，豆瓣上面会出现刻上去的字。”她朝他眨眼一笑，“是不是很神奇？”有关魔豆的打理方法她之前问过季如欢，所以才能说出一二。

叶敬安听她说得这么详尽，脑中闪现她跟秦烨在一起的画面，也许他们曾经在这儿买过魔豆，所以她才如此清楚，不过都已是过去的事，他不想问，也劝自己不去想太多。他拿起笔，盯着便笺纸，象征性地应了一声，心中想着要写些什么。

他的脑中忽然迸出这样一句话：以前你是别人的，从今以后，我希望你只属于我。字太多没法刻下，那么，刻个“520”？他又觉得肉麻，想了几分钟没想到不肉麻又甜蜜的。

坐在他对面的顾念看不下去了，见他一直蹙眉的样子，着实不忍，便主动提议：

“我有个想法，你的那颗魔豆上刻我的名字，我的魔豆上刻你的名字，至于反面嘛，就你来想。”她略略一顿，露出灿烂的笑容，“这个想法是不是很好？这样的话，等你的魔豆发芽、长出豆瓣了，就能看到我的名字，你就能想起我。”

叶敬安从没有过这样的想法，听她这样提议倒觉得有趣，更觉得两人的关系越发亲密了，抿唇一笑，“好。”他低头在便笺纸上写上了顾念的名字，至于背面刻什么，一个念头一闪而过，他笔锋有力地写下“1314”这几个数字。

他想跟她一生一世在一起，一辈子不分离，直到老去的一天。

顾念伸长脑袋想看他写了什么，但他写的时候用手挡住，正好遮住她的视线，让她心生好奇，单手撑着下巴，“写的什么啊，这么神秘？”

叶敬安收起便笺纸，继续保持神秘感，“待会儿你就知道了。”

可是，顾念好想现在就知道啊。叶教授，你知道被人吊着胃口的滋味吗？就好像她胃病犯了，却有人笑逐颜开地端来各种美食来诱惑她。她声音温软：“我现在就想知道。”

“不行。”她的要求被叶敬安一口否定。

顾念脸上的那抹笑意顿时凝住，故作生气状，嘴里嘟囔着：“真小气。”

叶敬安看着她这副表情，不禁微微扬起唇角。在他眼中，就连她生起气来，都是那般动人，添了份孩子般的稚气，惹人疼爱。不过，他还是打算等会儿再揭晓答案。

顾念见他如此，只得放弃，拿过他手中的笔，写的时候学起他来，用手挡着，余光偷偷地瞥向他，却发现他的目光移向了别处。她在心里默默地哼了声，没想到他一点都不在意她写的什么，索性把方才写下的字划掉，一笔一笔用力地划去，直到看不清写的是什么为止，然后重新写了两个字，写完了独自偷着乐。

叶敬安好奇，“笑什么？”

顾念学着他方才的模样，笑容退去，板着脸说：“待会儿你就知道了。”

“好。”叶敬安不再追问，表现出很有耐心的样子。

顾念觉得面前的男人道行比自己深多了，常常一副不动声色的模样，让她无法猜透他的心思。

好在顾念很快就知道了答案，叶敬安把便笺纸递给女店员时，她一瞥，便看到上面写着她的名字，还有“1314”，那一刻，她心头一滞，一种莫名的感动和甜蜜充满胸口，还涌起一股愧疚感，因为方才她本来写的是“520”，改成了“SG”——傻瓜的缩写。

顾念改后的“SG”写得很明显，叶敬安无意中看到，问：“SG 是什么意思？”

顾念一惊，“猜不到吗？”

叶敬安搜肠刮肚，依然没想出来，低低地应：“嗯。”

顾念笑起来，“傻瓜啊。”

叶敬安装傻，“说你吗？”

顾念一本正经，“当然是你了。”

“因为我傻，才选择了你？”叶敬安正色道，“也就是一般人不会选你？”

“……”叶教授，你不是一班人，还是二班人了？人家明明在说你傻，怎么到你嘴里，她倒成了摆在货架上卖不出去的便宜货了，顾念默默垂泪。

随即，顾念听到某人用下命令般的语气说：“改。”

顾念闹起了小情绪，刚才分明不在意她写什么的人，这时候倒格外在意了。可惜晚了，她就不想改，于是嘴一噘，“不改。”

叶敬安径自拿过笔，问女店员要过顾念的那张便笺纸，划掉“SG”，改为“520”。

顾念在旁边看傻了，这也行啊？叶教授，你可是医术高明、颜值爆表的冰山男神啊，怎么能做这种事？说出去不怕被别人笑话吗？这还不是重点，接下来他说的话，更是让她大跌眼镜。

只听身边的某人十分淡定地说：“你就是这么想的，对不对？”

叶教授，你一定是我肚子里的蛔虫吧。

他们并没有再出去逛，而是挑起了花盆。叶敬安对花盆的要求简单：能用就行。顾念知道后，心里一乐，指着粉红色小兔子模样的花盆说：“这个花盆跟你的气质很符合。”

“我以为你眼光会很好，没想到……”叶敬安摇了下头。

“这个呢？”顾念指着穿比基尼的小猪花盆。

“适合你。”

“我有这么胖吗？”

“这儿跟她的一样。”叶敬安的视线移到她的胸前。

平胸遭受“袭击”，顾念双手捂住胸，瞪他一眼，“流氓。”下次一定要买个上薄下厚型的聚拢内衣，看他还能说什么。

叶敬安凑到她耳边，轻声说：“待会儿陪我一起回酒店，让你知道什么是流氓。”

顾念脸颊顿时一热，他……太色胆包天了吧。遇到这样的男朋友，还能退货吗？

转念一想，因为爱，所以即便他这样，也不会退货啦。

于是，顾念指着眯眼大笑的红色狐狸花盆，“给你买这个？”

叶敬安并不恼，反而露出一副很有耐心的模样，“你当我是动物管理员？”

顾念这才反应过来，方才给他推荐的花盆都是以动物为主的，她笑笑说：“你不觉得这只狐狸跟你很像？”都是一样狡猾。

叶敬安的耐心一点点消失，竟然把他跟狐狸相提并论，他严肃地看她，对她开始进行思想教育：“眼光不好还能提升，认知有误就要重新学，你可以跟嘟嘟一起学。”

“……”受到他赤裸裸的鄙视后，顾念蔫了，想继续逗逗他的心情被扫荡干净，干脆说：“你不是说能用就行吗，我给你挑了吧，你又都说不行，那我不挑了，你自己挑。”

叶敬安呢，偏偏就想让她挑一个，这样才有意义，于是语气缓和几分，“你挑吧。”

最终，顾念帮他选了一个红色易拉罐型的花盆，上面有白色的“LOVE”字样，形状简洁，造型大方，叶敬安默认。

顾念给自己挑了一个上面画着一座房子的天蓝色花盆。

她想，以后她要有一座房子，面朝大海也好，面朝草坪也好，哪怕面朝大街也好，只要跟他住在一起，在哪里都好。

也许是经历过一次别离，所以顾念对于失而复得的感情格外珍惜，不再想分手的事，更不会说分手。

回到叶市的她又开始了以往的生活，不过，她的生活里多了一个他，也多了更多的甜蜜。只要有空了，他们就会约对方见面吃饭，只不过这个主动邀约的人基本是叶敬安。

顾念呢，觉得这样的相处模式过于单调乏味，于是，她学着赵一莫那样，偶尔约他出来看电影、逛公园、看话剧……尽可能地丰富他们的业余生活。

十一月下旬的一个下午，她刷微博时看到新上了一部爱情电影，看内容觉得不错，便提前买了票，约叶敬安一起看。

两人到了电影院，顾念排队等着取票，叶敬安和平常一样很体贴地去买爆米花和饮料。

顾念觉得干等着无聊，便拿起手机刷朋友圈，顺便拍了一张排队的图片，发到朋友圈，还发了一张之前两人牵手的局部特写，配了一句话：和某人来看电影，可是，人好多啊。

这句话和这两幅图激起了无数单身狗的“愤怒”，而且，对其他不知道她谈恋爱的人来说，可是惊天大新闻。

茉莉：秀恩爱死得快。

小方：哟，谈恋爱啦！这男人的美手，看得我快神魂颠倒了，什么时候也给我弄一个？

同学甲：小念，这么快又谈恋爱了，你这换男人的速度堪比磁悬浮列车啊。

同学乙：你给我出来，我保证不打死你。

同学丙：啊啊啊，西湖的水，我的泪……

顾念看着他们的评论一阵发笑，正打算回复茉莉时，忽然听到身后有人喊她，她在身后又排了不少人的队伍里看到了朝她挥手的小张。

“顾念。”小张边叫她边放下了手，跟身边略有些胖的女孩低语了几句，随即走到顾念身旁，笑着打招呼，“真巧啊，你也来看电影？”

顾念一笑，“是啊，这不等着取票吗。”

“跟谁来的？”小张饶有兴致地问，“是我们秦副队吗？”

顾念讪讪地说：“不是。”

小张一惊，瞪大了眼，“难道有别人了？”

顾念虽然平日里跟小张的接触不多，但知道他跟秦烨关系甚好，也不打算隐瞒他，应道：“嗯。”

小张皱皱眉，像是想到了什么，“怪不得。前段时间，我们秦副队可萎靡了，借酒消愁，有一天喝得大醉，还是我送他回去的，嘴里不停地喊着一个人的名字，一开始我没听清，后来我凑过去，原来他喊的是你的名字啊，他说，为什么你喜欢的人就不能是他。我看他那样子啊，心里真难受，说句实话，我觉得你们俩真的很配，不在一起也真是可惜了。”

顾念佯装平静地问：“他现在怎么样了？”其实，内心被带起一股难受的滋味。

“现在好多了。”小张笑了下，“时间总是能抚平伤口的。”

“这样就好。”顾念总算嘘了口气。

是啊，再痛的地方，终有一天，会变得平整如昔。

这样挺好，得不到的东西，就忘掉，因为你再惦记，都不会属于你。

她以为他早已能自我疗伤，却没想到他被伤口折磨了一段时间。因为从他们这段时间的联系中，根本看不出来他的痛苦，许是他不想让她看到他那一面，便有所隐藏。

小张扫了周围一圈，凑近顾念，小声说：“你知道你舅舅现在在哪儿吗？”

“在家啊。”顾念觉得不怎么对劲，“有什么事吗？”

小张犯愁，“就是我们昨天去找他，没找到。”

顾念一脸惊奇，“找他做什么？还是爆炸案的事吗？”按理说不应当啊，爆炸案都过去两个多月了，早已跟徐志录过口供，难道是有新进展，所以要再问问徐志？

“不是。”小张挠头，一脸犹豫的样子。

顾念看不下去，催他，“有什么就直说啊。”心头却升起不好的预感，直直地盯着小张的眼睛，跳入他的异次元世界里，还好还好，未来三天里她的舅舅并没发生什么事，只是失踪了，这倒让她觉得万分讶异。

前天她去过舅舅家，舅舅带着舅妈、囡囡，还有她一块儿去逛街。他给舅妈买了一身新衣服，给囡囡买了一套芭比娃娃，还给她买了一双鞋，场景其乐融融。顾念现在回想起来，觉得一切再正常不过，丝毫不觉得舅舅有什么异常，他对家人还是那么好，有什么都想着家人，自己却舍不得买东西。

小张张张嘴，欲言又止。

顾念心一提，紧张地看他，“发生什么事了吗？”

“还是不说了。”小张一摆手。

顾念却执着地说：“说吧。”就算是不好的事，知道总比不知道好。

小张拗不过她，本来也打算从她这儿旁敲侧击问出点什么，但之前秦烨就跟他交代过不要去问顾念，更不要跟她说这件事，这下遇到她本人了，心头痒痒，到底是忍不住，压低声音：“我们前些日子就发现你舅舅行为异常……”

顾念听得心里一咯噔，愈加聚精凝神起来。

小张继续说：“我们是去查一起贩毒案时发现他的，本来之前看到他时，他老喜欢东张西望，我们没多想，后来才知道，原来，他也参与了那起贩毒案，属于从犯之一。”

顾念的身体渐渐僵住，手指末梢都仿佛失去了知觉，唯独感到耳朵里嗡嗡作响。这个消息，对她来说无异于晴天霹雳，瞬间吓住了她。

她脸色泛白，哆嗦着嘴唇说：“你说的不是真的，对不对？”

在她心目中，一直像个大朋友一样对她百般好的舅舅，一直对家人和善、辛苦赚钱的舅舅，怎么会做出这样的事？无论如何，她都无法把舅舅跟贩毒放在一起。

小张点头，叹气道：“你要是有八九成的把握能劝说你舅舅自首的话，警方还能从轻发落。现在，他知道警方在通缉他，人都跑了，这样只会重判。”

“好的。”顾念失了魂魄般地机械地点了下头，目光有些呆滞地看着小张，“如果你们找到他了，麻烦你让他给我打个电话。”不管怎样，她都想试着劝劝他，他坐牢了，舅妈和囡囡怎么办？

这一场电影顾念看得索然无味，甜甜的爆米花被她吃出了苦滋味，她恹恹的表情落在了叶敬安眼里。到了电影结束时，周围昏暗的大厅骤然亮起灯，人群一一散去。

叶敬安看着有些发愣的顾念，关切地问：“怎么了？”

顾念下意识地说：“没什么。”这种糟心事，还是别让他担心了，她努力打起精神，笑得跟往常一样灿烂，转移话题，“电影真不错。”其实，到底讲了什么故事，她丝毫不知。

“你觉得那个女的放弃爱她的男人，对吗？”

顾念并不知道情节，所以只能胡诌：“不对。”

“嗯。”叶敬安牵起她的手，裹在他温热的掌心里，“你只要站在原地就好了，哪里也不要去。”

顾念抬头看他，不明所以，“为什么？”

叶敬安低头，对上她那双圆圆的黑眸，他眼中流转温柔的波光，“因为不管发生什么事，我都会走向你，这样，我们就永远不会走散。”

顾念心中一暖，鼻头一酸，情不自禁停住脚步，抱住他，脑袋依偎在他宽厚的胸前，闻到了那抹淡淡的茶香味，似乎有让她静下来的力量。她忍了很久的悲伤情绪，一下子有了温柔的填补，心好像没有那么痛了。

她像只受伤的小猫，贴着他的白色衬衫，感受着他的温度，听着他加速的心跳声，吸吸鼻子，把眼泪憋了回去。就算再难过，也不想他陪着自己一起难过。

有关他家人是否同意他们在一起的事，从国庆节到现在，他都在做着努力，她会时不时地问他一句“你家人同意我们在一起了吗”，每次得到的回答是——“还没有，我一定会说服他们的。”

顾念记得很清楚，那是十一月二日的晚上，他约她吃饭，说有好事相告，她想想又不是什么节日，也不是她的生日，左右没想出来会是什么好事。饭前，叶敬安难得笑得春风明媚，语调也比平日里轻快许多：“我家人同意我们在一起了！”

“啊，真的吗？”顾念惊讶之后，一阵兴奋，她最最担心的一件事，终于得以解决，好比走入沙漠里的人终于发现了绿洲。

顾念好奇地问：“你用什么方法说服他们的？”

“通过这段时间的观察，他们觉得你好，不图我家钱财，是个好女孩。”

其实，事实并非如此，他家老爷子和叶父起初是不同意的，不过老爷子很疼他，经不起他一次两次的劝说，便同意了。叶父呢，最为担心的就是他娶了个门不当户不对的，叶敬安便以是幸福重要还是门当户对重要为辩论点，摆出各种论据，成功说服叶父。

最难搞定的要数叶母，叶母态度坚决，不论叶敬安从哪个角度切入去说服，都无功而返，他后来仔细想了想，觉得这事蹊跷，叶母向来最疼他，但凡他想要的，想去做的，她都会同意，哪怕叶父不同意，她都要帮着他去说服叶父，为什么这次偏偏在感情上为难他？

直到有一天，叶敬安回到他们的别墅吃午饭，路过叶母卧室时，听到她说："董娜，叶昇爱的怎么会是你，你趁早死了这条心。敬铭是你亲生的又怎么了？他现在是我儿子，是叶家人，跟你没一点关系。"

也许叶母听到了叶敬安离开时的脚步声，匆匆地挂掉电话，打开门，追上叶敬安，试探性地问："你刚上来吗？"

叶敬安俯身看着母亲，有些于心不忍地说："妈，我都听到了。"

他幼时便知叶敬铭是他同父异母的哥哥，但这丝毫不影响他们的兄弟情谊。他从父亲那儿得知，叶敬铭的生母董娜生下他后不久就去世了，后来父亲才娶了自己的母亲。董娜这个名字他不会忘记，因为是叶敬铭儿时常常念起的名字，不过后来不知怎的，他不再说了。

叶敬安方才听到母亲提到"董娜"时，向来淡定的他再也淡定不了，心生震惊，死人又怎么能复生？他问母亲："董娜不是去世了吗？"

叶母想说谎掩盖过去，可是要怎么圆谎才能骗过自己聪明的儿子？何况刚才她说的话都被他听了去，出于无奈，叶母把叶敬安拉入他的卧室，锁上门，道出真相。

原来，董娜并没有去世，那不过是老爷子跟叶昇为她编织的谎言。

董娜出身卑微，父亲早逝，母亲独自拉扯她长大。最让老爷子不能忍受的是，董娜的母亲在叶市做着拉皮条的生意，口碑和人品还极差。

老爷子那样做一方面是顾全叶家在叶市的威望，另一方面当时的胡家也是名门望族，要是联姻，得知叶敬铭的母亲竟然是那样的人，并且还活着，胡家人极为疼爱二女儿，定是舍不得将女儿嫁给这样的男人。于是，老爷子便给董娜和她母亲一笔高额的费用，让她们离开叶市，这么多年了，她们没再出现。

直到今年七月末的一天，叶母接到一个陌生女人的电话，自称是董娜，她当时正在熨衣服，惊得愣怔了好久，等闻到衣服有些烧焦的味道才回过神来。她怎么能相信已经死去的人还活着，而且，她打电话过来，跟她说的话一遍遍地在她耳中回响："你是胡怀璟吗？我是叶敬铭的亲生母亲董娜，他们都在骗你，我没有死。现在叶昇就在我住的酒店里洗澡。"

每句话，每个字，从董娜口中说出来，都像一把把利刃，戳向叶母曾经以为最无坚不摧的地方。她一直以为的模范好老公，原来，不过是贪恋回头草中的一员，还直接晋升为高级会员。

她的心被流放在悲痛的边缘，一点点地往下坠，似乎要掉入万丈悬崖，永世不得翻身。

叶昇要是去寻欢场作乐一回，叶母都不会如此悲伤，因为那些女人不过是一夜玩物，但董娜不同，她是叶敬铭的亲生母亲，是他曾经最爱的女人，具有跟她抗衡的力量。

叶母所有的自信在一夜之间崩塌，更让她崩溃的是，董娜亲自约她去茶餐厅见面。

董娜保养得极好，明明五十多岁，看上去却像三十多岁的，全然不是别人口中土得掉渣的女人。

不过董娜漂亮归漂亮，说起话来却句句带刺："你以为叶昇忘了我吗？没有！这三十几年来，我跟他一直有联系，他说，给不了我一个家，就给我很多很多的爱和很多很多的钱，单凭这一点，你就比不上我。"

接下来董娜说了些什么，叶母完全不知道，只知道耳朵里像灌满了水，嗡嗡作响，脑袋里也轰的一下炸开。不知是室内空调温度太低，还是别的缘由，叶母觉得四肢冰凉，指尖发颤，神游般地看着光芒万丈的董娜。

接着，叶母听见董娜说："没有爱的婚姻，还有什么维持下去的必要？"

这让她的心瞬间跌入谷底。

董娜离开后，叶母独自坐了很久很久，直到天色已暗，路灯亮起，外面下起瓢泼大雨，像情人的眼泪一样，没命似的落在玻璃窗上、地上。她走出茶餐厅，步入雨幕中，走过一条又一条街道，走到浑身发冷、四肢麻木、大脑昏沉。在一个十字路口，忽然起了轻生的念头，这几日积攒的悲痛齐齐涌上心头，化为一双无形的手，推着她走进地狱之门。

就在她一次次想试着去推开地狱之门时，旁人视若无睹，却唯独那个扎着马尾辫的年轻女孩一次次阻拦，刚开始，她很讨厌女孩的那番说辞，她要干什么，关女孩什么事。可是，女孩说：

——"阿姨，我不知道您遇到了什么事，但是一定要用死才能解决吗？"

——“阿姨，不管发生了什么，但总归有办法解决的。你怎么能拿自己的生命开玩笑？如果你死了，只会让那些讨厌你的人看你的笑话，你甘心吗？”

这些话，对于那时候处于崩溃的叶母来说，是一剂强心针。是啊，明明做错事的人又不是她，她凭什么要去死？董娜才是破坏她幸福家庭的人，不是吗？

不知不觉间，泪流满面的她，脑中像是劈来一道闪电，瞬间惊醒了她，她招手拦住了一辆出租车，逃一般地离开。

自此以后，董娜再来挑衅叶母，叶母也不再示弱，主动接招，慢慢地能见招拆招。

只是，叶母万万没想到，叶敬安的女朋友竟然是顾念。虽然她想自杀那天浑浑噩噩，但在见到顾念时还是认出了她。虽然顾念救了她一命，但她心有顾虑，如果顾念认出来那天的人是她，说出她自杀的事，那怎么办？她并不想让自己最疼爱的儿子知道这事，在儿子面前，她从来都是慈爱又坚强的母亲，怎么能跟自杀扯上关系。幸好，顾念第一次见到她，看她的眼神跟看陌生人无异。

但叶母还是有所担忧，万一顾念哪天就想起叶母自杀那天的事，告诉叶敬安，她要怎么解释她自杀的原因？虽然她间或经受董娜的言语刺激，却没主动跟叶昇提及此事，她从没想到自己竟然有这么大的耐心，一直忍着。她并不想因为董娜的到来，而破坏这个家庭表面上维持的平和。

叶敬安知道后，难免叶昇不会知道，如果他知晓事情的来龙去脉，又深爱着董娜的话，跟她离婚，她要怎么办？

不管怎样，顾念像是一枚定时炸弹，说不定什么时候就能引爆。她处处阻碍叶敬安跟顾念在一起，不过是想让这个家能继续保持幸福的假象。

不过，藏了这些时日的秘密，终究被叶敬安听去了一星半点，她便将事情的原委都说了出来，最后叹口气，“我不同意你跟顾念在一起，就是担心这个家会支离破碎。”

叶敬安忽然觉得眼前的女人，再寻常不过，只是平日把她想得太过坚强，却忽略了她伪装下的脆弱。于是他好声劝慰：“妈，小念在我面前从来都没有提过那件事，她都记不得你了，又怎么会记得那么多事？”他想起了多事的顾念，想来她帮助过很多陌生人，对她来说，每个帮助过的陌生人不过是路人。

叶母揉着眉心说：“这事你别告诉你爸，也别问他。”

“妈，谁都看得出来，爸喜欢你，要不然怎么能这么多年都不见外面传他的绯闻。”

叶母还是满腹生疑，“董娜的事，怎么说？”

后来，叶敬安让母亲找了私人侦探去调查了董娜，发现她跟叶昇是有来往，但每次都是她主动找去，叶昇却次次拒绝见面，就算见了，也是让她断了复合的念头。叶母这才知道，一切不过是董娜自导自演的一场戏，想骗她入戏，成为任由她摆布的玩偶。

事情真相大白，算是了却叶母心头的一桩大事，再想想顾念一事，深觉愧疚，要不是顾念，她这条命早就没了。那一日，她让叶敬安叫上顾念，特意下厨为大家做了几道菜，虽然味道欠佳，但心意满满。

第二章 × 万水千山，只为你而来

我爱你，如果能做栖落在你肩头的飞鸟，只要你同意，我愿意一辈子停留，把你的肩膀当成我的家。

顾念回去后立马给舅妈打了电话，先寒暄几句，才问及舅舅在哪儿。舅妈的声音忽然变得低哑，说是警察找过她，随后听到舅妈轻微的啜泣声，那般隐忍又克制，怕是惊扰了囡囡。顾念猜出警方已经跟舅妈说了舅舅参与贩毒一事，故不提及此事，只安慰她："舅妈，一切都会好起来的。如果你联系到舅舅的话，一定……要让他自首。"说到最后，她的声音渐渐低下去，泪水含在眼中，窗外的夜景也逐渐模糊。

这之后的几天，顾念尝试着用各种方法联系舅舅，却都一无所获，加之梁师傅家里有事，她只要不上课，都要去店里上班，忙碌之余，又添疲惫，还推掉了叶敬安的几次晚餐约会。这一天梁师傅回归，她才算清闲些，这才赴了叶敬安的约。

两人吃完一顿比往日安静的晚餐，叶敬安本想开车将顾念直接送回家，但发现一路上的她，少了往日的活力，一副恹恹的表情，无力地靠在椅背上沉默不语，看上去心事重重。

既然她不愿说，他也不多问。

车开到半途，叶敬安发现身边的人已不知何时沉入梦乡。等红绿灯时，他轻轻唤她的名字，她却不应，就连睡着的她都紧紧蹙着眉心，这着实让他担忧，索性掉转方向，把她带到他独住的公寓。

叶敬安把她抱上楼时，她只嘟囔了两句，还在他怀里蹭了几下，却没被惊醒。他暗想，这丫头睡得真死，就算被人卖了都不知道。

屋子里有两个房间，但另一个房间常年不住人，一直空着。叶敬安把她放到自己床上，小心翼翼地帮她脱掉外面的细针织白色外套，露出里面的紧身长袖白 T 恤，一直被他鄙视的平胸，此时怎么看怎么觉得傲然挺立。

他还从没做过帮女人换衣服的事，而且他家没有女人的衣物，抬手看看表，快到晚上十一点，就算现在让秘书去买衣服，也已来不及。

他心念一转，找来一件自己的长袍睡衣。帮她换衣服时，绅士地闭着眼，修长的手指划过她细腻莹润的肌肤，每碰触一下，就好像在撩拨他的心扉，弄得他心痒难耐。

好不容易帮她换完衣服，叶敬安赶紧跑去浴室冲凉水澡，想把心中的燥热也一并冲掉。

他快洗完时，忽然听到浴室门被打开的声音，然后看到睁着迷蒙双眼的顾念呆立在门口。

顾念刚想宽衣如厕，看到裸着身体的叶敬安，登时清醒了七八分，瞪大眼望着身材好到可以直接去当模特的他，嗫嚅道："我、我……你、你……"

她完全蒙了。

叶敬安不慌不忙地拿过一旁的白色浴巾，随意地往身上一裹，遮住了重要部位，头发还没擦，湿答答的，正往下滴水，滴到他坚实有力的胸膛上。

顾念咽了咽口水，抬头一扫周围的环境，满脸惊讶，"我怎么在你家？"之前她来过这里，很快便知晓自己身在何处。

"怎么，不惊喜？"叶敬安双手环胸，处变不惊地看面前的顾念，她穿着他的宽大睡袍，拖至地上，松松垮垮，衬得她越发娇小。

惊吓还差不多。

顾念回忆起之前发生的事，想起原来是自己睡着了，才会被他拐到这里。怎么会睡着呢？明明心中藏有心事，大抵是这几日忙于工作，才会那般困乏，瞌睡虫打败伤心事，无端端送了她一场好觉，还送到了他家，还……被他"劫了色"。

这一次，顾念确定、一定以及肯定地认为身上的衣服绝对是叶敬安换的，因为……家里就他一个人。思及此，顾念羞赧之余，又有些恼，为什么不直接把她送回家，为什么擅自帮她换衣服，就那么被他看光了？

顾念微怒道："没想到你是这样的人。"

叶敬安侧头看她，面色如常，"怎样的人？"

顾念气哼哼的，都这样了，他竟然还能如此平静。于是咬牙说："伪君子。"

叶敬安不急不缓，"后悔了？"

顾念伸出手，"给我一粒后悔药。"

叶敬安嘴角微微上扬，"不好意思，没有。"

他一定是买一赠一的赠一吧，当属伪劣产品，真心教她着急。可是，退货已不可能，只能重新包装，让他改头换面了，但她又无比清楚，这比登天还难。于是，她一扭头，想转身离开，却被他从后面抱住，他魅惑人心的声音在她的耳边低低响起："什么都看过了，还害羞什么？”

“你……”顾念的脸颊飞上一抹红晕，“乘人之危。”

叶敬安淡定从容，“我只是在履行男朋友的义务。”

“……”总得让当事人知道吧，不过……知道了，他也不可能得逞了。

事已至此，顾念无可奈何，又被他温柔地拥在怀里，方才的气恼渐渐散去，感受到他熨帖在她腰际的温热，故意嗔怪道，“你身上还没擦干，会把我衣服弄湿。”

叶敬安俯身将唇移到她小而圆润的耳垂边，轻轻地一吻，气息灼热地吹拂到她的耳朵里，“弄湿了，我再帮你换。”

“……”赤裸裸的诱惑啊！顾念明明感觉到后背渗过来一丝凉意，但还觉得无比燥热，脸颊滚烫，想从他的怀里钻出去，但他的双臂抱紧了，而且……正好抱在了她那缺斤少两的“旺仔小馒头”上，嗯，第一次遭遇他的正面“袭击”，怎么有种羞得想掩面的冲动。她羞答答地说：“那个……你的手能拿开吗？”

叶敬安早已感受到掌心下的柔软，却故作不知，“为什么？”

顾念汗颜，他是一点都感觉不到吗？提醒他：“你摸到我身体的禁区了。”

“是吗？”叶敬安十分镇定，“没感觉。”

“……”要有多大，他才会有感觉？真是欺负人！

顾念还身处怨念之中，身子忽然被叶敬安一把抱起，直奔卧室。

叶敬安边抱她边说：“太轻了。”

“不好吗？”顾念暗想，她轻不是为他减少负担吗，难不成想把她喂成一枚大胖妞？

“多吃点。”

可是，她再怎么多吃，都只在两斤左右浮动，她搂着他的脖颈，做出很为难的样子，“吃不胖，怎么办？”

叶敬安提议：“天天吃肥肉。”

这是想让她胖成球的节奏？顾念才不干，嘟嘴说：“不吃，要吃你吃。”

“那我开动了。”叶敬安把她轻轻放在床上，俯身压到她身上。

“……”开！动！他太重口味了！！！

顾念急忙闪到一边，望着他还在滴水的头发，适时地转移话题：“擦下头发吧。”

顾念去卫生间拿来干毛巾，坐到叶敬安身边，细心地帮他擦头发，还没擦干净便迎来了他的热吻。

两人温柔缱绻一番，顾念已是气喘吁吁，面红耳赤，拒绝他继续深入的举动，反而让他惹火上身，沿着她的脸颊一路吻下去，柔声说："我会很温柔的。"

顾念曾想把最重要的留在结婚那天，在这一刻，到底是敌不过柔情缠绵，任由他掠取她的领地，继而上演悲催的一幕，身体的疼痛让她皱起眉头，可怜巴巴地看他。他心疼地抚摸她的脸颊，"很快就会好了。"可她偏偏觉得那一秒身体就要被撕裂，伸手推开他。

叶敬安怎能轻易答应她，开始哄劝："等会儿就不疼了。"

顾念担忧，愁眉苦脸，"我不会死吗？"

叶敬安亲吻她的脸颊，"不会的，疼过去了就会舒服了。"

竟然如此神奇？

顾念第一次经历，又紧张又害怕，不过这是每个女人都要历经的过程，所以她便受着他的"暴风骤雨"，不知过了多久，起初的疼痛感渐渐退去，身体越发灼热，涌来一阵莫名的快感。

缠绵后，叶敬安从后面抱住她，环在她的腰间。

顾念一转身，钻入他的怀里，他的怀抱那么温暖，好像能驱逐她心头的烦心事。

就这样多好，一辈子都躲在他的怀里，哪里也不去。

不多时，顾念听到他轻声说："有什么事可以告诉我。"

要告诉他吗？就算告诉了，还不是给他白白添堵。她故作很轻松的样子，"没事的。"

"你要是没事，这几天就不会对我爱搭不理。"

"有吗？"

"嗯。"

"你不是跟我说过，不要给你经常发信息吗？"

"我给你发，你总得回吧？"

嗯，回得是没有以前勤快了，"不是忙着吗！"

叶敬安不想跟她绕圈圈，轻抚着她的头发，柔声问："说不说？"

顾念沉思片刻，到底还是跟他说出了舅舅的事，然后，如她所料，听到了叶敬安几句安慰的话。好在，说出来后，她觉得轻松了不少。

当我们被沉重压得喘不过气时，找到一个可以倾诉的出口，兴许能解点忧愁。

临睡前，叶敬安给了她一个晚安吻，轻轻地落在她的额头上。她闭着眼睛感受着留下来的温暖气息，觉得这一刻的自己如此幸福。

再多的华服，再多的奢侈品，再多的房子车子，又怎能比得上自己爱的人也爱着自己。

眨眼快到春节，街道上挂起大红灯笼，超市里满目皆是各种送亲朋好友的礼品，还会放贺新春的歌，“甜又甜”西饼店也不例外，做起了“迎新年，满 30 元送 5 元抵用券”的活动，来的客人自然比往常要多。

顾念正好放了寒假，天天来店里上班，虽辛苦了些，却能多挣点钱，她倒也忙得不亦乐乎。

这天回到家已是九点多，桌上的菜已经凉了，赵一莫刚洗完澡，身上裹着浴巾，坐在沙发上擦头发，“饭菜热一下就能吃。”

顾念脱掉羽绒服，坐到赵一莫身旁，一把抱住她，“谢谢亲爱的，还是你对我最好。”

“能说得再假一些吗？”赵一莫一笑，“你不是说，我表哥对你最好吗？”

“哎呀，你还说过，一个人对你好不好，是会变的，贺承不就是最好的例子？”

赵一莫脸上露出幸福的笑，“如果不是我给他机会，他也不会是现在的他。”

“那是。”

顾念知道贺承利用赵一莫后，本想国庆节回来就告诉她，但在异次元世界里看到贺承主动跟赵一莫坦白了，便没作声。

得知真相的赵一莫回到家后失魂落魄，顾念跟她说什么，她都“嗯嗯”地敷衍过去。

赵一莫从来都是以坚强示人，何曾有过如此脆弱的一面？有些伤痕别人兴许可以疗愈，但有些伤痕却只有自己才能抚平，尤其是爱情的新伤，别人说什么只能起到左耳进右耳出的效果，无法治愈。何况赵一莫自尊心又极强，不愿意让别人看到她受伤的一面，哪怕是顾念。

到了半夜，顾念被隔壁一阵哭泣声惊醒，是那种压抑后的哭声，在寂静的深夜里，显得格外凄凉。顾念万分心疼，下了床，推开门，轻手轻脚地走到她的门前，抬起手想敲门，悬在半空良久，最终落下，终究没有去敲的勇气，只怕她的安慰，对赵一莫而言不是安慰，而是添乱，索性又回到房间。

顾念久久无法入眠，耳边尽是赵一莫的哭声，敲击着她的心，沉重的、闷闷的。

翌日，顾念早早起来，为赵一莫做了早餐，但赵一莫却没胃口，垂着眼不去看顾念。即便如此，顾念还是看到了她红肿的双眼。

顾念并不问她感情的事，闲聊了一些别的，却在她穿完衣服要去上班时，赵一莫叫住她，沉吟半晌才将心中的苦水一一向她倾诉。

赵一莫声音变得沙哑："小念，你说这样的人值得我去爱吗？"

"他喜欢上你了，是不是？"这次顾念从赵一莫的异次元世界里看到贺承对她的告白。

"他说是。"赵一莫脸上并无喜悦，仍是忧伤的神情，"如果他真的喜欢我，会那样对我吗？"一个真心喜欢你的人，又怎会去利用你的感情？

"一莫，他骗你是他不对。那时候他可能还没意识到喜欢你，后来才发现喜欢上你了。"顾念觉得贺承渣，那样欺负她的闺密，但她知道想让赵一莫放弃又不可能，难道此刻的赵一莫动摇了，她试探性地问，"你打算怎么办？"

"我不知道。"赵一莫痛苦地摇摇头。

顾念小心翼翼地问："放手吗？"

赵一莫捂住脸，又摇摇头。

"在一起？"

赵一莫抬头看顾念，眼眶泛红，"你说怎么办？"

"你已经有答案了，对不对？"顾念投给她温暖的笑容，握着她的手，"爱了这么多年，好不容易等到他喜欢你了，你舍得放弃吗？"

一语中的，戳中赵一莫的心扉。是的，她在昨晚的哭泣中已经寻得答案，被他欺负，她又气又痛，能怎么办？哭过之后，爱他的那颗心，一刻都没有停止过。

赵一莫想啊，贺承诚恳地说"对不起"是真的；贺承握着她的手说"一莫，我喜欢你"是真的；贺承把她送到楼下时说"我不奢望你能原谅我，你讨厌我、恨我，我都不会怪你。你可以离开我，但我希望能一辈子保护你"是真的。这些真实像温柔的花朵，在她心间渐次怒放，填满她的胸腔，生长出的花朵叫不舍。

痛过之后就抹干眼泪重新上路，既然他开始对她诚实，对她说出"一辈子保护你"这样的话，这便是在乎她的开端吧？那么，她哪有勇气拒绝他？

何况他只重伤了她这一次，就算他伤她千百次，她想，她也是爱他的吧。

八年的暗恋，从最初的小幼苗，长成参天大树，盘根错节，又怎能说割舍就能割舍？

赵一莫给了贺承爱她的机会，他给她万千宠爱，牵着她的手走过最繁华的夜市；走在她的左手边，护她周全；陪她去看她爱看的舞台剧；带她回去见父母，公开恋情，两家父母自是十分满意。

她成了甜蜜爱情的女主角，得到顾念的无数祝福，什么"百年好合""早生贵子"

的话都说了，换来赵一莫的打趣：“你肯定会在我前面结婚，你不知道吗？我姑姑想早点抱孙子。”

说得顾念一阵脸红。

这次春节，叶敬安想留她在他家一起吃年夜饭，但顾念觉得自己还没嫁给他就不归家，到底不合礼数，而且，她的母上大人三番两次地要一睹未来女婿的真面目。

在要见叶敬安之前，顾母反对他们在一起，理由当然得搬出最合她心意的秦烨，他才是她心中定好的准女婿。顾念多次强调秦烨只是过去时，他们没有在一起的可能，顾母仍旧没放弃，从秦烨母亲那儿打探才得知，原来他们现在自分手后一直都是普通朋友，而且没有进一步发展，顾母能怎么办？都说强扭的瓜不甜，就算她再怎么愿意秦烨做她的女婿，顾念不同意也没办法，不得不任由她去。

这之后，顾母每次打来电话的内容，从秦烨转移到叶敬安，先是从了解他的各种情况开始，然后了解他的家世，俨然调查户口人员，得知对方家世和人品都很好之后，并不兴奋，也不高兴，反而替女儿担忧起来。在电话里多次嘱咐让她多多注意，别轻易上当受骗，说什么“这种出身的怎么会找你这样的，可能是图个新鲜，玩玩而已，你要小心”之类的。

于是，顾念想趁着春节放假，邀请叶敬安去她家做客，他欣然应允，时间定在大年初三。

赵一莫知道后，笑着说：“照这种进度下去，你们明年就要订婚结婚了。”

顾念没毕业，工作也没着落，还没想过订婚结婚一事，“怎么可能，最起码要等我找到工作。”而且，叶敬安还没跟她提过此事。

“你啊，还愁找不到工作吗？等嫁给我表哥后，还找什么工作，让他出钱给你开个蛋糕店，这不是你一直想要的吗？”

顾念沉思，“是想要，但……想用我自己赚的钱开。”其实、好像、貌似他投钱更靠谱些。

“笨！”赵一莫轻轻戳了下她的脑门，“你赚钱开？那要等到猴年马月？有资源就该合理利用。”

好像是的，顾念一想到以后嫁给叶敬安后，他能投资她最爱的蛋糕事业，顿时觉得前途一片光明。

临近春节回家前，赵一莫邀请贺承、叶敬安到家里吃晚餐，自然由她担任主厨，顾念负责择菜、洗菜、端盘子。就算如此，顾念还是成功地做起了“破坏大王”的角色：青菜洗得不够干净，土豆皮削得满地都是，端番茄鸡蛋汤上桌时由于太烫，匆忙放在桌上，汤汁漫了出来，弄脏了桌布。

叶敬安先到，进屋时，看到了桌上那一摊汤汁，一下子看向罪魁祸首——顾念，眼中闪过一抹笑，“你的杰作？”

顾念尴尬一笑，迅速拿过抹布擦，一边擦一边说：“我上辈子一定跟厨房有仇，这辈子才要这样跟我作对。”

“确定不是你有待提高做饭技术？”叶敬安见过她做饭时的场景，那是在他独住的公寓，她说要给他做一顿好吃的，他路过厨房，看到她穿着他的白色宽松衬衫，露出纤长白皙的大腿，看上去极为养眼，但她接下来的动作却把他对她心生的美好幻想一一击破。

顾念走过来走过去，毫无章法、毫无头绪地做着不明食物，把原本干净整洁的厨房弄得一片狼藉，最后她将菜端上桌，他都没看出来是什么食物，五颜六色的，目测有红椒、黄椒、青椒、土豆、肉、豆角，他问：“这是什么菜？”她很自信地说：“东北乱炖。”而且还是她自创的。

他夹了一筷子，土豆又烂又咸，还有一股很浓的酸味，牛肉没煮熟，根本咬不动。后来才知道，原来她误把醋当成酱油，倒了许多。

提高做饭技术？这对顾念来说，比做蛋糕难上百倍。她放下抹布，别有深意地看向叶敬安，“不还有你吗？”她吃过他做的饭，堪比饭店厨师做的，色香味俱全。

叶敬安睨她一眼，“要你做什么？”

顾念凑到他耳边，轻轻地说：“爱你。”而后双手撑着桌子，粲然一笑，“这样够不够？”

“你刚才说什么？我没听清。”其实，他听得清清楚楚。她第一次说，让他心生暖意。

“骗人。”顾念转身想溜之大吉，却被他拉住，“你不知道重要的事要说三遍吗？”

“不知道。”

“现在知道了吧。”

“知道了也不说。”顾念得意地一笑，拨开他的手转身去厨房，马尾辫一跳一跳的，在他眼前，成了一幅美丽的画。

晚餐过后，贺承主动帮赵一莫收拾碗筷，顾念抱着“要给他们留一些私密空间”的想法，将客厅和厨房留给他们俩。而她呢，带着叶敬安到自己房间，开始收拾要带回家的换洗衣物。

顾念拉开衣橱，拿出贴身秋衣秋裤、毛衣，放到床上，一转头，看见叶敬安正帮她叠衣服，叠得很整齐，她不禁惊叹道："你还会叠衣服？"

叶敬安提起毛衣一边的袖子，放到毛衣后面，用极为寻常的语气说："是个人都会。"

"但不是谁都能像你叠得这么好。"

"你语文是你数学老师教的？"

"什么？"

"想夸我的话，直接表达中心思想。"

"……"这人脸皮变厚了，鉴定完毕。

顾念朝床上扔过去一件白色低领毛衣，叶敬安觉得眼熟，放下手头叠的衣服，拿过那件毛衣，细细一看，是三年前看到她脱掉羽绒服之后的那件毛衣。他抬头朝她衣橱一看，此时，衣橱往右拉开，露出一排冬天的衣服，最外侧挂着的是一件男士黑色羊绒大衣，被他认出来正是当年自己给她的那件。

叶敬安站起身，看向正挑选衣物的顾念，试探地问："黑色大衣是谁的？"

顾念收拾衣物的手一顿，想着要是说实话，他会不会误解，但不说实话吧，要找什么样合理的又不让他生气的理由？她灵机一动，转身看叶敬安，"我去年去舅舅家，穿少了，他就给我拿了这件衣服，忘记还给他了。"

叶敬安面不改色，走到衣橱边，拿起那件大衣，看似很认真地打量一番，"你舅舅多高多重？"

顾念努力回想曾经穿这件衣服的男人，"身高一米八几，体重一百四十斤左右。"

"我是你舅舅吗？"

"啊？"顾念一愣。

叶敬安揭穿她的谎言，"这件衣服是我的。"

"不是吧？"顾念惊讶万分。三年前，飘着大雪的夜晚，是他送给她这件大衣，为她在寒冷的冬天送来温暖。

"你为什么留着？"叶敬安把衣服重新挂回去，衣服上有淡淡的清香味。

"我想着，要是有一天，我遇到他，一定要把衣服还给他。"

"为什么没还？"

"我……有脸盲症，而且那天天都黑了，我没看清你的长相。"

顾念忽然想起之前他跟她说过的话："小念，你还记得三年前见过我吗？我没有想到后来能再遇见你，也许这就是缘分吧。我不知道以后会怎样，但我会努力留在你身边，不让你受一点伤。”

原来，他记得她，只是，她对他毫无印象。

顾念从衣橱里取出他的那件大衣，放到床上，“还给你。”

“你留着吧。”

“放在我这儿浪费了。”顾念当初回来后，还特意查了下该品牌衣服的价格，贵得惊人。

叶敬安抱住她，下巴搁在她的脖颈间，轻轻地来回摩挲，悄声说：“我不在你身边时，就让它陪着你，睹物思人，你就不会忘了我。”

顾念觉得颈间如有羽毛扫过，痒痒的，稍稍侧头，正好吻到他的唇上，温柔相触，唇齿交缠，一阵温存。她离开他的唇后，望进他深邃的眼眸里，“就算没有衣服，我也不会忘了你。”

三年前的冬天，他是她的陌生人，却为她取暖；三年后的今天，他是她的恋人，是她最想留住的温暖。

每一个他爱她的瞬间，都是她最想守住的永恒。

就让她这么一直爱下去吧，在每一个日落黄昏，在每一条走过的街道，在每一家去过的餐厅，在每一个有他陪伴的日子里，一直爱下去。

大年三十那天，顾念的父亲一早便去了蛋糕店，到下午才关店回家，母亲要带嘟嘟，还要做饭，于是，打扫屋子，贴春联的活全落在了顾念身上。

枝江镇的居民房临河而建，每到冬天，这儿的人们饱受寒风摧残，顾念成了被摧残的一员。在叶市过冬，她穿三件上衣、两条长裤足矣，但一回家，必然要穿上厚毛衣、厚棉裤，上衣五件，长裤三条，非得把自己裹成会移动的粽子。就算这样，她拿着涂了面糊的对联走出去，一阵冷风袭来，带着潮湿的寒意浸入她的皮肤，冻得她不禁打了个哆嗦。

顾念够不到门框，只得去屋里搬来一把椅子，踩上去才成功地贴好了春联。刚贴完，上衣口袋里的手机开始响个不停，不用看，她都知道是亲朋好友发来的新年祝福，不过今年跟往年不一样的是，她心存期待，期待某人发来的信息。

方才在贴完大门的对联后，她拍了一张冻得发紫的手，发给了叶敬安，配上文字：好冷啊，怎么办？

顾念直接锁定目标，打开跟叶敬安聊天的页面，看到他的回复，一张配有空调房间照片，还有他穿着针织开衫悠然自得的样子，配字：我不冷。

没有袭来的寒风，顾念怎么觉得越发冷了。

顾念自拍了一张冻得发紫的照片发过去，配字：天这么冷，还要干活，累觉不爱。心想，看到她的脸，总该心疼她了吧？

很快，她收到他的回复，一张他360度无死角英俊的自拍照，配字：我很暖和，不用干活。

……

顾念顿时阵亡。

想要得到某人的垂怜，怎么就那么难呢？！

顾念望着正在骑扭扭车的嘟嘟，一边玩还一边“驾驾”地喊着，好像骑着一匹马，玩得满头大汗，她却冻得昏天暗地，人与人的差别怎么就这么大呢？

自怨自艾无益，顾念搓搓冰凉的双手，打算继续回屋拿对联，却听到身后有人叫她，声音轻柔好听：“小念，你什么时候成家庭主妇了？”

顾念一扭头，看到笑得花枝乱颤的季如欢，留着新潮的韩式中分波波头，穿着A版宽松白色大衣，下身是一条紧身黑色打底裤，蹬着一双白色高跟短靴。虽然个子只有一米五八，但搭配得当，不仅甜美，还显得娇小玲珑。

顾念见她这般模样，就知道她这个娇公主坚持贯彻“衣来伸手，饭来张口”的政策，绝不动摇。顾念走到季如欢面前，上下打量她，下巴一抬，“你是来把我从这天寒地冻中解救出来的？”

“你觉得可能吗？”季如欢优哉游哉地拉过一把凳子，自顾自坐下来，看了一旁正玩得不亦乐乎的嘟嘟，柔声细语道，“嘟嘟，快叫姐姐。”

嘟嘟完全沉浸在自己的小小世界里，欢快地开着扭扭车，没有搭理季如欢。

季如欢也不跟小孩子一般见识，更加没有心情逗他，又看向顾念，耷拉着脑袋说：“你说这过年，是不是越来越没意思了？”

顾念搓搓冻得通红的手，朝手心哈了哈气，看着季如欢，这才看清她眼睛有些红肿，像是哭过的痕迹，细细地盯着她看了数秒后才说：“是啊，没什么新鲜感了，不像小时候，还盼着爸爸妈妈能买新衣服新鞋，等着除夕夜拿红包。”

可是，今年与往年不同，大年初三，她就要见到一日不见如隔三秋的叶敬安了，想想都觉得很激动。但面前的季如欢想必要过一个不愉快的新年了——顾念从她的异次元世界里看到了凄凉的画面。

顾念说：“回屋坐吧，这儿有风。”

季如欢跟随顾念进了屋，“会不会打扰你干活？”

“你说呢？”顾念给她接了一杯热水，又去给自己接了杯，轻轻地捧着水杯取暖，“我们聊会儿，等会儿你先别走。”

“干吗？留我吃好吃的？”

“哪里。”顾念促狭一笑，“帮我干活。”

季如欢答应得爽快：“好好，我让我爸过来帮你贴对联。”

顾念猜到这姑娘定然不会帮她干活，一摆手，“还是算了。”望着她，言归正传，“你过来不只是找我聊聊天吧？”

季如欢的眼睛有些闪躲，“要不然呢？”

“你知道有些事瞒不过我的眼睛。”

“唉。”季如欢叹口气，揉揉眼睛，“前天他跟我提分手了。”

“啊？！”顾念震惊，“不会吧，杨洋主动提的？”

季如欢一皱眉，楚楚可怜。

顾念最初知道杨洋，是她刚上高一的时候。

彼时，杨洋是他们学校的风云人物——校草一枚，一米八五的长腿少年，阳光帅气又雅痞，所经之处，会引得无数花痴少女尽折腰，尖叫声一片，星星眼一堆。

那会儿，学校老师到处打压早恋分子，但杨洋偏偏一意孤行，到处留情，本校的、外校的，通通收入怀中，幸而行事小心，瞒过了老师。

就算杨洋风流倜傥，但季如欢却跟其他迷恋他的女孩一样，爱上了他，还成了他女朋友……中的一个。

当季如欢春风满面地把该消息告知顾念时，顾念第一反应是，伸手摸了摸她的额头，无比惊讶道：“你没发烧啊，怎么会做出这种蠢事？”季如欢嘻嘻笑：“我没发烧，清醒得很。”嗯，她很清醒地沦陷在杨洋温柔的汪洋大海中。

顾念深觉此事不妥，劝阻道：“你都上高三了，不好好学习，谈什么恋爱？还有啊，你是猪啊，明明知道他是花花公子，怎么还要做他的女朋友？”

顾念对季如欢当时说过的话记忆犹新，她毫不在意地笑着说：“他说了，愿意为了我，跟其他女孩都分手。”

第一次尝试甜蜜爱情的季如欢，相信他说过的一切，哪怕顾念告诉她，他和她在一起不过是和别人打了一个赌，赌能追到她，而且他仍旧脚踏几只船。

这样的甜蜜持续了半年，直到那年冬天放寒假，顾念在季如欢的异次元世界里看到杨洋跟其他女孩亲吻的画面。为了早日能打醒这个沉浸在爱情里的姑娘，顾念拉着她到了杨洋的出轨现场，看到真相的季如欢眼泪掉下来，却没能唤醒她沉睡的痴迷。

顾念说她“傻”，她说：“就让我傻这一回吧，也许以后都不会再有犯傻的机会了。”

这个傻姑娘在揭晓高考分数的那一天，不仅分数喜人，也迎来了爱情的艳阳天——那个把心分给几个女生的杨洋，终于收心，将一颗完整的心全部给季如欢。

季如欢脸上露出恣意的笑，笑得那般灿烂，胜过那晚漫天的星光。

她跟顾念说：“看吧，我就知道总有一天，他会喜欢我。”

那时候的顾念完全不理解季如欢的坚持，但好在结局完美，便只能祝福。她并不看好他们这一段感情，即使他们考上了同一所大学，但感情的走向让她大跌眼镜，他们竟然在一起六年。

他们在一起后的六年里，那个曾经在杨洋打篮球渴了会及时递一瓶水、在杨洋犯了错被罚跑操场十圈会故意犯错跟着他陪跑、在杨洋苦于不知送其他女朋友什么礼物时会帮他精心挑选的季如欢，变成了每天拉着他一起去吃饭还必须要点她喜欢吃的、不让他经常去打篮球要求他把打篮球的时间用来陪她、只要出了学校要坐车出去时都要让他送的季如欢。

她从曾经无怨无悔爱他的傻姑娘，成功逆袭为被他捧在手心里的娇公主。

顾念曾问她：“为什么他真心对你好之后，你就变了？”

季如欢扬扬得意，“因为他爱我了。”

顾念不解，“爱你就拥有了被你随便使用的资格？你当他是手机，刚买的时候磕到了心疼不已，但过段时间，就算摔在地上也无所谓？”

季如欢的脸上洋溢着青春无敌的笑，“怎么会，我还是很心疼他啊，一天不见他就好想他；联系不上他会给他不停打电话，一直打一直打，直到他接电话为止；我会把他介绍给我的同学、朋友，我每一天都在想他。还有啊，我那么做不是随便使用他，只是让他充分发挥男朋友的作用，那样才能让我知道他爱我。”

有时候，爱多么奇怪。当你爱着一个人，无欲无求时，就算他不止爱你一人，你也爱得昏天暗地、不计得失；当他只爱你一人时，你就觉得自己拥有了让他随时待命的权利。

最初的我们，满怀热情，可渐渐却把对方的爱当作纵容，一次又一次突破对方的防线。

季如欢一次次突破杨洋的防线，从上大学时让他做她的温柔骑士，到上班后让他经常做空中飞人，因为大学毕业后，她留在了枝江镇，而杨洋去了其他城市。

顾念曾好心劝说：“你这样就是在浪费你们的感情，浪费一次，就少一次。”

季如欢不以为然，“才不是，我们那是恩爱的证明。”她还会拿出她偶尔去他工作的城市的飞机票，“喏，我也会去看他的。”

顾念又怎会不知道她拿着的飞机票代表什么，每一张都代表他们吵过一次架，互相冷战，她熬不住，想他想得发了疯，不分昼夜，都会去买最快抵达他所在城市的机票，迫不及待地赶去他所在的城市，不管是不是她的错，都会主动投降，温柔道歉，直到彼此和好如初。

她用柔情击溃他的壁垒，只是，这一次是否还能如愿以偿？

顾念之所以震惊，是因为杨洋自从上大学后从没主动跟季如欢提过一次“分手”，提“分手”的人都是季如欢。

季如欢看着顾念，眼神凝重，“我从没想过，他会跟我说‘分手’。”

“为什么？”

季如欢摇头，“不知道，没有任何前兆。”她抓住顾念的手，“仔细看看我的眼睛，未来三天我会见到他，是不是？他都跟我说了什么？”

顾念定定地看了她好一会儿才说：“你问他为什么要跟你分手，开始时他不回答，你就一直问一直问……”

季如欢满目焦急，“他怎么说？”

“他说他累了。”

“不不。”季如欢直摇头，“我那么爱他，他怎么会累。”

“也许就是你太爱他，才会让他那么累。”顾念在季如欢的异次元世界里看到杨洋说：“我受够了你的公主病，受够了我去哪儿你都要查岗，受够了我们见面时你每次都要翻看我的手机。你口口声声说你爱我，但我告诉你，从现在开始，我不需要你的爱了，你走吧！”

他说得干脆又伤人，季如欢这个娇公主何曾听过他说如此狠的话，一下子心慌意乱、神不守舍、泪盈于睫，拽着他的手，如往常一样撒娇挽留：“不要离开我，好不好？你让我做什么都可以。”

杨洋甩开她的手，“你走！”

季如欢流下眼泪，“你是不是爱上别人了？”

“你觉得是就是。”

“是你手机里那个叫娇娇的女人吗？”

“是。”

“我们六年的感情比不上三个月的？”

“是。”

季如欢面如死灰，过了好久才说：“我会改，以后我会主动来找你，不会再查你的岗，不再翻看你的手机，我还有什么缺点，你说，我都愿意改。”

杨洋眼中流露出深沉的哀伤，“晚了。”

季如欢如何能懂得他说的这句话，可是，再多的挽留，都变成了他的“不愿意”。

是的，他再也不愿意将就这段感情，将就这个在爱情里为所欲为的娇公主，终究把“我爱你”变成了“对不起”。而如欢并不想把“对不起”变成“来不及”，结局却不尽如人意。

季如欢望着顾念，露出无法置信的表情，“爱怎么可能让一个人累呢，不能理解。我听过很多人的故事，没有一个故事里有因为爱一个人觉得累而分手的。”

季如欢在一家广播电台上夜班，当午夜时分，别人沉入梦乡时，她一天的工作才刚刚开始。

起初，杨洋对此并无异议，但她工作不到半个月，每当深夜两点多，都会接到她的电话，最初听到她用甜美的声音说“晚安”或者“我想你了”，他会觉得甜蜜、心安。但后来，她坚持天天打，电话铃声大作，惊醒忙碌了一天的他，让他产生一种莫名的心惊。

杨洋开始还有耐心地跟她说：“如欢，我知道你辛苦，你累，你希望我回去陪你，甚至在你晚上下班后去接你，如果我在家，我一定会天天去接你。但是，现在没办法，我得先在这儿待两三年，赚更多的钱，给你买你喜欢的房子，买你喜欢的车，还有，风风光光地娶你。”

可是，季如欢在回去的车上，望着窗外寥落的灯火，望着空荡荡的街道，想着刚刚读的心酸爱情故事，伤感、寂寥、孤独交织在心头，一阵阵袭来。她做着别人的聆听者，却成了寂寞的夜归人。寂寞渐渐发酵成思念，放大她对杨洋的想念。她多么希望，有他在身边，陪她度过每一个孤独的深夜。

季如欢以前觉得房子、车子很重要，可听杨洋那么说，却丝毫不心动，声音格外温软：“不，我什么都不要，只要你回来，好不好？”

“如果你觉得累，把工作辞了，我养你。”杨洋想着等过了两三年，有了工作经验，攒了足够资金，便回到枝江镇，自己开个公司当老板，这样就能天天跟季如欢在一起了。

虽然季如欢在每一个深夜都要被寂寞吞噬，但她爱这份工作，舍不得辞掉。后来，她打电话过去，杨洋先是让她以后白天跟他联系，再后来干脆打不通，为此，她跟杨洋大闹一场，各种难听的话、分手的话都说尽，最后以杨洋的妥协告终。

每一个深夜，他是她寂寞的出口，她是他午夜的闹钟。

她以为，爱情就是我需要你的时候，你要陪着我，却忘了爱还是他沉睡后的不打扰。

季如欢所能理解的分手理由，有不合适，有出轨，有不爱了……却唯独没有因为爱。

顾念说出那句经常跟她说过的话："你有没有一次是从他的角度去考虑问题的？"

季如欢忽然一愣，换作以前，必然会不屑地说："我那么懂他，根本就不需要从他的角度考虑问题。"她愣了几秒后说："他有没有说我哪里做错了？"

顾念思量着要不要告诉她，如果坦言相告，她定然没法愉快地迎接春节，想想还是作罢，从她的角度劝她："他没说什么。不过，我觉得，你得改改你的一些坏毛病。"

"哪些？"季如欢难得主动问她。

顾念一边扳着指头数一边说："你太黏杨洋了，知不知道没有喘息的爱情会让人窒息？你缺乏安全感，所以才希望每天都能知道杨洋的消息，但知不知道最好的安全感是自己给自己的？你从只知道付出的人，变成了只知道索取的人，但知不知道只有索取的爱情会让对方很累？有时候，你可以试着换位思考，多替杨洋想一想，他做市场开发的，本身工作就累，要是你都不理解他、不体贴他，甚至……给他添麻烦的话，你觉得他还能跟你走下去吗？"

季如欢的目光黯淡下去，眼中闪过一抹晶莹的光，沉默半晌，终于忍不住流下泪来，声音哽咽："小念，你说我该怎么办？我改掉这些，他就能跟我在一起吗？"

顾念并不知道他们的结局会如何，但想给她一些希望，"嗯，可以。"

兴许可以呢，顾念希望季如欢能跟杨洋走下去，她知道爱上季如欢的杨洋渐渐地变成了另一个人，不再拈花惹草，不再跟别人一样沉迷于游戏，而是变得专情、上进。爱情也许就有这样的魔力，把不可能变成可能。

直到季如欢离开，顾念都没再说有关她在异次元世界里看到的画面。

杨洋说"晚了"。

季如欢扑到杨洋怀里，泪流满面，卑微地哀求："我不想你走，我不要你走，求求你，不要离开我！"

杨洋望着怀里哭得一抽一抽的她，抬起手想拥抱她，悬在半空许久，最终还是落回身侧，推开她，冷冷地说："你用你的方式爱了我五年，知不知道我有多累！"

今年的年夜饭与往年一样，顾念一家四口围着桌子，边吃饭边看春晚，其乐融融。

吃完饭，父亲被人叫去打麻将，留下他们仨。顾念拿来各种瓜子、水果，又开始自动调整到新一轮的吃货模式，嗑着瓜子，看着小品，情不自禁地一阵发笑，却惊奇地发现一向看到搞笑小品比她笑得更厉害的母亲大人异常安静。

顾念将视线从电视屏幕转到一边，看见母亲大人神色沉重，心不在焉地嗑着瓜子，嘟嘟看不懂小品，独自看着他喜爱的《熊出没》。

“妈，活都做完了，你干吗还一副心事重重的样子？”顾念不解。

顾母放下手中的瓜子，拍拍手心，叹口气，“你说，你舅舅都失踪这么久了，到现在也没个消息，会不会出什么事了？”

从上次警方无法联系到舅舅，一直到现在，舅舅都处于失踪状态，急坏了舅妈、囡囡，还有顾念一家人。

最近一次，顾念去见舅妈，明显发现她憔悴了很多，面色发黄，神色恹恹。囡囡话少了，说得最多的就是问顾念“爸爸去了哪里”。舅妈和顾念一家都知道舅舅贩毒一事，独独没有告诉囡囡，他们都商量好了，要统一口径，当囡囡这样问时，就说“爸爸出去工作了，要过段时间才回来”。日盼夜盼爸爸归来的囡囡等得焦急，从期待变成失望，听说期间癫痫发作了两次。

顾念很想做点什么，只可惜从舅妈未来三天发生的事情里，没看到舅舅。

他们曾猜测，会不会是舅舅发现警方知道他贩毒一事，为了不被抓住，所以先逃了。但他们又否定了这个想法，因为舅舅很爱舅妈和囡囡，就算要走，最起码也会给她们打一通电话，这么悄无声息地消失并不是他的正常举动。

但是，他又能去哪里？会不会发生了什么意外？他们不敢去想最坏的结果。

顾念剥母亲最爱吃的橘子，边剥边说：“妈，不用太担心，舅舅一定会没事的，他不会丢下舅妈和囡囡的。”

“唉，也不知道你舅妈和囡囡怎么过除夕，想想都觉得心里难过。”顾母面带愁容。

顾念掰开一瓣橘子给母亲，“别难过了，我们这么担心也没用，只能看看警方那边有没有消息了。我让秦烨帮忙多留意这事了，他跟我们家什么交情，肯定会尽力帮忙的。”

“希望没事吧。”顾母吃着最爱的橘子，食之无味。

顾念自然也是很担心舅舅，但有什么办法，只能无可奈何地等待舅舅的消息。

顾念每年都要守岁，但通常敌不过瞌睡虫来袭，楼下客厅又冷，看春晚看到十点多，正好到舞蹈节目，她看得上下眼皮亲密接触。顾母刚哄完嘟嘟睡着，见状让她去楼上先睡会儿，等到了十二点喊她起来喝热腾腾的红枣茶。

顾念噔噔噔地跑上楼，钻进被窝，开着电视，快到十一点，春晚里放着舞蹈节目，迷糊间倚在床头睡着了，再醒来时，是被手机铃声惊醒。

这是她调的手机闹铃，提醒她整点给叶敬安发第一条新年祝福，她定的是十一点五十分，空出的十分钟可以让她清醒地去想给他发什么样的祝福。

其实，顾念从早上就开始想，这是他们第一次迎接新年，她一定要给他发一条独特的信息，像“新年快乐”“万事如意”这类的太普通，除了这些，还能发什么？这倒让她有些发愁。

顾念灵光一现，开始求助度娘，哗啦啦出现很多可供选择项，其中有一条深得她心，内容如下：

送你一份春节美食，主要成分：真心、思念、快乐；特别营养：温馨、幸福；制造商：你的朋友；有效期：一生。祝万事如意、合家欢乐！

随后，顾念按照这个模板加以修改，变成顾氏风格的祝福：

当当当，我独家为你定制了一份春节美食套餐，套餐一：真心；套餐二：真心加思念；套餐三：真心加思念加快乐，附赠比蜂蜜还甜的甜蜜。制造商：春节美食派发小分队；有效期：1314。想定制套餐一请回复“1”，定制套餐二请回复“2”，定制套餐三请回复“520”。

顾念编辑完信息，发送中，收到无数祝福短信，其中一条让她眼前一亮，正是叶敬安发来的，她暗想：他们真是心有灵犀。

叶敬安：新的一年想要什么？

顾念脸上露出幸福的笑容，给他发过去：你想给我什么？有红包吗？

曾经，每逢过年，她最期待的一个环节就是拿红包，只是，她高中毕业后，给她红包的只有两个人：母亲大人、舅舅。如今舅舅还失踪了。

叶敬安：除了红包，你还想要什么？

哇，这么好！叶教授是看到她爱心满满的美食套餐，所以才如此慷慨地送福利来了？可是，她想啊想，现在什么都不缺啊，等等……在这寒冷的冬季，手脚冰凉的她，太需要有人来暖床了！

但是，提出暖床这样的需求，会不会有点……放荡不羁？

于是，顾念非（厚）常（颜）保（无）守（耻）地发过去一条备选需求：给我一个拥抱，大大的、温暖的。

明知是不可能的事，但她还是想隔空得来他文字版的拥抱。

很快，她收到他的回复：你走到窗前，往下看。

咦？奇怪了？干吗要让她走到窗前？

顾念看向窗外，还差几分钟就到凌晨十二点，外面已经纷纷响起震耳欲聋的爆竹声。她披上羽绒服，怀抱着十二分的好奇，走到窗前，这才发现，不知什么时候下起了雪，她内心一阵雀跃，要知道这是今年入冬以来枝江镇下的第一场雪。

兴许雪没下多久，顾念往下看隐约能看见薄薄的一层积雪，雪地里伫立着一个高大的身影，仰着头，似乎正望着她。

即使隔着一楼的距离，她还是清楚地辨认出，他便是此刻自己最想见到的那个人。

他穿着黑色大衣，双手插在衣兜里，周身被爆竹点亮的夜空笼罩，仿佛罩上了一层淡淡的金光，在她眼里，比任何时刻都闪耀。

雪花片片飘落，落在他的脸上、他的肩头、他的身上，他并不抬手拂去，只是静静地望着她所在的方向，似乎要望到天荒地老。

顾念震惊之余，更多的是喜悦，填满了她的胸口。

周围震耳欲聋的响声，此时似乎都自动消音，她的世界里，唯独只有他的身影。

她一看手机，快到午夜十二点，新年即将来临，她拉开窗户，朝叶敬安说："等我，我这就下去。"

为了能赶在十二点之前站在他身边，顾念匆忙地穿上裤子，趿拉着棉拖下了楼，中途遇见上楼想叫她的母亲，匆忙地跟母亲说："妈，楼上信号不太好，我下楼去给朋友发新年祝福。"

"小声点，别吵醒了嘟嘟。"顾母压低声音。

"好好，知道了。"顾念头也不回地快步下了楼，刚走出客厅，就看到正弯腰要点爆竹的顾父，她连忙说："爸，你等会儿点，我先过去。"

顾父停下动作，直起腰，不解道："去哪儿啊？"

顾念胡乱编了个理由："找如欢。"她边小跑着边说，雪花纷纷落在她脸上，凉凉的，却也不管不顾。

她只有一个念头：赶快跑到叶敬安身边，赶在新年来临之前。

不知是自己家客厅电视传来的声音，还是隔壁家传来的，春晚的主持人正抑扬顿挫地开始倒计时："十、九、八……"

每一个落入耳中的倒计时都像敲了下警钟，敲响她的心门。

顾念穿过小巷，看到前方出现他的身影，一股莫大的欢喜从她心头钻出来。

寒风吹得人再冷，雪花下得再急，鞭炮声再怎么震得她耳朵嗡嗡响，她都不在意，这一刻，她的眼里只有他。

她加快脚步，奔跑过去，直接扑到他的怀里。

有什么比奔向日思夜想的人更幸福的？

就让她这样躲在他怀里，哪怕他衣服上沾满了雪花，哪怕她的脸颊上渐渐传来丝丝凉意，她都觉得这里是最温暖的地方。

只要有他在，再冷的地方，都会变成最温暖的存在。

她来得匆忙，披着的羽绒服在疾跑中滑落到肩上，叶敬安温柔地帮她披好，将她抱紧。

在他宽厚的怀里，在爆竹声里，在被烟火点亮的夜空里，在春晚的倒计时里，她终于跟他度过第一个新年。

每一分，每一秒，都显得格外漫长、温存。

原来，这世上最美好的地方，就是住在你的心里。

顾念永远都不会忘记，这一夜他把她冰冷的手包裹在他手心，放入他大衣的口袋里；他们冒雪沿着屋子后面的小巷走过的那段路，每走一下就能听见踩在雪地上咯吱的声音；他轻轻地抬起她的下巴，用那双仿佛溢满星子般的眼眸望着她，倾身过来的那个深吻……

她说："你初三就要来了，为什么今天这么晚了还来找我？"何况还下着雪。他轻抚她的头发，说："我忘记跟你说一句话。"她笑嘻嘻地问："不会是新年快乐吧？直接手机发给我不就行了。"他俯身贴近她的耳畔，轻声说："我爱你。"她心念一动，怔怔的几乎忘记了呼吸，随即一股温暖的气流涌上心头，蔓延至全身，她踮起脚，搂住他的脖颈，在他的脸颊上印上甜蜜的吻，说："我也是。"他微笑着问："你也是什么？"她娇羞一笑，"我也爱你。"

我爱你，如果能做栖落在你肩头的飞鸟，只要你同意，我愿意一辈子停留，把你的肩膀当成我的家。

我爱你，下辈子想做你的牙齿，至少在没有我时，你会疼。

不过，我更愿意做你怀里的人，彼此取暖，知对方的喜怒哀乐，懂对方眉目间的悲欢，像离不开空气一样地爱着你，直到黑发生白发。

到了初三那天，顾念一家人忙得不可开交，一向在假期里极爱赖床的顾念早早起了床，去菜场买了许多菜，帮母亲大人择菜时，还要时时关注在一旁玩耍的嘟嘟。

等桌上摆满热气腾腾的饭菜时，叶敬安还没到。

顾母站在餐桌前跟顾念说："给他打个电话，问问看到哪里了。"

顾念刚想打电话，就听到门外传来顾父的声音："来了来了。"

"谁来了？"顾母正纳闷，一抬头，看到正拉开车门走出来的叶敬安，连忙推了顾念一下，"敬安来了。"

顾念一扭头，果然看到叶敬安，那么冷的天，竟然只穿了一身笔挺的西装，她和顾母匆忙走出去。

顾母见叶敬安从后备厢里拿出一箱箱礼品，笑着说："来就来了，带这么多东西做什么。"

叶敬安礼貌地跟顾母打招呼："伯母好。"他拎出一箱礼品，"这些是我的一份心意。"

顾母笑嘻嘻地多看了叶敬安几眼，暗自想：在枝江镇这么多年，见过很多人，却从没见过有任何一个男人能把衣服穿得这么得体，西装笔挺熨帖，浑身透出不凡的气质，竟然比秦烨还要英俊几分，难怪自己的闺女对他心有所属。

面对顾家人的热情招待，叶敬安有些招架不住，尤其是在饭桌上顾母不停地主动夹菜，他碗里的菜已如小山，对于洁癖的他来说，真是抛给了他一个大难题。

顾念看着微微蹙起眉头的叶敬安，低声对他说："要不我重新给你盛饭？"

叶敬安想想还是作罢，最终碗里堆积如小山的菜还保留原状。

饭毕，顾母把顾念拉到一旁问起此事，顾念说了缘由，顾母抛下一句话："有钱人就是矫情。"

顾念急忙向着叶敬安："他那不是矫情，是习惯。"

本来顾母因叶敬安的洁癖而消减了对他的好印象，直到饭后的谈话才让她刮目相看。他谈吐自然，镇定自若，不管她问什么刁难的问题，他都能一一应答。

比如，顾母说："你看，你比我们家小念大八岁，小念还在上学，还要等几年才能结婚。"叶敬安平静地说："没关系，我愿意等。"

顾母犯愁，"以后，小念嫁给你了，我们的蛋糕店可怎么办？"叶敬安依旧平静地说："等她嫁过来后，我会把你们接到叶市，如果你们愿意的话。如果蛋糕店你们想留着，我会雇几个人，如果你们想自己开一家，就交给我来办。"

顾母担忧，"小念这孩子什么都好，就是缺根筋，你可要好好对她。"叶敬安一脸平静，“伯母，您放心，我会好好对小念的。”

顾母做长远考虑，“以后打算让我们家小念生几个小孩？”叶敬安忽然一笑，“这个……要看小念了，她想生几个就生几个。”

……

顾念和顾父全程围观，顾父有好几次都拽了叶母的手，示意她别说这些，但叶母完全没有读懂他的意思，反而越问越投入。顾念呢，尴尬得想快点逃离，这确定是她亲妈吗？她跟他有没有将来还是未知数，她现在就说嫁人、结婚、小孩的事合适吗？

等问完叶敬安一堆问题后，顾母把顾念拉到一旁，满脸笑容，悄悄地跟她说：“小念啊，我看敬安不错，你可要好好把握住啊。”

“妈，你对他的态度怎么跟天气预报一样，要不要这样啊？”

顾母露出极为满意的神情，“妈想了下，洁癖不重要，反正又不是我跟他过日子，跟他过日子的是你。通过我刚才的一些问题啊，我发现他是个难得的好男人，思想成熟，有担当、孝顺、体贴，真不错，看来这次你是找对人了。”

顾念撇嘴，得意一笑，“那是，我早就告诉你了，他人不错，你还不信。”

随后顾母又对未来女婿做了一番夸赞，顾念自是欣喜，脑中已经浮现她和叶敬安以后一起生活的甜蜜画面，想着想着，不禁扬唇笑起来。

嘟嘟格外喜欢叶敬安，缠着他一起玩，毫无愧疚心地抢走了顾念日思夜想的人。

顾念望着站在门前教嘟嘟怎么玩玩具遥控车的叶敬安，心想，他真心细，不仅给她的父母准备了礼品，还给嘟嘟买了这款遥控车。如果以后能嫁给他，一定是她修了几辈子的福分。

为了能多一些时间跟叶敬安在一起，顾念心生一计：拿出能俘获嘟嘟的终极秘密武器——平板电脑，播放他最爱看的《光头强》。结果一试，却史无前例地无效！她仰天长啸：叶教授是有多大的魅力啊，简直就是少女儿童通吃嘛。

在嘟嘟玩遥控车的时候，顾念拉过叶敬安，悄声说：“你打算陪他玩多久？”

叶敬安说：“多久都行。”

顾念微微皱眉，“那我呢？”

“你怎么了？”叶敬安装无知。

“我……”唉，想让他多陪陪她的话要怎么说出口呢？顾念脸颊微红，提醒他，“你吃完晚饭就要走了？”

“嗯。”叶敬安装淡定。

“那……你不打算参观下我家？”她愿意做他的导游。

“还有哪儿我没参观的吗？”叶敬安一脸高深莫测的表情。

“……”叶教授，你这是明知故问吧？你明明还没参观人家的闺房好不好。

顾念一咬牙，红着脸说：“要不要去楼上看看我的房间？”

“嘟嘟呢？”

“嘟嘟重要，还是我重要？”顾念睨他一眼。

“你知道的。”叶敬安眼中流露出一抹笑。

“那你怎么都不陪我？”顾念微微噘嘴，一副小女生的姿态。

“嘟嘟更需要人陪。”

顾念一听急了，开始行使女朋友的权利，摇着他的手臂，娇声说：“我不管，我要你陪我。”

叶敬安最受不了她这样，温柔得要命，还一副离不开他的娇羞模样，便说：“好，我陪你。”说完，走到嘟嘟身边，蹲下身在他的耳边小声说了些什么，随即走到顾念身边，从她手中拿过平板电脑，点开《光头强》的动画片给嘟嘟看，嘟嘟搬来一个小板凳，乖乖地看。

顾念心生好奇，问叶敬安：“你用的什么方法？”

“秘密。”

“告诉我嘛。”

“有什么好处？”

“你想要什么？”

“你。”

“我的什么？”

“你知道的。”叶敬安一挑眉，意味深长地说。

顾念心念回转，才想到他说的意思，在楼梯处停住，见前后无人，才抬手轻轻拍了他一下，脸颊泛红，“你什么时候变得这么坏了？”

“还可以更坏一点的。”叶敬安逗她，“想不想看？”

顾念双手捂住脸，直摇头，“不要不要。”

叶敬安一把把她搂入怀中，“就这么怕我变坏？”

顾念从他双手间探出头来，一脸害羞状，小声说：“能不能不说这些？被我爸妈听到了不好。”

“好。”叶敬安在她看向前方时，不禁笑起来。

这是叶敬安第一次看到顾念的房间，布置得很少女，半透明的，粉色蕾丝窗帘，能看到从外面透进来的光，床上的四件套也是粉红系，被子铺得整整齐齐，在床的前方有一张书桌，桌上放了一个全家福的相框。来到她的房间，仿佛进入了粉红色的梦幻世界。

他像煞有介事地拿起全家福，看到照片上站在两个大人之间的小女孩，三四岁，脸上还有婴儿肥，穿着短袖，露出肉嘟嘟的手臂。他的嘴角不自觉地上扬，跟顾念说：“你小时候跟嘟嘟好像。”

“是吧？”顾念凑上前，站在他的身侧，面带笑容，“都一样可爱吧？”

“不，都一样胖。”

“……”顾念的笑容顿时退去，大过年的，你就不能说点好听的吗？

“还有你小时候的照片吗？”

“有也不会给你看。”顾念赌气道。

叶敬安想着用什么话来安抚她受伤的心灵，思来想去想到了这么一句：“我的小念就算胖，也很可爱。”说完，他自己都觉得肉麻，却看到方才还板着脸的顾念忽然一笑，这才宽下心来。

顾念拿给叶敬安的相册看起来有些年头，相册外封已经泛黄。

叶敬安一页一页地翻看，相册里的照片按时间摆放，从顾念刚出生，到她一百天，再到她上学，他看的时候眉眼间一直带着笑。看她的每一张照片时，他觉得自己离她的世界更近了一点。看到她从小到大的变化，仿佛从她从前的人生里走了一遍。

顾念适时地做了他的讲解员：“这是我刚满月，很小吧？肉肉的，很萌吧？

“这是我三岁时，跟嘟嘟差不多大，站在前面那条河边上拍的。

“这是我九岁时，站在旁边的是……秦烨。

“这是我十二岁时，在我家门口拍的，旁边的是秦烨，我是不是长高了，长开了？”

……

后来，顾念在说着什么，叶敬安一点都没听进去，目光看着他们站在一起的照片，自言自语道：“好遗憾。”

“什么？”顾念不明白他为什么突然这么说。

好遗憾，曾经陪着你一起长大的那个人不是我。

然而，叶敬安说出口的却是“没什么”。

不过，他希望，以后陪着她的那个人，都是他。

既然走不进她的从前，那就参与她以后的人生。

曾经所有等待的时光，大抵都是为了遇见她。

他望着笑靥如花的她，轻轻地说："新年快乐。"

"必须快乐啊。"顾念抬头看他，眼中似有星光闪烁。

"为什么是必须？"叶敬安摸了摸她的头发。

"因为，有你在啊。"顾念笑得越发灿烂。

"闭上眼睛。"

"干吗？"

"闭上。"

顾念见叶敬安如此坚持，只好依言照做，他不会是想趁机"偷袭"她吧？一想到这儿，她的心扑腾扑腾跳个不停。

时间一点一点流逝，每一秒对她来说，都是一场漫长的等待，不知等来的会是什么。放在身侧的手紧紧地握成拳，渐渐感受到他越来越近的温热气息，从前面绕到她的身后，他不会要从她身后"偷袭"吧？随着他的靠近，她的呼吸越来越重，闭着眼睛，其他感官越发敏感，他贴上她的后背，从后面伸出手，绕过她的肩膀，再绕到她的胸前，让她紧张得呼吸仿佛都停止。

他要做什么？不会真的要"偷袭"吧？眼睛不禁闭得更紧，好想好想问一句"你到底想做什么"，但此情此景，却发现一个字都无法说出口。

他从她的胸前往上移，在她脖颈处停住，绕过她脖颈时，温暖的手指触碰到她颈间的肌肤。

她暗想：这是要从脖子开始下手的节奏？

然而，顾念并没有等来预想中的"偷袭"，听到他附在她的耳边，用极其好听的声音说："好了，可以睁开眼了。"

顾念这才松了口气，一低头，赫然发现颈间多了一条银色项链，她仰头看他，摸着四叶草的吊坠，眸里满是惊喜，"你送我的？"

"嗯，新年礼物。"叶敬安搂住她的肩膀，看了看项链，觉得跟她很般配。她本来就白，搭配铂金项链极为合适，透出一股优雅。镶嵌钻石的四叶草坠子坠在她的黑色圆领毛衣上，被衬得熠熠发光。他抿嘴一笑，"本来我还担心适不适合你，这样一看，我之前的担心完全多余。"

"可是……"太贵重了吧？顾念生平第一次收到如此贵重的礼物，她摸着吊坠，像是摸着一块沉重的石头，他们不过在谈恋爱阶段，收这么贵重的礼物不太好吧？她如实说出内心感受："应该很贵吧？现在送给我不合适。"

“怎么不合适？”叶敬安把她的手握进掌心，“你是我女朋友，接受男朋友的礼物不是应该的吗？礼物不过就是一个物件，如果用金钱来衡量的话，那爱情不就成了买卖？我希望你不要那么想，不管是现在，还是以后，你都值得拥有更好的东西。”

顾念倒觉得礼物不仅仅是一个物件，更是牵系彼此的信物。她知道他爱自己，所以才会舍得为她买这么好的礼物，可是，太过贵重的东西，让她压力倍增。他对于自己的这份情意，她能体会，但并不代表她能接受。

顾念反握住他的手，在心中组织好语言后方启口：“谢谢你的这份心意，但我觉得现在收还不是时候，以后再说，好不好？”

叶敬安抽回手，插回大衣口袋里，并不去看她，毫不犹豫地说：“我送出去的东西，从来没有收回来的道理。你要是不想要，自行处理。”脸上闪过一丝不悦，表情严肃。

顾念做着激烈的内心战，他本好意，她却要在新年伊始就让他陷入不悦，内心着实不忍；但若收了礼物，又深觉有压力。百般权衡后，到底是败给眼前人，谁让她那么在乎他的感受，只要他快乐，即便她不愿意做一些事，也会做出改变。

但凡你付出真心，曾经构建的世界，将会得以重组再建。即使曾经对爱不屑一顾的人，一旦认真起来，会宁愿用一颗红豆换一整个宇宙。

顾念轻轻攥着他的胳膊，安慰他：“别生气了，我收下就是了。”

叶敬安转头看她，眼中闪过一抹光亮，唇角含笑。

“是一莫帮你选的吗？”顾念看向闪闪发光的项链。

“就这么不相信我的眼光？”

“不不，我肯定相信你的眼光。”你眼光好，才会选上我了嘛。

“希望四叶草可以给你带来好运和幸福。”叶敬安深情地望着她，眼眸清澈，如一汪清泉。他更希望把自己的好运全部给她，护她一生周全。

“你在我身边，就是最大的幸福。”顾念依偎到他怀里，听见外面渐次响起鞭炮声，楼下电视里传来重播春晚的歌声。年味浓，爱意深，万水千山，只为你而来。

后来，顾念细细看四叶草吊坠，由四个银色心形组成的四叶草，每颗心都被打磨得精致平滑，其中对称的两颗心上分别镶嵌了三颗钻石，闪耀夺目。

再看吊坠的背面，她才发现后面刻着这样的字母：N&A。起初，她百思不得其解，不明白为什么叶敬安会定制有这样字母的项链，N 和 A 分别代表什么？某个瞬间，她灵光一现，她的名字首字母大写是 GN，他的是 YJA，那么，岂不是他们名字最后的字母。

NA= 念安。

念念不忘，一心向安。

他想让她戴着他送的幸运项链，一辈子都对他念念不忘吗?

就算没有四叶草项链，她想，路过她生命里的人，即使最终离散，但到底无法抹掉所有的痕迹，毕竟来过，又怎能遗忘?

更何况，路过的人是他。大概，是她用尽一生的时光都不会忘记的人。

就让她在现世里，用一星灯火，点亮他和她的爱情，此生一起温柔相守。

第三章 × 对不起，我爱你

如果有一天，我放弃了你，那一定
不是我的本意。对不起，我爱你。

美好的时光总是溜得最快，转眼已到四月，正是南方春光明媚时，而叶市的街头还透着些许的寒意。顾念套着一件白色长开衫，却挡不住呼呼灌来的寒气，她不禁双臂环胸，抬头望了眼逐渐变亮的天光。

街道上开始出现稀疏的人流，有挎着单肩包的年轻男人从她身边匆匆走过；有张罗起早餐摊位的中年大妈，煎着鸡蛋饼，路过时，能闻到蛋香味；有拖着拉杆车的老奶奶，去往菜市场买菜，各种市井景象在顾念眼前一一展现。

但顾念却没了往常留意生活的兴致，不过匆匆一瞥，继续心不在焉地迈着步子朝"甜又甜"西饼店走去。

她到店里时，只有梁师傅在。梁师傅第一次见顾念来这么早，不禁笑言："今天太阳从西边出来了，你怎么来这么早？"

"睡不着，就起来了。"

她天不亮就醒了，一直躺在床上辗转反侧，导致现在脑袋有点昏昏沉沉。她的这副模样被茉莉看到后，凑到她身边，低声说："昨晚是不是跟你的那位太激烈了，所以才这么没精打采？"

顾念没好气地瞪她一眼，"你脑子里装的都是水吗？"

"要不然呢？"茉莉似乎想到了什么，眼睛一亮，提高声音，"不会是你欲求不满，他却无能为力吧？"

顾念把食指放在嘴边，朝她做了个让她小声点的动作，"你还能想点别的吗？"

"你这些天不是一直都春风满面吗？怎么今天这副德行？不是这个原因，还会是什么？"

顾念前两天跟叶敬安闹了矛盾，现在两人处于冷战阶段。她以为他会主动联系她，可已过去两天，他却还没有一点动静，所以，昨晚她睡得很不安稳，心心念念的都是他，想着要不要主动跟他联系。

至于冷战的缘由，要回到两天前——四月十四日。那天是顾念的生日，先前已告知叶敬安，他说好要陪她过生日，她满心期待，一整天都在想着他会送她什么礼物，会带她去什么样的餐厅吃饭。

可到了她下班后，等了他十几分钟不见他来，便给他打电话，打了几次都没人接听，直到第五通电话时，电话终于接通，传来他有些低沉的声音："小念，今晚没法陪你过生日了，等下次补上。"随即传来别人喊他的声音，不等顾念问完"为什么今天不能过来"，他就匆忙地挂断电话。等顾念再打时，电话已无人接听。

期待落空，顾念的心如同被放气后的气球，一下子就瘪了。情绪低落的她走到更衣间继续给他打电话，打了几通竟然都被他拒听，此举让她又气愤又伤心，明明说好要陪她过生日的，即使没有生日礼物也没关系，重要的是他能陪她一起过。但他为什么会这样？难道他不方便接电话？跟程如嫣在一起？不过，不对啊，他说过跟程如嫣只是过去时，她一直都很信任他，但彼时除了这个原因，她想不出更合理的，不禁心乱如麻、悲愤交加。

虽然在他们交往的大半年里，彼此也有闹矛盾的时候，但从来没有出现过这种状况，他还是第一次没有缘由地不理她，而且是在她二十二岁生日的这天。

叶敬安曾说："小念，过几天就是你二十二岁的生日了，想要什么礼物？"

顾念说："这个……当然是你想啦。"直接索要礼物什么的，多没意思，别人送的才有惊喜啊！

"一起去旅行？"

"等我毕业的时候，不是要陪我毕业旅行吗？"

"现在可以先去另一个地方，比如马尔代夫？"

马尔代夫——那个椰林树影、水清沙幼的地方，倒是风景旖旎，让她心驰神往，但去玩几天要请假是个大问题，过两个月就要毕业了，要准备毕业课题的相关资料，还要去西饼店打工，着实忙碌，此方案被当场 pass。

他又提出另一个方案："玫瑰花？"

"……"俗，但他要是送给她，她又怎能不接受。

"衣服？"

"你看着办。"

能不能不要继续问她了？难道他不知道，提前让她知道礼物是什么，会让她一点期待都没有吗？

“香水？”

“都行。”

顾念顿时泪目，他这是要把心里想的所有礼物都说一遍的节奏吗？没情调的男朋友怎么有种让她分分钟想落泪的冲动？那天的讨论，以她说“礼物你选就行，不要贵，一定不要贵，也不要提前告诉我是什么”而告终。

礼物没了，人也处于失联状态，他这是要闹哪样？

既然不接电话，那顾念便给他发信息，结果发过去的几条信息都没有回应。

那天的顾念，无疑从云端直接坠入谷底。为了避免自己再情不自禁地拨打他的手机或者给他发信息，她特意将手机关机，她的世界看似安静了，但心里却不时地袭来一波波焦躁、难受、生气的洪流，让她无心做事，夜不能眠。

在这两天里，顾念好几次都想主动跟叶敬安联系，可想想做错的人又不是她，为什么要她主动？

顾念怎么也想不明白，要是以往，他做错了事一定会及时妥协，为什么这次这么反常？

要不要联系叶敬安呢？

赵一莫给的建议是：“爱是一次又一次的妥协，没有妥协的爱不是真爱，是真爱总会妥协。”

得知此事的茉莉给的建议是：“不就是他不陪你过生日吗？叶医生也说了下次补上，可能是有其他事，所以才没法陪你。至于他这两天为什么不联系你，就不知道了，最好的办法啊，你直接杀到他家里去，找到他本人，当面问清楚不就行了。”

经过一天激烈的思想斗争，最终，顾念很没出息地举白旗投降了，败给内心真实的声音：她不想继续胡思乱想，不想再沉浸在悲愤中。

顾念从赵一莫那儿得知叶敬安今晚会去他父母的住处，下班后赶去那儿蹲守，站在别墅拐角处，静静地等待某人出现。

等待的时间变得煎熬，又着实无趣，黑幕降临，别墅已亮起灯，顾念无聊地刷着朋友圈，下意识地点开他的头像，这才发现原本用山水风景做头像的他不知何时已将头像改为两只手十指相扣的温馨图片。她一眼便看出，那是他们上次一起去公园玩，坐在长椅上休息时，她扣起他的手拍下的，后来传到了朋友圈，大概被他保存下来了，只是，他什么时候换的呢？为什么她没有发觉？

叶敬安为人低调，在朋友圈对于他们的恋情只字不提，但以他们牵手的图片作为头像意味着什么？是广而告之——我已经有女人了，他人勿近？那么，是不是表明，他跟程如嫣没什么？顾念想来想去，终归没想通。

一阵风刮来，顾念抬头看天空，乌云翻涌，天色越发漆黑，看来要下雨了，但愿能在下雨前等到叶敬安。

不过，在顾念焦急的等待中，没有等来叶敬安，倒先等来了这场雨。雨滴如断了线的珠子般落下来，落了她满身，无奈没带伞，又无处可躲，只能生生受着。

风雨交加，树影婆娑，她在雨中被冻得瑟瑟发抖，只得双手抱胸，试图留住温度，却收效甚微。她拿出手机，想着要不要给他打通电话，既然都来了，也不在意主动给他打电话了，这么一想，便开始拨他的手机号，没等拨通，便听见有人叫她："小念吗？"

顾念一惊，下意识地挂断电话，透过朦朦胧胧的雨帘，看到一抹身影，撑着一把伞，站在离她大约两米处的地方望着她，像是在细细辨认。

"是我。"顾念边说边走了过去，一把抹掉脸上的雨水，走到许姨的身前，"许姨，您这是回家吗？"

"不，我去药店买点药。"许姨连忙将伞遮在两人的头顶，声音沙哑地说。

"许姨，您生病了吗？"

"没什么事，就是感冒了。"许姨咳嗽了几声，转而关切顾念，"你怎么在这儿？怎么不直接进去？"

顾念想了想，直言道："我在等敬安。"

"傻孩子，干吗不进屋等？"许姨望着被淋得湿透的顾念，"看看，衣服都被淋湿了，这样最容易感冒了。赶紧跟我先进去，换一身干净的衣服。"许姨说着便拉起顾念往别墅走。

在雨天，进屋等人总比在外面淋雨等人好，顾念便不推辞，跟着许姨走，一边走一边打探叶敬安的消息，"敬安还没回来吗？"

"你不知道吗？他今天不回来了。"

"不是说要回来的吗？"顾念从赵一莫那儿得知的消息又怎会错。

许姨说："前两天他说今晚要回来，夫人还特意让我去准备他爱吃的菜，结果今天下午的时候，他来电话，说不回来了。"

顾念纳闷：奇怪了，不见她也就算了，为什么连跟他父母的约定也取消了？莫非……他出什么事了？

一丝不好的念头从顾念的脑中闪过，心绪从这几日的悲愤之中转移出来，转为忧虑。

顾念语调急促地问："他有没有说为什么不回来？"

"好像是今晚要值班。"

"哦。"真的是这样吗？顾念不禁生疑。

不安的情绪如一张大网般，兜头兜脸地将她围困住，让她看不清归路，陷入迷惘之中。

顾念的突然到来让叶家人着实惊喜，尤其是叶母。跟她热情寒暄后，匆忙让许姨先去给她找几件干净衣服。顾念的心思全部落在了叶父身上，眼睛盯着他一动不动，以至叶母拿到干毛巾跟她说"先擦擦头发"时，她都没有回应，直到叶母伸手轻轻放在她的额头上说"没发烧啊"，她才赫然回神，接过毛巾说"谢谢"。

顾念随意地擦擦头发，看向叶父，微笑着问："叶叔叔，最近工作忙吧？我看新闻，近期你们公司在跟志趣联动一起开发一款关于外卖的 APP ？"

"是啊。"叶父饮了一口茶，放下茶杯，"没想到你这丫头还挺关注时事。"

其实，是顾念无意间看到的。顾念说："叶叔叔，您跟志趣联动的老板冯刚之前是什么关系？"

"为什么问这个？"叶父的眼中闪过一丝警惕。

"听说你们是交往了很多年的生意合作伙伴，看来这次的合作也算是强强联合了。"顾念明明已经把头发上的雨水擦掉了，却感觉头皮一阵发寒，手微微颤抖着，却竭力克制住，心中涌起万般复杂的情绪，时而如翻腾的江河，时而如钻心的刀绞，时而又如置身一片汪洋大海中，迷茫又无助。

"你这不是知道吗，怎么还问我？"叶父质问道，面色不改。

"也就是听说的。"顾念勉强地笑着，面对叶父这样久战职场的人，她不是他的对手，喜怒哀乐尽显，连隐藏都显得那么笨拙。

换衣服时，她觉得一丝丝寒意袭来，却换得极慢，脑中还在想着方才在叶昇异次元世界里看到的画面。

晚饭过后，叶昇跟一个身材高大魁梧的男人待在书房里，叶昇双手背在身后，脸上一副焦虑的样子，踱来踱去，踱了几个来回才停下来，疾言厉色地跟魁梧男说："不管你用什么方法，都要把 U 盘给我拿回来。"

魁梧男掷地有声地回："这次一定能拿回来。"

叶昇怒目圆瞪，"我要冯刚那龟孙子好看，亏我这十几年来一直把他当成我最好的朋友，他竟然用那样下三烂的手段对付我。"

魁梧男站得笔直，并没有接话，过了片刻才说："叶总，我从黑仔那儿打听到，U盘在徐志那儿。"

"徐志？"叶昇露出疑惑的表情，"他是谁？"

"是常兴公司的员工。"

叶昇马上反应过来，"好啊，竟然在我们公司的人那儿，真是奇怪了。"

……

接下来他们在说什么，顾念完全没去听，因为另一幅画面吸引了她，她不得不在有限的时间里，抓紧看重要的画面。

画面里有魁梧男，受了伤，嘴角流着血，走路踉跄，天没亮就跑到了叶昇的别墅，这次两人在别墅外面相对隐秘的角落里见面。

顾念看到了魁梧男的正面，正是她见过两次面的肖俊——叶昇最得力的保镖。

叶昇见肖俊受伤，惊讶道："怎么受伤了？"

"没事，不重要。"但他脸上仍有自头顶流下的血，模样有些吓人。

叶昇急切地问："拿到U盘了吗？"

肖俊低下头，沉默不语。

叶昇气急败坏道："没拿到U盘，还好意思回来见我，赶紧从我眼前消失！"

"我……"肖俊抬头，远处路灯投过来的一线光正好打在他小半边脸上，一向冷静得没有任何表情的他，脸上竟然流露出一丝害怕。

"我什么？"

过了半晌，肖俊才从牙缝里挤出几个字，"我办事不力，出人命了。"

叶昇面露震惊，急促地问："死的是谁？"

"徐志。"

当顾念看到这儿时，整个人如被电击了般，木木地愣在原地，震惊、悲痛、愤怒交织在一起，让她浑身一阵发颤。这世上还有什么事，是比听到亲人去世的消息更加令人悲痛的？曾有一瞬间，她觉得眼前所有的光全数熄灭了，只剩下深不见底的黑暗，将她笼罩。

舅舅长达几个月都毫无消息，再次得到他的消息，竟然是他的死讯？这无论如何都让顾念无法接受，她慢慢地换完衣服，套了件不知是谁的宽松毛衣，却还觉得冷，冷得彻骨，好似跌入冰窖。她觉得浑身无力，沿着衣柜一点点地滑下去，瘫软地蹲在地上，眼中不知何时浮上一层透明的液体。

她该怎么办？

她看过太多别人的生死，以为不过是世间常事，但亲人的离去却让她明白，死亡是这世上最可怕的事。她从未想过自己的哪个亲人有一天会离开自己，她不敢去想，一想到就心痛得不能自已，情不自禁地落泪。如今，舅舅会在今晚离开这个世界，她要怎么做，才能逆转这样的局面？

以前，顾念用自己的超能力救过寻死的人，却从没有救过参加群斗而死去的人，她觉得那种事参与人数多，格斗场面激烈，她参与进去危险不说，可能还会搭上一条命。有时她看不下去有的人被众人欺负，便会多事地报警，当然，打出的电话只有一个，便是打给秦烨，毕竟她看到的是未来三天里发生的事，别的警察又怎会相信她的话，定然会把她当成神经病，还会干扰警方工作。

这次呢？要提前告诉秦烨吗？如果告诉他了，舅舅岂不是会因涉毒被逮捕？那要比自首多判刑的；如果只身前往又很危险，以她的能力能救出舅舅吗？就算救出了舅舅，会付出什么代价呢？既然肖俊能成为叶昇的得力保镖，自然怀揣一身技能，她又怎能对付得了他？

那么，要怎么办，才能救出舅舅？

这一刻，顾念觉得舅舅的命在她手里，如果他死了，她要负很大的责任，她不想背负愧疚和悔恨过一生。

顾念觉得自己在地上蹲了很久很久。她环抱着膝盖，把头埋在双臂的臂弯里，脑中纷乱，想找出一个最合理的方式来解决，却越想越乱，越想越不知道该怎么办。要不然就报警吧，舅舅被多判刑总好过去世吧。要不然就去找叶昇，让他放过舅舅，可是，他能放过舅舅吗？从他那儿得来的信息是：U盘很重要，不管通过什么方法都要拿到，即使是牺牲别人的性命，所以，牺牲性命的人一定是舅舅吗？为什么叶昇是那样的人？为什么他偏偏是叶敬安的父亲？要不然求助叶敬安，问问看他的意见？可是，告诉他了，他告诉叶昇了又该怎么办，还不是不能解决问题。

最终，顾念狠下决心，决定孤身前往。

她尽量往好的一面去想，也许事情没有她想的那么可怕，兴许只是肖俊误杀了舅舅呢，只要她能阻止肖俊杀死舅舅，那不就一举两得了吗？不仅能救下舅舅，还能去说服舅舅让他自首。

等她抬起头时，才发现手背湿湿的，一摸脸，竟然全是泪水。

顾念趁肖俊跟叶昇谈完话之后，故意走上去寒暄几句，从他的异次元世界里得知了他待会儿要去的地方，是一个位于郊区的码头——东港码头。

为了避免被肖俊发现她的尾随，几分钟后，她才打车到了东港码头。

雨还在下，雨滴落在地上，腾起层层水雾。顾念撑着伞，看着眼前零落的路灯灯光倒映在近处的河面上，摇曳出点点亮色。放眼望去，远处那一望无际的江河在黑漆漆的夜晚如黑洞般，似乎能将人吞没。

这是顾念第一次来这里，先左右观看一番，发现都是载货的货船，没有一艘亮灯的，就这么安静地停在码头。四周除却亮着的路灯，目光所及处都被巨大的黑暗笼罩，且极其安静，唯独听到雨水打在伞面上的吧嗒声，顾念忍不住打了个寒战，第一次发觉临近午夜的夜晚是如此可怕。

码头上没有一个人影，雨雾弥漫，视线模糊，顾念循着记忆，找寻从肖俊那儿看到的画面，她的心渐渐跳得厉害，握着伞柄的手收紧，脚下的步子却一刻也不曾停止，走得越快，好像就能离希望更近一点。

有时，你越着急，反而做事越混乱。此时的顾念便是如此，走出将近一千米，才猛然发现，自己走反了，心下一慌，急忙掉转身子，不管不顾地跑了起来，不知跑了多久，已经跑到气喘吁吁，裤腿全被雨水打湿，沾在身上她却丝毫未觉，抹了下脸上的雨水，看到了那艘破旧的船，细细地看了几秒，无比确定那正是从肖俊异次元世界里看到的那艘。

不知怎的，她的手一松，伞掉落在地上，发出沉闷的响声。

顾念小心翼翼地走上船，刚走进去，黑漆漆的，等适应了黑暗，发现不远处的上面破了一个小洞，从二楼的方向透出来光，她循着光源，极其小心地走到光源下面，寻了一个不知名的遮挡物，躲在后面，听着上面的动静。

先是听到一阵打斗声，没过一分钟，便听到有人被打得重重落地的声音，木头屑伴着一些经年的灰尘扑簌簌地落下来，也飘落到顾念身上。

顾念紧张到心快跳出来，紧紧闭起眼，身体打着战，想叫出声来，却极力忍住，并用手紧紧捂住嘴。

她单枪匹马地来这里，是不是一个错误的选择?

从目前发展的状况看，事情远比她想象中恐怖。她有种已经上了贼船无法下来的悲痛感觉，更令她悲痛的是，和肖俊寒暄的时间着实短，他话极其少，都是她问，他才应答一句，又很简洁，他的匆匆离去打断了她想继续利用寒暄的时间看他异次元世界里画面的计划。

此刻，她唯一能做的就是随机应变。可是，慌乱和恐惧让她无所适从，只能静观其变。

巨大的动静之后，陷入死一般的沉寂，顾念几乎都能听到自己越来越快的心跳声。

过了会儿，上面再次传来动静，一听便是肖俊冷酷的声音：“徐志，还不快把U盘交出来，要不然你的下场就跟他一样。”

“U盘不在我这儿。”徐志的声音里似乎透着些许的颤抖。

这么长时间，再次听到徐志的声音，顾念竟觉得已经过去了好几个世纪，心中袭来一丝痛。

“黑仔已经告诉我了，不在你这儿，还会在谁那儿？”

“在谁那儿我不知道，我从来不知道有这么一个U盘。”

“非要吃点苦头才说？”

顾念心头一滞，肖俊会不会像方才对待刚才那个人一样对待徐志？如果是的话，不仅要吃上皮肉之苦，想来半条命都会没了。

透过从上面洒落下的光，顾念望着光源处，看到他们的些许动作被投映在地面上，肖俊抬起手，手中拿着利器，似是一把尖刀，朝前方刺过去。顾念看不见徐志，但断定他即将迎来危险，再多的恐惧都被担忧取代，再不上前去大概会来不及吧。

等等，要不要先搬救兵？以她一己之力定然不是肖俊的对手，镇定下来后，就着上面的说话声，她小心地拿出手机，用另一只手遮住手机发出来的光，敲字时，手不由自主地发抖，明明就几个字，却感觉用了很久。

唯一能扭转局面的大概只有秦烨吧，可他的手机号在哪里……正寻找着，上面忽然传来一声惨烈的叫声，她一惊，手下意识地按下了发送键，都来不及去看发给了谁，有没有发送成功，连忙关闭手机屏幕，周身又陷入黑暗。

她蜷缩成一团，又往遮挡物的后面移动了些，肖俊有没有发现她的存在？刚才发出惨烈叫声的是舅舅，他在遭受折磨？接下来，肖俊还会用什么方法来折磨舅舅？顾念不敢深想。

顾念咬咬下唇，一遍遍地给自己做心理建设：如果她再不上去，舅舅会吃更多的苦头，甚至，性命不保。于是，她怀揣忐忑不安的心，脱掉鞋，一步步地走出躲避的地方，绕过光源，绵软无声地踩上去往二楼的木质楼梯，每踩一下都觉得自己似乎踩在刀尖上，有一些细小的沙石刺入她的脚心，传来疼痛，她却完全抛在脑后。

她想，幸运一点的话，她的异能兴许能帮上忙，成功打败肖俊，救下舅舅。

但现实却与她的想象大相径庭，见到肖俊时，她的手脚都不听使唤，战战兢兢地站在离他们两三米的地方。好在肖俊背对着她，她想着要不要先发制人，从后面先制住他。可还没等她想好用什么策略进行攻击，肖俊已经转过身来，见是顾念，眼中闪过一丝惊讶，不过很快退去，面色比以往更加冷漠，透出一股狠厉，“你来做什么？”

顾念尽可能地让自己冷静下来，深深吸了口气，讪讪一笑，“肖哥……你能不能放了徐志？”

“放了他？”肖俊瞥了眼徐志，手上拿着的刀正抵着他的脸，他脸上已经被划了一道口子，正往外流血，“你跟他是什么关系，为什么要我放了他？”

“他是我舅舅。”顾念看到面露怯意、脸颊流血的舅舅，心中像被人狠狠剜了一刀。曾经对她那么好那么好的舅舅，现在却成了他人手中随时待宰的猎物，不禁心痛万分。

“那正好。”肖俊脸上露出难得的笑意，“只要你让他交出U盘，我就放了他。”

“舅舅……”顾念看向徐志，“要不……你交出U盘，好不好？”

“小念，你来做什么？”徐志皱紧眉头，沉默了几秒，坚定地说，“我不知道什么U盘。”

顾念放低声音，近乎哀求，“舅舅，U盘抵得过舅妈和囡囡以后的幸福吗？你交出来就什么事都不会发生了。”

“小念，你快走，这儿不是你待的地方。”徐志忽然拔高声音。

“不，我不走！”顾念咬着牙说，几乎快要哭出来，却生生地把泪水憋了回去。

“你怎么这么不听话，你不知道这儿很危险吗？”

正是知道危险，她才不愿离去。顾念铁了心想说服舅舅交出U盘，继续说：“舅舅，交出U盘吧，我不想你出什么事。”

“你快走！”徐志几乎用出了全身的力气喊道，额头的青筋暴露。

顾念见徐志丝毫不妥协，只得放弃说服，将视线转向肖俊，“放了我舅舅，好吗？”

“不交出U盘，别指望我能放过他。”肖俊公事公办道，刀尖往徐志的脸上移过去，正好抵到他的脸上，“说，交不交？”

“我没有。”徐志依旧矢口否认。

顾念已探出肖俊的意图，无非想要U盘，于是放软声音说：“肖哥，你看要不这样，给我点时间，让我来说服舅舅。”

顾念见肖俊犹豫，急忙补上一句：“肖哥，我最了解舅舅了，来硬的不行，只能来软的。”她知道，凭她的那点本事，跟肖俊比试武艺定然会落个下风，倒不如乖乖地让舅舅交出U盘来得安全。

肖俊再次犹豫了下，才放下手里的尖刀，收去了顾念的手机，把他们俩各自捆在椅子上，绑住手脚。

肖俊站在一旁，像看守犯人一样地看着他们俩。

顾念见状，抬头看向肖俊，“肖哥，你都把我们绑成这样了，还怕我们逃了不成？而且，你待在这儿，我怎么才能让舅舅说真话，你说是不是？”

顾念从最初的紧张万分，到现在，一点点地松懈下来，说话也比之前利落许多。

肖俊听后，大抵觉得有几分道理，走之前看着顾念说：“不想让他再忍受皮肉之苦，最好让他说出来。”

肖俊走后，顾念跟徐志说：“舅舅，交出U盘吧，要不然你会出事。”

“我能出什么事。”徐志愤愤地看着顾念，“倒是你，怎么这么不听话，让你走，怎么不走？现在好了，被绑起来很好玩吗，你以为这是小时候玩过家家？”

“U盘在你这儿吧，交出来就什么事都不会发生了。”

“U盘的事你不用管，我不会交出来的。”徐志态度坚决。

在顾念分析利弊、百般劝说了半个小时后，徐志仍坚持己见，她不禁有些着急。这时，肖俊上来了，顾念为了拖延时间，跟肖俊说：“再给我点时间，好吗？”

肖俊抬手看了看腕表，“十分钟。”

时间紧迫，顾念狠狠心，还是说出了自己从叶昇的异次元世界里看到的画面。可奇怪的是，平时很相信顾念的徐志，此刻无论如何都不相信，他说：“我的命那么硬，怎么可能，别瞎说啊。”

“我没有瞎说，都是真的。”顾念越发着急，紧紧地皱着眉头。

徐志振振有词，“我还就不信了，为了个不能定别人死罪的U盘，肖俊他能杀了我，只有傻子才会干这种事。”

“那……你想怎么办？”顾念劝说的热情被完全浇灭，说起话来有气无力。

“只要熬过今晚就好了。”徐志朝顾念递过去一个安慰的眼神，“一切都会好起来的。”

舅舅，为什么这一次你不相信我？为什么要这么固执？把命当赌注，实在是太危险了。她做最坏的打算，“如果，万一……”她有些说不出口，声音不禁哽咽起来，断断续续道，“我是说万一啊……你……不在了……舅妈和囡囡怎么办？”说到最后，眼泪竟悄悄地漫上眼眶，为了不让舅舅看见，她垂下头，吸吸鼻子，努力地想把眼泪逼回去，却发现怎么逼，都有种越逼越多的感觉。

“傻姑娘，别净想这些没用的。”徐志压低声音，“你最好想想，我们怎么逃出去。”

他的话点醒了顾念，是啊，如果徐志非不交出U盘，在救兵没有赶到的情况下，他们唯一的出路就是——逃。

顾念朝徐志低语几句，随后两人照常说话，无非是她继续说服他的话，他的态度竟有了转变，渐渐妥协。顾念在心中估算着时间，每流逝一点，都会紧张一分。

方才肖俊把顾念的手反绑在后面时，她故意把双手撑开了一些，留有些许空隙，便于她此刻挣脱绳子。过了几分钟，她终于挣脱出来，小心地挪动椅子，靠近徐志，帮他解开手上的绳子，眼看绳子就要解开，却听到从木质楼梯传来噔噔的脚步声，力道之大，一下下像巨石般砸向顾念的心间，她紧张得心扑腾扑腾直跳，只觉下一秒就要跳出来。

在肖俊到来之前，顾念低声跟徐志说："趁机逃，知道吗？别管我，他不会拿我怎么样的。"

徐志没来得及回应，肖俊已经上来了，讯问结果，徐志按照顾念刚才告诉他的策略，告诉了他 U 盘所藏之处。

原本顾念想的策略是这样的：既然徐志不愿说出 U 盘在哪里，那不如告诉他假的地址，趁他离开后，他们可以顺势逃跑。

然而，现实是这样的：肖俊一个电话，吩咐其他人去该地方取 U 盘。

顾念和徐志面面相觑，眼中都闪过一抹惶恐，看懂了彼此的心理活动：要是被对方发现是个假地址，他们会怎么样？

等待的时间，他们俩如坐针毡、故作淡定，但内心都紧张万分。明明是四月的天，外面还下着雨，冷意一阵阵地从无数个缝隙中钻进船舱，顾念紧攥的手心却都是冷汗。

没等到肖俊先发现他们给的是假地址，就听到从楼下传来很细微的脚步声，声音轻到几不可闻。顾念不知来人是敌是友，抱着一半一半的概率，想刻意转移肖俊的注意力，便跟肖俊说起话来，而她的心思却全落在来人身上，余光瞥见来人，心下的期待落空，她多希望来人是秦烨，现在想想，那时应该是发给他了。

来人是顾念不认识的陌生人，个子矮小，一米六多，却生得粗壮结实，难不成是肖俊的同伙？她心想：这下完了，他们铁定是逃不出肖俊的手掌心了。

顾念尚处于绝望之际，忽然看到肖俊转身，直接迎上矮小男的攻击，她顿时看得傻了眼，心中立刻闪过一个念头：来人是来救他们的？

顾念急忙看向徐志，"舅舅，你认识这个人吗？"

"不认识。"徐志隐瞒真相。

"那他为什么会来救我们？"

"是不是来救我们的还不一定。"徐志被肖俊绑来，说不害怕那是假的，但更让他害怕的是，如果肖俊知道了U盘在哪里，他的老婆和女儿都将遭受生命危险，命都在黑仔那儿，他怎敢轻举妄动？他认识眼前的人，正是黑仔的手下，他想，这次他和小念算是能得救了。

今晚徐志来这里本是进行最后一次毒品交易，想着干完这票就金盆洗手，从此退隐江湖，拿着这些年积攒的积蓄，跟家人去过幸福的生活。进行交易前，突然接到黑仔的电话，让他一定要保管好U盘，他一下子蒙了，他从来都不知道U盘的事，更不知道U盘在哪里，为什么要让他保管？黑仔言简意赅地说完，他才明白，原来黑仔之前便故意把U盘放在他的一个公文包的夹层里，他却一直没有发现。黑仔以他老婆和女儿的生命来威胁他，要是他敢透露出U盘在哪里，就会杀了他的老婆和女儿。

徐志的心头扛着比巨山还沉重的压力，两条人命，而且都是他最爱的人，就算他死了，他也要让她们活下来。不知怎的，有那么一刻，他深深地后悔，后悔自己走上了这一条贩卖毒品的路，也许做个普通的职工，过朝九晚五的生活，周末带着老婆和女儿一起出去玩，这样的生活会更好。

如果囡囡没有得癫痫，如果张佳有一份稳定、收入又高的工作，如果他的工作能力强一些，能赚更多的钱，也许，他都不会走上贩毒的路。他不过是想赚更多的钱，给囡囡治病，存一笔囡囡的教育费、生活费，甚至，以后的嫁妆；他不过是想做一个合格的丈夫，担起家里的重任，做张佳的顶梁柱；他不过是想给最爱的两个女人一个温暖的家，一个可以随时依靠的港湾。

可是，老天还会给他一次重新改过的机会吗？

他们打斗间，徐志挣脱开了手中的绳子，又连忙从地上捡来一个类似刀片的利器，虽然有点生锈了，却比指甲刀割得快多了，得到自由后，又想去割断绑在顾念身上的绳子，但随着顾念的一声“小心”，他的后背顿时迎来重重的一拳，疼得他传来叫声。

“舅舅，你别管我，他不会伤害我的，你快走。”顾念急忙催促徐志，方才来的矮小男不知是晕了过去，还是已经被打死，直挺挺地躺在地上。

但徐志怎能就此把她独自留在这儿，转过身就要跟肖俊硬斗，却被肖俊三两下制住。

顾念刚才趁着肖俊跟矮小男打斗的时候，已经用指甲刀剪断了绑在手腕上的几股绳子，她见徐志被制住，只好拖延时间，跟徐志说：“舅舅，你就说吧，好吗？”她边说边用指甲刀割着绳子。

“不可能的，就算我死了，也不会说。”徐志态度强硬。

肖俊见徐志软硬不吃，只好采用最初的策略——逼供，单手将他的双手制在身后，另一只手拿起刀，放在他的脸上，“说不说？还想继续被毁容？”

“你要杀要剐，随便你。”事到如今，徐志倒坦然了些，临危不惧，他就不信肖俊能杀了他，不过要吃些皮肉苦罢了，他还是能忍受的。

肖俊一刀子划下来，徐志感到脸上传来尖锐的疼痛，却死死咬着牙，不发出一点声音。

顾念却看不下去，那一刀像是割在她的心口，传来刺痛，她哀求般地看着肖俊，“求求你，放了我舅舅，好吗？”时间一秒一秒过去，手上的绳子终于松了，立刻又去解绑在背后的绳子。在徐志的脸被划了五刀时，顾念才解开，不管不顾地拿起方才徐志坐的那把椅子，用力地朝肖俊头部砸过去。

砸完后，顾念望着忽然一动不动的肖俊，以为他会被砸晕，然后倒地，但令她失望的是，他先把徐志一个过肩摔放倒在地，随后面色狰狞地看着顾念，眼中露出愤怒，头顶有血慢慢流下来。他何时被这样的小姑娘砸过，而且砸得还不轻，心中燃烧怒火，抬手就重重甩了她一耳光，力道之大，打得她摔落在地，后背压在椅子上，一阵疼痛。

肖俊抬手指着顾念，恶狠狠道：“别敬酒不吃吃罚酒！你最好老实待着。”

顾念怎么能好好待着，看着舅舅被肖俊打得鼻青脸肿、一脸的血，像摊烂泥般躺在地上，却坚持不说出 U 盘的时候，她好怕舅舅就这样被肖俊打死，悲痛驱使她趁肖俊不留意时奋不顾身地解掉身上的绳子，飞过去就踢上肖俊的后背，在他转身面对她想挥拳过来时，她快速一闪身，将手中的椅子又往他头上砸了一下，这次他大约疼了，下意识地摸向头部，又摸摸脸，发现手上有血，顿时瞪大了眼，神色可怖，抬手朝顾念的胸前砸去。这次顾念在闪躲之际，还看到他异次元世界里即将发生的事，一次次躲过他的攻击。

十几个回合过去，肖俊竟发现自己伤不了一个小姑娘，越发气愤，抽出一把尖刀，朝顾念刺过去。他速度越快，她越看不清楚他异次元世界里的画面，都是一闪而过，让她渐渐失了判断，有几次刀尖都堪堪从她的脸颊划过，吓得她连连后退。

就在刀尖要刺向她的脸时，顾念看到了走起路来踉踉跄跄的徐志，满脸是血地举着一把椅子，砸向他的头。肖俊的头部遭受三次重创后，已有些昏沉，迷迷糊糊间，一转身，尖刀刺向了徐志的心脏。

那一瞬间，顾念惊得来不及反应，只愣愣地看着面部带着极大痛苦的徐志。方才被肖俊各种拳脚相加，他几乎都不出声，但这次忍不住发出一声惨烈的叫声，顿时刺破这看似寂静的深夜。

她的脑子嗡嗡作响，似乎失去了所有的神志，木木地呆愣在原地，被雨淋得湿透的她，自额头的头发上滴落下一滴水，落在她的脸颊，仿佛一滴眼泪。

什么她想扭转局面？什么她想来救舅舅？结果呢？为什么还是逃不过命运的捉弄？

为什么她这么没用？！只能眼睁睁地看着舅舅一点点地倒下，看着他从最初的抽搐，到最后的沉寂。

原来，有些事，不是她想改变就能改变的。

她的世界，变成比外面的江河更加黑暗的无底深渊。

等顾念反应过来，立刻跑到舅舅面前，愤怒和悲痛齐齐涌上心头，化成一只无形的手，撕着她的心，似乎要整个地将她撕裂。

她摇着徐志的身体，一遍遍地喊着“舅舅、舅舅”，声音越来越高，越来越沙哑，到最后泣不成声。

此时的顾念被无穷无尽的伤痛覆没，却忘记身后还有一个危险分子，正手持尖刀，一步步逼近她。

就在肖俊抬手想奋力刺向她的时候，忽然迎来一个身体挡在了顾念的后背上，生生受了那一刀。

顾念瞬间从悲痛中抽离出来，警觉地一回头，入目的是叶敬安担忧的眼神，脸上竟然有一些未愈合的伤口，她来不及问“你怎么来了”，来不及问“你的伤是怎么来的”，便听到他咬着牙说：“你快走，肖俊不会伤害我。”

直到顾念站起来，才发现有新鲜的血一滴一滴地落在地上，她的脑袋一下子炸开，惊恐不安地望着叶敬安，声音里带着些许的哭腔，“你怎么了？”

“我没事，你快走。”叶敬安仍旧如往常一样，冷静地望着她。

顾念用余光看见站在一旁愣住的肖俊，心中升起不祥的预感，匆忙绕到他的身后，然后被眼前的景象吓得呆住，不禁瞠目结舌、心如刀绞。

他的后背插着一把刀，只露出刀柄，血沿着他那件黑色风衣往下滴，渐渐浸染了他的衣服。

“你为什么这么傻？”顾念边说边哭，心中翻涌着极大的痛楚，泪水流了一脸。

“你快走！”叶敬安不容置疑地命令她，好想抬手帮她擦掉眼泪，好想让她快离开这个是非之地，好想他们还回到最甜蜜的时光，好想……永远和她在一起。

这一刀算什么？就算为她去死，他也甘愿。

只是，不知道他有没有来晚，她有没有受伤。

那条顾念本想发给秦烨的短信，发到了叶敬安的手机上，只有一句话：救我，东港码头。叶敬安收到时，正开着车往自己的住处驶去，起初看到短信，他还特意看了下日期，早已过了愚人节，她为什么要发这条短信，如果不是她的恶作剧，那她正遭遇危险？叶敬安急忙掉转车头，朝东港码头开去，急忙打顾念的手机，却发现已经关机，这让他心神不宁，猛踩油门，加快速度赶往东港码头。

果不其然，来到这儿竟然是这样的情景，如果不是他挡了她那一刀，想来会正中她的要害，说不定会要了她的命。

叶敬安想努力地强装没事，但疼痛让他几乎站不稳，不得不扶住旁边的木头柱子，身体越来越虚弱，却不忘赶顾念走。

在她走之前，好想再牵一下她的手，他抬起胳膊，她就在他面前，不过半米的距离，却感觉再也牵不到。

顾念也伸出手，哭着喊他的名字：“敬安，敬安……”

叶敬安眼前一亮，就快牵到她的手了，可是……就差一步，真的就差一步，他就要触碰到她的指尖了，但在这前一秒，他被肖俊拉走了，眼中透出遗憾和不舍，扬声叫了她一声“小念”。

外面隐约传来警笛声，叶敬安感到肖俊的步子明显加快了，抛下身后的人，匆忙地想带他逃离此地。

这样也好，这样顾念就安全了，她就可以走了，自由地穿过外面的茫茫雨夜，自由地去她想去的地方，最好……在她自由后，能带他一起走，去哪里都好。

“甜又甜”西饼店里，茉莉看着正在更衣室收拾衣服的顾念，从后面抱住她，长叹一声，“好舍不得你走，你走了，我怎么办？”

“你还能再矫情点吗？”顾念扭头瞥她一眼，“这种话留给你对你未来的那位说就行。”

茉莉松开她，退到一旁去，“也是，对你说简直就是对牛弹琴，说走就走。”

“我现在已经毕业了，再不走，待在这儿做什么？”

“毕业了不是正好吗？可以做我们‘甜又甜’的一名正式员工，而且啊，拿的薪水可比你兼职拿得多多了。”茉莉开始进行金钱诱惑。

顾念向来视金钱为珍宝，但这次却表现得极为平淡，“我把机会留给你，听说甜品师的薪水比理货员的多多了。”

“……”茉莉瞬间一脸黑线，用一副可以杀死人的眼神望着顾念，这个妹子，真是哪壶不开提哪壶。

“你啊，可以去 get 一门新技能。”顾念无视她的表情，友情提醒。

“……”茉莉可不想告诉她，她是想着以后找一个有房有车颜值高的男人，那样，她就能继续做一枚轻松的理货员了。

茉莉双手环胸，一脸不服地看着顾念，“别光说我，那你呢？有什么打算？”

顾念一边将工作服叠好一边说：“去法国留学。”

茉莉立刻呆愣住，瞪大眼，不可思议地看顾念，“不是吧你，从来没听你说过留学的事啊，怎么说留学就要留学了？”

“想多 get 几门技能，以后开一家像‘甜又甜’这样的店。”

“要去多久？”

“一两年，甚至更久。”

“啊，一两年还好，要是四五年，我会想死你的。”茉莉真心舍不得顾念，凑上前，一把抱住她。

顾念也抱住她，拍拍她的后背，“没事的，我们可以视频啊，要是我回来的话，会来看你的。”

“我读书少，你可别骗我。”茉莉看着顾念，眼眶有些泛红。

“好啦，你别这样，弄得好像我回不来似的。”

“我还好啦，就是你的叶医生怎么办？我要先为叶医生默哀几分钟。”

叶医生，当茉莉提到这三个字时，顾念心头一紧，脑中瞬间闪现他那张淡漠又英俊的侧脸，在午后的阳光里，泛着耀眼的光泽，教人移不开视线，让她心生想念，她想努力停止想念，却促进了想念的蓬勃生长，像绵延不绝的雨，落在她的心间。

现在的他，在哪里，又在做什么？算算，已经有三个月没见他了，而茉莉对此事还毫不知情。顾念并不想把自己这次要彻底跟叶敬安断绝所有联系的事广而告之，说了又能怎样，说了他们就能继续在一起吗？

不过，顾念想想自己快要离开叶市，告诉茉莉也无妨，便说：“我跟他分手了。”

“啊？”茉莉无比惊讶，“为什么？”

“徐志是我舅舅。”

“徐志……”茉莉低头思索着，忽然想到什么，一抬头，“就是三个月前新闻里报道的惨死的那个贩毒的男人？这事跟叶昇有关，是他派保镖去拿 U 盘的，说是 U 盘里有那个叫什么，好像是冯刚吧，洗黑钱的证据……哦，我明白了，这么说的话，现在叶昇是间接杀死你舅舅的凶手，是你们家的仇人，而不幸的是，叶医生还是叶昇的儿子，怎么说都不能跟仇人的儿子在一起啊。”茉莉做出一副遗憾状，“可惜了你们这两个有情人。”

是啊，谁又能再跟仇人的儿子谈恋爱？哪怕心中有再多不舍。

茉莉恨恨地说：“叶昇的保镖和叶昇太可恶了，要不是他们，你舅舅也不可能去世。”这段时间，顾念经历着怎样的痛苦，她都看在眼里。

顾念神色一黯，“可恶是可恶，但有什么用，说再多，做再多，我舅舅都回不来了。”

茉莉想了下，“我记得，叶昇的保镖因为故意杀人罪，被判死刑，冯刚涉嫌主导之前的爆炸案和洗黑钱，好像也是被判死刑。但是叶昇却没有受到任何惩罚啊，他不是主谋吗，为什么会这样？”

“不知道。”顾念摇头，“也许，后台硬吧。”

现在提及此事，顾念心头仍袭来一阵悲痛，不知是为舅舅，还是为以后再无法相见的叶敬安。

明明在一座城市，可是，这三个月来，却感觉彼此身处在两个世界，再也不会有交集。

茉莉为了给顾念饯行，同时也想安慰一下失恋的她，提议请她吃饭。

吃饭间隙，茉莉为顾念到现在才告诉她失恋的事耿耿于怀，“小念，不是我说你，你到底有没有把我当朋友，为什么失恋了也不告诉我？”

顾念自知理亏，夹了一块茉莉爱吃的排骨放在她的盘子里，“因为这之前我也不知道跟他算不算分手。”

“什么叫这之前不知道，难道分手是今天才跟他说的？”

“最初你知道的，他会来找我，我不给他好脸色，赶他走。后来，他联系我越来越少，直到不再联系。我们没有谁提‘分手’，但互相不联系，跟分手了又有什么不同？”顾念的心里忽然泛起一股酸涩，强作欢颜，“再说了，过几个月我就要去法国了，更不会遇见他。”

为她挡了一刀的男人，爱着她的男人，她爱着的男人，最初她是抱着复杂的心情去对待他们是否要分手这件事，但想的时候，总会想起他的伤要不要紧、疼不疼，要不要联系他、关心他。好几次都差点按下发送键，却都一次次被理智的自己克制住，后来还是从赵一莫那儿得知，他的伤不危及生命，但需要住院治疗。

有时候，她想想都觉得自己那么可恨，要不是他为她挡下那一刀，兴许她早就没命，或者躺在医院里的就是她，他是她的爱人，是她的救命恩人，但她却要像个陌生人一样，在他受伤后，没有一句关切的话，更没有去医院看过他一回。

她讨厌这样的自己，好讨厌好讨厌。

然而，有什么办法，一想到他，连同想到的还有自己离去的舅舅，还有母亲无比痛心又决绝的话语：“小念，跟敬安分了吧，这辈子都别想着跟他在一起。你要是做不到，我就当从没生过你这个女儿。”

既然注定没结果，那么，再多的爱与痴缠又有何用？也许，告别是他们最好的结局。就让时间去抹掉舅舅离去的伤痛，还有……离开他的悲伤。

吃完饭，她们刚走出饭店，一道闪电划过夜空，茉莉担忧地抬头看天，“看样子要下雨了，你带伞了吗？”

“没有。”

“那你赶紧回去吧。”茉莉走上前深深地拥抱她，不舍地说，“什么时候回来了，记得一定要看我。”

“一定。”顾念感受到离别的味道，鼻头泛酸，耳边传来一声惊雷，令她心头忽地一紧，看来是要下雨了，本要急急赶回去，却想到还要去超市买一些明天回家路上的吃食，便先逛了一趟超市，出来后发现电闪雷鸣，已经下起雨来，雨点并不大，她想着从这里走到公交站不过几百米的距离，便没有折回超市买伞，直接迈入细雨中。

快路过“甜又甜”西饼店时，目光忍不住看过去，这家载着她青春的地方，从此将要告别，就让她多看几眼，记住它的模样，记住她曾在这里成长过的痕迹。

忽然，一个身影朝西饼店缓步走去，穿着白色衬衫，黑色长裤，在路灯下，显得格外醒目。

顾念瞬间呆住，虽然隔着差不多一百米的距离，隔着细细的雨幕，她还是一下子辨出了他是谁，正是她朝朝暮暮从不曾忘记过的叶敬安，几个月不见，当他再出现在她的视线，她竟有一种想哭的冲动，一阵阵悲痛袭上心头。

她好想走到他面前，看一看他，跟他说一句“最近，你还好吗”。

可是，她的理智告诉她不可以，看到他往右看了一眼，她下意识地急忙躲到一个报刊亭后面，看着不远处的他久久伫立。

雨越下越大，从黑漆漆的夜幕中砸在她的身上，将她浇得浑身湿透，头发一绺一绺的，贴在额头上、脸颊上，她却浑然不觉，透过雨帘，她的眼里只有他。

她想起了东港码头的那次雨夜，想起舅舅惨死的样子，想起他冷静地跟她说“我没事，你快走”……

是不是从那天起，他们就再也回不了头？

从今往后，她的世界里再也没有他。

为什么光想想就觉得那么难过呢？像被人拿走了她最心爱的宝贝。

她看着他落寞的背影，看了很久很久，直到把他的背影深深刻在心底，在心里默默地说：如果有一天，我放弃了你，那一定不是我的本意。对不起，我爱你。

下一秒，泪水模糊了她的双眼，混合着雨水，从脸颊滑落。

在这个盛夏过后，他们走出各自的世界，天涯两端，再多风雨飘摇，都不再与对方有关。

曾经的过往被封锁在时光深处，曾经爱过的他们，是不是从此以后就会成为彼此的过客？

| 第四卷 | 将就女不再将就 >>> >

曾经，她以为这世上最好的爱莫过于你爱的人也爱着你，现在却觉得，最好的爱，不是你情我愿，而是错过后还能在一起。

第一章 × 说一声“好久不见”

分别，是从此一个人站在茫茫人海中，一个人站在世界上。我的每句话、每件事，都不能再说给你听。

四年时光易逝，又是一个盛夏，只是这座城市没有她。

别墅的院子里，蔷薇开得正盛，粉红色的花朵缀在绿叶间，沿着栅栏往外生长，细细望去，有的花朵上沾着水珠，在阳光的照射下，熠熠发光，锦绣繁花开满园，满目皆秀色。

叶敬安正想转身往长桌前走去，忽然听到耳边传来鸟叫声，一转头，看见左边的樱花树上挂了一个鸟笼，贺承养的那只名叫布朗的鹦鹉正叫着。布朗见到叶敬安，连连叫了三声“老公”。他忍俊不禁，上次来的时候，布朗叫他“坏蛋”，他跟贺承说“管教无方”，没想到这次布朗竟然学会了叫这个，想来贺承要把布朗带入歧途。

长桌前的一行人听到布朗的叫声，都循声望过去，见叶敬安待在鸟笼前，有人打趣道：“敬安，你什么时候要娶布朗？”

有人附和：“布朗总算是找到好归宿了。”

叶敬安倒不生气，神色淡淡地朝他们扫过去，平静地说：“这么好的机会留给大家，我还是算了。”

一位鬈发女士把一个留着长直发的清秀姑娘推到叶敬安面前，摆出红娘般的笑容，“这个呢，要不要考虑下？”

在座的人听言，瞬间起哄，清秀姑娘脸一红，朝鬈发女士说：“瞎说什么。”

鬈发女士朝清秀姑娘一挥手，“浅浅，别不好意思，这年头不流行暗恋了，喜欢谁就要把握机会，别等到想追的时候，对方已名草有主了。”

站在苏浅浅旁边的男人笑道：“就是，不过现在啊，就算名草有主，你也可以去松松土。”

他们的打趣，叶敬安都听在耳中，却依然一副淡然的模样，他端起桌上的一杯红酒，喝了一口，放下酒杯，抬头朝正在走来的寿星贺承说：“你这帮朋友真逗。”

“他们就这样，你习惯就好。”贺承把手搭在叶敬安的肩膀上，“怎么，又给你介绍谁了？”

众人不约而同地伸手指向苏浅浅的位置，贺承一见，格外正经地跟叶敬安说：“敬安，我看这事靠谱，要不，你考虑考虑？”

这时，赵一莫从里屋走出来，方才听到了这帮人的牵红线一事，把贺承拉到一旁，小声对叶敬安说：“表哥，别人说的玩笑话，你别当真。”她清楚，她表哥并不喜欢被相亲。

叶敬安已经习惯来参加贺承办的活动时，自动被旁人划入相亲大军中的一员，虽然不喜欢，但能做到淡然处之，对赵一莫说：“没事，习惯了。”他略略停顿，“今天的蛋糕很好吃。”味道熟悉得像他思念的人做的，尤其是那块抹茶芝士蛋糕。他看见赵一莫想说什么，但终究什么都没说。他已能猜出一二，眸子变得幽深。

叶敬安看向大家，朝贺承说：“我去下二楼，跟朋友打声招呼。”

这次来给贺承庆生的人不少，二楼的阳台也布置了一个庆祝点，叶敬安去二楼找一位旧识，互相寒暄，几年不见，赫然发现对方的圈子跟他的圈子已无多少交集，谈之索然无味，便找了个由头，端着红酒想下楼找贺承那帮人，就算被乱点鸳鸯谱，也好过乏味的交谈。

经过客厅时，外面的一束光直直地打在他脸上，他不由得眯起眼，抬手放在额头上，下意识地朝光源的方向望去。外面一层遮光性强的窗帘全部被拉开，靠里一层的白色窗帘被拉开了一半，下午炙热的光线透过玻璃，洒落进来，在地面上投映出一片光亮。

像是有什么牵引一般，叶敬安情不自禁地朝窗前走去，把另一半窗帘拉上一点，目光望着斜对面的那扇窗，大抵窗户开着，风一过境，便能看到飘动起来的白纱绣花窗帘。

他躲在不被阳光照耀的地方，看到窗帘后面闪过来一个人影，熟悉的，又陌生的身影，就这样直直地闯入他的视线。

叶敬安的心骤然往上提，高高悬起，时时不落下，几乎快忘记了呼吸。

是她吗？四年了，她回来了？

一种百感交集的情绪在他的心间发酵。

他隐在窗帘后面，仔细地望着那个似乎正在叠衣服的身影，她没有扎马尾辫，而是留着齐肩的短发，遮住小半张脸，隐约能看到她白皙的肌肤，穿着一件白色宽松居家服。

就算他此生化成了灰，也不会忘记这个身影，是她——他思念了整整四年三个月、一千五百五十天的人。

她回来了，就在他的前方，终于不再是叶市隔着巴黎的距离。

可是，明明离得这么近，他却觉得两人之间横着一条无法逾越的河流，横渡不得。

没有她的日子里，亲朋好友纷纷扮起红娘，自告奋勇、百折不挠地给他推荐各家姑娘，好像那些姑娘是等待售出的商品，而他一直扮演着不买商品的吝啬顾客。面对红娘们的热情，他往往会很冷静地说：“你说的这个姑娘不错，但不适合我。”

他拒绝了那么多姑娘，究竟哪个才是适合他的另一半？一众红娘不解。

只有他知道，曾经爱过一个人，是他的全世界。如今，心底仍住着她，再容不下其他人。

明知道没结果，为何要如此执着？

他不知道，也许，他在等待，等着她回来的一天，等着……他们能回到爱情最美的样子，即使是痴心妄想，他也愿意多沉醉几年。

叶敬安一动不动地站在窗帘后面，希冀她能侧过头来，让他看到那张自己忘不掉的脸。少顷，终于得偿所愿，她一侧头，叶敬安看清她的脸，正是顾念，还是从前的清新模样，留着中分，透出些许文艺气息，少了学生气。

他多想跟从前一样，轻轻地唤她一声“小念”；多想假装他们从未分开过，去她那里，从后面抱住她，贴着她的脸颊说一句“你终于回来了，知不知道这四年我有多想你”……

但他什么都不能做，只能这么望着她，恍如隔世。

叶敬安将手中端着的红酒一饮而尽，正想转身走，却发现视线里多出一个人，脚步忽地一滞。不知何时，顾念的手中抱着一个扎着两根冲天辫的小女孩，两三岁，两人一阵笑闹，互相在彼此的脸颊上亲吻，亲昵极了。小女孩凑在顾念耳边说了些什么，逗得顾念直笑，那般灿烂，让他仿佛又看到了曾经的那个她，只是，为什么心像被针扎一般刺痛呢？

他往外迈出一步，想努力地看清小女孩的模样，肉嘟嘟的脸颊，圆圆的眼睛，倒长得跟小时候的顾念有些相似，难道……小女孩是顾念的女儿？

他等来的结果就是这样吗？他们注定只能做彼此的平行线吗？

他感觉心中有一块地方在猛然塌陷，一点点坠入无底的黑洞。

身旁有人叫他，他都似乎完全没听见，保持伫立的姿势，站在窗前，不知不觉间，握紧了手中的杯子。

直到苏浅浅叫了他三遍，叶敬安才回过神来，脸上仍留有一丝愣怔。

“叶先生，怎么了？看什么看得这么入神？”苏浅浅循着他方才的视线望向斜对面的那扇窗，看到了一幅母女俩欢喜逗闹的场景，微微一笑，“真是个年轻的妈妈。”

叶敬安没有接话，苏浅浅丝毫没有察觉出他的异样，继续说：“叶先生，听说你这四年都没交过一个对象，是从来都没遇到过合适的人吗？”

“嗯。”叶敬安的视线仍定格在顾念身上，明明站在阳光照不到的地方，却觉得那般刺目。

“对叶先生来说，什么样的人才算合适的？”

叶敬安终于正眼瞧她一眼，淡淡一瞥，声音清冷，不留一点情面，“你这样的就不算。”

曾经遇到过合适的人，是不是失去后，就要将就着和其他人度过余生？

顾念从法国归来已有一周多，本想先租套房子，却拗不过赵一莫的热情，最终住了下来。如今的赵一莫已是贺承的妻子，搬到了对面的别墅去住，只是偶尔回她的别墅，她跟顾念说：“我的房子反正空着，你直接住就是了，别提钱的事，咱俩谁跟谁啊，提钱伤感情。”

夏日的清晨已天光大亮，顾念早早起来做了简单的早餐，正吃着三明治，听到有人开门的声音，她已习惯赵一莫的突袭，继续优哉游哉地吃。

赵一莫走进来，见顾念正吃早餐，坐到她面前，“有我那份吗？”

“你又没说要来吃。”顾念指指一杯牛奶、一块三明治的简单标配早餐，“就这样的，你能吃得下吗？你家贺承舍得你吃这样的吗？”

“只要是你做的就行。”

顾念眼睛一亮，“做什么都吃？”

赵一莫爽快地应：“嗯。”

顾念淡定地说：“冰箱里还有昨天做的苦瓜炒鸡蛋。”

“……”赵一莫瞬间无言以对，露出一副“好朋友就是用来这样虐待的吗”的表情。顾念明明知道她最讨厌的菜之一就是苦瓜。

顾念忍不住笑起来，“你当我真有空做饭啊，开店的事就够我忙的了。”

赵一莫不解，“你怎么想把甜品店开在我那家分店的旁边？”

“那样我们离得多近，就能好朋友天天见了。”

“好是好。”赵一莫犹豫半晌，终于启口，“就不怕碰到他？”

顾念正想去拿杯子的手一顿，心忽然漏跳半拍。

时隔这么久，再从她的口中听到那个人，还是会有触动。

四年前，顾念刚到法国，异国他乡，初来乍到，朋友寥寥，整日与寂寞相伴，每个夜晚都会不经意地把她曾跟叶敬安在一起的过往复习一遍。巴黎的深夜，是叶市的清晨，她给赵一莫打去电话，在电话里问她“如果忘不掉一个人，该怎么办”，赵一莫告诉她“就在念念不忘中忘掉吧”。后来，她们约定好再也不提“叶敬安”，从此那个出现在她们聊天中最多的词消失了。

如果忘不掉一个人，就在念念不忘中忘掉吧。她尝试着去做，如今，算是做到了吗？

已经没有当初撕心裂肺的疼痛了，不是吗？也许，这就是时间的力量吧。顾念淡淡地说：“碰到就碰到好了。”

“你不会在意？”

“怎么会有那么巧的事，他不会经常去你店里吧？”

“当然不会，他比以前更忙了，现在升为教授了。”

“挺好的。”听到他的近况，知道他过得好，这样就足够了。她不禁想，三十四岁的他，是否有了新的对象，是否结婚了，是否有了小孩，这些她未知的事，有那么一点想知道了。

顾念想起曾看过的一句话：分别，是从此一个人站在茫茫人群中，一个人站在世界上。我的每句话、每件事，都不能再说给你听。

就像她跟叶敬安，从四年前分别以后，他们各自站在自己的世界里，此后所有发生的事，都不再说给对方听，哪怕她有一天差点露宿街头，哪怕她学习做甜品时割破了手，哪怕她在无数个深夜里思念着他……她都不会再像从前一样说给他听。

赵一莫对于这次顾念要回叶市开店的事十分不解，“你在巴黎开了店，又做得那么好，为什么还要回来？”

“因为你在啊。”顾念笑言。

“别开玩笑，说真的，为什么一定要选择叶市，而不回家？”

“好好，我说。”顾念举手投降，“一、我在叶市生活了四年，对这里很了解；二、叶市比我家那儿大，消费群体更广，盈利空间更大，说白了就是能赚钱；三、你帮我物色的几个店面都挺不错的，但离你最近的那个，不但离你近，而且是新开发的商业圈，只有一家甜品店，竞争弱。”

“看来你在巴黎的这四年没白待。”

“必须啊，人嘛，活着都要往前看、往上走。”顾念曾经梦想有一家属于自己的甜品店，如果毕业后待在叶市，兴许成长不会这么快，也不会在毕业两年后成立自己的店。她在巴黎学习了一年甜品制作课程，拿到了高级甜点证书，之后分别在两家法式餐厅当过甜品师，再之后用积攒的钱开了一家店面很小很小的甜品店，主营中西甜品。一方面做得好看，味道甜美；另一方面抓住了喜欢吃法式甜品和中式甜品的消费群，生意从最初的冷冷清清，到后来越来越火爆，积累的资本越多，她便开了一家规模较大的甜品店，现在已经营得风生水起。如今，她回国了，巴黎的甜品店专门交给皮特经理看管。

为什么会在叶市开分店，为什么一定是叶市？是不是这里有她忘不掉的美好时光？就连她自己都不清楚。

顾念的“MISS”甜品店正式开张是两个月后。

虽然已经到了九月，可天气仍然炎热，来庆祝的除了亲朋好友，还来了一批她在巴黎结识又回国的好友和商业伙伴。

这一天，她早早赶到甜品店，刚开门，听到有人喊她：“小念。”她一转头，看到秦烨那张含笑的儒雅的脸。

顾念走过去，跟他轻轻拥抱，随即离开，“怎么来这么早？”

“想早一点见到你。”秦烨望着眼前的顾念，穿着黑底白色圆点的鱼尾长裙，勾勒出她纤细的腰肢，显得有几分婀娜，再加上穿了双细跟高跟鞋，衬得她高挑。面前的小丫头长大了，他忍不住想再抱一抱她。

“还能说得再肉麻点吗？”顾念笑起来。

“只要你想听，可以的。”秦烨顺着她的话说下去。

“哎，我发现你怎么变得油嘴滑舌了。”

秦烨望着她的背影，轻轻地问了句：“你喜欢吗？”

到底还是被顾念听见了，她脚步一顿，四年了，她的这个竹马、这个她曾经爱过的男人、从前男友转为闺密的男人，一直单身，一直做着她最温暖的彼岸。

四年前，她亲爱的舅舅离开人世，她悲痛欲绝，试图用酒精麻醉自己，夜夜去路边摊将自己灌醉，是他一次次背着她坐上车，把她送回家。

她记得有一次，已是深夜，摊位上就剩她一个人，桌上摆满了七零八落的空酒瓶。她头脑昏沉，胃里如火烧般，外面狂风骤雨，她下意识地拨了秦烨的手机号。

秦烨如往常一般，匆忙赶来，眉头紧皱，却什么都没说，帮她付完钱，背上她，迈入雨中。她喃喃地说着“舅舅，你怎么就那么走了”，说着说着竟然哭起来，一边哭一边说：“小烨哥哥，带我去舅舅的墓地。”秦烨哪里愿意让她触景伤情，徒增悲伤，不理会她，感受着背后的柔软，心头涌来一阵阵的悸动。

但他越是不理她，她便开始复读机模式，一遍遍地骚扰他的耳朵，想让他听厌了、听烦了就带她去墓地，但他不为所动。顾念急了、累了，耐心也被磨没了，攥起拳头，一边抽抽噎噎地说“你们都欺负我，都不理我”，一边捶向他的肩头，力道越来越大，最终被秦烨一把抓住，把她从背上轻轻地放下，看到她一副委屈极了的表情，终究妥协带她到了远郊墓地。

秦烨看着醉酒的她跪在徐志的墓前，一边以泪洗面，一边说着“舅舅，你什么时候回来”的糊涂话，心里很不是滋味，最后终于看不下去，一把将几乎弯腰贴向地面的顾念拽起，大声说：“哭有用吗？喊有用吗？你这样做，你舅舅就能死而复生吗？别傻了，面对现实吧。我认识的小念不是这样的，而是一个坚强的姑娘，就算遇到困难，也从不轻易被打倒。你这样自暴自弃解决不了任何问题，而且你舅舅肯定不想看到你这样，你活得好好的，才是对你舅舅最大的安慰。”

“是吗？”顾念越哭越厉害，肩膀忍不住颤抖。

秦烨将她搂入怀里，抱着浑身湿透的她，轻声说：“小念，我希望你能好好的，不为别人，只为你自己。”

这之后，紧接着是失恋，顾念再次陷入人生的泥淖中，是秦烨夜夜给她打电话安慰她，告诉她：“你什么时候想找个人谈恋爱，我随时奉陪。”是他带着她度过了无数个黑暗的夜晚。

此时，他问她“你喜欢吗”，她不过当作玩笑话，笑道：“你怎样我都喜欢。”

她笑起来的样子仍旧那般迷人，像是夏日里怒放的百合，香气微醺，撩人心神。

顾念走进甜品店，刚打开灯，听到他说：“小念，嫁给我吧。”脚步一滞，扭头看到他单膝跪地，手中托着一个盒子，盒子里躺着一枚闪闪发光的钻戒。

顾念着实呆住，目光一直望着那枚钻戒，久久没有回神。

秦烨深情款款，眼中暗涌流动，“小念，嫁给我，好吗？”

不管她遇到多大的风浪，他都无怨无悔地为她扬帆，让她抵达温暖世界。

这样的一个人，难道不是她最好的渡口吗？

可是，都四年过去了，为什么她迟迟没有跟他说“我愿意”？

当他如此清晰地表达他的心意，她竟然乱了阵脚，佯装镇定，伸手想扶他起来，“你先起来。”

秦烨站起来，面露欣喜，“答应我了？”

顾念望着他，想了想说：“让我考虑考虑。”

“好，我等你，希望是好消息。”秦烨把戒指收起来，心里有一丝失落，却装作毫不在意，“你知道的，这几年我家里催我催得厉害，也一直在帮我物色别人，但……我都拒绝了。”

他的言外之意，她岂能听不出来。

他在等她，一直都在等，希望她能再次回到他身边。

庆祝的好友们送来新鲜花篮，摆满店门口，香气四溢。

顾念摆出已快笑得僵硬的脸继续迎接客人，不时左顾右盼，看看时间，已经上午十点，如果父母来的话，差不多应该到了。

说到她在叶市开店一事，她父母是极力反对的，理由足够充分：家里有店铺，需要一个靠得住的自家人接手，顾念无疑是最合适的。但顾念有自己的愿望和想法，父母开的店毕竟是他们开的，她想靠自己的努力开属于她的甜品店，不管是从经营模式和经营理念都跟父母开的店大相径庭。父母开的店属于传统店铺，制作一些常规的面包、蛋糕。但她所经营的“MISS”甜品店，以爱为主题，打造关于爱情、亲情、友情的主题甜品，针对性强，消费群体相对高端、时尚。

但顾念的父母哪里管得了这么多，自认为去帮家里打理甜品店才是最重要的，独自开家店着实有风险。

先前顾念把开店日期告诉了父母，不知他们能否来，正焦急时，忽然有人拍了下她的肩膀，她一转头，下意识摆上僵硬的笑，一见是茉莉，笑容顿时退去，“你不去招待客人，来找我做什么？”

“顾老板，小的来代替您，站在外面迎客，这天这么热，顾老板还是去屋里待客吧。”茉莉双手交叠，微微躬身，做出一副作揖的模样。

“哎，茉莉，别来这套，什么顾老板，以前怎么叫我的，以后还怎么叫我。”顾念朝她一摆手。

茉莉直起身体，一本正经道：“那可不一样了，之前咱们是同事，现在可不一样了，您可是我的老板。”

茉莉得知顾念要开甜品店后，二话不说就毛遂自荐，要当理货员，美言为“我这可是为你节约招聘人才的时间”。茉莉能主动来，顾念自然愿意。

顾念瞪她一眼，“那我这位顾老板让你这店小二做什么，你都同意？”

茉莉铿锵道：“必需的。”

顾念双手环胸，摆出老板的姿态，下命令：“绕着长阳路跑十圈。”

“……”茉莉脑补了下绕长阳路跑十圈的情景，想用豆腐撞死的心都有了，别说跑十圈，就算跑一圈，也足够她跑半个小时，要是跑十圈，在这如此炎热的夏天，不是中暑而亡，就是跑到虚脱而死。顾老板，不带玩这么狠的。

“觉得十圈少？”顾念淡淡然地说，“那就二十圈。”

“……”茉莉瞬间瞠目结舌、沉痛万分。

顾念转过身，把受到精神摧残的茉莉抛在一边，看到从出租车里走出来两个身影，见是父母，内心涌来一股喜悦之情，走上前，抱住母亲大人，听到耳边传来稚嫩的男声：“姐姐，抱抱。”一低头，看到已长大的嘟嘟，他伸出手，圆溜溜的大眼睛眨巴眨巴的，求抱抱的表情呆萌极了，顾念一把将他抱起，在他肉肉的脸颊上亲了一下。

给她灌输了长达八年“毕业了要回家接手蛋糕店”的父母，终于妥协，算是了却顾念心头的一桩大事。

开店初期，作为店长的顾念忙得不可开交，店铺设计沟通、经营产品品种、原材料订购、人员招聘等工作，都需要她一一参与，还得亲自下厨将自己从巴黎学来制作法式甜品的方法教给裱花师。

但人终究不是铁打的，她的日夜操劳、废寝忘食，给她的胃带来致命一击。

那天，正值新店开张半个月，由于初期营业办了一个“消费满五十元送招牌奶茶”的活动，来的顾客甚多，顾念充当起了裱花师，正在做马卡龙，胃部的疼痛越发明显。前几日都是隐隐作痛，但今天却是持续传来疼痛，疼得她额头不时流汗，绞痛袭来，她着实撑不住，只得装作没事人一样，跟裱花师说了下午有事，便匆匆赶到了最近的一家医院——市第一医院。

等到了第一医院，顾念才清醒地反应过来：这是他待的医院。可是，不会那么巧就能挂上他的号吧，而且他已是教授身份，要当天挂到他的号应当是比登天还难吧。

顾念想及此，便无顾虑，果然，给她就诊的并不是他，而是王医生——王睿。

王医生给她开中药方子时，顾念这才细细打量起王医生，四十岁，但显得格外沧桑、憔悴，眼角下方有一块瘀青，大抵有些时日，颜色已变浅，再看她脖子处，隐约能看到全部系上扣子的衬衫里，露出一方瘀青，颜色重，像是刚添的伤痕。

曾经跟叶敬安在一起时，每每来医院，几乎都能看到王睿，她待顾念极好，有什么好吃的都会分给她吃，跟她聊医院的一些事，当然少不了聊叶敬安。

四年不见，王睿早已失了当年的风华，微微一笑，眼角处的皱纹尽显。

顾念问王睿：“王医生，这几年过得怎么样？”

“还行，就那样吧。”王睿盯着电脑继续开药方，并不去看顾念。

顾念想了想，终究还是问起她的伤：“你的伤是怎么来的？”

王睿一惊，扭头看顾念。顾念定定地望着她的眼睛，看到了她异次元世界里发生的事，愣愣地多看了她几眼。

王睿佯装毫不知情，“哪里的伤？没有啊。”

“这里，还有这里。”顾念指向她的脸颊和她的脖颈处。

王睿忍不住拉高了衬衫领口，却也无法挡住那一点瘀青。既然被她注意到了，王睿一笑道：“你说这伤啊，都快好了，前些天我没注意，在家里滑了一跤，磕到了。”

“就算磕到了，也磕不到脖子那儿吧？”脖子上的伤像是勒过的痕迹。顾念见诊室没其他人，直言道：“王医生，现在就我们俩，有什么你就直说吧，是不是你老公干的？”

这四年来，顾念想明白了一些事，比如她的异能，她渐渐知道，并不是每一次都能如愿以偿，她没能改变郭静怡的命运，甚至因为自己的介入，让她的命运有了另外的走向；张美事件，虽然她被绳之以法，但秦烨受了伤，囡囡的病发作了；胡倩跟邱枫最终没能在一起；她的舅舅如她在异次元世界里知道的那样，离开了这个世界……像这样她没能逆转的事情，她或者她的家人就没有付出代价。

后来，她在国外又多管闲事了几次，总结出两点：第一，她没能逆转结局的话，不会付出代价。第二，她能逆转结局的话，要付出代价。

她想啊，不管怎样，哪怕要付出代价，她也要阻止有些人去寻死，去帮助受到不公平遭遇的人，去介入看不惯的事情中。

只要她努力了，即使最终不能改变结局，她也不会留有一点遗憾，更不会夜夜因自己没有去帮助他人而懊悔。

王睿打印出药方，惊讶地看着顾念，“你怎么知道的？”

“这不重要。”顾念说，“他都那样对你了，你为什么还要继续跟他过？”接下来的三天里，王睿的老公醉酒后对她一顿拳打脚踢，她忍着，像一块任人摆布的玩偶，被人肆意践踏。顾念怎么也没想到，这个看起来对生活高要求的女人，竟然能忍受老公如此的虐待，想来她身上的伤痕都是她老公所为。日子已经过成这样，她还有什么坚持的理由？

“那有什么办法。”王睿露出些许无奈。

顾念知道每家都有每家的难处，本不想多事，但实在无法忍受她老公的那些行为，犹豫再三，终究启齿：“他这样对你能忍，他那样对待你的女儿，还让你女儿离家出走，现在都找不到人了，都这样了，你还要跟他在一起？”

“你……你……怎么知道？”王睿惊得目瞪口呆，怔怔地看着顾念。

顾念想了想，胡诌道：“我认识一警察朋友，听说他们正在找一名丢失的十岁姑娘，正好看到过那张照片，认出来是你女儿，知道一些情况，至于……你老公对你那样，能看出来。”

王睿忽然眼前一亮，“你认识警察朋友？”

“是的。”

王睿一把抓住顾念的手，急急地说：“能不能让他帮帮忙，找到我的女儿，她都失踪一个月了，找了这么久，一点消息都没有。”说着说着，她的声音有些哽咽，眼睛中含着泪光。

“王医生，我会尽我所能的。”顾念也握住她的手，给她肯定的眼神。其实，她现在还不能从她的异次元世界里看到她女儿的踪迹，兴许能从秦烨那儿看到些蛛丝马迹，找到一些有用的线索。

顾念善意提醒王睿：“这两天你都不要回家了。”

王睿问：“为什么？”

“回去了要是再添新伤，那就不好了。”

王睿苦笑了下，“应该不会。”

顾念临走时，王睿叫住她：“当年你那么决绝地离开敬安，我能理解。但你知道吗？在你离开他的那几个月里，他简直过得生不如死。这都四年过去了，他没再交过一个女朋友，我想他还是放不下你。”

既然放不下，为什么她离开他的这四年里，他没有再联系过她？这就是他放不下她的方式吗？顾念对他们是否有以后已无任何念想，都过去了，就让往事随风散去吧。

有时候，世界那么大，你想遇到一个人，却怎么也遇不上；世界又那么小，你不想遇到一个人，偏偏会遇上。

就在顾念想拐弯下楼时，迎面遇到走上前的一个高大身影，一不小心她轻轻地撞到他的怀里，一阵清新的茶香味扑鼻而来，目光所及处是一件白大褂，脚上穿着一双锃亮的黑皮鞋。

顾念有瞬间的愣怔，双手还下意识地攥着他的白大褂，不敢抬头看他，先用余光瞥了一眼路过的护士，再抬头看着他的眼睛，发现看不到他异次元世界里的画面，一颗心忽然揪了起来。

最不想再见的那个人，隔着四年的时光，再次相遇，是美好的邂逅，还是上天的捉弄？

顾念听到自己怦怦直跳的心，像要冲破胸腔跳出来，她努力地想要抑制住，却发现徒劳无功。

她爱过的男人再次出现在面前，她要说什么？

她低垂着头，用非常低非常低的声音说了一句"不好意思"，还是故意调细后的娃娃音，这样他就无法发觉撞上的人是她了吧。

无论怎样，注定没有以后的人，再见面已毫无意义，能得到的无非是让你复习伤疤，又是何必？

她能感受到那种久违的气息、温度、香气，但都不再属于她。

顾念松开手，想急忙逃之夭夭，却听到身后的人说："小念，好久不见。"

顾念的脚步忽然一顿，呆呆地停在原地，到底是逃不出他的眼睛，她抓着手袋的手渐渐收紧，勒得她手心传来些微的疼，却浑然不觉，很慢很慢地转过身，如同电影里的慢镜头般，望着离她一米距离的叶敬安，面色淡淡的，看不出表情，仍旧是那张英俊得教人忍不住多看几眼的脸，岁月并没有在他脸上刻下痕迹，而是让他变得更加成熟、稳重。他穿着白大褂，里面是一件深灰色衬衫，上面的两颗扣子解开，露出精致的锁骨，身材一如既往地挺拔。

他这么真实地站在她眼前，却让她觉得那般虚幻，像是在做一场美梦。

顾念努力保持淡定，莞尔一笑，"好久不见。"

原来，再多的思念，到最后，不过只化为一句"好久不见"。

叶敬安朝她走了过来，上下打量她一番，穿着一身樱桃花纹白裙子的她，留着中分，一侧用发卡将头发夹在耳后，另一侧的头发微微往里收，落在肩头，比上次全部落在肩头的样子要显得稍微成熟了些，透出迷人的味道。

他的视线往下移，一眼便看到似乎在闪着微光的四叶草项链，心头漫上一丝愉悦，脑中不自觉地想起当年送她项链时的情景，他说："希望四叶草可以给你带来好运和幸福。"她依偎到他怀里，说："你在我身边，就是最大的幸福。"

当初在珠宝店时，叶敬安本没想到要在项链上刻字，听到身旁来选一对戒指的年轻男女提到要在戒指上刻字，他才想到如果在项链上刻字，那么，这条项链便是独一无二的，也更有意义。最终想到要刻"NA"，一方面有他们名字里拼音的缩写，另一方面他是存有一点私心的，但愿她能一辈子都思念他。

如今，她还戴着这条项链，是不是说明，她从来都没忘记他？

叶敬安望着她，看似很平淡地问：“这些年过得怎么样？”

“还好。”顾念随口一问，“你呢？”

“我也是。”

两人看着彼此，却没有谁再开口说话，曾经有那么多话要跟他说的顾念，如今面对他，已变得不知该说什么，也许说什么都是多余的吧。

叶敬安寻找话题：“胃病犯了？”

“嗯。”

“要紧吗？”叶敬安轻声问，声音清冽动听，在顾念听来，如山涧流淌的清泉。

“没事。”其实，还传来一阵阵疼痛。可是，如实告诉了他，又能怎样？

“照顾好自己。”

“嗯。”顾念抬头看他，似乎看到了他眼中的关切，恍若错觉，转瞬即逝。

叶敬安稍作沉默后才问：“还怕吗？”

“之前的几年都熬过来了，这四年又算什么。”顾念知道他说的是她看到别人异次元世界里恐怖的画面，他没出现的时候，她活得好好的；他出现后，她能活得更好。就算他从她的世界消失，她的世界照样能转动。这世上本就不是离了谁就活不了，说活不了的人也不过一时昏了头，到最后会发现，疼是一枚刻在你心底的印记，时间碾过，终将了无痕迹。

“你为什么……”叶敬安的目光落在她的项链上，正想问她“为什么还戴着这条项链”时，手机忽然响起，是一通催着他去做紧急手术的电话，话头被打断，他匆匆跟她告别，去医院的路上，不禁想起他们最后一次见面时的场景。

那天，艳阳高照，空气中流动着燠热的因子，他们坐在临窗的位置，各自心不在焉地喝着咖啡，望着外面流光四溢。

叶敬安能把她约来咖啡厅，着实下了一番功夫，他去她学校门口堵她，她见他，如遇牛鬼蛇神，对他左躲右闪，不愿与他说一句话。他百般拦阻都无果，最终他强行把她拽上车，带她来到了咖啡厅。那时候的他不知道，那是他们四年多来的最后一次见面。

他问：“你还恨我爸吗？”

她说：“恨又能怎样？”

叶敬安解释：“对于我爸想要得到 U 盘的事，我一点都不知情。至于他为什么要那个 U 盘，我是前几天才知道的。你还记得去年你第一次来我家时，警方怀疑爆炸案跟我爸有关把他带走的事吗？那事是我爸的商业合作伙伴冯刚陷害他的。”

顾念猜测，“你爸想报复冯刚，而U盘里有冯刚不可告人的秘密？”

叶敬安微微点头，“U盘里有冯刚洗黑钱的证据。”

顾念一脸痛恨，提高声音：“所以，你爸为了U盘，宁可牺牲别人的生命也在所不惜吗？”

“不是你想的那样。”

“如果不是我亲耳听到，怎么也不会想到你爸身为耀荣天下的董事长，竟然会为了一个U盘，而不惜一切代价。”顾念愤愤道，“如果不是你爸，我舅舅会死吗？”

“对不起。”

“说‘对不起’就能换回我舅舅吗？”

“你想怎样？”

“我还能怎样？”顾念的表情转而哀伤，“以后你不用再来找我了。”

“一定要这样吗？”叶敬安的眉头紧紧皱起来。

“你告诉我，这世界上有谁会跟自己仇人的儿子在一起？”

“……”

“忘了我吧，我们是没有将来的。”

“……”

“你这样纠缠，只会浪费彼此的时间，没有必要。”

“……”

“保重。”

叶敬安听着她离去的脚步声，每一下都像踩在他的心尖上，一阵阵发疼。他目送着她的身影离去，直到消失。

这天，叶敬安给病人做手术时，几次都拿错了工具，护士提醒后才换回去，他从未犯过这样的低级错误，但这一次，竟然被某人搅乱了心神。

而顾念呢，只当这次重逢是一次偶然，努力不记挂在心上，开始注意饮食，尽量每天早上吃早饭，但有时忙到深夜，便会忘记吃饭，临到午夜也无法入眠，满脑子都想着怎么把店铺经营好。虽然她在巴黎开的那家店如今已步上正轨，但起初营业时，有次差点遭遇关门的险境，生意惨淡，租金成本高，赚的微薄收入无法与支出持平，连续几个月都处于亏损状态。

大概过了三个月，有一天，冷清的店铺里忽然蜂拥而来许多顾客，几乎挤满了店，让她忙得不可开交。

之后她的生意渐渐好转，来的顾客越来越多。那时候她觉得奇怪，为什么那天会一下子来那么多顾客，她并没有做什么大的营销活动啊。后来始终没想明白，权当老天眷顾努力的人。

大抵是顾念这些天太过疲累，这天早晨醒来时，睁开惺忪睡眼，一摸床头闹钟，已九点半，早已过了上班时间。作为店长的她，在店铺经营尚未稳定之初，要求自己以身作则，要去得比员工早，走得比员工晚，简而言之就是“老板的身份，小员工的命”。

顾念来不及买早餐，直接打了一辆车去甜品店。

刚到店门口，一看手机，快到十点，过了早上销售旺期，店里只有两个客人，端着白色托盘，在透明的玻璃橱窗前逡巡。收银员、两位理货员凑在一起，正谈笑风生。顾念轻手轻脚地拉开门，她们对她的到来浑然不知，仍继续她们的话题，清晰地传到顾念的耳中。

收银员小凤拿着报纸，给其他两人看，“看吧，又多了一个政治联姻。”

其他两人看向报纸，茉莉先“啊”地叫出了声，随后从小凤手里拿过报纸，看着上面的叶敬安，“叶教授就这样到了别人碗里，怎么可能！”边说，她边摆出一张皱得跟纸一样的脸。

理货员小可说：“怎么，你认识叶公子？”

茉莉做出万分遗憾状，“不仅仅认识啊。”她仰天长啸，“我的叶教授啊！！！苍天啊，大地啊，快把我的叶教授还回来。”

小凤取笑她：“大白天的别做梦，你不会是指望着叶公子能娶你吧？咱们都是普通人，哪里能攀得上叶公子那根高枝。”

小可也不甘示弱，“茉莉，你到底想嫁多少人啊？一天换一个都嫌少？是不是希望换过的男人能绕地球一圈？”

“你说到点上了。”茉莉一笑，“不过呢，刚才我也就过过嘴瘾，我把全世界的男人都换一遍，也不会换到叶教授身上。”她得意地透露别人不知道的秘密，连声音都变得洪亮，“你们不知道啊，叶教授可是咱们小念的前男友。”后面三个字还加重了语气，茉莉背对着顾念，丝毫不知道站在她后面的顾念脸一下子绿了，冷冷地瞪向她。

最先发现顾念的是小凤，她一抬头，便迎上了顾念冷冰冰的视线，忍不住倒吸两口凉气。

茉莉见小凤震惊的模样，以为是被她透露的消息震住的，顿时点燃了她一颗少女玲珑八卦心，继续分享：“你们不知道哦，那时候叶教授特别爱小念，约她吃饭、看电影什么的都是小 case 啦，有一年除夕夜，下雪天，他连夜赶到小念的城市，就为了能见她一面。你们说，叶教授是不是有演偶像剧帅欧巴的潜质？”

小可做花痴状，“哇，帅炸了，要是早知道叶公子是这样的男人，就算赴汤蹈火、飞蛾扑火，我也要把他拿下。”

小凤朝她俩使眼色，却没有一个人反应过来，都各自沉浸在脑补世界里，一个扬扬得意，一个冒着桃花眼。

“你们说完了吗？”顾念抑制住内心翻涌的情绪，轻声说。

她的话飘到茉莉和小可耳中，两人顿时傻眼，互相看了彼此一眼，不约而同地露出“完了完了，这次会死得很难看”的表情。

茉莉和小可转过头来时，都尴尬一笑。

顾念虽然平时跟她们以朋友的方式相处，但对待工作时，倒有几分严格。只见她沉着脸说：“这儿不是婚介所，而是甜品店，你们一个个地站在这里，顾客来了也不招待，还想不想要这份工作了？”

“想。”三个人异口同声道，匆匆地去做各自的事。

茉莉拿着报纸，要去操作间，忽然听到顾念说：“把报纸给我。”

茉莉立马转身，屁颠屁颠地小跑到顾念身边，故作小丫鬟的姿态，“遵命，顾老板。”她朝顾念贼兮兮地看过去，压低声音，“顾老板跟秦哥哥才是最佳情人。”

“我不过就是想看下今天的财经版。”顾念神色淡然地从她手中接过报纸，无意中还是看到了叶敬安和未婚妻站在一起的照片，标题名大到她无法忽视：豪门联姻，总裁迎娶白富美。明明早就让自己割断了对他的所有念想，但为什么看到这样的消息，心竟然痛了一下？仿佛与他之间隔了万重山，明明知道他在山对面，却只能远远望着他所在的方向，视线里再没有他。

第二章 × 你不在的时候，一切是你

不是每一次的深爱都会有完美结局，但彼此用心守护的温柔，岁月都不会打扰。

到了下午六点，顾念正忙着指导裱花师，直到茉莉拍了下她的肩膀才回神，“怎么了？”

“看谁来了。”茉莉指向外间。

顾念一看，竟是大忙人秦烨，她匆忙地跟裱花师讲完，脱掉一次性手套，洗完手后去见秦烨。

她走到他面前，“你刚过来吗？怎么也不跟我说一声。”

“算不算惊喜？”秦烨温和一笑，眉眼间像染了三月春风，着实儒雅迷人。

“算，你这么忙，还能抽空来见我，简直是我三生有幸。”顾念笑起来。

“忙完了吗？晚上一起吃饭？”

“你等我下，我去换衣服。”

坐上车，顾念问起王睿女儿失踪一事，秦烨说：“已经锁定一个犯罪团伙，但他们的行踪不定，想要找到人还需要点时间。”他转过头，看着顾念，“你能从我这里看到什么吗？”

“你先好好开车，等吃饭的时候再看。”

秦烨把她带到“这里没有麻辣烫”，知道顾念最近胃病再犯，便贴心地跟小胖叮嘱要清汤的，小胖朝顾念笑，眼睛笑得眯成一条线，“小念姐好福气啊，我什么时候能吃到你们俩的喜糖？”

顾念看了眼小胖那如同怀胎十月女人的肚子，开玩笑道：“我看啊，我们会先吃到你家的喜蛋，你这预产期几月份啊？”

“小念姐，你什么时候能嘴下留情？”小胖一跺脚，娇憨模样像个情窦初开的少女。随即，小胖看向秦烨，“秦哥，你得好好管管你家未来的媳妇。”

这话在秦烨听来，如饮甘露，一股甜蜜如暖流般在心间流淌。

而顾念呢，不自禁地脑补了两人成为夫妻后的生活，尴尬得从脸颊一直红到耳朵根。

吃饭间隙，顾念细细地看了下秦烨的异次元世界，发现秦烨在远郊的一个破旧小屋里抓到了三四个犯罪嫌疑人，连忙将所见告诉他，等她说完，才发现眼前的人正一动不动地盯着她看，她说："刚才我说的，你都听了吗？"秦烨低声应："嗯。"

顾念觉得这次的秦烨跟以往的太不一样，之前他要是从她这里得到有关犯罪嫌疑人的消息会立马转达给他的下属，如今呢，却表现得像个事外人，而且……好像今天的他特意做了一番打扮，穿着正式的黑色斜纹衬衫，熨得笔挺的西裤，一尘不染的黑色皮鞋，就连头发都像是刚理过，剪短了，变得更加利落潇洒。

顾念记得茉莉曾评价秦烨和叶敬安，前者眉清目秀、温润如玉，颜值可以打到五星，后者器宇轩昂、玉树临风，颜值可以打到五星半。

茉莉曾说："他们都是美男，而且都爱你，不管你选谁，你都不会吃亏的。"

她是不会吃亏，甚至是修来的三生三世的福分，才会得来秦烨的深爱。

吃饭时，顾念好几次见秦烨欲言又止，从他的异次元世界里看到他要说的话，心里了然，却不戳破，直到他心不在焉地吃完饭，才说出这几日藏在心里的话："小念，上次的事，考虑得怎么样？"

顾念知道他说的是上次求婚一事，这些天她跟他在一起故意不提及此事，是因为她心里还没有答案，此刻，他主动问起，她也不好躲避，先是装糊涂逗他："什么事？"

"这么快就忘了？"秦烨面露失望，"就是这事。"他拿出戒指盒，盒面上的暗红色绒布上闪着荧光。

顾念迅速变脸，换成微笑的样子，"逗你呢，这么重要的事怎么能忘。"

"那你愿意嫁给我吗？"秦烨握着戒指盒的手指微微收紧，心跳加速，又紧张又期盼地望着顾念，目光灼灼。

顾念望着眼前眉清目秀的秦烨，想着这些年，他们分开过，他却苦苦守候，即使分开四年，他也一直孤身一人，不过都在等她，等她回来。

顾念在巴黎留学期间，他们有次通话，顾念关心他的个人感情问题，便问起是否找了另一半。他说："你知道忘不掉一个人是什么感觉吗？就是不管过了多少年，你去过多少地方，见过多少人，她都会住在你的心里。"他没有明说忘不掉的人是谁，但她比任何人都明了，只谈过一次恋爱的他，唯有她是他忘不掉的曾经。

她为此苦恼过、犹豫过，是不是要再给彼此一次机会，就算对他只有哥哥那样的感情，但以后在一起生活，最后不都要从爱人变为亲人吗？可她又不甘心，不甘心就那样将就。找到一份将就的爱何其容易，不过是人活在这世间最基本的生存法则，但要想找到一份你情我愿的爱，大抵要寻寻觅觅多时，直到出现一个人，你知道这辈子只能是他。

但顾念知道，这辈子只能是他的那个人从她的生命里走远了，成了再无法触碰的远方。他就要订婚了，即将过上新的生活。那么，她呢？是不是也该放下心头藏着的执念？过去的就留在过去吧，人总要往前看，不是吗？

“我……”顾念启口，正想说出“我愿意”的时候，电话忽然响起来，打断了她的思绪。她朝秦烨指指手机，滑下接听键，电话那头传来赵一莫火急火燎的声音：“小念，你知道我表哥要跟前女友订婚的事了吗？”

没等到顾念回“知道”，赵一莫紧接着说：“不管你知不知道吧，他要跟前女友订婚，就是因为他误会你有孩子了。他不爱前女友，爱的始终都是你。你们这两个大傻瓜，都还爱着对方，为什么一定要折磨对方？这样真的好玩吗？谈恋爱，跟谁谈，谈多久都不太重要，因为那是爱的练习。但结婚，跟谁结，这可是一辈子的事，选错了人，会后悔一生。难道你想让自己后悔一生吗？”

顾念紧紧地握着手机，神色愣愣的，仿佛在听天方夜谭。他不是因为还爱他前女友跟她订婚的吗？怎么会误会她有孩子？

顾念脑中一团混乱，如被无数根隐形的线缠绕，让她无法理清头绪，匆忙地跟秦烨说：“我们的事，下次再说，我现在有急事，先走了。”她边说边拿起包，作势要走。

在经过他身旁时，他伸手攥住了她的手，“我送你回去。”

“不用了，我打车回去。”顾念挣脱开他的手，急匆匆地回到住所，发现里面灯火通明，一进去就看到了坐在沙发上看手机的赵一莫。

顾念坐到她身边，将心中疑问抛出来：“他怎么会误会我有孩子？”

赵一莫见她气喘吁吁的样子，先给她接了一杯水，“先喝点水吧。你看看你这样子，之前还跟我说已经忘了他，明明就很在乎，为什么就不肯承认？他之所以会误会你有孩子，你还记得你把朋友的小孩带过来的那次吧，就是那天，正好是贺承的生日，他去参加了，看到你跟孩子一起亲密的样子，还觉得小孩跟你小时候长得像，就误以为是你的孩子了。”

“啊，不是吧？我小时候怎么就跟果果像了？”顾念觉得很不可思议

果果是季如欢和杨洋的爱情结晶，如今两岁多。

当年杨洋还是坚决跟季如欢分了手，那之后的几个月里，季如欢从起初的以泪洗

面到后来的渐渐振作，虽然还是会想杨洋，但更多的时候开始了学着一个人生活。

季如欢不再下班后的深夜给任何人打电话。她走过一段无人的长街，心里想的是，不管以后要走多少次这样的路，哪怕一个人走，都要勇敢地走完。在寂寥的夜里独自回家，最初她会觉得孤单，后来，渐渐明白，孤单是一个人的心事，独自品尝自有另一番味道。

她的孤单心事里，总会藏着她思念的他。

没有他的日子里，她从一个缠着他的娇公主渐渐变成独立的姑娘。

一次，季如欢从他的朋友圈看到他因陪客户喝太多酒而入院的消息，心疼不已，又从朋友那儿得知他跟娇娇根本就没谈恋爱，于是，她牺牲掉白天的睡眠，立马买了当天的飞机票，去往他的城市，打听到他所在的医院后，直奔他所住的医院，细心地照顾他，俨然又回到了最初对待他的温柔时刻。那天，她在医院守了他一夜，跟他絮絮地聊到凌晨，没有谁提及过去的事，她只是做回了善解人意的姑娘，用温柔和体贴融化了他的心。

其实，分开后的几个月里，杨洋没有主动联系她，不是不想她、不爱她了，而是怕一听到她的声音，一听到有关她任何服软的话，他就会心软，会忍不住想复合。当他看到曾经那个爱撒娇、喜欢被他照顾的姑娘，不再像从前那样即便在他生病时，也会做出娇滴滴的模样让他去照顾她，他心里十分震撼。

几个月他练习一个人，让季如欢脱胎换骨变成另外一个人，那天她主动跟杨洋说："再给我一次机会，好不好？"结果，杨洋给的这次机会，成了他们幸福的开端。

结婚那天，季如欢得知自己怀孕，喜上加喜。他们走过彼此的一整个青春，再走入彼此的人生，变成想守护彼此一生的比翼鸟。

不是每一次的深爱都会有完美结局，但彼此用心守护的温柔，岁月都不会打扰。

现如今，他们的小孩两岁多了。

上次他们来叶市玩，之前在视频里见过顾念的果果，心心念念着顾念说的各种美味甜品，赖在顾念家里不走了。那天，顾念当起了业余育儿嫂，幸好早早地把贺承生日那天的蛋糕都做完了，才有空余时间陪果果玩。

顾念没想到，叶敬安竟然把果果当成她的孩子了。只是，就算他误以为她有孩子了，他要跟别人订婚了，跟她有什么关系？为什么她要如此着急和紧张？

赵一莫说："小女孩嘛，小时候不都长得白白胖胖，又很可爱，所以，我表哥他就认错了。"

顾念喝口水，尽量让自己表现得很淡定，"哦，这样。"

“你就不好奇，他知道这消息后会做什么决定吗？”

顾念面露平静，“做什么决定，跟我有关系吗？”

“小念，别这副满不在乎的样子，你能骗得了全世界的人，却骗不了我。你要是不在乎他，会立刻赶回来吗？”赵一莫深深地为这两个人感到着急，干脆告诉她，“他决定跟程如嫣退婚。”

顾念震惊，却佯装不在意，淡淡地“哦”了声。然而，她内心的另一个自己却在摇旗欢呼。

看着她这样一副姿态，赵一莫心里又急又气，随手从桌上拿来一张纸，一边扇风一边加重语气道：“你在我面前就不要再装了，戴着这样的一副假面，你不觉得累，我看着都觉得累。你知不知道你在巴黎开甜品店差点倒闭，为什么顾客会越来越多吗？”

顾念猜测，“大概是做的活动吸引了顾客。”

“你想得真是太天真了，那么多的甜品店，别人为什么要光顾一家刚经营的小店？是我表哥从你微博上看到你经营店铺遇到了瓶颈，找了当地的好友，给了他一笔钱，让他去找人，假扮顾客去你店里，不过这个方法倒是有效，假顾客吸引了真顾客，假顾客也因为甜点口味不错而成为真顾客。要不然你真以为那些都是真顾客？”赵一莫顿了顿，“还有，你一个人去奥威尔小镇旅游时，钱包被人偷了，酒店也没提前订，差点露宿街头。你把这事发微博了，还记得有一个好心人给你订好了一家酒店，让你入住的事吗？那个好心人就是我表哥。为了不让你知道是他做的，他特意注册了一个微博小号给你发私信的。要不然你真以为一个陌生人愿意那么好心地去帮你？你走了以后，他一直在种魔豆，用易拉罐种，种到枯萎后，会继续再用另一个易拉罐种，循环往复，四年多过去了，他客厅的架子上已经摆了三排的易拉罐。我问他为什么要这么做，你知道他怎么说吗？他说，你曾跟他说过，魔豆会给人带来幸运，他想他一直一直种魔豆，是不是会幸运地等到你回来，幸运到最后你还能再回到他身边。”

顾念听得发怔，心中某个坚硬的角落正如冰雪般一点点消融。原来，她曾以为自己运气好，总能渡过难关，不过都是她的臆想。原来，他一直都在她身边，以她所不知道的方式存在着，如远方的灯塔，在黑暗中，照亮她前行的路。

顾念再无法镇定，那些被她隐藏的情绪瞬间爆发，她下意识握住赵一莫的手，语气着急地问：“我刚到巴黎时，一直找不到兼职工作，是他找人帮忙的？有一次，我胃疼得不行，是他找人帮我送药的？还有……”她仔细回想着这四年间发生的事。

赵一莫说：“别想了，很多事都是他做的。”

“为什么他要这么做？”从分手那天起，他们已经是毫不相干的陌生人，为什么他还要那么做?

“你还不明白吗？”赵一莫不知她是真不明白还是假不明白，“他可以忘记一切，却唯独不会忘记爱你。”

“可是……”顾念的嘴唇有些发颤，说起话来断断续续，“既然他忘不掉我，为什么从来都没跟我联系过一次？”刚到巴黎，在陌生的国度，走在陌生的街道，她的心头存有一丝奢望，奢望他能跟她联系，哪怕一次也好，听听他的声音就好，却从来都不曾如愿。

“其实……”赵一莫讪讪地看着她，有些难以启口，“这事要怪我，那时候你不是跟我说有多么多么不想见到他，不想听到他的任何消息吗？我就告诉了我表哥，还……给他传达了一个信息，他能做到的就是不要去打扰你。有时候，不打扰，也是一种温柔。”

“一莫。”顾念哀怨地看她，“你知不知道我刚去巴黎那会儿，跟当地人沟通有些障碍，学业又繁重，又找不到工作，真的很希望有个人能陪我聊聊天。你那会儿又忙着工作的事，我们又有时差，我想找个能陪我聊天的人都难。很希望……他能陪着我。”

赵一莫轻轻地戳了下顾念的脑门，“你真是傻，有这样的想法，为什么不告诉我？”

“告诉你有什么用？”

“最起码我可以把你的想法告诉我表哥，你们也不至于错过这四年，说不定又能和好如初了。”

“不会的。”顾念摇摇头，苦笑了下，“我那时候也就是他能陪在我身边，但不是说要跟他在一起。何况，你知道的……我跟他是没有将来的。”

赵一莫知道顾念还是放不下四年前在她舅舅身上发生的事，劝慰道：“都过去四年了，你也该放下了，你得有新的生活，是不是？而且，你舅舅也一定希望你能幸福。”

他们之间隔着的恩怨，是四年时间能够化解的吗？就算时间能化解，但谁又能知道，分开后的他们，是不是都还是四年前的彼此?

“是啊，我是该有新的生活了。”顾念努力一笑，“告诉你哦，秦烨向我求婚了。”

赵一莫呆住，几秒后才回神，“你不会已经答应了吧？”

顾念点点头。

“完了，这世上又少了一对有情人了。”赵一莫脑中闪过一个念头，“小念，我跟你说，你看我表哥都决定取消订婚了，你是不是也会考虑不嫁给秦烨？我真的很希望你们能在一起。”

顾念笑起来，“逗你呢。不过，差点就答应了，正好想答应时，你电话就打过来了。”

赵一莫兴奋地一把抱住顾念，“太好了！”随后，松开顾念，笑着说，“幸好，一切都还来得及。”

顾念不知道是否还来得及，更不知道她跟叶敬安是否有将来，却知道曾经缠绕着她四年多的恩怨一点点地被剥落。

抱着恩怨活了四年多的她，得到了什么？其实，什么都没有得到。反而，失去了他。

同一时间，叶家别墅，一家人围着桌子，个个都面色严肃，尤其是叶老爷子和叶昇。

叶老爷子重重地把茶杯往桌上一掷，茶水溅出，落在他手背上，他却不管，仍旧板着脸看叶敬安，“敬安，两个月前是你主动跟我们说要跟程如嫣订婚，现在媒体都已报道了这事，整个叶市的人都知道了，包括跟我们合作的公司。现在，你说不想跟程如嫣订婚了，知不知道你这出尔反尔的做法，不仅会让我们叶家颜面尽失，而且对我们公司的名誉非常不利，会直接影响到我们公司的股票价格，你知不知道这会给公司带来多大的损失？”

叶昇态度坚决，语气强硬，“我跟你说，敬安，这婚不管你想不想订，都订定了。”

胡怀璟到底是疼爱儿子，态度远比他们俩的好很多，说起话来温温柔柔，一副典型的慈母形象，“敬安啊，如嫣那么好，你怎么说不要就不要了？这对她是一种伤害，知道吗？你也这么大了，该对女人有担当了。订婚不是儿戏，怎么能说不订了就不订了。你告诉妈妈，是不是如嫣做错了什么？”

叶敬铭和妻子坐在一旁，静静地看着叶敬安。

许久，叶敬安才说：“爷爷，爸妈，哥，嫂子，这事是我做得不对，如果因为取消订婚而让公司股票跌了，我会补上跌的钱。”他看向胡怀璟，“妈，如嫣没做错事，是小念从法国回来了。这辈子，除了她，我谁都不娶。”

“你……你……这是要气死我吗？”叶老爷子急得胸口一阵疼痛，觉得呼吸困难。叶昇连忙让许姨拿来药递给老爷子，随后朝叶敬安一挥手，“你这个孽子，赶紧从这里消失。”

胡怀璟小声跟叶敬安说：“你先走吧，你爷爷和你爸都在气头上，等他们气消了，你再回来。”

叶敬安一把拿起公文包，转身走了出去。

外面，夜已深浓，他开车疾驰在车辆渐少的街道上，去酒吧买醉。他走出闹哄哄的酒吧，已有些醉意，眼前的霓虹灯变成一团团模糊的光影，他开不了车，只好叫了代驾，报了个地址，而后昏昏沉沉地睡去，直到司机把他叫醒，他才猛然发现自己竟然报的是顾念的住址。原来，他最想去的地方，不是他自己的家，而是她的家。

叶敬安下了车，站在庭院外面，朝别墅里望去。一楼和二楼都还亮着灯，隐约能看见白色窗帘后面走动的人影。

他多想走进去，跟她说一句："小念，你是不是还爱着我？"

他伸手推了下院门，竟发现只是搭起来了，并没有上锁，便径直走到别墅门前，也许是酒精作祟，也许是他真的想见她了，他敲了敲门，听到里面传来既熟悉又让他贪恋的声音："谁呀？"

叶敬安没有说话，继续敲门，随后听到她说："你来做什么？"

"小念，开开门，好吗？"叶敬安的声音里带着点乞求。

顾念从猫眼里看着有些醉醺醺的他，听着他低微的声音，心里竟然一痛，仿佛回到了四年前，回到了她疼惜他的岁月。她将手伸向门把，搭到上面，紧紧握住，犹豫再三，终究开了门。

还没等顾念仔细看看四年不见的他，就迎来了他的拥抱和他炽热的吻，那么浓烈，那么疯狂，似乎要将她全数吞没一般。

他在她的唇上辗转，舌尖撬开她的唇，直抵那片柔软，互相交缠。

她曾经最依恋的温柔，如今却变成霸道的占有。她伸手抵抗，他却紧紧箍住她纤细的腰肢，她无处可逃，轻轻咬了他的舌头，他疼，却仍不停止索取，吻得更加狂热，生怕一松开她，她就要逃之夭夭。

"你……在……做什么？"顾念说话都不完整。

"你不知道吗？还要我做得再明显些吗？"叶敬安边说边将手从她衣服下面往上探去，掠过腰间细腻的皮肤，再继续往上，直到摸到内衣的搭扣才停下来。

虽然她心中有他，难道就代表他们要以这样的方式见面吗？顾念伸手将他的手用力地甩开，再趁机推开他，离开他的桎梏，眼中腾起一股怒火，愤愤然地看他，"你为什么要这么做？"

"都这么做了，你还不明白吗？"叶敬安背抵着门，苦笑一下。

"你喝醉了。"

"不，我很清醒。"

"喝醉的人都说自己清醒。"

叶敬安望着顾念，胃里如火在烧，脑袋昏沉发疼，目光有些迷离，语气却很坚定，

“就算我对所有的事都不清醒，但唯独一件事我很清醒，就是……我爱你。”

她的心弦似乎被轻轻撩拨了下，微微一颤。

说完，他的身体一软，往右倒去。顾念来不及多想，立刻跑上前，抱住了差点倒地的他。

顾念轻声喊他的名字：“敬安，敬安……”他却只支吾地应了两声。

她抱着他，就势倚靠着门坐在地上，看着他直飞入鬓的眉毛，挺拔的鼻梁，薄薄的嘴唇，还是曾经英俊的模样，只是，他还会属于她吗？

不管结果怎样，就趁他不知道的时候，多抱一抱他吧，看看他的容颜，感受他的体温，寻回她曾爱过的味道。

翌日清晨，顾念正跟周公约会，忽然觉得脸颊上传来湿湿热热的感觉，一下子惊醒，入目的是叶敬安冷静从容的脸。

“你刚才对我做什么了？”顾念擦擦脸颊，有点湿湿的。

“没做什么。”叶敬安神色淡然。

“你……你……偷袭我了，是不是？”顾念说出口，脸颊不自觉地泛起些许红晕。

“是又怎样？”叶敬安拿起枕头枕在背后，舒舒服服地靠上去。

顾念愤愤不平，“你怎么能乘人之危？”昨晚好心收留了他，他竟当起了蛇，不知知恩图报，倒乘人之危了，她真是引狼入室啊！

“你不也是。”叶敬安掀开被子。

顾念急忙闭眼，“你耍流氓。”

叶敬安见她羞涩难当的模样，倒忍俊不禁起来，戏谑道：“我身上哪里你没看过。”

“快把被子盖上。盖上了吗？”听到了叶敬安的回应，顾念才睁开眼，“昨晚我可是闭着眼帮你脱衣服的，要不是你喝醉了不省人事，又加上发烧了，我一定不会收留你。”

“你是舍不得我离开吧？”

“别自作多情。”

“你守了我一夜算什么？”叶敬安伸手拿出水杯，“昨晚是不是照顾我了，喂我吃药了，还帮我擦身子了？”

他说得如此赤裸裸，让顾念更加害羞，脸颊发烫，拿有些凉的手背贴在脸颊上，试图降温，却发现毫无效果，抬头看叶敬安，不客气地说：“谁帮你擦身子，你当我是你的保姆吗？喂你吃药，是怕你死在这儿。守了你一夜，那不过是我不小心犯困，就睡到天亮了。”

叶敬安方才醒来后，脑袋还有些疼，发现自己竟然在顾念的房间里，努力地回想起昨晚发生的事，一帧帧画面在脑中闪现：他吻了她，醉倒后不省人事，头越来越疼，似乎还在发高烧，模模糊糊中听见她让他坐起来吃药，她摸他的额头，眼神温柔得一如从前。

仿佛，他们真的回到了从前，回到了相爱时。

如果这是真的，多好！

作为病人，叶敬安享受起了病人的福利——顾念亲自下厨为他做早餐。那个曾经看到油星溅出来就跳起来的姑娘已经不再笨手笨脚，娴熟地做着早餐。

叶敬安倚靠在门口，双手环胸，望着穿着白色居家睡裙的她，睡裙宽松，略有些透明，隐约能看到她那不盈一握的腰肢，和穿在里面淡粉色的内衣，着实诱人，他的喉结忍不住滚了几下。

顾念察觉到他的到来，扭头看他，“看够了吗？”

“没有。”

“想看到什么时候？”

“你不会以为我在看你吧？”叶敬安淡淡地挑了下眉，“我不过是来看厨房有没有变成犯罪现场。”

“……”四年多了，好歹她也在国外独立生活过，基本的一些菜她还是会做的，她单手叉腰，信誓旦旦，“我的厨艺有了质一般的飞跃。”

“那最好不过。别让人吃了病情加重就好。”

“……”他可真是分分钟能浇灭顾念做饭的欲望啊！考虑到他是病人，顾念不与他计较，换作以前，她才不会服侍这尊大佛。

等顾念端上早餐，叶敬安才彻底怔住，也知晓了方才为什么她能那么娴熟地做饭，她的杰作不过是水煮鸡蛋、水煮西兰花、水煮胡萝卜、水煮玉米……这真是太考验她的厨艺了！

顾念丝毫没察觉到叶敬安想抚额的动作，满面春风地给他拿来筷子，端来一杯牛奶，“你吃吧，我要去换衣服上班了。”

顾念转身要走，却被他拽住了手腕，她脚步一顿，视线低垂，望着他的手，感受到他的手心热热的，像燃起了一团小小火焰，一直燃到了她的心间，让她心头一热。但这样的温度，她不敢奢望，从他的手心挣脱开，“晚了会误事。”

“你怎么还不知道要珍惜自己的身体，非要胃疼得住院才满意吗？”叶敬安的声音里有微微的斥责。

“这是我的事。”顾念坚持想走，她不是不愿吃早餐，只是不愿跟他一起吃，那样会让她觉得尴尬。

叶敬安站起来，挡在了顾念的身前，居高临下地俯视着她，虽然生病中，却仍有一股不怒而威的凌人气势，直接拉着她坐到了桌前，命令道：“吃饭。”

“……”他这是要走霸道路线了吗？顾念瞪着他，“你是我什么人，凭什么管我？”

“你希望我是你什么人？”叶敬安神色淡淡的，丝毫看不出一点表情。

顾念顿了一秒说：“路人。”

叶敬安用怀疑的眼神看她，“真的吗？”

“嗯。”顾念垂下头，不去看他的眼睛。

叶敬安不急不缓地说：“如果是真的，为什么你在法国旅游时随身携带的手账上，每一页都有我的名字？你去我当年上过的大学，去塞纳河畔，去埃菲尔铁塔，去普罗旺斯，去我以前跟你说过的，我曾去过的每个地方，你把拍下来的照片贴在手账上，每一张照片下面都写了一句话，写了什么，你应该都还记得吧。”

顾念听得一怔一怔的，当心底最深的秘密被人这样揭开时，如同一层一层剥开了她的心，心事裸露在外，无处躲藏，怒意如狂风卷席，兜得她满头满脸的灰，他离自己这么近，竟会让她觉得隔着山重水远的距离，看不真切。

“是赵一莫把手账拿给你的？”顾念心中一疼。

叶敬安的沉默验证了顾念的猜测。

为什么总是最亲的人给她最致命的一击？她放在抽屉里的手账，载满了她无法言说的心事，写了她走过的地方，贴了她见过的风景照，却只写了一个她想念的人。

她以为放的地方足够隐秘，却还是被赵一莫发现，她竟然给叶敬安看了！

叶敬安见她一脸发愣的表情，察觉到不对劲，声音温和了许多，“你别怪她，她是为我们好。”

顾念一时只觉得被人出卖，心情低落，扬声说：“为我们好，就应该偷偷拿走我的私人物品吗？还……给你看了。”

“如果我不看，又怎会知道，你是那么爱我。”是啊，他以为她对他爱的程度，不过如冬日里薄薄的积雪，却没想到竟已堆积得那么深，深到让他已不想再从她的世界离开。

顾念站起来就想往门外跑，想快点从此人面前消失，但他却不能让她如愿，疾步跑到她面前，挡住她的去路，揽住她的双肩，迫使她看着他，“小念，我已经跟如嫣说过取消订婚了。”

昨晚，叶敬安坐在酒吧里，看着舞池里的红男绿女，听着聒噪劲爆的音乐，觉得眼前那一切都太虚幻，并不是他真正想待的地方，就连他曾想将就着要订婚的那个人，都不是他所喜欢的。如果不是看到顾念和那小女孩亲昵的画面，如果不是他误以为她们是母女，他又怎会轻易放弃这四年多的等待。

叶敬安不是没想过从赵一莫那儿打探些关于顾念的近况，但这样的事，他做不出来，这四年多，他一直伪装得不再在乎顾念，不再想从赵一莫那儿听到有关顾念的任何消息，他伪装得已经忘记顾念。谁也不知道，他的伪装下，藏着的是对她日渐疯长的思念。

他一直都记着赵一莫当时告诉他的那句话：有时候，不打扰，也是一种温柔。

他把对她的爱藏在心底，藏在无人知道的角落。那一个个想涌进他心房的人，却不再有一个停留的位置。

可惜，当他猜测着她已经结婚生子后，所有的等待都化为虚无，傻傻等了四年，换来的不过是她已是他人妻。如果等待比追逐更能让她心安，他愿意等待，哪怕无归期。只是，等来一场空，他能做什么？不过只能找个不讨厌的人，将就着过余生。

那时候的他，想不到比这更痛苦的事。每天被痛苦侵袭，上班心不在焉；抽烟打发闲暇时光，尤其是深夜，烟蒂几乎放满了烟缸，烟灰快烧到手指才察觉；客厅外面阳台上的魔豆刚抽芽，已几天没浇水，泥土干燥，已露出些许的龟裂。他望着魔豆苦笑，说好的幸运，不过是他的臆想，这世上哪里会有植物茁壮生长后就能带来的好运？一直都是他自欺欺人，他拿起易拉罐，高高举起，想砸掉，却久久地举在半空，迟迟不落下，最终还是将易拉罐放回原位，在阳台上坐着抽烟，直到天明。

后来，叶敬安想，是不是因为他一直善待魔豆，才终于换来了好运气。

赵一莫得知他订婚的消息后，立马质问他，明明不爱程如嫣，为什么要跟她订婚。叶敬安觉得事已至此，再多隐藏已是无益，便告诉了她他的想法，这才知道误会了顾念。赵一莫告诉他，顾念还爱着他，他不太信，直到她偷偷地拿来了顾念的手账给他，他才知道了这些年她从未忘记自己。

但面前的人却还是装作不在意，挣脱开他的双臂，“你跟谁订婚，有没有取消，都跟我没关系。”

叶敬安直视着她，她却垂着眼眸。

叶敬安说：“你看着我，告诉我，你是没放下你舅舅的事，还是不敢承认你心里还有我？”

顾念缓缓抬头，“你都知道，还问我做什么？”

叶敬安往前迈出一步，两人近在咫尺，他抬手把她拥在怀里，耳朵触到她柔软的发，脸颊贴着她的脸颊，声音低低的，却无比清晰，“小念，不要再离开我了。”语气温软，如一缕暖风，吹进她的心底。

他是她致命的毒药，她要怎样才能戒掉?

她想起曾经独自旅行的日子，还有在手账上写的话语，想想都觉得耳根一阵滚烫。

——敬安，我终于来到你的学校了！可惜，没早一点认识你。

——敬安，普罗旺斯的薰衣草开花了。看，照片里只有我，多希望旁边还有你。

——敬安，夜晚的塞纳河很美。可是，没有你，再美的风景都黯然失色。

——敬安，埃菲尔铁塔好迷人，我却只能远远地看着，就像只能隔着六个时差，远远地想念着你。

……

——敬安，多希望你能做我的导游，走遍你曾经待过的每个角落。我知道这不可能，也许这样的时刻永远不会到来，那我就自己都走一遍。即使你不在身边，也没关系，因为，你在我心里。

再次被他拥在怀里，只隔了四年，顾念竟觉得已过了一辈子。

也许，她等这一天，等得太久了。但她知道这样的温存，不过是她的一丝贪恋，就像现在，让她在这样的温存里待得久一点，久到她觉得他们从此真的可以在一起了。

隔着真丝衣料，她清晰地感受到他宽厚又温暖的手心，温度一点点传到她的肌肤上。他温热的气息，像羽毛般，轻轻地扫过她的脸颊，跟从前一样，热热的、暧昧的味道蔓延开。

顾念一直无法安放的双手，艰难地举起来，一点一点地靠近她曾经熟悉的身体，抱住他，动作那般轻，仿佛抱着的是一团幻影，只要再用力点，就要幻灭。

终于可以明目张胆地拥抱他了。

昨晚，她照顾他时，趁他熟睡之际，毫无顾忌地看他英俊的眉眼，看他修长好看的手指，看了很久很久，却不知足，先试探性地轻轻触碰他的手背，再轻轻握住他的手，到最后握住不放，好似过了那晚就再也没机会了。

他吃饭前洗过澡，她能闻到从他身上散发出来的浴液的清新味道。她把头靠在他的肩上，却没了之前的那份安心，只觉得这一切像一场梦，她知道梦终归要醒。

顾念的鼻头泛酸，忽然很想用力地把他抱紧，很想告诉他“敬安，你知不知道这些年我好想你”，很想说“我再也不会离开你了”。

可是，她现在能做的，只有推开他，离开他温暖的怀抱，抬头告诉他：“敬安，我希望你能幸福，但能给你幸福的那个人不是我。”

叶敬安双手无力地垂在身侧，眼睛里流露出些许的感伤，“如果你担心你家人不接受我，我会努力做到让他们接受我。”他稍作停顿，“你好像对我爸有些误会，其实，当年他嘱咐肖俊不要伤害你舅舅，也许你漏看了这一段。这是后来我问我爸才知道的。”当年因为徐志的事，顾念跟他冷战，他跟叶昇冷战，等她去了法国，等他终于能够平静面对叶昇，才翻出旧事，得知自己冤枉他了。但不管怎样，如果不是叶昇让肖俊去夺U盘，事情也不会发展成那样。

“不用说这些了，都过去了。”对现在的顾念来说，她已渐渐放下心头的恩怨，真相已不重要。但她知道，母亲却从来没有忘记此事。

叶敬安望着她，心头漫过一抹紧张，“你不想回到我身边吗？”

顾念抬腕看看手表，“我真的要走了，要不然去店里就晚了。”

叶敬安声音轻微：“留下来。”

“什么？”

“留下来陪我。”

“不好意思，我没有这个义务。”顾念说完转身离开。

这次，叶敬安没再挽留，看着她离开，听着吧嗒的关门声，好像她为他关上了心门。

这之后的几天，叶敬安没有顾念的消息，即使他给她发信息，她也只字不回，仿佛人间蒸发了。既然她不愿再靠近他，那就让她站在原地好了，他愿意走向她。

叶敬安这天早早去了她的“MISS”甜品店，曾无数次远远地看过这家店，走近了才发现店铺装修得极其雅致，白色外墙上画着各式各样的甜品：纸杯小蛋糕、甜甜圈、马卡龙、猫咪头像的饼干……纸杯小蛋糕里款式多，其中就有他最爱吃的抹茶蛋糕。

乳白色窗户开着，能看到里面摆放着的乳白色桌椅，灯光昏黄，照得里面透明的橱柜如笼上了一层金纱。

这是她曾跟他说过的梦想中的店铺，如今，她做到了，他替她高兴。

她呢？在哪里？他再往前走了一步，隐约看到透明橱柜后的她在走动，旁边有个穿白色工作服的男甜品师。里面有一个正在选购面包的矮胖男人，他见顾念出来了，热情地走上前跟她搭讪。顾念笑脸相迎，配合地跟他聊天，但不停地闪躲。

叶敬安这才发现，原来是矮胖男人想占顾念的便宜，应该被顾念从矮胖男人的异次元世界里看到了，才会提前闪躲。

顾念有对策，矮胖男人也不甘示弱，放下托盘，仗着外间没人，仗着甜品师没注意，打算左右开弓。这时，叶敬安再顾不了那么多，急忙跑进去，把顾念拉远，揽住她的肩膀，神色如冰地望着矮胖男人，冷冷道："你想做什么？"

矮胖男人先是一慌，随即镇定，语气不善："我做什么，关你屁事？"

叶敬安亲密地拥着顾念，"她是我女朋友，你要是敢再有什么不轨的行为，别怪我手下不留情。"

"哟，是你女朋友又怎么了？只要她没结婚，我照样能抢过来。"矮胖男人不甘示弱，抬着下巴，昂着头说。

叶敬安冷冷一笑，"你想抢人，也得问问被抢人愿不愿意吧。"

矮胖男人立马看向顾念，切换到笑眯眯的柔情模式，"小宝贝儿，你说，想不想做我的女人？我有三套房产，四辆豪车，年薪百万以上。"

顾念看着矮胖男人作秀一般的模样，只觉得恶心到想吐，讪讽一笑，"你知道我男朋友是谁吗？叶家二少，就是'耀荣天下'的二公子，你不会不知道吧？"说完，顾念踮起脚，在叶敬安的脸颊上印上一吻，笑得甜蜜，仿佛他们真的是恋人。

"耀荣天下"在叶市几乎无人不知，矮胖男人听后，脸顿时灰败了，立刻从方才"我是土豪我骄傲"的架势转为"我是土鳖我闪人"的姿态，收起下巴，朝叶敬安说："刚才是我有眼不识泰山，多有得罪，还请您大人不记小人过。"又转头对顾念说："顾老板，刚才是我混账，下次不会了。"

叶敬安沉声说："还有下次？以后别让我在这里见到你。"

"是是，我这就走。"矮胖男人慌得连面包都没买，急忙离开了。

顾念看着叶敬安还搭在她肩膀上的手，"可以松开了吧。"

叶敬安这才缓缓松开，"经常遇到这样的事吗？"

"怎么会，这样的极品也是少数。"顾念往橱柜里摆上新鲜的面包，"刚才的事，不好意思。"

叶敬安知道她是说亲吻的事，淡然笑道："没什么，那是我女朋友应该有的权利。"

"敬安，别这样。"顾念停下手中的动作，抬头看他，"我们都该有新的生活。"

叶敬安拿过空托盘和夹子，选了两块抹茶蛋糕。

顾念的视线停留在抹茶蛋糕上，"你以为自己喜欢吃抹茶蛋糕，就只吃这一种口味的，但有时候，你可以去尝试下别的口味，比如草莓蛋糕、黑巧克力蛋糕，说不定会有更喜欢的。”

叶敬安听出了她话里的意思，顺势说：“你不知道吗？人越是年龄大了，越是改变不了一些习惯。像我，就很难改掉只吃抹茶蛋糕的习惯，就算其他有再多的选择，我也不会去尝试。”

顾念夹了一块草莓蛋糕放到他的托盘里，“尝尝，免费送你的，说不定你会喜欢。”

“就算喜欢，也不代表我会拥有，更不代表我要戒掉吃抹茶蛋糕的习惯。”

顾念想说“你怎么就这么固执，忘掉我吧，我们不可能的”，可是，她什么都没说，默默地把送他的蛋糕打包好。

叶敬安临走时，顾念说：“谢谢光顾。但，请你以后别来了。”

叶敬安提着袋子的手不由得收紧，眼神一黯，嘴唇微微一动，但最终什么都没说，离开了甜品店。

他刚走出门便遇到了茉莉，两人擦肩而过，他并没有注意到来人是茉莉，径自离开。

茉莉想叫住他，跟他打声招呼，但见他神情冷漠的样子，便觉得大事不妙，匆忙跑进店里，询问顾念缘由：“小念，叶教授怎么来了？不会是想跟你旧情复燃吧？咦，不对啊，他不是都要跟前女友订婚了吗？”

顾念扫她一眼，“你是娱记，还是理货员？”

茉莉昂首挺胸，振振有词：“不会八卦的理货员不是好理货员。”

顾念正经地看她，“好，你继续八卦，一个人八卦到昏天暗地，明天可以在家休息了。”

茉莉顿时石化，不过，为了发扬她的八卦精神，摇着顾念的手臂，厚着脸皮，挤出笑容，“顾大 Boss，就透露那么一丢丢好不好？”她伸出小拇指。

为了满足茉莉的好奇心，顾念说：“好，我告诉你。”

“哇，太好了！”茉莉拍拍手，露出星星眼，马上就要揭晓答案了，好激动啊好激动！

顾念轻描淡写地说：“他是来买蛋糕的。”

“……”什么！竟然没有八点档“前前女友对他死缠烂打求订婚，他对前女友念念不忘求复合”的戏码？白激动一场，茉莉的八卦心都被浇灭啦！她想静静，别问她静静是谁。

在茉莉静静的时候，顾念却静不了，方才他为她解围的画面像播放电影般在她脑中回放，她无法不说服自己，他的怀抱是她最想停靠的地方。

顾念拿出一款不常用的手机，手机号是四年前的。她早已告知别人换了新号码，大抵叶敬安从赵一莫那儿得知此事，以为她不会再用之前的手机号，所以才那么毫无顾忌地把老号码当成他的树洞，每年给她发一条信息，一共四条，每一条只有三个字：套餐三，发送时间都是每个除夕夜的晚上十二点。

每一年的除夕夜，她都在巴黎度过，纵然会跟一群华人聚餐欢庆，一起看春晚，一起吃年夜饭，却仍旧无法填补她对亲人的想念。他发来的信息是最好的慰藉，让她想起以前美好的岁月：她绞尽脑汁地想应该给他发什么样的独特信念祝福，她为他独家定制了美食套餐，套餐一：真心；套餐二：真心加思念；套餐三：真心加思念加快乐，附赠比蜂蜜还甜的甜蜜。制造商：春节美食派发小分队；有效期：1314。想定制套餐一请回复“1”，定制套餐二请回复“2”，定制套餐三请回复“520”。

身处异国他乡的顾念以为他发的套餐三 = 真心 + 思念 + 快乐，却不知道，其实，他发的套餐三 =520。

第三章 × 巴黎之旅，念念向安

世界上有那么多人，却只有一个你，让我心动不已。

这些天，王睿因为女儿丢失的事，整个人苍老了很多。警方和顾念那儿都没有找到女儿的消息，她干等着，等得越发绝望。之前哪怕遭受再多老公尤用的拳脚相加，她都能忍，只为了给女儿尤佳一个看起来温暖的家，如果换作以前，想必在他第一次对她家暴时就会离婚了。虽然她是二婚，但就要在他醉酒后理所当然地被骂“你这个别人不要的破鞋”吗？骂完还狠狠地招呼她的脸。

在嫁给尤用之前，王睿经历过一段不幸的婚姻，所嫁之人是她的大学同学任飞。两人相爱四年，毕业后就结婚了，直到婚后任飞才暴露种种缺点，曾经夸下海口要在医学界闯下一番天地的人，成了挑三拣四不愿将就工作的人，以至高不成低不就，成了无业游民。最初的斗志被磨灭后，他在家打游戏，结交三教九流的朋友，整天游手好闲，从不好意思被王睿养着，到理所应当地伸手要钱。王睿百般劝说，一点成效都没有，三个月后，两人离婚。

那段时间，王睿对男人已经很失望，直到遇到尤用，起初，他对她好得不像话，她不为所动，他坚持对她好了三年，她才同意跟他在一起，又考验了他两年才嫁给他，以为自己终于找到了好男人，却没想到迈入了另一段更加不幸的婚姻。

王睿在女儿失踪的这段时间想了很多，如果再找不到女儿，是时候离开他了。正当她沉浸在哀愁之中时，电话响了，是个陌生号，她急忙地接了，多希望是警方打来的，告诉她女儿已经找到了。但当她听到对方用不标准的普通话说“喂”的时候，心凉了一截。

王睿紧张地问：“你是谁？”

“你女儿在我手里，打三十万到我卡里，我会放你女儿。”

王睿分辨不出来对方的普通话里夹杂着哪个地方的口音，也无心去辨，终于有女儿的消息，又急又喜，但还保留着理智，“我凭什么相信女儿在你那儿？”

她听到手机移开的声音，随后听到女儿凄凉的声音，一遍遍喊着“妈妈妈妈，救我”，她瞬间慌了，着急地说：“佳佳，别怕，妈妈会去救你的。”得来的却是口音男的冷漠声音：“把钱打到我卡里，要不然你女儿会怎样，我可不敢保证。”

王睿保留些许理智，“好好，我会给你钱，但打到你卡里，你不交人，怎么办？这样吧，你给我个地址，我一个人去。”

电话那头沉默了会儿，电话移开，似乎在跟旁边的人商量对策，过了会儿，口音男给她报了个地址：“十点钟，你到这儿来，记住，只能是你一个人，要是发现有警察跟着的话，老子立马把你女儿杀了。”

“好好。”王睿匆匆应下，拿着纸笔写下一行潦草的字。

挂了电话，王睿整张脸灰败如土，双手无力地搭在桌子上，同屋的几个同事有的今天不出诊，有的已经出诊了，只剩下她一个人，连可以商量对策的人都没有。她六神无主，心里想的都是女儿方才凄凉的声音，她不知道女儿是否已经遭受到了虐待，格外担心，努力想着怎么才能在短短的一个多小时内筹集三十万，她所有的积蓄加起来才二十万，还差十万，正想打电话问父母借，忽然听到敲门声，惊慌地放下手机，说了声“请进”。

来人不是她的同事，而是顾念。王睿扶着桌子站起身来，身体晃了一下，她努力站稳，努力装作什么事都没发生的样子，挤出笑容，“你怎么来了？”

“来取中药，顺便看看你。”顾念看着王睿，发现她比往日里更加憔悴。

王睿先走上前锁了门，才跟顾念说：“我女儿有消息了吗？”

顾念说出昨天从秦烨那儿听来的消息：“前几天，我那个警察朋友找到了几个犯罪嫌疑人，不过他们是拐卖儿童的下线，只负责拐孩子，至于卖给谁，他们不知道，由他们的上线负责。”

王睿努力保持平静，心里却慌得乱了阵脚，公式化地说：“谢谢你，小念。”

顾念望着面前失魂落魄的王睿，定定地看着她的眼睛，从她的异次元世界里看到了惊人的画面，她试探地问：“你那儿有消息了吗？人贩子跟你联系过吗？”

王睿想了想，不打算告诉她：“没有。”

顾念慢慢地引导她说出真相，“王医生，如果人贩子跟你联系过，你可以告诉我，我们可以一起想办法。”

对此事最了解的人要数顾念，王睿想来想去，能告诉的人，也就她一个，于是说出方才发生的事。

一切都在顾念意料之中，不过她还是装作有些震惊的样子，“王医生，你不会是想一个人拿着三十万现金去吧？”

王睿满面愁容，声音低下去：“我没有别的办法。”

“人贩子不是我们可以对付得了的，你想想，他们收了钱，肯放你走吗？说不定会连你一起拐卖了。”

王睿倒没想到这一层，心里一惊，“他们连妇女都不放过吗？”

“你没看到新闻里播的吗？现在还是有拐卖妇女儿童的人贩子的，你一个人去会很危险。”顾念刚才从王睿的异次元世界里看到交了钱的王睿并没有领走她的女儿，反而被人贩子绑起来，对她做了惨无人道的兽行，画面残忍到她已不想继续往下看。她说：“我们报警吧。”

王睿立刻抓住顾念的手臂，声音里几乎带了哭腔：“不不，报警了，他们就会杀了我的女儿。”

顾念心生担忧，“不报警，你有危险了，怎么办？”

王睿满心只有女儿，哪里还顾得上自己的安危，乞求般地看着顾念，“求求你，小念，不要报警，这世上除了小佳，我已经没有其他亲人了，如果她死了，我也不想活了。”尤佳是支撑着她活下去的唯一信念，哪怕她被尤用打得鼻青脸肿，想到只要能给尤佳一个看似完整的家，忍受什么样的苦，她都甘愿。

顾念见她情绪激动，只好先收起手机，看着王睿抓起手包就要走，她只能出下下策：“我陪你去。”

起初，王睿怎么都不愿拉着外人冒险，但顾念执意要陪她一起去，还答应乘坐另一辆车，与她拉开距离。王睿心神俱乱，别无他法，只得同意。

王睿从朋友那儿借来十万，又去银行取出二十万现金，装进临时买的一个银色箱子里，箱子并不重，她却觉得提着一块块巨石，压得她的心有些喘不过气来。

她开着车前往目的地，从后视镜里看到一辆银色轿车——正是顾念的那辆，她的心安稳了些，却不忘给顾念打电话，嘱咐她千万不要报警。

顾念知道此事非同小可，她们这么做，无疑是羊入虎口，光靠她们俩，又怎能敌得过那几个粗壮大汉？要报警吗？顾念一手握着方向盘，一手不由得握紧手机，犹豫半晌，终究拨了秦烨的电话，可是，那头却传来机械的女声“您好，您拨打的用户已关机”，她顿时有些慌，要不然直接打“110”？但她知道没有人会相信她的鬼话，相信她能看到未来发生的事。顾念无奈，辗转一想，到底还是给秦烨发短信了，只要他手机开机了，定然能看到信息。

顾念与王睿一直保持着距离，开得越远，路边的房屋越少，从高楼大厦变为一两层小楼。开了一个多小时，她们开到荒无人烟的远郊，路未开垦，十分颠簸，放眼望去，满目皆杂草丛生的荒地，荒地里有一栋破旧的房子，矗立在荒地里显得格外醒目。

顾念把车停在了一棵大树后面，下车后，藏在树后，看见提着箱子的王睿似乎在给对方打电话。没过一会儿，从房子里走出来三个壮汉，个个体形魁梧，在最左边的壮汉后面，站着一个畏畏缩缩的小女孩，绑着手，封着嘴，直到到了王睿面前，其中一个壮汉才撕开封在尤佳嘴上的胶带。

隔了几百米的距离，顾念都能清晰地听到尤佳撕心裂肺地喊着“妈妈妈妈”，声音回响，震动她的耳膜，也震痛了她的心。

之前她在电视上看到过人贩子拐卖儿童的新闻，觉得离她很遥远，如今，这样的一幕真实地在眼前发生着，她要做些什么，才能帮助这一对母女？

接下来发生的事都如顾念在异次元世界里看到的一样：壮汉夺走王睿手里解了锁的箱子，作势想把她往里拖走，她挣扎大骂，却无济于事，壮汉粗鲁地回骂暴打。

顾念看得心惊肉跳，拿起手机先给秦烨打电话，却还是关机状态，事已至此，她不得不打“110”报警，将这里发生的事以及地点匆忙地跟警方说了，兴许这样，王睿才不会遭遇被拐的命运吧。

顾念知道她现在必须去帮王睿，要不然她被壮汉们欺负了，一切就无可挽回了。

待壮汉们走进破屋，顾念小心翼翼地走上前，打探了下屋里的情形，一共有五个男人，屋里还传来软糯的抽噎声。她踮起脚，透过破旧的窗户，细细一看，墙角蹲坐着六七个孩子，都被绑着手脚。其中一个才三四岁，哭得满脸都是泪水，模样十分可怜，顾念看得心如针扎。

这些人贩子，真是没人性！

顾念听到王睿大吼大叫的声音：“你们这些人贩子，赶紧放了我，放了我的女儿。”

有人流里流气地说：“你觉得来到这里，还能出得去吗？”

“卑鄙，流氓。”

“好，兄弟们，咱们今天就流氓给她看看。”

本来安静的屋里，传来此起彼伏的欢呼声、尖叫声、起哄声，还有……王睿惨痛的呼喊声和衣服被撕裂的声音。

顾念再也待不住，两手紧紧握成拳，立马冲进去，朝正在撕扯王睿衣服的壮汉一个后踢，下手快、狠、准，把壮汉踢得倒在一边，连着带倒旁边一壮汉，他们反应极快，其他三人迅速反攻，朝顾念左右开弓。顾念哪里想到他们也有两把刷子，攻势之猛，十几个回合下来，她已有些招架不住，朝王睿递过去求助的眼神。

王睿像一只受伤的野猫一样蜷缩在地上，身体发着抖，发愣地看着她。顾念有些心灰，许是躲不过这一劫了，只好拼尽全力去抵抗。方才她胸口连遭几拳，打得她骨头似乎都要断掉，但就算如此，她也不能有一丝的懈怠，继续铆足劲对抗着。

顾念用余光看到王睿起身，拿起地上的木凳，慢慢地走向她身后，随即听到重重的响声，还有男人的呼痛声："妈的，臭娘们，竟敢打老子！"接着是一阵沉闷的暴打声。

顾念急忙转身踢开男人，朝王睿喊着："你快走，把孩子带上。"

王睿这才反应过来，连忙爬起来就要走，却被另外两个男人制住，捆绑起来。

顾念渐渐处于下风，正想给面前的两人一人一直勾拳，却不料被后面的人抱住了身体，整个人几乎已腾空，她伸出手肘用力打在后面人的肩胛骨处，但对方依然死死地抱着她，紧接着，她被他们一起制服，绑了起来。

其中一个穿黑色背心的男人连扇顾念四个巴掌，扇得她脸颊上立刻出现清晰的手印，泛着红鼓胀起来。顾念觉得格外疼，连带着都开始耳鸣，嗡嗡作响，眼前发花。

背心男朝她身上吐了一口唾沫，恶狠狠地说："竟然闯到这里来，还敢打老子，不想活了，是不是？"他伸出食指，钩起顾念的下巴，"哟，这小脸蛋儿不错，白嫩白嫩的，肯定比一些老女人好吃，弟兄们，你们说是不是？"说老女人时，朝王睿扫了一眼。

有人奸笑着附和："是啊，老大，要不，咱们先吃这个？"

背心男斜眼看他，"滚一边去，那个老女人随便你们怎么吃，这个，是我的！"

"是是，这么好的嫩肉，当然留给老大。"

顾念听着觉得一阵恶心，连着伤口一起疼，努力打起精神，看着黑色背心男，看到他接下来要做什么，心里一阵一阵地抽痛，难道她的清白就要毁在这个老男人手里了吗？她欲哭无泪，心中翻涌的疼痛和无尽的黑暗渐渐向她袭来，她只觉世界末日就要来了。

如果，他要毁掉她的清白，她不如死了算了，可惜，她现在连死的能力都没有。

顾念使劲挣了挣绑在双手上的绳子，丝毫没有松动，而且这次她没有带任何利器，就连寻找的时间都没有。其他四人拖着王睿去了另一个房间，只留她和背心男。

背心男面露贼笑，步步向她靠近。顾念闻到了从他身上散发出的汗臭味、酒味，眼睁睁地看着他摸她的脸，却无法挣脱束缚，心中作呕。

顾念害怕得心跳加速，额头直冒冷汗，声音低低的："大哥，放了我，好吗？"

“放了你，好啊，我这就放了你。”背心男边说边摸她的脸，再移向她的雪纺衬衫，双手放在她的胸前，作势就要撕开她的衣服。

顾念从来没觉得哪一刻比此刻更暗无天日，心如擂鼓，恐惧像一条条毒蛇般朝她缠过来，紧紧地缠绕着她的每一寸肌肤，让她无法挣脱、无法喘息。她的耳朵还在嗡嗡作响，视线里的人渐渐放大，笑容变得狰狞，像恶魔般，即将把她吞噬。她喃喃地喊着“大哥，求求你，放了我。求求你，你想要什么都行……”脸颊上有温热的液体滚落，视线变得模糊，隐约听到纽扣掉落在地上的声音。

她脑中忽然闪现叶敬安的脸，如果还有机会，她好想告诉他：她这辈子做过的最好的一件事，就是爱过他。

只是，浮生若梦，白云苍狗，念念向安，一寸相思，到最后，不过水过无痕。

就让时光带走她留在这世间的所有爱与恨，就让她早点死在这弥漫着各种腐朽味道的破屋里，就让她再看看思念的人……

老天爷似乎听到了她的心声，模糊的视线里忽然出现叶敬安的身影，与背心男搏斗。

顾念不敢相信眼前发生的一切，原以为只是幻觉，以为是哭得太厉害眼睛看花了，也许来的是别人，只是她出现幻觉，误将他看成叶敬安了呢？直到背心男轰然倒地，来人轻轻地擦掉她脸颊的泪水，语气温柔地说：“小念，我来了。”她这才确定一切都是真的。

叶敬安迅速地将绑在她手腕上、身上的绳子解开，刚想解她脚上的绳子时，从里屋跑出来几个人，见老大被打倒在地，立刻围攻叶敬安。

方才叶敬安以一敌一，尚且能打倒对方，但现在以一敌五，明显不是他们的对手，渐渐处于下风。

顾念看着他们朝他拳打脚踢，心一阵阵地抽搐、发疼，哭着喊着：“敬安，小心点。”她趁着那几人没注意她的时候，弯腰去解绑在脚上的绳子，手微微发抖。

叶敬安朝顾念这里看了眼，见她已哭成泪人，心痛万分，燃烧着的怒火让他攥紧拳头，朝面前的人挥过去，却不想被人抓住了手腕，用力一弯，听到一声脆响，疼得他咬紧牙关。

顾念解开绳子，加入混战，满腔愤恨的她施展的拳法脚法快速、狠厉，让对方无法攻破。其中一人见情势不妙，闪到顾念的后方，捡起地上的木凳腿就要往顾念后背上砸，被叶敬安一脚踹开，木凳腿随之飞了出去。

顾念抵着叶敬安的后背，两人被其他受伤的五人包围着，俨然是四面受敌。顾念抽抽噎噎地说：“你来做什么？这么危险。”

“还能做什么，不过是来找你。”叶敬安轻轻地说，伸出左手紧紧握住她冰凉的手。他以为四年多过去了，他曾经的小丫头总会长大，总会变得不那么逞强，却发现她和从前一样，凭着一腔孤勇，去往危险之境。

其他两个人见同伴拿着木棍，立马转身看是否有可以利用的武器，连忙从里屋拿来木棍，朝顾念和叶敬安狠狠挥去。叶敬安移到这两人的面前，将顾念护在身后。曾经学过些护身之术的他，如今右手手腕骨折，面对对方的凶猛攻势，有几次没能躲避，右手臂挨了几棍。

慢慢地，顾念渐渐失了力气，软软地靠在叶敬安的身上，叶敬安瞬间感觉到她的异样，转身看她，伸手搂住她，背后却迎来了一阵阵木棍砸来的闷响。

“你走吧，别管我。”顾念倚在他的怀里，含着泪水看他。

“就算是死，我也会陪着你。”叶敬安语气坚定。

就在他们都觉得生而无望时，从外面闪进来数个穿便服的人，迅速将人贩子们制住。

顾念方才强撑着的意志全无，虚软地坐在地上，恐惧、后怕将她包围，身体止不住地发颤。随后，有人从后面抱住她，轻声说：“别怕，一切都过去了。”

多好，不管内心有多飘摇，只要他在身边，就好像找到了依靠。

许多年后顾念偶尔想起这次发生的事仍觉得心有余悸，如果不是秦烨带着人及时赶到，也许她和叶敬安都会遭遇不测。

那次事发导致叶敬安右手骨折，身上多了一些瘀伤。好在，那帮人贩子被逮捕了，被拐走的孩子们得救了。

叶敬安住院后，顾念去医院给他送午饭，在去病房的路上，遇见提着水果篮的王睿，“王医生，过来看敬安的吗？”

“是啊，多亏了你们，要不是你们，我……”王睿面色暗下去，如果不是他们，她早已……

“我早就被侵犯了。”

“王医生，不用这么客气，换作别人，也会那样做。”顾念说，“那你还打算离婚吗？”

王睿叹口气，“这次我女儿离家出走，就是因为她看到尤用打我了，她告诉我，她不想再在这样的家里待下去了，每待一天，对她来说都是折磨。我以前真傻啊，以为只要我忍着，尤用打我就打我吧，只要给小佳一个爸爸、一个家，这样就好了，却没想到这不是小佳想要的生活。你知道她怎么跟我说吗，她说，她不要这样的爸爸，不要这样的家，她想要的爸爸不会酗酒、不会打妈妈。表面上维护的完整的家，在小佳看来，已经不完整了，我也没有再维护下去的必要了。离婚，对我、对小佳，都是一种解脱。”

顾念见她终于想通，微笑着说：“你这样想就对了，希望以后你和小佳都会幸福。”

“谢谢。”

王睿送去水果，与叶敬安寒暄几句，便去上班了，单人间的病房里剩下顾念和叶敬安。

顾念坐在一旁，打开粉色棉布袋子，拿出保温盒，打开盖子，一股浓浓的鱼香味顿时溢出。她拿出饭盒，放在床旁边的桌上。

叶敬安靠在床头，看向顾念，“你做的？”

“嗯。”顾念第一次做豆腐鲫鱼汤，所有的教程都是她从网上学来的，为了避免做得失败，她买了五条鲫鱼，前四条果然都以失败告终，第五条才相对好吃些。

叶敬安投过去质疑的眼神，“确定不会加重我的病情？”

“怎么会，你当我还是以前的我？”顾念轻笑了下，不过心里却在打鼓。她看了眼他绑着绷带的右手，“你能自食其力吗？”

“你觉得呢？”叶敬安抬起右手。

“那……”顾念犹豫了下，“我喂你吧。”

嫩绿的小葱浮在牛奶白一般的鱼汤里，汤汁浓稠，热气袅袅，香气四溢。顾念拿出汤匙，轻轻吹了下，递到叶敬安的嘴边，语气温柔：“小心烫。”

待他喝完，她略紧张地问：“怎么样？”

叶敬安唇齿间满是鱼汤的香味，细细回味，“不会有副作用。”

顾念心满意足地一笑，“那是，你都这样了，我怎么可能祸害你。”她一勺一勺地喂他，喂到最后，问他，“你怎么知道我和王医生会去那里？”

“我正好去医院，在门口看到你们，你和王医生都一副忧心忡忡的样子，我不放心就跟了过去，有一段路跟丢了，浪费了些时间，要不然……”叶敬安的眸子忽然暗下去，“也不会让你受苦。”

顾念放下汤，拿出一张纸巾，伸手擦掉他嘴角的一点汤汁，“谢谢。”她正想抽出手时，突然被他的左手握住，她一惊，慌神地看他。

“你怎么那么傻？要是你走了，我该怎么办？”叶敬安蹙眉看她，声音低低沉沉的，如溪水般浸入她的心房。

“我做不到视而不见。”顾念感受到他手心的温度，似乎又回到了往日时光，他仍是她的 Mr Right，“如果我不去，良心会不安。”

“你怎么还那么爱逞强。”叶敬安轻轻地摩挲她的手背，放在他的脸颊上，“以后别这样了。”

顾念的心顿时如小鹿乱撞，怦怦跳得厉害，她想抽出手，却被他紧紧握住，听到他不容置疑地说：“以后，你都别想逃了。”

不知怎么的，顾念听到这儿，眼眶微微泛红，垂下眉眼，“你为什么对我这么好？”

“我不对你好，还能对谁好？”

顾念抬起头，眼睛里闪着光，“你知道的，我们……不可能。”

“事在人为。”叶敬安把她的手包裹在掌心，眼神无比坚定，“如果你不愿意向我迈近一步，那就让我走完所有的路，靠近你。”

不知道是他的话太过柔情，还是他看她的目光太过诚恳，那些她武装起来的坚强和伪装一下子坍塌，她反握住他的手，低低地说：“好，我试试看吧。”

试试看，再一次和你在一起；试试看，就算与全世界为敌，也不放弃你；试试看，错过后的我们，是不是还能找回爱最初的样子。

叶敬安伸出手，将她搂入怀里，轻轻地吻了下她的额头。

他们不知道站在门外的老爷子、叶父叶母将这一切都看在眼里。

方才叶父过来，见他们亲密如恋人，本想开门冲进去，却被老爷子拦下来。等他们看完，老爷子拄着拐杖缓缓地走到一旁，对他们说：“你们也看到了，既然两个孩子又和好了，我们做大人的就随他们去吧。至于程家那边，找个时间过去登门拜访。”

既然老爷子已同意，其他两人也不好多说什么，尤其是叶昇，只得将不满吞咽回去。

叶敬安住院期间，顾念暂且将甜品店的事放在一边，全心全意地照顾他。出院后，他的右手还绑着绷带，生活上有诸多不便，他本想找个护工，她说：“你看我行吗？”对此，他求之不得。

做饭、喂饭、帮他洗衣服，这些对顾念来说都不算什么，让她发愁的是，他洗澡该怎么办，她帮他拿了换洗的贴身衣物和睡衣，担心地问：“一个人行吗？”

叶敬安抬起右手，无奈地说：“你觉得行吗？医生说不能碰水。”

“那……”顾念的脸不自觉地泛红，难不成要让她帮他洗澡？！

顾念正犹疑，听到身旁的人说：“你什么都看过了，还害羞什么。”

是什么都看过，但……洗澡这种事，想想都让她觉得羞涩，毕竟还是第一次。不过，看在他手受伤的分上，她妥协了。

再一次看到他的身体，她到底是害羞的，心突突跳着，看着他那六块腹肌，暗想他的身材怎么能保持得这么好。

顾念见他要脱贴身裤子，连忙转过身去，“你看，你一个人不是可以吗？要不，我出去好了。”刚说完听到身后脚步凌乱移动的声音，她不得不转身看去，原来洗澡的不便才刚刚开始，他单脚撑地，试图想要脱下裤子，却少了支撑，身体往一边倾斜。顾念赶紧过去扶住他，闭上眼睛，帮他脱裤子，像个怯生生的小女生。在他看来，倒觉得颇为可爱，忍不住逗她，“你碰到我那里了。”

“哪里？”顾念的一颗心似乎都要跳出来。

“你最不想看到的地方。”

“啊，没有吧。”顾念想了想，她刚才只是摸到了他紧实的肉啊，难道……他那里已经有了反应？不会吧，她还是睁眼吧，一副堪称完美的身体在她面前展露无遗。

叶敬安拧开水龙头，温热的水汩汩地流向浴缸，他看着脸颊绯红的顾念，“你说，你要怎么补偿我？”

“帮你洗澡。”

“不够。”

“你想怎样？”

“晚上留下来陪我。”

顾念自知理亏，又觉得他右手不便，只好应下。

不一会儿，浴室里充满袅袅的热气，一层一层地氤氲开，他的脸在水雾之中，朦朦胧胧间，她竟有些恍惚，他的脸上罩着一丝昏黄的光，衬得他脸部轮廓格外温柔。她拿着毛巾，帮他搓洗身体，搓到后背时，看到一块块的瘀青，手下一顿，轻轻地抚摸着那些瘀青，“还疼吗？”

“嗯。”

“都是我不好。”顾念心生内疚，“如果不是我，你也不会受伤。”

“说什么傻话。”叶敬安抬手揉了揉她的头发，“为了你，我心甘情愿。”

“就算受再多的伤害，也不在乎吗？”顾念看到了四年前在他身上留下的那块刀伤，内心隐隐作痛。

叶敬安目光温和地看她，“只要你安全了，我受的这些算不了什么。”

顾念垂下头，说出她欠他已久的一句话：“对不起。”

“如果真的觉得对不起我，以后就不要去冒险了。”

“我尽量。”有些事，顾念做不到熟视无睹。

“不是尽量，是一定，知道吗？”叶敬安伸手抬起她的下巴，看着她被水汽浸润着的眼眸，透出水润的光泽，像迷人的玻璃珠子，他忍不住将她往浴缸里一带，带得她整个人都跌入水里，跌倒在他身上。

慌乱之中，顾念下意识地一手扶住浴缸，一手扶住他的肩膀，待回神后，抹去溅到脸上的水珠，“别这样，好好洗澡。”

“这样不是更方便吗？”叶敬安看着她已经被水浸湿的衣服，紧紧地贴在身上，露出里面的贴身衣物，既朦胧又勾人，撩得他心痒难耐，软香在怀，撩人心魄。他一把将她搂入怀中，吻向她的嘴唇。

顾念不敢乱动，怕伤了他的手，鼻端满是沐浴露留下的清新薄荷香气，他的唇温温软软，一点一点地探进她的唇齿间。

这是她曾经爱过的人，是她等待了四年的温柔，如今再拥有，恍如隔世。

他将手探向她衣服里时，她的身体剧烈一颤，脑中不由得蹦出那日背心男试图占有她的画面，连忙拿开他的手，“不行。”

叶敬安看到她眼中露出一丝恐惧，心下了然，把她拉入怀中，贴着她小巧圆润的耳垂，极其温软地说：“别怕，有我在。”

顾念把头深深地埋进他的颈窝里，闻到熟悉的香气才安心些，方才的惶恐一点点退去。

叶敬安轻轻拍着她的背，“以后我不会让你再受到一点伤害。”

他吻着她的每一寸肌肤，细致又温柔，让她渐渐陷入意乱情迷中，一室温存旖旎。

当他要攻破她最后的防线时，顾念推开他探过去的右手，脸颊上泛着红晕，“这儿不适合，而且你的手还没好。”

叶敬安循循善诱，继续将手探过去，“试试不就知道了。”

他撩拨得她浑身酥麻，身体微微发颤，喘息声越来越大，在叶敬安听来，那般蛊惑人心，一边继续手上的动作，一边凑近她的耳朵，“放松，我会深入浅出的。”

顾念的脸颊上已沾了一层薄薄的雾气，整张脸都似抹了胭脂般，红润通透，她娇喘一声，紧紧搂着他的脖颈，“有小雨伞吗？”

叶敬安抬头看她，“我记得，你今天好像是安全期。”

“你……”顾念瞬间败下阵来，某人对此事，一定蓄谋已久。

两人缠绵过后，待叶敬安躺在床上，顾念拿来红花油和药棉，说：“转过来吧，我帮你抹药。”

叶敬安依言照做，方才在浴室里看得并不清楚，现在看来，瘀青那么明显，看得她眼眶泛酸。她小心翼翼地帮他抹药，他咬牙忍着疼，她问他疼不疼，他说不疼。她知道他在说谎，却也不戳破，想起他跟程如嫣订婚的事，不禁问：“你取消订婚，程如嫣愿意吗？”

“婚姻和感情一样，从来都是两个人的事，在一起需要两个人都心甘情愿，但如果想分开，只需要一个人。”叶敬安并不想提及此事，终究对程如嫣心有所愧，又无法补偿，便转移话题，“这几天你不去店里，会对生意有影响吗？”

“你希望我去？”

“如果有影响的话，亏损的钱我来出。”

有钱就是任性！顾念说：“如果你想出，我也不会介意。”

叶敬安转头看她，眼里含着笑，“你还是那样。”

“什么样？”

这一晚，叶敬安搂着她，美人在怀，却久久不能入睡，他有太多想跟她说，却又不知从何说起，倒是顾念问了他很多。

顾念躺在他的左侧，窝在他的胸前，“你说，我们会永远这样吗？”说完，她搂紧他，生怕他会消失。

“会。”叶敬安吻她的发梢，“除非你先走，要不然我会一直在原地等你。”

“为什么会是我？”

“因为是你，所以我愿意。”

“你就从来都没怨过我吗？”四年前，她飞往法国，一别四年，两人再无联系，难道他不觉得她绝情吗？

“怎么没有，你离开我的时候，我觉得你可能不太爱我，才会对我那么决绝。可是有什么办法，你要走，我强求也没用，何况那是特殊时期，我能理解你。”叶敬安看着她的眼睛，放低声音，“不过，只要是你，做什么都值得被原谅。”

“谢谢。”遇到这样的男人，此生已无憾。

翌日，顾念先转醒，看到身边的人是他，心间漾着幸福。起来走到阳台，看到阳台的小圆桌上摆着一个红色易拉罐，里面的土已经有些干了，魔豆刚破土而出，露出一丁点的小嫩芽，她找来水壶，稍稍洒了点水。她养的那颗魔豆在四年前早已枯萎，从那以后再也没有种过。却没想到他却一直种着。如此执着，不过是等着有一天，她能回到他身边。

如果时光能够倒流，她愿意放下所有的恩怨，不顾父母的反对，毅然决然地继续跟他在一起。他那么好，即使让她挨过无尽的痛苦，她也要跟上他的脚步。

但她内心无比清楚，过去的回不去，只能把曾经的经历当成经过，守住手边的温柔。

曾经，她以为这世上最好的爱莫过于你爱的人也爱着你，现在却觉得，最好的爱，不是你情我愿，而是错过后还能在一起。

正在她愣神之际，有人从后面环住她的腰，轻轻浅浅的呼吸落在她的颈侧，如暖风拂过。她放下水壶，转身抱住他，“怎么不多睡会儿？”

“你偷偷走了，我怎么办？”叶敬安一脸无辜。

顾念脆弱的小心灵没出息地被他无辜的表情击败，却守住最后一道防线，“我今天要去上班。”

叶敬安一改往日霸道形象，转变为温柔先生，声音温温和和：“谁来照顾我？”

顾念给他出主意：“吃饭的话叫外卖，要洗的衣服我拿去干洗店。”

“左手吃饭不方便。”叶敬安用下巴蹭蹭她的头发，“还有，洗澡也不方便。”

叶教授现在是明目张胆、毫无顾忌地想要占她的便宜了吗？求放过！

“我会早点回来。”

“你一天能赚多少钱？”

“……”叶教授，你现在又要开始金钱的诱惑了吗？她现在可不是四年前见钱就眼开的小姑娘，不过……要是既能陪他又能赚钱，这样好像也不错。于是，顾念在两手都要抓的思路下，一手收钱一手抱男人，过起了甜蜜蜜的小日子。

在照顾叶敬安的期间，顾念给秦烨打过一通电话，刚想说结婚那事她已考虑清楚，却听到电话那头传来他有些沙哑的声音：“你还是喜欢叶敬安吧？如果是的话，就跟他在一起吧。”

顾念心中翻涌着无尽的愧疚，却只能说三个字：“对不起。”

“小念，你没有什么对不起我的，这一切都是我自愿的。”秦烨不想让她背负什么，从他那天去营救他们，看到他们拥抱在一起的情景时，他就知道，他所有的等待都是一场虚无。最初，他的心被重重击中，击得那么疼，像是有人抽去了他心底最重要的东西，那部分消失了，他整个人也好像被掏空了一般。

后来，秦烨偶然在朋友圈看到这样的一段话：摆渡人不知道乘客究竟要去哪里，或许他只是想回原地。那些河流，你就别进去了，因为根本没有彼岸，摆渡人只能漂在河中心，坐在空荡荡的小船里，呆呆看着无数激流，安静等待眼眸。世事如书，我偏爱你这一句，愿做个逗号，待在你脚边。但你有自己的朗读者，而我只是个摆渡人。

那一刻，他才顿悟，原来，从他们分开后，他从来都是扮演着摆渡者的角色，只有一个任务：把她摆渡到幸福的彼岸。而她的彼岸，站着的从来不是他。

等了这么多年，他的深情守候，付诸东流，但他无怨无悔，只要她幸福了，他做什么都可以。他甘愿做个逗号，一直守在她的身边。

如果守候比追逐让她幸福，那他选择守候；如果陪伴比拥有让她更自由，那他选择陪伴。

顾念打完电话，一转身，才发觉距离自己两米的地方站着叶敬安，他朝她投去笑意，走向她，在温暖的光线里，好似一束光源，能扫去所有的黑暗。

顾念沉下脸，“你在偷听？”

“我过来找你，正好听到了。”

顾念觉得这事没有什么好隐瞒，便将她与秦烨的事简单地跟他说了一番。

叶敬安的笑容渐渐退去，“如果我没出现，你是不是会嫁给他？”

“是啊，他那么好，我都找不到不嫁给他的理由。”

叶敬安的语气忽然冷了几分，“既然他那么好，那你去找他吧。”

“你说的？”顾念质疑地看他。

“嗯。”叶敬安背过身去。

顾念走到他面前，把手机在眼前一晃，“那我现在给他打电话，还来得及。”

“你敢。”叶敬安一把夺过她的手机。

顾念被他这副模样逗笑了，“我怎么闻到了浓浓的醋味，你今天是不是吃太多醋了？”

“如果我吃太多醋了，你就是罪魁祸首。”叶敬安眸子幽深地看她，“看我晚上怎么收拾你。”

于是，那一晚，顾念受到了某人猛烈的“进攻”。

她觉得累，他说：“那是你运动太少，看来以后要多做床上运动了。”他说得貌似有理，她竟然无言以对。

转眼已到十月份，顾念想趁此机会带着叶敬安回去，不管怎样，她都想试试能不能让父母接受他。之前她在电话里跟母上大人透露过已经跟叶敬安在一起的事，母亲知道后，许多天都没跟她说话。后来，顾念好不容易说服父亲让母亲接电话，好言好语地说："妈，我真的爱敬安，你就同意我跟他在一起，好吗？舅舅的事也都过去了，我们都忘了吧。再说了，是我们误会他爸爸了，他爸爸当年根本就不想伤害舅舅，而是他的保镖害死了舅舅。"

顾母坚持立场，"我说了，你要是跟他在一起，我们就断绝母女关系。我跟叶敬安，你只能选一个。"

"妈，两个我都要。"

"那你就别回来见我！"

那次交谈并没有缓解她们的关系，顾念想着回去当面跟母亲谈，会不会好些，毕竟有表情的面对面交谈总好过无表情的沟通。

奇怪的是，那天回去，顾母见到他们，并没有赶他们走，反而笑脸相迎，与往常无异。顾念觉得很奇怪，趁机把母亲拉到房间，抛出心中疑问："妈，你想通了，是吗？"

"嗯。"

顾念一把抱住母亲，满脸洋溢笑容，"谢谢妈，我就知道你会考虑我的幸福。"

"要感谢，你就感谢敬安。"

顾念松开母亲，不解道："感谢他做什么？"

"你去问他吧。"

"他说服你了？"

"嗯。"顾母终于露出一抹笑，握住顾念的手，"小念，你遇到了一个好男人，好好珍惜吧。"

顾念对此事的好奇并没有就此结束，后来去问叶敬安，得来的却是他颇为神秘地说："秘密。"

她缠着他，"你就说嘛，要是不说我就一直问一直问，直到你说为止。"

他淡定万分，"那你问吧。"

顾念秉持不放弃、不抛弃的精神，问了他几十遍，最后听到的却是他轻描淡写的一句："渴了吧？可惜家里没有水了。"

"……"顾念被虐得好心塞。

不过，想想他们终于突破了最后一道关卡，即使被他虐千百遍，她也会待他如初恋的，谁让他那么有能耐，竟然能搞定她的母上大人。

顾念跟叶敬安和好的消息在朋友圈里不胫而走，好友们纷纷发来各种各样的贺电，组成以茉莉为首的单身狗联盟。茉莉给她发去贺电：恭喜小念同学，祝百年好合，早生贵子，生个处女座的娃儿。后天就是阳历的新年，放过我们这些单身狗，你懂的。

顾念问她新年怎么过，茉莉配上一张哀怨的表情图，外加四个字：一笑而过。然后，好奇心爆棚的茉莉手贱地问她打算怎么过。

顾念并不想花样虐狗，不过，叶教授已经提前几天约她一起去巴黎过新年，想让她不虐狗，她做不到啊！给茉莉发过去的信息是这样的：和叶教授一起过。

茉莉瞬间掩面泪奔，提前感受到了被虐的心酸。

去往巴黎的那班飞机上，顾念坐在靠窗的位置，右手边正是叶敬安，她拉开舷窗，望着窗外的湛蓝天空，如水洗过一般，那般干净澄澈，层层云朵像棉絮一般，飘浮在蓝天之中，景色美得像油画，让人心旷神怡。

顾念并不想一人独看这美景，扭头看身边的叶敬安，见他正埋头看学术类的书籍，一把抽过来，不满道："你是要去旅游的，还是去学习的？"

"我现在看书，下了飞机陪你，旅游、学习两不误。"叶敬安试图从她手里拿过书，她把书放在一侧，"不给。"她指指窗外，"这么美的风景你不看，看什么书。"

"有什么好看的。"叶敬安只淡淡地朝窗外扫了一眼，随即又收回视线。

顾念并不想就此放过他，"那你陪我聊聊天。"

虽然叶敬安没回应，但他的眼神出卖了他的心——目光赤裸裸地看着她手上的书。这让顾念产生了人不如书的错觉，然后，她默默地把书放到了右边他看不到的地方，这样就没有谁会跟她抢男人了。

所谓的聊天，其实就是顾念一个人的脱口秀。只有当她提到埃菲尔铁塔时，才成功勾起了某人的兴致。

他问："你看过夜晚亮灯的埃菲尔铁塔吗？"

顾念靠着他的肩膀，"没有。"

"挺好。"

"怎么好了？"

"把第一次留给我了。"

"……"好像是这样，但听着总觉得哪里不对。

顾念在他胸前蹭了蹭，忽然抬头看他，颇为遗憾地说："可惜，我们不是彼此的初恋。"

叶敬安抬手把遮住她脸颊的些许碎发温柔地撩到她耳后，目光深沉地凝视着她，

“但你会是我最后的爱。”他刻意压低了声音，听到顾念耳中，却很清晰，如一粒粒细碎的珠子般，在她的心间蹦跳。

他不是她的初恋，却胜过初恋。

跟他在一起，不管是嫩芽抽绿的春天、落雨纷纷的夏天、枫叶飘落的秋天、白雪皑皑的冬天，任何季节，她都想陪他一起度过。

初恋是穿着校服，走在校园里，头顶烈日也要跟对方手牵手漫步，是对方说“我们今天见”后的欣喜若狂，是对方的一个细微表情都能影响到你的情绪，是你坐在车座后面，轻轻地环着他的腰时的温度。这之后，你以为所有的恋爱都不会有初恋那么单纯，却忘了失去的人才不是适合你的另一半。你跟别人一样，把原本简单的剧情进行想象加工，变成你以为的纯真模样。

时光冷却，旧爱散场，离开后仍能回到你身边的，才是你值得守住的第二次初恋。

多好，她想守住的人，就在身边。

新年那天，叶敬安带顾念来到了埃菲尔铁塔，附近满是汹涌的人潮，游客居多，驻足拍照。叶敬安腿长走路快，顾念迈着小短腿屁颠屁颠地跟在他身后，穿过一个路人，再穿过一个，终于看到他了，看着他的背影，怎么有种心酸的感觉。要知道人群里的情侣不是手牵手就是揽着腰，怎么她的那一位就这么不解风情？

正当顾念小跑着想追上叶敬安时，不承想他忽然转身停下，让她没有任何预料地跌入他的怀里，他顺势拥住她，微微蹙眉看她，“人这么多，别跟丢了。”

顾念一脸无辜，“你能走慢点吗？”

顾念没有听到他的回答，倒是感受到了他把她的手包裹在掌心里的温暖，耳边的喧嚣声、风声似乎都远去了。

正值寒冬，铁塔附近却依然有拍婚纱照的男女，顾念指着前方一个穿着红色抹胸裙的女人，朝叶敬安说：“冬天拍婚纱照，看着都觉得很冷，他们就不冷吗？为什么会选择在冬天拍呢？”

叶敬安用一副“头发长见识短”的表情看她，“只要想做一件事，选在什么时候去做都可以。”

“也对。”顾念看着黄昏里的一对倩影，新郎环住新娘的腰，低头吻向她，在夕阳下，美得如梦似幻。她禁不住想，如果有一天，她跟叶敬安拍婚纱照会是怎样的情景，他是不是在每个镜头下都摆出一张面瘫脸，而她会不会笑到脸抽筋？想到他们站在镜头下露出迥异的表情，顾念忍不住笑起来。

叶敬安问："笑什么？"

顾念面露担忧，"你那么不爱拍照，以后可怎么办？"

"以后？"叶敬安故作不知，"以后是什么时候？"

"这……"顾念有点羞于启齿，结婚这种事，怎么都得男人先说吧，"就是以后啦。"她侧头一看，看到右前方的旋转木马，连忙拉着叶敬安往那儿走去。

"你要去哪儿？"

"坐旋转木马。"

"幼稚。"

说顾念幼稚的某人，在她坐旋转木马时，拍下数张照片，她做的鬼脸，她绽放的笑颜，她举着剪刀手时的傻傻模样，都是他想定格的永远。

日落黄昏下，铁塔被洒上了一层淡淡的金色光晕，之前顾念来过这里，让路人拍了张她在铁塔下的照片，那时候她的身边没有他。如今，她怎么都不会放过跟他合影的机会，连忙叫住一个金发碧眼的高个姑娘帮忙拍。她挽着他的胳膊，依偎在他怀里，笑靥如花。

顾念原以为拍出来的效果一定美爆了，但现实堪比买家秀：她的姿势、神态到位，旁边的那个人却如同站军姿般地挺拔站立，面无表情，不知道他们关系的估计会以为他是她从大街上随便拽来的。

顾念指着相机上的这张合影，噘着小嘴，不满地看叶敬安，"怎么这表情？笑一下又不会怀孕。"

叶敬安不以为然，"你笑就行了。"

顾念循循善诱，"其实，你笑起来更好看。"

"哦，是吗？"叶敬安内心是有那么一点点松动的，不过，依然摆着面瘫脸。

"这样，会不会……"顾念歪着头，咧着嘴笑，笑得一脸灿烂。

"你既然这么会笑，就把我的那份也都做了。"叶敬安神色淡然。

"……"这人真是无、药、可、救了！

叶敬安牵着她的手，穿过汹涌人潮，在战神广场的草坪铺上一张报纸，示意顾念坐下。这倒让她一惊，没想到看似做事粗糙的他内心住着一枚细心的汉子。

他们并排坐在草坪上，看着太阳渐渐落下，晚霞如泼洒出的油彩，将天空涂抹成橙色的海洋。顾念双手抱膝，看着眼前美如画的景色，一点点沉醉。不过，天色将晚，铁塔亮灯时的景观让她更为沉醉，泛着暗蓝色的夜幕下，亮着灯的铁塔一片金光璀璨，美得那般炫目，直教她移不开眼，忍不住赞叹："好美。"

顾念没有听到他的回应，侧头看他，迎上他的视线，夜色中的他，神色虽然一如既往地淡然，却显得温和了许多。

顾念笑着问他："是不是好美？"

"嗯。"叶敬安直视着她，"但再美，都不如你美。"

"……"听到这么直白的情话让顾念红了脸颊，往他身旁移了一点，但悲催的是，某人并没有其他肢体动作，哪怕帮她焐焐冷掉的手也好啊。既然他不主动，那就换她靠近，顾念握住他温暖的手，汲取着他的温度。他并没有抽离，随后，拉起她的另一只手，将她的两只手都放在他的掌心下。她隐隐看到他唇角的笑意，那般浅淡，浅得让她以为看错了。

爱是他隐藏的浅浅心事，是她藏不住的深深温情。

爱是相拥时的缱绻，是埃菲尔铁塔下的温柔浪漫。

遇见对的人，多晚都没有关系。你不用追，慢慢等，你们终究会在路上相逢。

叶敬安问顾念要不要登塔，她自然不会放过绝好机会，还十分自信地选择了爬楼梯，结果爬到第二层，她便追悔不已。虽然站在这样的高度，可以看到巴黎的夜景，而且不管从哪个角度去拍都是可以作为明信片上的风景照，但冷到爆，刮在脸上的风像冰刀般，顾念忍不住将围巾往上拉，遮住大半张脸，看着前方的夜景，冷得直跺脚，听到头顶传来幽幽的声音："还要继续往上爬吗？"

顾念弱弱地回："可以乘电梯上去吗？"

叶敬安拢了拢黑色呢子大衣，"嗯。"

顾念一脸急切，"那我们赶紧去乘电梯吧。"

叶敬安不慌不忙，"再看会儿。"

顾念搓搓已经冻得开始发麻的手，十分委屈地说："冷。"

叶敬安终于大发善心，主动拉起她的手，放在他的大衣口袋里，焐着她那如冰块一般的手。

叶敬安提议："待会儿我们去餐厅先吃晚饭。"

"好。"顾念与他紧紧相依，想着这样就能温暖一些。

"带你去吃法式可丽饼。"

"好。"顾念没出息地想：吃什么都可以，只要有吃的就行。

"明天一起去迷雾小径看日出。"

“好。”看什么不重要，关键是他能陪着她。

“嫁给我。”

“好。”

啊？！顾念转念一想，不对啊，她貌似掉入他的温柔陷阱中了。

没有鲜花，没有单膝跪地，也没有闪闪发光的钻戒，他这么直白地求婚，让她有些措手不及。顾念下意识地握紧他的手，看着他的那双眼睛里露出讶异。

叶敬安看着被大红色围巾遮住半张脸的她，在金色的光线里，白皙的肤色透出些许金黄色的光泽，如被落日照着，有着别样的迷人风情。

她不像有的女孩那么机灵、妩媚、才华横溢，但她是她，是他喜欢的她，即使在人潮汹涌的街头，他也能感受到她，因为别人都是走在路上，而她是走在他的心上。

顾念不敢置信地看他，因为他从未提过结婚的事，如今身在异国他乡，他却无端端地说出这么一句，让她觉得像句玩笑话，跟他确认：“你说的是真的吗？”

“你觉得我像在开玩笑吗？”叶敬安神色认真，站到她的身前，为她挡住吹来的瑟瑟寒风，俯身贴到她的耳畔，轻轻地说，“这辈子，也许，我给不了你太多感动，但愿意陪你到老。”

顾念听到这里，心忽然一跳，冰冷的手心里竟然沁出薄薄的一层汗。她从来没想过这一天会这么快到来，毫无预兆，简单普通。许是站在埃菲尔铁塔上，才多了一点浪漫的味道。

她的身边走过拥过的人群，耳边传来嘈杂的声音，此刻，通通退去，仿佛全世界只剩他们。她看到他眼中灼灼的光芒，看到他眼中的期许。

她曾经幻想过，如果有一天，她心爱的人向她求婚，一定要足够浪漫，就算没有蛋糕里藏着的钻戒，也要有一束娇艳的鲜花，它们是爱情的陪衬，是能满足你浪漫情结的物品。如今，这个一点情调都没有的人光给她一个许诺，怎么就让她的胸口渐渐发烫？

很久以前，他们是毫无交集的路人，命运如一条无形的线，将他们紧紧相连。

从一无所知到渐渐熟悉，再到为了对方甘愿面对不诚实的自己，放弃后的心酸难忍，复合后的温暖甜蜜。他们爱过，分开过，可是，兜兜转转，绕了一圈，又回到了彼此身边。

他带他去郊区垂钓，他说：“我曾经有两个梦想，现在又多了一个。”

她问：“是什么？”

他说：“和你在一起，永远。”

她心情不佳，他陪她看电影，说："你只要站在原地就好了，哪里也不要去。"

她问："为什么？"

他说："因为不管发生什么事，我都会走向你，这样，我们就永远不会走散。"

那年除夕夜，飘着雪的夜晚，他风尘仆仆地赶来，第一次说"我爱你"。

她去帮王睿救孩子的那天，他过来救她，说："就算是死，我也会陪着你。"

当她再回到他身边时，她问："你说，我们会永远这样吗？"

他说："会，除非你先走，要不然我会一直在原地等你。"她问："为什么会是我？"他说："因为是你，所以我愿意。"

有关他和她的事，她都清清楚楚地记得，就像云朵记得天空，蝴蝶记得花朵，鱼儿记得海洋……想忘都忘不掉。

她想，这辈子要选的那个人就是他了。分开后又能再在一起的人，怎么说都是一种缘分。既然有缘，就要好好珍惜。

顾念抬起头，拉低了嘴角的围巾，眉眼间含着笑，羞羞答答地说："我愿意。"

叶敬安将她抱在怀里，低头亲吻了下她的面颊，而后拉过她的手，变魔法一般地拿出一枚闪着光的钻戒，帮她戴上，尺寸刚刚好。

突如其来的浪漫物件，顿时扫去顾念方才心中些许的遗憾，胸口溢满不可言说的温暖和感动。

叶敬安伸手抚摸了下她冻得有些发红的脸，"以后的每一天，希望你都能陪我一起度过。"

"好。"顾念靠向他的怀里，不知不觉，眼角滑落一滴幸福的眼泪。

世界上有那么多人，却只有一个你，让我心动不已。

有一种甜蜜是，有你在，真好。

念念向安，此生相伴。

番外

叶先生 & 叶太太的暖萌日常

（一）顾同学到碗里来了

开春时节，天气转暖，顾念还没收拾出春天的衣服。

昨晚跟叶敬安出去时穿了件羊绒大衣，然后，被他拐回了家。

次日起床，她看了下天气预告，最高温度十六摄氏度，再拉开窗帘，明晃晃的阳光洒了一身。

她去衣柜翻找衣服，发现放在叶敬安这里的只有冬天的衣服。正犯愁时，感受到某人环住她的腰，轻轻吻了下她的耳垂，说："快点穿衣服，今天带你去一个地方。"

"去哪里？"

"去了不就知道了。"

顾念见他说得如此神秘，还想继续问，某人已经闪身出去了，丢下一句话："快点。"

于是，顾念只好快速挑出一件薄大衣，随后被叶敬安带到了目的地——民政局。

顾念瞬间呆掉，怔怔地看他，"来这里做什么？"

"你说还能做什么？"

"可是……"顾念从石化中回神，"我们还没举办婚礼啊。"

"这重要吗？"

"……"这难道不重要吗？她这辈子就结这么一次婚，他竟然私自剥夺了举办婚礼的权利？！太惨无人道了！

顾念不下车，"不先举办婚礼，不去。"

"怎么，还没嫁过来，就这么虚荣了？"

"这不是虚荣不虚荣的问题，总得让我们的亲戚朋友知道我们结婚了，要不然生了孩子，不知道我们结婚的人还以为是未婚先孕呢。"

叶敬安挑眉，“你有那能力吗？”

顾念一愣，“什么能力？”

叶敬安扫过去一丝怀疑的眼风，“未婚先孕的能力。”

顾念感觉膝盖中了一箭，讪讪地说：“这……”几个月的奋战，似乎没有任何的成效，她简直是避孕小能手了。

叶敬安笑了笑，“所以，不用担心。”

就这样，顾念被某人拉到民政局里面填表格、拍照片、宣誓词，不到一上午的时间，拿到了两个盖着戳的红本本。

顾念拿着结婚证，到了车上时问叶敬安：“你偷偷让我爸妈给你寄户口本的？”

叶敬安脸一沉，“不是偷偷，是光明正大。”

“这么着急做什么？”

“这样，你就是我的了。”

“哼，你以为我是优乐美啊。”

“是不是优乐美，要吃了才知道。”

“流氓！”

“要不，”叶敬安俯身压向她，“我流氓给你看看。”

“……”她想说的话，被他炽热的吻淹没。

（二）叶太太怀孕了

顾念怀孕四个月，已过了最初三个月的嗜睡期，不过，她仍旧是个贪睡的妈妈。闹钟响了两次，身边的男人喊了她三次，她依然赖在床上。直到某人不停地摸着她微微隆起的肚子，才让她渐渐没了睡意。

顾念睁开惺忪的睡眼，望着嘴角微微含笑的叶敬安，撒娇道：“我想再睡会儿。”

“睡吧，我已经打电话跟王师傅说了，你今天不去甜品店了。”

顾念瞬间清醒，“不是吧？你怎么擅作主张？”

“不喜欢吗？”

其实，蛮喜欢的啦，可以睡懒觉的日子真的好舒服。

顾念故作平静，“还好啦。”

叶敬安将她散落在脸颊上的些许碎发拨到一边，看着她说：“你像一个人。”

“像谁？”

“叶太太。”

顾念心头一暖，眉目间溢出笑，“叶先生，你会一直喜欢我吗？”

“我会一直喜欢你的。”

“如果你不直了呢？”

“……”

叶太太一定是怀孕太闲了，净想了些什么鬼！

（三）取名趣事

顾念得知自己怀的是龙凤胎后，一直在看《周易起名》《起名实用大全》《宝宝起名宝典》这类书，看得她眼花缭乱、犹豫不决。等叶敬安回来后，将他拉到沙发上坐下，挽着他的胳膊问：“想到宝宝的名字了吗？”

“你想就好了。”叶敬安用一种十分信任的眼神看她。

顾念将这几天的收获告诉他：“女孩小名叫甜甜，大名叫婉然，出自汉代司马相如《美人赋》：有女独处，婉然在床，奇葩逸丽，淑质艳光。怎么样？”

“挺好。”

“男孩小名叫抹茶，大名叫光宗，出自叶氏老爷子的口头禅：‘你们这帮小子，不管到什么时候，都要记得先做人后做事，不能给我们叶家丢脸，把叶家发扬光大、光宗耀祖。’”

“……”叶敬安的嘴角微微抽了下。

顾念满脸期待地看他，“怎么样，不错吧？”

“嗯，不错。”叶敬安斜斜地瞥她一眼，“你没想到大名叫生活，我就谢天谢地了。”

……

叶！生！活！

（四）带娃日常

甜甜和抹茶三岁了，甜甜嚷着要去动物园，抹茶嚷着要去商场玩遥控车。

于是有了这样的明确分工：叶敬安负责陪抹茶，顾念负责陪甜甜。

在去动物园的路上，甜甜看到一家婚纱店，好奇地问顾念：“妈妈，那件衣服好漂亮，我也要穿。”

顾念耐心地说：“那种衣服，是妈妈结婚时穿的。”

甜甜很认真地说：“妈妈，明天和爸爸结婚吧。”

啊？！

“为什么？”

“我就能看见妈妈穿婚纱了。”

“甜甜啊，妈妈已经结过婚了。”

“妈妈可以再结一次嘛。”甜甜摇起顾念的手臂，声音软糯地撒娇。

“……”

甜甜见妈妈不说话，改变策略，“妈妈不想结婚就不结，那妈妈可以给甜甜买刚才我们看到的那件衣服吗？”

“……”顾念汗颜，看来甜甜这小妮子还没放弃想买婚纱的念头，于是温柔劝说：“刚才那件太大了，甜甜不适合。”

甜甜眨巴着圆溜溜的大眼睛，甜甜一笑，“可以留到甜甜长大以后穿。”

“……”顾念的耐心用完，但面对眼前这个戴着蝴蝶结发箍、留着齐刘海、扎着两根冲天辫的萌萌哒宝贝儿完全生不起气来，只能默默地转过头，暗自腹诽：叶教授，快把你家女儿领走！

另一边，抹茶玩着遥控车，叶敬安在一旁拿着手机看学术性的文章。

抹茶开第一轮时，畅通无阻，开得极为顺畅，开完一圈，高兴得跳起来，连忙跑到叶敬安面前，“爸爸，我开得好不好？”

“嗯。”叶敬安头也不抬，继续看他的手机。

抹茶得到了爸爸的肯定，第二轮开得更快了，虽然中途右拐时撞了下，但兴致不减。一圈结束后，又跑到叶敬安面前，兴奋地说：“爸爸，我厉害吧？这次快了。”

“嗯。”叶敬安依旧低着头，语气淡淡的。

抹茶开始第三轮时，来了一个小女孩。小女孩技术不娴熟，几次都撞到了抹茶的遥控车，导致抹茶的速度减慢了很多，抹茶一边按着遥控车，一边瞪着小女孩。小女孩却玩得不亦乐乎，丝毫没有感受到抹茶扫射过去的视线，直到抹茶过来一把将她手中的遥控器夺过去扔在地上，小女孩吓住了，随后哇哇大哭。

抹茶只愣了一下，随即又继续他的“速度与激情”，还没跑到终点，就听到身后传来熟悉的声音：“怎么了？”语气十分温和。

小女孩指着抹茶的背影说：“他打我。”

抹茶同学连忙扔下遥控器想跑，被叶敬安一把抓住，进行了一番严厉的思想教育。最后，叶敬安板着脸说：“以后还这样没礼貌吗？”

抹茶同学耷拉着脑袋，一抬头，眼睛红红的，一副快哭的模样，“不、不了。”

叶敬安疾言厉色，“快向妞妞道歉。”

抹茶心里有一千个不愿意，却还是忸怩着走到叫妞妞的小女孩面前，不情不愿地说：“对不起。”说完嘟囔，“你们都是坏人。”委屈终于爆发，哭了起来。

叶敬安并不去帮他擦眼泪，“哭什么？”

抹茶趁机为自己辩解：“我只是想开得更快更好些，但妞妞开得太慢，还老是撞到我。”

“那你也不能那样对待妞妞，要是别人扔掉你喜欢的东西，你会开心吗？”

“……”抹茶抽噎着。

“还哭什么，赶紧把眼泪擦掉。”

抹茶看着爸爸凶巴巴的样子，克制自己止住哭，乖乖地擦掉眼泪。

“知道错了吗？”

“知道了。”抹茶擦完眼泪，楚楚可怜地问叶敬安，“爸爸，我是你捡来的吗？”

“……”叶敬安不解，“为什么会有这种想法？”

“你对陌生人都比对我好。”抹茶更加委屈了。

叶敬安面无表情，“嗯，你是我捡来的。”

抹茶憋回去的眼泪一下子又流出来。

叶敬安补充道：“你是我从你妈妈那儿捡来的。”他的眼中似乎含着笑。

抹茶听到这儿才止住泪水。

小剧场

叶先生的撩妹二三事

（一）衬衫诱惑，壁咚壁咚

顾念跟叶敬安在饭店吃完饭，他开车送她回去。

到了半路，忽然下起雨来，雨势渐大，不时划过闪电。

顾念最怕雷雨天，吓得瑟瑟地环抱住自己。

她的身边飘来不容置疑的声音：“你！”

顾念抬头看，他冷峻的脸上似乎有了点温度，“我怎么了？”

“跟我回家。”

这……不太合适吧。人家还是少女呢。

顾念拒绝：“不用。”

然而，叶敬安一打方向盘，驶往另一个方向。

就这样，顾念被他拐回了家。

到了叶敬安独住的公寓，他找来一件白色衬衫。顾念穿上，长度刚好盖住大腿，下面穿着他的人字拖，露出纤细、白皙的腿。

他朝她的腿看去，“还有点观赏度。”

嗯、呃、呃……叶医生，请问你的重点在哪里？

不过，他既然这么说了，顾念便顺着他的话，自豪地说：“我是游乐园，每一处都是风景。”

“哦？”叶敬安来了兴致，将手中的杯子放到桌上，一手撑着桌面，一手落在她的肩头，状似毫不在意地说，“我倒想看看。”

“流氓！”

叶敬安一挑眉，将她咚在桌子上，“要不要感受下？”

顾念有点想哭，这是进了狼窝吗？面前这位貌似比闪电还可怕。

不过，叶敬安把持住了衬衫诱惑，起身想要进房间。

但……

就在他迈出去第三步时，有人轻轻拽住了他的衣服，“晚上可以留下来陪我吗？”

顾念说完这句话，好想找个洞钻进去。没出息啊没出息！

不知道是不是有叶敬安陪着，顾念睡得格外安心，早晨被一缕阳光叫醒。

顾念揉揉眼睛，朝地上看去。

没错，这个屋的男主人，此刻正躺在地上。

而且，睡姿格外撩！人！

叶敬安穿着藏青色睡袍，侧身而卧，睡袍到了大腿处，露出一条大长腿。和煦的阳光正好洒在他的身上，薄光轻笼，如梦似幻。

这让顾念见识到了什么是传说中的大长腿欧巴，还自带主角光环。

顾念跟他打招呼：“早啊！”

“早。”他仍旧是那副冷冷的模样。

她在想，他笑起来，应该也挺帅的吧，像谁？大概会像微笑的王凯吧。

顾念问他：“你会洗衣服吗？”

“不会。”

“你会叠被子吗？”

“不会。”

好吧，这是一款不会做家务的男人？

“那……你有什么特长？”

叶敬安把睡袍往上撩了些，一本正经地说：“腿特长。”

（二）自古深情留不住，唯有套路得人心

顾念拿到工资后，决定请她的叶医生大撮一顿。

到了饭店，她看着面前摆着的美食，开动起来。而她对面的叶医生却在低头看手机。

顾念伸手在他眼前晃了下，“叶医生，吃饭啦。”

“工作上还有点事要处理。”叶敬安继续盯着手机。

“明明都那么优秀了，还这么努力做什么？”

叶敬安抬头，装作一无所知，“明明是谁？”

“……”

叶敬安放下手机，好整以暇地看她，“不知道我为什么努力？”

顾念眨巴着那双水灵的眼睛，点点头。

“养你啊。”叶敬安停顿了下，“还有另外一个人。”

顾念一听急了，“另外一个人？谁？”

“你猜。”

顾念感觉暴风雨要来了，神情变得凝重，“不会是你的情人吧？”

叶敬安一脸认真，“嗯。”

顾念的心凉了半截，气愤道：“叶医生，你……”

叶敬安忍不住笑道：“我上辈子的情人啊，我希望我们将来会有一个可爱的女儿。”

顾念怎么觉得自己被他耍了呢，噘嘴道：“谁要和你生孩子？”

“不生孩子，生个猴子也行。”

“……叶医生，你讨厌，还让不让人吃饭啦？”

“吃饭。”叶敬安边说边给顾念夹菜。

顾念不禁红了脸，心里美得不要不要的。

自古深情留不住，唯有套路得人心。她这位叶医生，深情套路样样精通啊。

（三）你来打假，体力行不行嘛

顾念走出帐篷，看着满天繁星，一颗颗，如萤火虫般点亮了夜空，美得她想摘下来一颗。

她坐在带着点水珠的草地上，仰望夜空。

她发现身边有人走近，看过去，是叶敬安，长身玉立，双手插兜，背光而站，呈现黑色的剪影轮廓，几乎与黑夜融为一体，自带不言而喻的强大气场。

叶敬安走到她身边，拿出一个女式包包，“送你的。”

顾念一看那个品牌，开心地站了起来，接过去仔细看看。

“叶医生，你在哪儿买的？”

叶敬安面不改色，“路边摊。”

路！边！摊！

叶医生，你是来刷新我对你的认知的吗？

这纹理，这皮质，这手感……分明就是仿品……

顾念断言："假货。"

叶敬安："不可能。"

叶敬安拿出一个盒子，递给顾念。

顾念打开，是一件非常漂亮的连衣裙，这个男人还是蛮懂女孩子的心思嘛，她看了看品牌，再摸了摸衣服面料。咦，总觉得哪里不对呀。

丝质柔滑，款式新颖，但……跟正品比，少了两处印花。

顾念有点想哭，却忍住，"叶医生，这衣服很好看。"

叶敬安嘴角一扬，弯起小小的弧度，"嗯。"

顾念不得不吐露真相："不过是假货。"

叶敬安肯定地说："不可能。"

叶医生，你这是哪儿来的谜之自信啊！

顾念捏着衣服，心碎地问："叶医生，你是在哪儿买的？"

"某宝。"

顾念叹气道："假货啊！"

叶敬安坐到她身边，"但我是真的。"

顾念一惊，你是真的？难不成要送我？但……你一个大男人，我一个小女子，荒郊野外的，孤男寡女的，你要是投怀送抱，这样真的好吗？

顾念往旁边移了一点，羞答答地说："你不是真的，难道还是充气的吗？"

叶敬安凑过去一些，"是不是，你试一下就知道了。"

顾念又移了一点，声音有些怯，"怎么试？"

"这样。"叶敬安一个转身，直接把她咚在草地上。

繁星下，草地上，男上女下，这画面太美，你们敢看吗？

顾念弱弱地说："可是……叶医生，你体力行吗？"

（四）老司机开飞机，带你上路

叶敬安从 B 市出差回来，到达机场，人潮汹涌，有一个牌子正高高举着，上面写着：一闪一闪亮晶晶，我的叶医生在哪里？

白纸红字，"叶医生"三个字还是放大体，格外醒目。

叶敬安从一侧穿越人群，绕到顾念身后，拍了拍她的后背，一下、两下。

他日夜思念的姑娘转过身来，见到他，一把抱住他，还双腿夹着他的腰，挂在他身上，像只树袋熊。

这还不够，她还趁机偷袭他——吻了他的脸颊。

“这种场合，注意点！”叶敬安开始教训这不知低调的姑娘。

“就不。”顾念一噘嘴，把脸凑到他嘴边，“要不，你亲回去？”

然而……

叶医生傲娇地扭过脸去。

顾念“蓝瘦香菇”……

顾念拉着叶敬安的手，看到有人纷纷朝他们这儿看过来，而且，看的竟然是她！

要知道平日里，那些少女只会看叶医生啊。

嘿嘿嘿，顾念内心一阵小得意，跟叶敬安说：“叶医生，我今天是不是穿得很好看？”

叶敬安看了她那一身普通的衣着，轻咳两声，忍住笑。

“怎么了？”顾念低头看了一眼自己刚买的浅蓝色牛仔裤和白色 T 恤，自认为没有一点问题啊。

她哪里知道，就在刚才，叶敬安在她身后拍的两下，把一张纸也拍到了她的后背上。

纸上写着：我是笨蛋 1 号。

趁顾念未发现时，叶敬安悄悄地撕掉，揉成一团扔掉了。

他们走出机场，天空中传来飞机的轰鸣声。

“看，飞机，好大！”顾念看向天空。

飞机从头顶飞过，在天空划出一道美丽的轨迹。

“想让它降落吗？”

顾念质疑道：“你能做到？”

“嗯。”

顾念出难题：“现在就做。”

“要晚上才行。”叶敬安挑了挑眉，“只有，我们俩。”

（五）我的女人，只有我能撩

叶敬安和顾念吃完饭，出去轧马路。

两人走在人行道上，夏日傍晚的风徐徐吹来，倒减少了些燥热。

顾念看到不远处有摆摊卖小饰品的，迈出大步就要往前跑，却被某人一把拉入怀中。

“你干吗？”她说出的话，被擦着她身体疾驰而过的电动车湮没。

没等顾念反应过来，便听到头顶传来叶敬安冷冷斥责的声音：“你想干吗？知不知道刚才有多危险？”

“知道啦。”顾念看着刚离去的电动车，视线被锁定住，那是……

“快看！”顾念指向那电动车。

叶敬安看着那辆送餐电动车，并没觉得有什么特别，“怎么了？”

“看到上面的字了吗？”顾念觉得这送餐箱上的字挺独特的，不再是某某某 APP 名，而是“我爱你”。

叶敬安特别一本正经：“没看清。”

顾念：“我爱你。”

叶敬安假装没听见，“什么？”

顾念提高音量：“上面写的是‘我爱你’。”

叶敬安把手搭到她的肩头，嘴角微微一扬，“Me too.”

后记

愿有人陪你一起温柔岁月

这本书最初的构思，是在一个差点失眠的深夜想出来的，脑中忽然蹦出这样一个情节：如果一个人能看到未来发生的事情会怎样？

由此衍生出各种各样的想法，让女主开了这个外挂。不过，她也有她的短板，能看到美好事物的时候，也能看到恐怖画面，唯独一个人，能帮她驱散所有的不美好。他是她生命里独特的存在，是她以后想要躲藏的避难所。

我们曾想过，以后要遇到一个人，就算不帅、不高、不温柔，却能给你所有的美好，下雨了，能为你撑伞；难过了，能安慰你；生病了，守在你身边。这样的一个人，在你需要时，总能第一时间赶到你身边。

叶敬安大抵就是这样的人，用他所能给到的爱去爱着顾念。虽然一开始不够浪漫、有些腹黑，但他在爱里慢慢摸索，终于变成一个值得让顾念去依赖的人。

顾念是幸运的，遇到了叶敬安，才让她的爱情变得如钻石般璀璨。

坏的爱情像一场暴风雨，让你淋得湿透，直到感冒后才能清醒地离开；好的爱情像碧空蓝天，扫去了所有雾霾，让你能呼吸到新鲜的空气。

爱是养分，滋养甜蜜，老有所依。

爱到深处，不是拥有，而是你爱别人，我愿意放你走。

秦烨对顾念的爱便是如此，他爱了她那么多年，即使分开后，却仍旧没有放弃。爱情，总不会那么完美，有在一起，也会有别离。

他和顾念之间存在一定的代沟，他知道，却停止不了爱她。他坚守，希望能看见拨云见雾的那天；他等待，希望她最后选的那个人是他。

然而，爱如齿轮，彼此咬合的才是合适的。

一厢情愿的爱，终究无法善始善终。

他们的爱曾如开水般沸腾过，只是，开水总有冷却的一天。

在写秦烨时，对他充满了疼惜，如果他不等顾念那么久，也许早就能与幸福相拥，但这世上总会有痴情之人，为了一个人，可以等一年、两年、三年……甚至，一生。

很多人，都希望能有一段这样的际遇：人海茫茫，看到一个人时，眼睛会发亮，心跳会加速，连世界都明亮了。可是，能遇到自己一见钟情的人到底是少数，更多的时候，是在相处中才能知道对方好不好，值不值得你付出。

对于顾念这样的一个设定，是想写一段渐渐爱上一个人的故事。

顾念从最初试着跟叶敬安在一起，到后来的不可自拔，是情感的加深，更是一场爱情冒险。

在这场爱情冒险里，你会遇到形形色色的人，可能有起初爱你，后来暴露缺点，让你渐渐讨厌的一个人，可能有人前人后都对你颐指气使，但你无法放手的一个人，可能也有处处指出你的缺点让你改正的一个人……

不管你遇到什么样的人，都希望你能保留最真最好的那部分，做你想去做的样子。

着手写这本书时，屡次遇到瓶颈期，第一次尝试写一个大故事里加入四个单元剧，对我而言，是全新的挑战，总想着怎么去写才能写到理想中的样子。

幸好有不少读者的鼓励，在此感谢简约蓝、心薇、嫣然静候未知、满天星鬼等读者，是你们的支持让我有了无论在写的过程中遇到什么困难，都有努力克服的勇气。

还要感谢我的编辑燕兮、娟姐、静静，谢谢你们的帮助，才有了这本书最后的成形。

愿看到这本书的你，能喜欢这个故事。

愿你找到一个人，你喜欢他，他细水长流地宠你。

愿惊艳你时光的人，最后能陪你一起温柔岁月。